中國語言文字研究輯刊

十九編

許學仁 主編

第 1 冊

《十九編》總目

編 輯 部 編

李孝定《甲骨文字集釋》文字考釋

陳 冠 榮 著

花木蘭文化事業有限公司

國家圖書館出版品預行編目資料

李孝定《甲骨文字集釋》文字考釋／陳冠榮 著 -- 初版 -- 新
北市：花木蘭文化事業有限公司，2020〔民109〕
目 4+274 面；21×29.7 公分
（中國語言文字研究輯刊　十九編；第 1 冊）
ISBN 978-986-518-151-2（精裝）
1. 李孝定 2. 甲骨文 3. 研究考訂
802.08　　　　　　　　　　　　　　　　109010403

ISBN-978-986-518-151-2

9 789865 181512

中國語言文字研究輯刊
十九編　　第 一 冊　　　　　　　ISBN：978-986-518-151-2

李孝定《甲骨文字集釋》文字考釋

作　　者　陳冠榮
主　　編　許學仁
總 編 輯　杜潔祥
副總編輯　楊嘉樂
編　　輯　許郁翎、張雅淋　美術編輯　陳逸婷
出　　版　花木蘭文化事業有限公司
發 行 人　高小娟
聯絡地址　235 新北市中和區中安街七二號十三樓
　　　　　電話：02-2923-1455／傳真：02-2923-1452
網　　址　http://www.huamulan.tw 信箱 hml810518@gmail.com
印　　刷　普羅文化出版廣告事業
初　　版　2020 年 9 月
全書字數　169943 字
定　　價　十九編 14 冊（精裝）　台幣 42,000 元　版權所有·請勿翻印

《十九編》總目

編輯部編

《中國語言文字研究輯刊》
十九編　書目

《中國語言文字研究輯刊》十九編
各書作者簡介·提要·目次

第一冊　李孝定《甲骨文字集釋》文字考釋

作者簡介

陳冠榮，國立東華大學中文所畢業，研究專長為甲骨文，曾任東華大學兼任講師，學術論著有：《甲骨氣象卜辭類編》、《李孝定《甲骨文字集釋》文字考釋》、〈花東甲骨卜辭中的「霝」字與求雨的關係〉、〈《旅順博物館所藏甲骨》新見字形研究〉、〈讀《甲骨文詞譜》札記〉、〈李孝定《甲骨文字集釋》文字考釋商榷〉、〈論殷墟花園莊東地甲骨中「⿰𦥑⿱爪缶」字——兼談玉器「玦」〉等；參與部份編輯採訪、攝影提供之文學性著作有：《黑潮島航：一群海人的藍色曠野巡禮》、《遇見花小香：來自深海的親善大使》、《海有·島人》、《台灣不是孤單的存在—黑潮、攝影、歲時曆》、《海的未來不是夢》、《黑潮漂流》等。

提　要

本文時隔多年，仍有機會出版成冊，首要感謝許學仁老師及魏慈德老師的指導、推薦，也相當感謝花木蘭文化事業有限公司願意將這本 2013 年的著作編印。《李孝定《甲骨文字集釋》文字考釋》為我的碩士論文，還記得當時本想做的題目是「《甲骨文字集釋》增補」，幸好許師提醒我：切勿好高騖遠，或可就文字考釋及體例部分探討便足矣。儘管已將研究範圍縮小許多，然而文中仍有許多不成熟或誤釋之處，若欲重新修訂，不如重新為文，只盼本文之出版，除了作為一項學術研究的紀錄之外，在諸多未盡完善的論述中，仍有些許值得參考的學術價值。

　　本文以李孝定所編纂成書的《甲骨文字集釋》為研究核心，主要由李孝定的按語進行文字考釋，並分成「異體字」、「同形字」、「合文」等幾類主題討論，並試著以增補校釋的體例來補充《甲骨文字集釋》的正確性、完整性與工具性。

　　第一章「緒論」就本文之寫作動機、目的以及研究範圍、研究方法等基礎架構作說明，並由此開展本文的研究內容。

　　第二章「《甲骨文字集釋》異體字探討」，以「偏旁通用」作為討論異體字的基礎，最主要原因在於《集釋》常有謂「某某得通」、「某某通用」，以其自謂之主張與法則，見其在編纂《集釋》時，是否具有統一的體系，並選定「從人從卩從女從大」、「從辵從彳從止」、「從屮艸芔茻木林森棥」三個大類，以其偏旁通用之例，與其它字形作連結分析，以達疑義釋例之用。

　　第三章「《甲骨文字集釋》同形字探討」，檢視李孝定對於「同形字」的概念形成，並對比現代學者對於同形字之定義，考釋《集釋》中可能為「同形字」的「月」、「夕」、「肉」；「示」、「壬」、「工」字組，並從「字際關係」的角度，以「豕（𤣥）形與希（𣎸）形及所從諸字」與「羽（𦏷）形與彗（𦏶）形及所從諸字」來考察文字與文字之間的關係。

　　第四章「《甲骨文字集釋》合文探討」，辨明《集釋》體例之故，不收「合文」之緣由，並從其不採信舊說以為合文，而釋為單字的字例，如：「气」、「徹」、「䉛」、「盛」、「阱」、「㸒」、「嶽」、「河」、「聽」、「楝」、「燹」、「繫」等字進行考辨。其次再探討《集釋》中可能將合文誤釋為單字的字組，如：「𡴀」、「𡴀」、「𡴀」、「𡴀」；「𣲽」、「𣲽」；「𧆞」、「𧆞」等諸字，前兩組字不當釋為合文，後一組字當釋為合文。

　　第五章「《甲骨文字集釋》校補釋例」，則欲建立《集釋》增補校訂之方向：一為校釋，將原本《集釋》說解有誤的字例，重新校正。二為增補，將原本《集釋》僅收錄字形，但無其他說解的字例，補上該字的釋形、釋義。三為補釋，將原本《集釋》已收錄，且說解字形、字義為正確之例字，補上新發現的字義或字用。並分別以「豐」、「戲」、「組」三字作為增補校訂的釋例。

　　第六章「結論」則作為總結本文所探討各分類下的甲骨文字，及其有待考察的部份，並說明《甲骨文字集釋》的重要性與其內在體系。

目　次

第二冊　字本位研究：複體字、右文說暨字文化舉隅

作者簡介

俞美霞，台師大國文系學士、文化大學藝術研究所（美術組）碩士、文化大學中文研究所博士。研究範疇以民俗、器物、工藝美術、書畫、文字為主，現職台北大學民俗藝術與文化資產研究所教授，並任文化部文資局、台北市文化局、桃園市文化局、台北市文獻委員會、台北市殯葬處等評審委員；曾經擔任民藝文資所所長，台灣藝術行政暨管理學會理事長，並於南天、藝術家、花木蘭出版專書9本，發表研討會論文、專書論文、期刊論文計70餘篇。

提　要

漢字的體例有：象形、指事、會意、形聲、轉注、假借，且其形成在全世界或少數民族的文字發展中，都是別樹一幟且風格鮮明的獨創，這是表意文字的代表，和西方以表音（拼音）為文字主體的結構極為不同。因此，想要充分了解並學習漢字，唯有從漢字最早的字典《說文解字》入手，才能真正瞭解先民造字之初衷，進而體悟其獨具的文化內涵與特色。

事實上，漢字的本質不外乎形、音、義三要素，而其形式則是方塊字、一字一音節，並有獨體為「文」、合體為「字」的分野。尤其是合體的「字」多由各個「部件」架構而成，其功能除了「假借」之用外，並都是有意識的符號呈現，也可見其沿革脈絡，於是，在漢語學習蓬勃興起的年代，「字本位」研究便成為學術發展的重要標的。

至於本書則是個人在長期關注下，探討文字與文化間之關係，並從漢字形、音、義三方面予以剖析，從而就其本質——形符、聲符與字文化三者予以闡釋，是以輯錄論文十篇為例。如：以形符架構的「複體字」研究，以及從文化角度闡釋的「哭喪」文化、台灣語的文化傳承，朱熹「閩學」暨《家禮》對台灣禮俗的影響等。

尤其最吸引個人注意地是：形聲字，這是以形符和聲符為「部件」的組合，

並也是「六書」體例中字數最多，漢字結構最重要且豐富的形式；更重要的是，大多數的聲符，除了表音之外，又兼具釋義的內涵與作用，並可顯示先民造字時的社會思想和文化本質，對漢字的學習與理解裨益頗大。

事實上，這樣的研究早在晉・楊泉《物理論》即已開其先河，至宋・王子韶則獨創「右文說」，降及有清，又有段玉裁倡言「以聲為義」的思想，並對形聲字的釋意暨運用頗具推動之效；這樣的闡發正是現今世界各民族「字源學」、「語源學」的基礎，唯於漢字研究則付諸闕如。是以本書不揣淺陋，以大小、厚薄、分背、祭祀文字、干支四時為例，藉「以聲為義」的構字理念，脈絡為形聲「字族」，使讀者可以快速且大量地理解形聲字族的結構與內涵，從而更理解漢字的趣味和文化。

目　次

第三、四冊　清華柒〈子犯子餘〉研究

作者簡介

洪鼎倫，1994 年生，彰化人，國立臺中教育大學語文教育學系學士，國立成功大學中國文學系碩士，臺南市南化區北寮國民小學正式教師，發表著作有〈論修辭格在手搖飲料店名上的應用──以臺南市東區育樂街為考察範圍〉、《《左傳》「忠」、「信」考》、〈上博六〈慎子曰恭儉〉考釋五則〉、〈《清華柒・子犯子餘》補釋四則〉等數篇。

提　要

《清華大學藏戰國竹簡（柒）》在 2017 年 4 月出版，內容共收錄四篇簡文，

其中〈子犯子餘〉共十五簡，屬於「語」類文獻，記載公子重耳（697 B.C.～628 B.C.）流亡至秦國時，秦晉君臣間的交互問答。內容大可區分為五大段，第一、二段寫秦穆公（683 B.C.～621 B.C.）召見重耳隨臣——「子犯」、「子餘」，並詢問有關公子重耳流亡之事，子犯強調重耳的品行，子餘則論述重耳諸臣守志共利。第三段秦穆公再同時召見二人，並賜予賞賜物。第四段秦穆公向蹇叔（690 B.C.～610 B.C.）詢問治國之道，蹇叔以「湯」和「紂」為例對比論述。第五段公子重耳向蹇叔詢問興邦之道，蹇叔分別舉「起邦」的四君主及「亡邦」的四君主為例回應。

　　本論文希望能透過文字考釋與字句釋讀的方式，釐訂文字、考證史實，俾使文通字順，幫助了解〈子犯子餘〉簡文的文字構形及文獻價值。

目　次

第五冊　《清華大學藏戰國竹簡（柒）‧子犯子餘》集釋

作者簡介

　　李宥婕，國立台灣師範大學國文學系畢業後，直接進入國中端實習。爾後在國中端任教八年後，經由高中教師甄試進入彰化縣立彰化藝術高中任教，迄今仍任職中。105 年進入國立彰化師範大學國文學系國語文教學碩士班進修，師事文字學專長蘇建洲教授，並於 107 年順利畢業。108 年繼續於彰化師範大學國文系博士班就讀中，研究方向仍為文字學，並且楚系文字為主。

提　要

　　本文對《清華大學藏戰國竹簡柒‧子犯子餘》進行了集釋，除了蒐集、整理集釋的內容，並且一一分析做出按語。

　　本文主要由兩個部分組成：

　　緒論部分介紹了《清華簡》壹到柒概況，以及《清華大學藏戰國竹簡柒‧子犯子餘》內容簡介。

　　集釋部分對《清華大學藏戰國竹簡柒‧子犯子餘》進行了集釋，盡力蒐集諸家的觀點，並依自己的學識做出按語。集釋中對斷句、隸定或解釋有諸多說法者列成表格整理，以便讀者參考。

目　次

第六、七冊　《詩經》形態構詞研究

作者簡介

　　劉芹，女，1979 年出生，江蘇省高郵市人。首都師範大學文學博士，師從馮蒸教授，主要從事歷史語言學、漢語音韻學研究。現為揚州大學廣陵學院副教授，碩士研究生導師，江蘇省語言學會會員，揚州市語言學會理事。2016 年入選江蘇省高校「青藍工程」優秀青年骨幹教師培養對象。先後在《中國典籍與文化》《古漢語研究》《南開語言學刊》《古籍整理研究學刊》《江海學刊》等刊物發表論文數十篇。

提　要

　　《詩經》是我國最早的一部詩歌總集，收錄西周初至春秋中葉詩歌 305 首。它是珍貴的先秦歷史文獻，具有文學、社會學、歷史學和文化學等多方面的研究價值，在綿延兩千多年的流傳歷程中，一直成為人們關注的中心。《詩經》語

言學方面的研究，在《詩經》研究史上也劃下了濃墨重彩的一筆。

文章從兩大方面對《詩經》形態構詞展開研究。首先，通過對《詩經》異讀語詞全面系統測查分析後，考察每一類語法關係的構詞特點；在肯定《詩經》語法形態音變現象基礎上，概括形態構詞特點、揭示規律。第二，全面梳理《詩經》押韻，考察入韻字音義語法關係，根據語義語法區別考察入韻字讀音問題；通過《詩經》押韻反映的語音信息，分析各類韻尾的構詞構形變化，結合《詩經》異讀語詞構詞特點分析，揭示此類韻尾可能的形態構詞規律。

文章緒論，主要介紹國內外《詩經》語言學研究情況，形態音變構詞研究情況，《詩經》形態構詞研究存在問題，《詩經》形態構詞研究價值意義。第二章擇錄《詩經》中具有異讀關係的語詞，以字頭形式從語音、語法意義兩方面分別進行考察，對各類語音與語法關係表現出的構詞特點分門別類歸納梳理，同時輔之以同源語系語言語法形態比較參照。第三章概括《詩經》中存在的形態構詞手段，並分別從語法意義、形態構詞手段兩方面揭示構詞規律。第四章梳理《詩經》押韻，區別陰聲韻、陽聲韻、入聲韻三類之間的押韻關係。側重考察陰入押韻，以考定這一不同尋常押韻關係背後與構詞有關的實質。另外，透過同字異讀入韻字押韻分析，發現意義的區別與入韻字的語音形態相關。也即同一字在《詩經》中根據意義不同表現出不同的押韻關係，這種押韻關係的分別成為我們觀察《詩經》形態構詞研究的又一視角。第五章對《詩經》押韻表現出的構詞特點分別屬類梳理概括。《詩經》押韻反映的一些構詞後綴及其各自表達的語法意義各是怎樣一種情況，本章給出解答。最後文章對前述諸章內容作概括與總結，同時指出文章研究存在的一些尚懸而未決的問題及不足，期待未來繼續努力完善。

目　次

上　冊

第八、九冊 中古法術類道經複音詞研究

作者簡介

吳冬,女,滿族,1978 年 7 月 8 日生,吉林省遼源市人。東北師範大學漢語言文字學專業博士畢業,吉林工商學院副教授。研究方向:漢語詞彙與訓詁。

提 要

道教是國學重要的組成部分,道與儒、佛一起構成傳統文化的根底。道經是記錄道教文化、思想的典籍,凡是收入《道藏》的道教文獻,均被稱為道經。中古時期法術類道經詞彙既是道經詞彙史重要組成部分,又是漢語詞彙系統產生發展的承上啟下階段在道經詞彙領域的具體表現,但是目前卻屬詞彙研究的薄弱點,中古時期道經(道藏)法術類典籍語料更是已有目前複音詞專書類研究的盲點。法術類道經裏口語化詞語數量大、特色詞語多,還集中體現了民俗詞、俗語詞。

論著收集並整理了 6470 個複音詞,從構詞,新詞新義的考察和歸納及新詞新義產生的途徑等多個角度,探討中古法木類道經複音詞的特點。創新之處一是在大量佔有語料的基礎上,對中古時期語料中的複音詞做了整體共時橫向比較,剖析其共性和差異,並進一步探究中古法木類道經複音詞偏正式構詞法高產及四音節數量大於三音節的原因;二是對中古法術類道經構詞法做了縱向的

歷時比較，對新詞新義做了較為深入的考辨，並進一步概括歸納了新詞、新義的產生途徑和原因。論著把所切分得出的複音詞逐一與《漢語大詞典》中相關的詞彙進行比較，提供了一些較早例證，對辭書的編撰和修訂提供了有益的參考。

目　次

上　冊

下　冊

第十冊　《景德傳燈錄》疑問句研究

作者簡介

李斐雯，臺灣師大國文系畢，成功大學中文所碩士，擔任中學國文教師，師事竺家寧老師，對中國語言學極感興趣，認為語言學兼具文學藝術之美與科學探索之真，是值得深入探索的領域。

學術翰海載浮載沉，論文撰述亦步亦趨，感謝老師們神級的帶領，也感謝好友親朋的陪伴，期盼未來的日子，經由努力，成果一樣豐碩。

提　要

疑問句在漢語是種很特殊的句型，本文探討的是疑問句型在北宋初年的發展，研究對象是《景德傳燈錄》，近代漢語遠紹上古，開啟現代，居漢語史關鍵地位。這本禪宗語錄真實地記錄當時的口語，語料豐富值得探索。

　　論文共分七章，第一章是緒論，說明寫作動機、步驟，以數據和分析並重，再簡介《景德傳燈錄》以及檢討現今研究成果。第二章探討漢語疑問句的相關問題，包含疑問句的特點、構句條件，及分成特指問句、是非問句、選擇問句、正反問句四類。

　　第三章至第五章著手探討這四類問句在《景德傳燈錄》的展現：第三章是特指問句、第四章是是非問句、第五章是選擇問句及正反問句。各章以疑問句型的構成、疑問詞語的使用為分析重心，並在各章末尾評斷《景德傳燈錄》在歷史語法的定位。如此，不但清楚地呈現《景德傳燈錄》的疑問句，還可明白歷時的演變，給予《景德傳燈錄》正確的語法史評價。

　　第六章比較《景德傳燈錄》和《祖堂集》，此二書同屬南方語言，成書相距五十年。探討二書的問句過後，發現《景德傳燈錄》與《祖堂集》的語言相當類似，可知《景德傳燈錄》雖經楊億等文人修改，但幅度並不大。而且從二書的比較，亦可看出語言從晚唐到北宋的變化情況。

　　第七章是總結，整理《景德傳燈錄》的疑問句特點：包含疑問代詞的新形式、疑問語氣詞的變化等，章末論及《景德傳燈錄》尚待探索的領域，期待未來的發展研究。

目　次

第十一、十二冊　周秦兩漢詩歌韻類演變研究

作者簡介

　　魏鴻鈞（1980～），台灣桃園人。畢業於東吳大學中文系，臺北市立大學中國語文學系碩博士班。現任職於閩南師範大學文學院。研究方向為漢語音韻學，長期關注周秦到隋的韻類演變問題。論文曾刊載於《語言研究》、《語言研究集刊》、《語言學論叢》、《殷都學刊》、《漢語史與漢藏語研究》、《中國石油大學學報》、《寧波大學學報》、《成大中文學報》、《東吳中文學報》……等十多篇。曾以〈上古東陽合韻探討〉一文獲得聲韻學會研究生優秀論文獎第一名；以《周秦至隋詩歌韻類研究》獲得科技部獎勵人文與社會科學領域博士候選人撰寫博士論文獎勵金。

提　要

　　全書以「算術統計法」統計上古詩歌三千七百多個韻段，通過「周朝之初至春秋之末」、「戰國之初至秦朝之末」、「楚漢之初至新莽之末」、「東漢之初至獻帝之末」四個時期的歷時比較，得出上古各韻部「獨韻」以及「例外押韻」的百分比消長情況，再通過各部實際韻段內中古 16 攝、206 韻的交涉情況，以探討韻類演變的軌跡以及合理的音變條件。全書分成六個章節：

　　第壹章緒論，述明撰作之源起、研究範圍及材料、研究方法及步驟。

　　第貳章、第參章、第肆章，統計出上古詩歌用韻百分比的消長，藉此來看「陰聲韻部」、「入聲韻部」、「陽聲韻部」的韻類演變情況。其中跨韻部的合韻，在陰聲主要有：之幽、幽侯、侯魚、之侯魚、宵魚、脂微、支歌、魚歌；入聲有：職覺、覺屋、質物、質月、物月；陽聲有：冬東、東陽、陽耕、耕真、真文、真元、文元、真文元、蒸侵、冬侵、東侵、陽侵、陽談。這麼多的異部通叶，既有的上古韻部框架無法解釋它們為什麼頻繁相押，因此有的學者改變押韻條件，主張一部不必一主要元音；有的學者認為古人韻緩，異部相押全是「主元音相近，韻尾相同」、「主元音相同，韻尾相近」的音近通叶。他們把這些合韻現象置於同一個共時平面；把這些押韻情況視為同一個語音條件下所造成的「例外」關係。全書把上古韻段材料分作四個時期，指出這些合韻不全在同一共時平面，如：「蒸侵」只出現於《詩經》；「東陽」只出現在兩漢。同時也強調兩部通叶實際上具有多種語音內涵。對於這些合韻有正確認識，才能對上古韻類的演變作出正確判斷，並提出合理解釋。

　　第伍章統計上古同調、異調相押的百分比，指出：第一，平聲不只與上聲

通叶，平去相押更為頻繁。第二，去聲不只與入聲通叶，平去、上去的百分比也常常超過去入。因此「平上一類」、「去入一類」的說法有再斟酌的必要。由於《詩經》只有 42.04％的去聲獨用，因此本章特別討論上古有沒有去聲的問題。「長篇連用去聲」的韻段可以證明上古實有去聲，只是仍在發展階段。至於上古和中古讀不同調類的字有哪些？本章整理出「上古押平聲，《廣韻》讀去聲」、「上古押平聲，《廣韻》讀上聲」、「上古押平聲，《廣韻》讀上、去聲」、「上古押上聲，《廣韻》讀去聲」、「上古押上聲，《廣韻》讀平聲」、「上古押上聲，《廣韻》讀平、去聲」、「上古押入聲或諧聲系統有入聲讀音，《廣韻》讀去聲」等七種調類對應情況。

第陸章結論，敘述全書的研究價值以及相關議題的未來展望。

目　次

上　冊

下 冊

第十三冊 論高本漢的中古音研究

作者簡介

宮辰（1975～），男，文學博士。1996 年本科畢業於山東大學，同年考入南京大學中文系漢語史專業，從李開教授攻讀碩士學位。1999 年畢業，獲得碩士學位，留校任教至今。2011 年在職獲得文學博士學位，專業為漢語言文字學。現任教於南京大學海外教育學院，從事漢語國際教育工作。主要研究方向為漢語言文字學、漢語語言研究史、漢語國際教育。著作主要有《二十世紀中國的語言學》（合著）。

提　要

瑞典漢學家、語言學家高本漢在《中國音韻學研究》一書中全面、系統地建立了一個漢語中古音的音系，並且為其中每個聲母、韻母一一擬定音值。他的中古音研究在漢語語言研究史上具有開創性意義，在其後的漢語音韻學界影響深遠。本書共分七章。第一章對高本漢的生平與學行進行了總結，同時也對《中國音韻學研究》一書譯介到中國的過程做了考察。第二章從中國漢語研究史演進的角度探討了高本漢《中國音韻學研究》的意義所在，討論了高本漢歷史比較語言學、語音學和方言學的學術背景，指出高本漢是新語法學派的嫡系後學；在漢語方言研究領域，可以說他是中國現代方言學的開拓者。第三章從域外漢語研究史發展的角度討論了《中國音韻學研究》的意義，主要將高本漢與馬伯樂、賀登崧等學者進行了比較。第四章討論了高本漢構擬中古音所使用的三種研究方法：反切系聯法、審音法、歷史比較法。第五章考察了高本漢在

研究中古音時所使用的材料，主要包括反切和韻圖、方言和域外漢字音等。第六章從聲母、韻母兩方面討論了高本漢中古音構擬的成績與不足，討論的時候參考了陸志韋、董同龢、李榮、邵榮芬等諸家的看法。第七章對高本漢的《切韻》單一音系說進行了討論，在分析、總結前人研究的基礎上，提出了我們自己的漢語南北雙線發展史觀，並初步設想了研究南、北通語可採用的方法。

目 次

第十四冊　洪武正韻研究

作者簡介

　　崔玲愛，前韓國延世大學文科學院中文系教授，博士生導師。

　　韓國籍，出生於山東濟南，生長在韓國首爾。1964 年至 1968 年就讀於韓國外國語大學中文系，獲得文學學士學位；1968 年桃李年華留學於國立臺灣大學中文研究所，受到台大恩師碩士論文導師許世瑛教授、博士論文導師龍宇純教授以及丁邦新教授、薛鳳生教授、屈萬里教授、戴君仁教授、臺靜農教授，鄭騫教授，葉嘉瑩教授等著名先生的指導。分別於 1971 年和 1975 年獲得語法學碩士及音韻學博士學位。自 1975 年至 1980 年以博士後身份赴東京大學中文系與哈佛大學語言學系研究並攻讀東西方語言學新理論。

　　1981 年春三月返回韓國，到 2011 年二月任職於延世大學中文系三十年。任職期間，教學範圍覆蓋中國語言學及中國古典文學，在多年的學術研究中，形成了富有特色的研究風格。目前已出版專書多部，發表論文數十篇。其中《駱駝祥子》韓文翻譯本，高本漢 *Compendium of Phonetics in Ancient and Archaic Chinese* 韓文翻譯本《古代漢語音韻學概要》，《漢字學講義》，《中國語學講義》，《中國音韻學》 等專著皆歷久影響韓國中國語文學界。

提　要

　　《洪武正韻》乃明初洪武八年（1375）樂韶鳳、宋濂等奉敕所撰，為明一代官音所宗。韻書本為詩賦押韻及科舉所用，然即使《正韻》所標榜的實際語音是「中原雅音」，在併析其藍本毛晃《增修互註禮部韻略》之時沿襲舊韻體例而留下了濁聲母、入聲韻尾等舊韻之跡。筆者以韓國拼音文字標記《洪武正韻》字音的對音資料《洪武正韻譯訓》（1455）為據，且注意《正韻》例外反切，對

《正韻》音韻系統進行了研究。

探討聲類則特別注意例外反切，於是所得《正韻》二十一聲類，列表如下：

部位 ＼ 方式	塞音及塞擦音		鼻音	通音	其他
	不送氣	送氣			
雙唇音	p	p'	m	w	
唇齒音				f	
舌尖音	t	t'	n	l	
	ts	ts'		s	
捲舌音				ʐ	
舌尖面音	ʧ	ʧ'		ʃ	
舌根音	k	k'	ŋ	x	
喉音					Ø

分析《正韻》韻母系統，採用音位原則來配合《譯訓》的標音方法。而所得介音系統：分為開齊合撮四類：齊齒介音為 j；合口介音為 w；撮口介音為 jw；開口也可以認為是零介音而寫作 Ø。元音系統：平上去各二十二韻分為三大類共有高［ɨ］、中［ə］、低［a］三個元音。韻尾系統：-ŋ-n-m（陽聲韻）-w-j-Ø（陰聲韻）之六類以及觀念上的十韻入聲韻尾-k-t-p 三類。介音、元音及韻尾配合表（舉平以該上去入）如下：

介音 ＼ 韻尾 ＼ 主要元音	Ø			j			w			m (p)			n (t)			ŋ (k)		
	ɨ	ə	a	ɨ	ə	a	ɨ	ə	a	ɨ	ə	a	ɨ	ə	a	ɨ	ə	a
Ø	支	歌	麻			皆	尤		爻	侵		覃	真	寒	删	庚		陽
j	支	遮	麻	支	齊	皆	尤	蕭	爻	侵	鹽	覃	真	先	删	庚		陽
w	模	歌	麻	灰		皆							真	寒	删	庚東		陽
jw	魚	遮											真	先		庚東		

綜合聲類韻類的系統研究可以歸納出幾點《正韻》對漢語音韻史有所貢獻的現象：

1、微母音值為［w-］。

2、知、照二、照三系完全合併為［ʧ-］系，照二系字可能已完全變為捲舌音［tʂ-］系。

3、照二系部分字變為舌尖塞擦音［ts-］系。

4、牀二、牀三、禪母中，平聲字大致變為塞擦音；仄聲字大致變為擦音。

5、四等已泯滅，而四呼產生。

6、遇攝三等（除了非系、照二系外）介音很可能從〔jw〕變為〔y〕。

7、假攝中，二等字入麻韻； 三等字入另立的遮韻。可見三等介音 j 影響主要元音，使之從〔a〕變為〔ə〕。

8、已產生舌尖高元音〔ɿ〕〔ʅ〕。

9、《正韻》有高中低 （ɨ ə a）三個元音系統。

就以上《正韻》聲韻母系統看來，《正韻》確實表現中原雅音系統。我們雖然不宜說《正韻》即代表國語的祖語，但確實可以說《正韻》音韻系統除聲調系統不明之外與國語極為接近。

目　次

李孝定《甲骨文字集釋》文字考釋

陳冠榮 著

作者簡介

陳冠榮，國立東華大學中文所畢業，研究專長為甲骨文，曾任東華大學兼任講師，學術論著有：《甲骨氣象卜辭類編》、《李孝定《甲骨文字集釋》文字考釋》、〈花東甲骨卜辭中的「霝」字與求雨的關係〉、〈《旅順博物館所藏甲骨》新見字形研究〉、〈讀《甲骨文詞譜》札記〉、〈李孝定《甲骨文字集釋》文字考釋商榷〉、〈論殷墟花園莊東地甲骨中「⿺」字——兼談玉器「玦」〉等；參與部份編輯採訪、攝影提供之文學性著作有：《黑潮島航：一群海人的藍色曠野巡禮》、《遇見花小香：來自深海的親善大使》、《海有・島人》、《台灣不是孤單的存在——黑潮、攝影、歲時曆》、《海的未來不是夢》、《黑潮漂流》等。

提　要

本文時隔多年，仍有機會出版成冊，首要感謝許學仁老師及魏慈德老師的指導、推薦，也相當感謝花木蘭文化事業有限公司願意將這本 2013 年的著作編印。《李孝定《甲骨文字集釋》文字考釋》為我的碩士論文，還記得當時本想做的題目是「《甲骨文字集釋》增補」，幸好許師提醒我：切勿好高騖遠，或可就文字考釋及體例部分探討便足矣。儘管已將研究範圍縮小許多，然而文中仍有許多不成熟或誤釋之處，若欲重新修訂，不如重新為文，只盼本文之出版，除了作為一項學術研究的紀錄之外，在諸多未盡完善的論述中，仍有些許值得參考的學術價值。

本文以李孝定所編纂成書的《甲骨文字集釋》為研究核心，主要由李孝定的按語進行文字考釋，並分成「異體字」、「同形字」、「合文」等幾類主題討論，並試著以增補校釋的體例來補充《甲骨文字集釋》的正確性、完整性與工具性。

第一章「緒論」就本文之寫作動機、目的以及研究範圍、研究方法等基礎架構作說明，並由此開展本文的研究內容。

第二章「《甲骨文字集釋》異體字探討」，以「偏旁通用」作為討論異體字的基礎，最主要原因在於《集釋》常有謂「某某得通」、「某某通用」，以其自謂之主張與法則，見其在編纂《集釋》時，是否具有統一的體系，並選定「從人從卩從女從大」、「從辵從彳從止」、「從屮艸茻木林森 𣏟」三個大類，以其偏旁通用之例，與其它字形作連結分析，以達疑義釋例之用。

第三章「《甲骨文字集釋》同形字探討」，檢視李孝定對於「同形字」的概念形成，並對比現代學者對於同形字之定義，考釋《集釋》中可能為「同形字」的「月」、「夕」、「肉」；「示」、「壬」、「工」字組，並從「字際關係」的角度，以「豸（⻎）形與（㲋）形及所從諸字」與「羽（⺕）形與彗（⺕）形及所從諸字」來考察文字與文字之間的關係。

第四章「《甲骨文字集釋》合文探討」，辨明《集釋》體例之故，不收「合文」之緣由，並從其不採信舊說以為合文，而釋為單字的字例，如：「气」、「徹」、「龗」、「盛」、「阱」、「宊」、「嶽」、「河」、「聽」、「餗」、「燓」、「繫」等字進行考辨。其次再探討《集釋》中可能將合文誤釋為單字的字組，如：「𡴋」、「𡴋」、「𡴋」、「𡴌」；「⿲」、「⿲」；「𦥑」、「𦥑」等諸字，前兩組

字不當釋為合文，後一組字當釋為合文。

　　第五章「《甲骨文字集釋》校補釋例」，則欲建立《集釋》增補校訂之方向：一為校釋，將原本《集釋》說解有誤的字例，重新校正。二為增補，將原本《集釋》僅收錄字形，但無其他說解的字例，補上該字的釋形、釋義。三為補釋，將原本《集釋》已收錄，且說解字形、字義為正確之例字，補上新發現的字義或字用。並分別以「豐」、「戲」、「紐」三字作為增補校訂的釋例。

　　第六章「結論」則作為總結本文所探討各分類下的甲骨文字，及其有待考察的部份，並說明《甲骨文字集釋》的重要性與其內在體系。

誌　謝

　　一篇論文的完成，除了自己所下的工夫外，沒有身邊親友、師長、同儕的支持，是難以完成的。

　　感謝我的父母，在我的求學路上，讓我能自由選擇興趣發揮，所有的擔心、叮嚀都化成簡單的一句：「要努力用功，加油！」便是我求學期間最溫暖的奧援。謝謝家人在我撰寫論文期間，無微不至的包容與關心，使我能心無旁鶩的將論文完成。

　　感謝我的指導教授學仁老師，儘管總是擔心我的論文進度，但都以無比的耐心督促我、包容我，使得碩士論文能在期限內、標準中順利的完成。也感謝口試委員慈德老師，在學期中給予我許多建議，將本文專就甲骨文字的毛病，與金文、戰國文字等出土材料一併討論。而能請太老師李殿魁教授擔任我的口試委員，更不是感謝能言盡，而是難得的福份了。在這篇不完善的論文中，存在不少有待商榷之處，但在口試會場內，諸位老師緩緩道出論文的盲點與瑕疵，正如學仁老師所言，高手過招，利劍指喉，何必再進一吋。這也讓我有了可以修改與進步的空間。同時也要感謝俊勳老師，在學期中給予我許多鼓勵，讓我有信心能繼續進行研究工作。

　　感謝中文所的德榮、李心、念祖，幫忙我解決了不少論文寫作遇到的難處，以及口試、行政作業上的雜事。

感謝北濱國小的順來主任、大鈞老師、佳蓉老師,花蓮高農的逸之老師,在這段期間或者鞭策,或者鼓勵,建立我的信心與危機意識,同時在課務上也傳授我許多有用的經驗與方法,使我能在學業與教學間找到平衡的支點。

感謝一起運動的球友們,無論是中文系的學弟妹,或是中華紙漿、酒廠的大哥們,以及他系、他校的學長、學弟,在這段期間,讓我想運動舒壓時都找得到人一起丟丟球、跑跑步,同時也聽我吐吐苦水,把煩惱拋盡,再次充滿能量,進行下一階段的研究。還要感謝胖師父,這一年來若不是時常去報到,腰酸背痛、精神不濟的毛病可能就更劇嚴重了。

要感謝的人實在太多,一言以蔽之:謝謝一路上我所遇見的人、事、物,你們給了我無限的啟發。

目

次

凡　例

一、凡《集釋》按語中有異體字，則盡可能依原文保留異體字形。諸如：「第一」、「弟一」或「假借」、「叚借」……等語。

二、《集釋》一書為手抄編纂，故文中或有行、草字體以利書寫流暢，凡遇行、草字體皆一律轉為楷體呈現，不再加注。

三、如字體因印刷不清或潦草難辨，則依筆者所釋並加注說明。

四、上古音聲母韻部以及音值擬測，皆據郭錫良《漢字古音手冊》。

五、所引卜辭釋文皆依原書所引，如《合集》19338 片（即《龜》一、七、二一片）：「貞征雪出」，括弧中為《集釋》所引之著拓號，可參作比較。如無括弧，則表示此條卜辭《集釋》未引。

六、依學術通例，為行文方便，所引各學者之說時，皆不冠先生、教授、老師等稱謂。

七、多次徵引之甲骨著錄書目，簡稱依下「甲骨著錄簡稱表」。而《甲骨文字集釋》簡稱作《集釋》，亦一併收於於簡稱表中，而《集釋》所用之甲骨著錄簡稱與本文略有不同，凡與本文之不同著錄簡稱，依本表為準，並一併將正文中《集釋》所引之著錄簡稱，轉為本文所作之簡稱。

八、文中所採用的分期與斷代依黃天樹：《殷墟王卜辭的分類與斷代》及《甲骨文字編》殷墟王卜辭的分類及年代總表；代號依李宗焜《甲骨文字編》字形時代之代號。見下附圖、表。

甲骨著錄簡稱表

《甲骨文字集釋》	《集釋》
《甲骨文合集》	《合集》
《甲骨文校釋總集》	《總集》
《鐵雲藏龜》	《鐵》〔註1〕
《鐵雲藏龜之餘》	《餘》
《鐵雲藏龜拾遺》	《拾》
《簠室殷契徵文》	《簠》〔註2〕
《戩壽堂所藏殷虛文字》	《戩》
《殷契粹編》	《粹》
《殷契佚存》	《佚》
《殷契拾掇》	《掇》
《殷契遺珠》	《珠》
《殷虛文字甲編》	《甲》〔註3〕
《殷虛文字乙編》	《乙》
《殷虛文字丙編》	《丙》
《殷虛文字外編》	《外》
《殷虛書契前編》	《前》
《殷虛書契後編》	《後上》、《後下》
《殷虛書契續編》	《續》
《殷虛書契菁華》	《菁》
《誠齋殷墟文字》	《誠》
《龜甲獸骨文字》	《龜》〔註4〕
《卜辭通纂》	《通》〔註5〕
《戰後京津新獲甲骨集》	《京》〔註6〕
《京都大學人文科學研究所藏甲骨文字》	《京人》
《懷特氏等收藏甲骨集》	《懷》
《小屯南地甲骨》	《屯南》

〔註1〕《集釋》引用《鐵雲藏龜》簡稱作《藏》。

〔註2〕《集釋》引用《簠室殷契徵文》簡稱作《簠徵》。

〔註3〕《集釋》引用《殷虛文字甲編》簡稱作《甲編》。

〔註4〕《集釋》引用《龜甲獸骨文字》簡稱作《甲》。

〔註5〕《集釋》引用《卜辭通纂》簡稱作《卜》。

〔註6〕《集釋》引用《戰後京津新獲甲骨集》簡稱作《新》。

《甲骨文字編》殷墟王卜辭的分類及年代總表

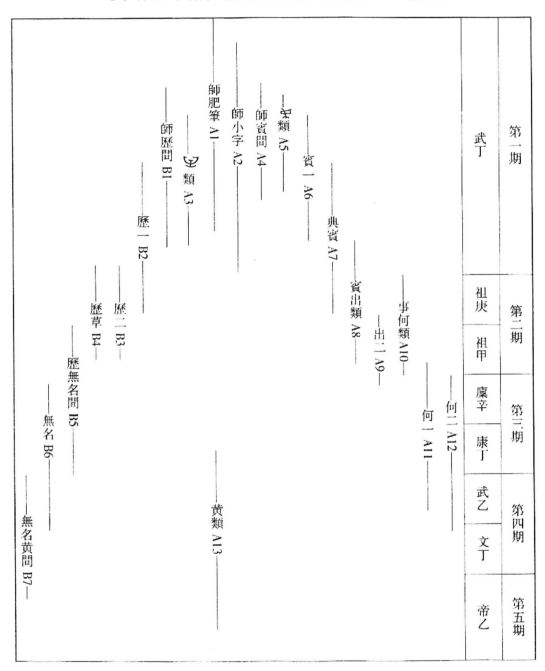

《甲骨文字編》字形時代之代號說明

A1	師組肥筆	B1	師歷間組
A2	師組小類	B2	歷組一類
AS	師組	B3	歷組二類
A3	師組☺類	BL	歷組
A4	師賓間組	B4	歷組草體類
A5	賓組☺類	B5	歷無名間組
A6	賓組一類	B6	無名組
A7	典型賓組（賓組二類）	B7	無名黃間組
A8	賓組三類（出組一類）	C1	非王卜辭乙一（子組）
AB	賓組	C2	非王卜辭乙二（圓體）
A9	出組二類	C3	非王卜辭丙一（午組）
A10	事何類	C4	非王卜辭丙二（婦女）
A11	何組一類	C5	花園莊東地甲骨
A12	何組二類	一	第一期。餘類推。
A13	黃組		

第一章　緒　論

第一節　研究動機與目的

　　李孝定於 1965 年編纂成書的甲骨文巨著《甲骨文字集釋》，憑著一己之力蒐羅自甲骨出土以來半個世紀的文字考釋成果，博收前人之說，後總述己見，縱有疑難字尚不能斷其義，亦不妄加論述或避而不談，而是提出問題之所在與線索想法，待學界討論。而在《甲骨文字集釋》中李孝定所作的按語，多能見到對其他學者的贊同與反駁，其中又以採納董作賓、唐蘭、商承祚等學者的說法為多，而縱使此諸家之說有誤，多半也是以「非是」、「誤」等短語說之。相對的，當郭沫若、葉玉森等人的說法有誤時，其批評之語則較為強烈，或以「大謬」、「臆說」、「不足取也」、「荒誕不經」等語說之，有此現象，或與李孝定之師承有關。李孝定大學時師從胡小石，畢業論文為《商承祚殷墟文字補編》，後隨董作賓撰寫碩士論文《甲骨文字集釋》，並經由唐蘭審查通過，或許是因為這樣的緣故，使得在按語中對諸家的說法評斷，有不同程度的批評。

　　此書在經歷數十年後仍為一部研究甲骨文字的重要工具。然此書出版至今將近半個世紀，諸家學者對於此書多作為參考引述、方便檢索之工具書，以《甲骨文字集釋》作為學術研究核心的專著反而不多。但事實上在李孝定自新加坡南洋大學退休返台回到中研院史語所後，曾有意將《甲骨文字集釋》增訂，李

孝定於 1985 年接任史語所甲骨文研究室主任後，提出《甲骨文字集釋》的增訂計畫，然於三年後李孝定自中研院退休、兼任東海大學、台灣大學等教職，此增訂之計畫也就此擱了下來，至今本書仍未增修過。〔註1〕

　　自《甲骨文字集釋》出版三十年後，吉林大學于省吾於 1996 年的《甲骨文字詁林》則再次的將甲骨文字的考釋成果做了全面性的統整、彙編，其中也收羅了李孝定《甲骨文字集釋》的說法，以及檢討其中有疑義之釋義，姚孝遂也曾說：「我們的工作就是在李孝定先生《甲骨文字集釋》的基礎上繼續進行的。」〔註2〕然而據白明玉《李孝定《甲骨文字集釋》研究》所歸納指出《甲骨文字詁林》對於《甲骨文字集釋》釋字的優劣，多只是以「釋某不可據」、「某字釋某是對的」等簡略話語陳述，讓研究者只知「是何」，卻不知「為何如此」〔註3〕可見二、三十年間甲骨材料、論文數倍於前，但《甲骨文字詁林》仍不能完全脫離、取代《甲骨文字集釋》，更加說明了在古文字研究上新的材料與舊的學說是需要互相參照，再通過時間層層篩選出，始能得出較合理的說法。

　　由《甲骨文字集釋》至《甲骨文字詁林》已二十餘年，今轉眼又近二十年，甲骨金文之學術論著早已汗牛充棟，以待整合，今尚未見前輩學者對《甲骨文字集釋》一書中的字例進行全面地分析、補充，因而試想以此作為研究探討，以期能增加本書的正確性。又《甲骨文字集釋》與《甲骨文字詁林》二書皆為手寫複印本，《甲骨文字詁林》字體工整清晰，閱讀無礙，然《甲骨文字集釋》一方面因為年代較早，印刷技術尚未成熟，導致字體不清，一方面因李孝定視力不良，又善行草，因此使得字體潦草難辨，閱讀時而有所滯礙，因此本文之次要目標為將此書電子化，使閱讀流暢不致誤識別字，也使檢索更加便利，以強化本書的工具性。

〔註1〕參見白明玉：《李孝定《甲骨文字集釋》研究》（台中：東海大學中文所碩士論文，2010 年 7 月），頁 21。陳昭容：〈給後輩一個優美的示範：李孝定先生訪談記〉，《國文天地》7 卷 4 期（1991 年 9 月），頁 62。李孝定：《逝者如斯》（台北：東大圖書，1996 年），頁 185。

〔註2〕于省吾主編，姚孝遂案語編撰：《甲骨文字詁林‧序》（北京：中華書局，1996 年第 1 版，1999 年重印），頁 2。

〔註3〕白明玉：《李孝定《甲骨文字集釋》研究》，頁 3。

第二節　研究對象與材料

　　本論文以《甲骨文字集釋》一書編者李孝定的案語作為主要的研究對象，以本書為基礎，輔以《甲骨文字詁林》等文字編以及其他新出土之文獻材料與學者論著，深入討論，望能作一增補刪修。

第三節　研究範圍與限制

一、探討案語之界定

　　李孝定之案語若從前輩學者所論，且今學界亦多無歧見者，則不予深入討論，以補充其他學者之說法為主，因此本文所探討之案語乃李孝定所集前輩學者研究說法而有新論述之觀點，並輔以今日新方法、新材料，加以探討其優劣與正確性；以及李孝定因未見今日新出土材料、文史考古等學術成就而因循舊說之誤者，為本文之核心重點。

二、材料限制

　　本文雖探討專論甲骨文字，然或有甲骨材料無法的甲骨文字問題，需仰賴其他古文字材料，諸如金石簡帛等材料，皆不受限，唯甲骨以外的相關材料為輔助性材料，終仍以甲骨為主體。其次，古文字材料，尤其專書、論文，多如牛毛，限於筆者學力未逮，無法全面掌握所有材料，因此以本文寫作日期，即西元二〇一二年以前發表之學術成果為本文所引用的材料斷限，然如有特殊情況則不在此限。

第四節　研究方法與步驟

一、考釋古文字的方法

　　關於考釋古文字的方法，許多學者都曾專為此議題寫過文章，如：唐蘭、徐中舒、李家浩、林澐、劉釗等，〔註4〕綜合來說，大概可以分成幾個考釋要點：

〔註4〕唐蘭：《古文字學導論》（台北：樂天出版社，1970 年）、徐中舒：〈怎樣考釋古文字〉，《出土文獻研究》（北京：文物出版社，1985 年）第 1 期、徐中舒：〈怎樣研究中國古代文字〉，《川大史學・徐中舒卷》（成都：四川大學出版社，2006 年）、

（一）以「字形」為核心

　　文字作為一種「符號」，是與原始的「圖畫」有其差異，我們不能將「以形為主」的概念，無限擴大為「望文生義」，而應當是以已經正確考釋，沒有疑慮的字，作為基礎，以這個正確無疑的字形基礎，來與其他字形繫聯。另外也必須認識到，古文字的起源除了圖畫象形之外，也有一部分是來自於記號，因此並非所有的古文字都「有其所象」。

　　當我們瞭解了文字的「形」以後，始能談其「音」、「義」，但是古文字的構形十分複雜，並非如看圖說故事一樣簡單，我們只能一一從考釋文字的經驗裡去尋求古人的造字慣例，劉釗也將這些複雜的構形原因，逐一歸納，如：

1. 古文字中的一些形體來自「硬性約定符號」，本無形可像。

2. 古文字不是圖畫，即使是象形意味較為濃厚的甲骨文，也是高度符號化的「符號」。其線條化和簡化已達高度發達。

3. 古文字中一些字的字義與其形體所像之形並不相等，有些形體並不象形，而是像「事」。

4. 古文字中的一些象形字和會意字，其所像之形與字義有「廣」「狹」的區別。

5. 古文字中許多字如果其形象所表示的動作著眼去推論相當於後世的什麼字，會有許多同義或義近的字可供選擇而產生多種可能性。

6. 古文字中有許多飾筆、連線、區別符號等等，是無形可像的「符號」。

7. 古文字中一些形體是借助表示另一概念的字的形體來作自己的符號的。

8. 古文字中有一些字本身並無獨立起源的形，而是截取某一個字的一部份來作為自己的記音符號。〔註5〕

李家浩：《著名中年語言學家自選集・李家浩卷》（安徽：安徽教育出版社，2002年）、林澐：〈考釋古文字的途徑〉，《古文字研究簡論》（長春：吉林大學出版社，1986年）、劉釗：《古文字構形學》（福建：福建人民出版社，2006年）。

〔註5〕參見劉釗：《古文字構形學》，頁230～232。

（二）歷史比較法與偏旁分析

　　廣義的歷史比較法，還可以包含古代文化、出土文獻與文物、考古調查與發掘遺址報告等，旨在回到當時的生活環境，從文化思想層面、居住的房舍、使用的器物等，來推測其字的釋讀，是否符合當時的社會現狀，這都是可以作為考釋文字的旁證。而有一些字我們可能找不到其與後世形體的關聯，此時我們則必須從當時的語言環境來尋求解釋，以甲骨文字為例，其字必須要放在甲骨卜辭中釋讀，來考察其字義的用法，據以推測這個字形相當於後世的什麼字。同時也可採用偏旁分析法來對兩個部件以上構成的合體字，進行分析，據由對同一文字的同一時代橫向的考察，比較已識之字與未識之字的異同，可見偏旁在不同字形之間的關係，以作為聯繫字形的線索，而若由觀察同一字形在縱面不同時代的演變，則可由文字的演變規律，如曲線拉直、加上區別符號、繁化、簡化、增加部件……等等，來作為文字考釋時的檢驗方式。

（三）揀選《甲骨文字集釋》的字例

　　本文主旨在於對李孝定編纂的《集釋》一書進行字例的考察，然此書收錄之甲骨文字計有正文 1062 字，重文 75 字，《說文》所無字 567 字，存疑 136 字，不包含異體之字形，礙於筆者學力未逮，故將文字考釋分作「異體字」、「同形字」、「合文」等三大類進行字例的篩選，並逐一設定主題，縮小範圍，並依據前述的考釋方法分類討論，並於第五章試增補數例甲骨文字之考釋說法與意見。

二、增補出土文獻與研究成果

　　自《甲骨文字集釋》於 1965 年出版至今四十年，其所收錄的材料與文獻必然受到年代與地域條件的影響。在時間性方面，《甲骨文字集釋》僅收錄至1965 年以前的學術成果及出土文獻，而此後的學術新說與新出土的材料亦未能見到，諸如：1991 年新出土的《殷墟花園莊東地甲骨》，提供了更多新的辭例、字形，至於近年如雨後春筍湧現的簡帛材料，也可以作為甲骨文字演變的旁證；而 1988 年後肖丁與姚孝遂用力於《殷墟甲骨刻辭類纂》以及《殷墟甲骨刻辭摹釋總集》，後白于藍對此更細膩的作了《殷墟甲骨刻辭摹釋總集校訂》，加上胡厚宣主編收錄、審定的《甲骨文合集》、彭邦炯，謝濟，馬季凡編錄的《甲骨文合集補編》以及曹錦炎、沈建華所校的《甲骨文校釋總集》

等等，都提供了正確性更高的刻辭釋讀，另一方面新的出土材料也使得學術研究有更多新的成果，編於 2001 年的《甲骨文獻集成》已有四十大冊，單是甲骨文字考釋便有七冊，數百篇論文，再加上諸家學者的研究成果，其材料可謂相當豐富，可以深入研究與補充《甲骨文字集釋》的不足。

　　另一方面，《甲骨文字集釋》出版後，於卷首中的後記便明確指出幾項可以校正的地方，如：「（甲）編纂方面之重出與譌誤、（乙）編纂方面之疏漏、（丙）印刷方面之疏忽。」〔註6〕以及李孝定晚期的研究方向，雖主要關注在漢字起源一途，其發表之專書、論文也漸不以甲骨文字為核心重點，但在文字演變上仍會以甲骨文字作為證據，並釋其形義，尤其 1984 初版、1990 再版，收錄許多重要論文的《漢字的起源與演變論叢》以及 1992 年出版的《讀說文記》等，皆可從中尋得李孝定對先前甲骨文字說法的更正。

第五節　文獻探討

　　2002 年東海大學葉秋蘭的碩士論文《李孝定先生的六書理論及其文字歸類研究·李先生的生平與著作簡介》可謂是最早以李孝定為研究核心的論文，然此文主要談及李孝定的六書分類，並檢討傳統六書分類的癥結，以評析李孝定的六書分類缺失。而與本文最為相關的研究成果當屬 2010 年東海大學白明玉的碩士論文《李孝定《甲骨文字集釋》研究》，此文從學術性、時代性、體系性以致影響性來討論其案語、研究方法與價值。白明玉在其研究方法與範疇一章中曾言：「本文以《集釋》的按語作為研究範疇，主要檢討《集釋》之考釋成果，進而歸納影響《集釋》考釋之因素，展現《集釋》所代表的時空背景與學術價值。」〔註7〕並有「《甲骨文字集釋》的商榷」一章，從字形、釋義以及囿限於《說文》之說解等方面來修定《甲骨文字集釋》中的誤說，並提出例字予以佐證，另一方面也從字形的隸定、字音釋字、重文，或形體推衍、卜辭釋讀等方面來重新探討《甲骨文字集釋》中有待商榷的部份。此文為審視《甲骨文字集釋》一書打下寬廣的基礎，然由於體系龐大、材料甚多，且其主要的目的在於

〔註6〕李孝定：《甲骨文字集釋·卷首》（臺北：中央研究院歷史語言研究所，1965 年），頁 235～240。

〔註7〕白明玉：《李孝定《甲骨文字集釋》研究》，頁 10。

「展現《集釋》所代表的時空背景與學術價值。」因此雖有李孝定案語的探討
與校訂，但僅列舉數個字例討論，與本文主要目的——字例的全面性分析、補
充仍有所不同。

第二章 《甲骨文字集釋》異體字探討

第一節 以偏旁通用作為分辨異體字的標準

  李孝定在〈從中國文字的結構和演變過程泛論漢字的整理〉文中指出，早期文字具有「由不定型趨向於大致定型」、「整齊劃一的趨勢」、「譌變」的特質，並由這三項的闡述中，可以見到李孝定所認為的異體字規律，如：上古文字形體不一，個人的寫法不同、偏旁位置，左右上下不定、筆劃多寡不拘，偏旁數目不拘，事類相近的文字，當作偏旁使用時往往相通、正寫反寫相同（除「左」、「右」二字外）、側書橫書無別（山、丘二字為橫寫，側寫則為𡶣、𠂤，此為甲骨文時代之例外）〔註1〕，雖然這篇文章比《集釋》編纂時間要晚了二十年才發表，但其中所涉及到的理論與主張，當非一時靈光乍現而產生，勢必經過長時間的研究與觀察，始能得出上述的諸多條例。《集釋》本身作為「集釋」的編纂，當以收羅諸多學家說法與甲骨字形、卜辭、金文

〔註1〕 參見李孝定：〈從中國文字的結構和演變過程泛論漢字的整理〉，原載於新加坡《新洲日報》1969 年元旦特刊，又收於李孝定：《漢字的起源與演變論叢》（台北：聯經出版社，1986 年），今引文據《漢字的起源與演變論叢》，頁 77～79。

  參見白明玉：《李孝定《甲骨文字集釋》研究》（台中：東海大學中文所碩士論文，2010 年 7 月），頁 173～197。

字形等諸多古文字材料為旨歸，對於理論的建構則較不多見，然而面對如此龐大的材料，其編定時必然有一套內在的理論系統作為依據，唯較少將理據著錄於紙上。

　　文字之考釋，無論是從文字的字形觀察，旁通已確定的文字，或是由字音的關係聯繫，還是從典籍文章、出土文獻、器物材料等去假設、論證，最終都必續要回歸到當時的語言環境來討論，看看這個字如此考釋，再放回甲骨卜辭中讀一讀，如文意通暢無礙，這才較能肯定這個文字的考釋是正確的，這種將文字放在語境裡徵驗的方式，在《集釋》的按語中幾乎都能看到，我們也能說，利用甲骨卜辭的辭例來考釋文字，是《集釋》中最常使用，也是最為合適的方法，然而使用卜辭辭例作為殷商時代文字應用的依據，必然會牽涉到辭例的判讀正確與否，而辭例的判讀又是依憑著一個又一個甲骨文字的考釋，這也形成內循環的檢驗系統──當文字考釋有誤時，辭例釋讀便可能有誤；辭例釋讀有誤，則會使得文字考釋有誤。另一方面，龜甲獸骨或因殘辭、斷裂以及其他天然因素，造成材料的限制，也或者因為人為拓本不清、誤讀甲骨文例等諸多因素，都是可能使得卜辭辭例釋讀有誤的原因，白明玉已指出《集釋》「以假借字義釋讀卜辭」、「以後世文義釋讀卜辭」等兩點待商榷的地方。〔註2〕

　　《集釋》除了使用卜辭辭例作為考釋文字的方法以外，也一定會使用到其他時期可見的文字作為佐證，而最常引用的是金文以及小篆，這也可以看出李孝定對於文字考釋並不著眼於單一時代，而是要將文字前後的演變串連起來，才能看得出這個字的演變過程究竟有什麼特輸的問題，這也是李孝定一再強調的，考釋文字還要從動態方面觀察文字的演變。此外，李孝定也非常善用「偏旁通用」的方式來區分文字的異體，這種偏旁通用的例子在古漢字中是相當常見的，而之所可以通用，乃是相通的偏旁在較廣的範圍，意義是相同的，張桂光說：

> 所謂義近形旁通用，指的應該是這樣的一個現象：由於某些形旁的意義相近，它們在一些字中可以互易，而互易之後，不僅字義與字音不會發生任何改變，而且於字形結構上亦能按同樣的角度作出合理的解

〔註2〕參見白明玉：《李孝定《甲骨文字集釋》研究》，頁173～197。

釋，只有符合這一定義的，我們才能承認它為義近形旁通用。〔註3〕
比如「彳」、「止」、「行」、「辵」等字，皆與「行走」義相關，因此在古漢字中
用此四部件構字時，可以相通，便是「義近形旁通用」的例子，而這種構字方
式即是本文所謂的「偏旁通用」，而與「偏旁通用」構字方式類似卻不同的是
「偏旁混用」，這種混用的情況主要來自於字形相近，而造成譌混使用的現象，
可參唐蘭《古文字學導論》〔註4〕與王慎行〈古文字形近偏旁混用例〉〔註5〕。
關於甲骨文字與其他古文字中，「義近形旁通用」的研究討論數量甚多，徐富
昌在〈從甲骨文看漢字構形方式之演化〉文中以甲骨文的構字現象為核心，談
到：

> 在甲骨文異化的各種現象中，與構字部件相關而又常見的，莫過於『義
> 近形旁通用』的現象。由於甲骨文的構字形旁，往往可以用另一個意
> 義相近的偏旁代替，因此，造成了各種不同的異體。〔註6〕

可以見得，在古文字與甲骨文的構字方式中，都常常可以見到，同一個字的
部件，可以使用另一個意義相近部件，與之代替，比如人（ㄅ）、女（ㄓ）、母
（ㄓ）、大（ㄇ）、口（ㄌ）……等字，其形義都與人體有關，作為部件時，常
可通用。中（ㄓ）、艸（ㄓㄓ）、蓐（ㄓㄓㄓ）、木（ㄓ）、林（ㄓㄓ）、森（ㄓㄓㄓ）……等
字，其形義都與植物有關，作為部件時，常可通用，甲骨文字中便有許多異
體字是因為這種「義近通用」的關係而造成的。而在徐富昌的文中，也把近
來學者關於「義近通用」的研究，詳細的整理列出，今據引參考：

> 楊樹達《積微居金文說》中「新識字之由來」，舉了「義近形旁任作」
> 的規律；〔註7〕朱歧祥〈甲骨文一字異形研究〉歸納甲骨文中「同類

〔註3〕張桂光：〈古文字義近形旁通用條件的探討〉，原載於《古文字研究》19 輯（北京：
中華書局，1992），頁 581。後收入《古文字論集》（北京：中華書局，2004），頁 37。

〔註4〕參見唐蘭：《古文字學導論》（台北：樂天出版社，1960 年），下編，頁 56～58。

〔註5〕參見王慎行：〈古文字形近偏旁混用例〉，《古文字與殷周文明》（西安：陝西人民教
育出版社，1992），頁 37～66。

〔註6〕徐富昌：〈從甲骨文看漢字構形方式之演化〉，《臺灣大學文史哲學報》（台北：台灣
大學，2006 年 5 月）第六十四期，頁 19。

〔註7〕參見楊樹達：《積微居金文說·新識字之由來》（臺北：大通書局，1971 影印本），
頁 9～11。

偏旁通用例」的規律；〔註8〕施順生《甲骨文形體演變規律之研究》
歸納甲骨文中「同類偏旁通用例」的規律；〔註9〕高明〈古體漢字義
近偏旁通用例〉歸納了各類古文字中「義近偏旁通用」的規律；〔註10〕
王慎行〈古文字義近偏旁通用例〉歸納了各類古文字中「義近偏旁通
用」的規律；〔註11〕許學仁《戰國文字分域與斷代研究》針對戰國文
字中形旁義近互通的規律；〔註12〕何琳儀《戰國文字通論》歸納戰國
文字中各種「形符互作」的規律；〔註13〕林清源《楚國文字構形演變
研究》歸納了楚國文字中「義近替代」的現象；〔註14〕許錟輝《說文
重文形體考》討論小篆、金文、甲骨文中義近相通用的規律；〔註15〕
韓耀隆《中國文字義符通用釋例》則討論有關小篆「義近通用」的規
律等。〔註16〕」

另外，劉釗從古文字構形各方面演變角度切入，整理出「古文字構形演變條
例」，計有通用例 31 條、訛混例 43 條、繁簡例 32 條、演變例 34 條、飾筆例
21 條。〔註17〕另外，於第三章「《甲骨文字集釋》對甲骨文字『字際關係』的

〔註8〕參見朱歧祥：〈甲骨文一字異形研究〉，《甲骨學論叢》（臺北：學生書局，1992 年），
頁 65～67。

〔註9〕參見施順生：《甲骨文形體演變規律之研究》第六章（臺北：中國文化大學中國文
學研究所博士論文，1998 年），頁 255～381。

〔註10〕參見高明：〈古體漢字義近偏旁通用例〉，《中國古文字學通論》（北京：中華書局，
1996 年），頁 129～159。

〔註11〕參見王慎行：〈古文字義近偏旁通用例〉，《古文字與殷周文明》（西安：陝西人民
教育出版社，1992 年），頁 1～36。

〔註12〕參見許學仁：《戰國文字分域與斷代研究》（臺北：臺灣師範大學國文研究所博士
論文，1986），頁 38～50。

〔註13〕參見何琳儀：《戰國文字通論》（北京：中華書局，1989 年），頁 205～207。

〔註14〕參見林清源：《楚國文字構形演變研究》（臺中：東海大學中文研究所博士論文，
1997 年），頁 121～123。

〔註15〕參見許錟輝：《說文重文形體考》（臺北：文津出版社，1973 年），頁 774～801。

〔註16〕參見韓耀隆：《中國文字義符通用釋例》（臺北：文史哲出版社，1987 年），頁 357
～359。

〔註17〕參見劉釗：《古文字構形學》（福建：福建人民出版社，2006 年），頁 335～346。

異構辨析』一節中，所談到「甲骨文字構形特徵』，大致就是甲骨文字產生異體字的種類與原因，此不一一再引。

甲骨文字中異體字的構成原因甚多，本章欲以李孝定在《集釋》編纂時，自下按語時所主張「某某得通」、「某某通用」等語，為探討《集釋》中異體字的分合、正誤等現象。

第二節　《集釋》古文「从人从卩从女从大每得通也」疑義釋例

《集釋》裡有謂：「古文偏旁从人从卩从女从大每得通也」此語乃出於「卽」字條下：

> 按：《說文》：「即，即食也。從皀卩聲。」契文象人就食之形，乃會意字。許君以瑞信釋卩，已失初誼，故以卩聲說即耳。契文卽或从人作，古文偏旁从人、从卩、从女、从大每得通也。〔註 18〕

卽字字形有作「」，亦有作「」，兩者再字音與字義並不發生改變，且於字體結構上也能以同樣角度分析，作「象人就食」之說，此乃「義近形旁通用」之例。下表 1 的諸字，大抵也都是如此，或從人、或從大、或從卩、或從女等偏旁，往往都能互相通用，然而並非所有的字例都遵循這種通用規律，因此就所舉的字形，以及其他相關的字形，作幾點討論說明。

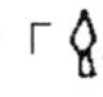

表 1：《甲骨文字集釋》

甲 骨 字 形	隸 定	字頭頁碼
	競	757
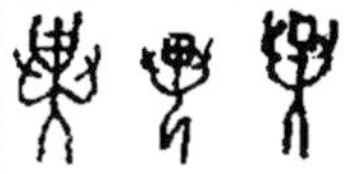	異	803
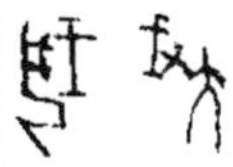	娥	885
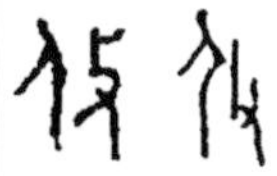	攸	1055

〔註 18〕李孝定：《甲骨文字集釋》，頁 1750。

	隸定	頁碼
	寇	1063
	卽	1749
	休	3343
	毙	2675
	兄	2801
	鬼	2903

一、偏旁從人、從身通用例

《集釋》中有四組字分別作：

《甲骨文字集釋》甲骨字形	隸　定	字頭頁碼
	身	2719
	腹	1509
	疒	2515
	疫	2527

「腹」、「疒」、「疫」三字分別都收有「從人」以及「從身」的異體字。《集釋》「身」字條按語謂：

> 按：《說文》：「身，躬也，象人之身，从人厂聲。」契文从人而隆其腹，象人有身之形，當是身之象形初字，許君謂「象人之身」其說是也，惟謂厂聲則非。段氏因據韵會改作「申省聲」惟身篆作𨈟，乛乃象人之身，非𨈟省甚明，字本為單體象形，篆體譌變从𠂆，許君不得其解，遂有此說耳。……金文作（弔向簋）（弔氏鐘）（郏公華鐘）（獻伯簋）較契文僅多一短橫畫。古文於垂直長畫之下端多增小點，又衍為橫畫，篆體復譌變為𠂆耳。辭云：「貞出（有）身御」（《乙》七

五六八）此即王婦有身而行御祭，又云：「貞御疾身于父乙」（《乙》

六三四四）言疾身蓋亦孕娠之疾也。〔註19〕

此言身為象人身之說，又言為「有身」，作為孕娠之意，實有誤，姚孝遂於《甲骨文字詁林》「身」字條按語辨明：

> 《乙》七七九七有辭云：「貞王疾身隹匕己壱」此乃王乃武丁、不得
> 為孕娠之疾，李孝定說殊誤。《乙》七五六八當作「貞虫疾身卸」，
> 猶存殘劃可辨。李氏誤衍「疾」字。「疾身」之占纍見，而從未有指
> 婦而者，其非指孕娠甚明。卜辭「有身」之字為孕，孕作 或 ，從
> 未見「疾孕」之例。「身」與「孕」不得混同。〔註20〕

從同一條《乙》七五六八卜辭，李孝定釋文作：「貞虫（有）身御」，姚孝遂釋文作：「貞虫疾身卸」，李孝定釋文略「疾」字，是故將「有身」連讀，而誤解辭意，又謂卜辭「疾身」一詞多見，但亦不見用作「疾孕」，是故「疾身」一詞不當指孕娠之疾，且《集釋》亦有收「孕」字作「 」，象子在腹中，且「身」字條按語亦有言：「孕字初文當作 。」〔註21〕與「身」字有別，於字形、字義理當不應混同。

> 《集釋》裡「腹」字條下，分收有「從人」以及「從身」的異體字，其為：
> 按：《說文》：「腹，厚也。從肉复聲。」上出弟一形從身复聲，弟二
> 形從人复聲，並是腹之本字。從身從人義同⋯⋯有身者腹部隆然墳
> 起，故腹字從之取義，篆文改為從肉，不如從身於義較洽矣。從身
> 复聲者，當為腹之初文，非假借字也。辭云：「癸酉卜，爭，貞王
> 不安，亡征。」征即延字，辭言王腹酉疾，其不纏綿不愈乎。〔註22〕

腹字甲骨字形不論是從人复聲，或是從身复聲，都是以形聲的結構造字，或因單純的象人腹之形，已被「身」字所用，而只好另造新字以明「腹」義。在此我們也看到李孝定認為「從身從人義同」，或依此能將「從人、從身」的

〔註19〕李孝定：《甲骨文字集釋》，頁 2719～2720。

〔註20〕于省吾主編、姚孝遂按語編撰：《甲骨文字詁林》（北京：中華書局，1996 年），頁37。

〔註21〕李孝定：《甲骨文字集釋》，頁 2719。

〔註22〕李孝定：《甲骨文字集釋》，頁 1509。

偏旁作為義同（近）通用。再看下面兩個都有「從人」以及「從身」的異體字，並且與「疒」（牀）皆有關。

《集釋》說「疒」字謂：

> 疒、疾當為古今字，古文衍化往於象形會意之本字，另加聲符。疒字从牀（𤕫），从人會意，矢字則為後加之聲符也……後世遂以「疒」之篆文「疾」兼晐「疾病」、「疾速」二義，而「㱊」亡矣。非疾之本義，當訓急速也……楊氏釋疒，於字形辭義無不允當，其說墻不可易也。楊氏謂篆文疒字右方橫畫為人之省變，其說小有未達。蓋字作𤕫，象人臥牀上，即許君所謂「象倚箸之形」人倚箸於牀，人體與牀面自當密合無間，然則象人體之「𠂊」與牀面之「丨」，合而為一，即為篆文之疒矣（橫畫者，人臂之形，特易斜畫為橫畫耳）。非人之省也。〔註23〕

卜辭中的「𤕫」、「𤕫」字都用作「疾病」義，不過李孝定特別指出《後下》十一、八辭云：「貞婦好不延𤕫」的「𤕫」，從身，乃疒字異構，並推測此字為「妊娠之疒」的專字。從字形上來看，此字確是從身，但前面已經討論過，身、孕二字當不混，此未必專用於女性婦疾，或可單純表示人體的部位，指有「腹疾」，雖甲骨文中的腹字已有從人（從身）複聲的形聲字，但亦有可能在腹字尚未分化時，與身字都是同用「𠂊」之形。而「疛」字的指涉就更清楚了，《集釋》謂：

> 按：《說文》：「疫，顫也。从疒又聲。」又「疛，小腹病。从疒肘省聲。」疫、疛當是一字。古文从又从寸每得通作，且二者聲近韵同，其義亦相關也……栔文𤕫字隸定之正當作疫，象人臥床上，从又，象有手撫其腹，與許訓小腹並正合。从又會意兼聲也……卜辭疫字多為人名，字又作𤕫，从身，是明繪其腹，正可證疫、疛是一字也。」

〔註24〕

從字形與辭意來說，疫、疛古本同字，是沒有問題的，唯卜辭作「𤕫」的字形不是作為人名就是卜辭不全，無法直接證明此字是否專指「手撫其腹」或是

〔註23〕李孝定：《甲骨文字集釋》，頁2522～2524。

〔註24〕李孝定：《甲骨文字集釋》，頁2527～2528。

「與妊娠字」有關，不過在《合集》13712 片正（見圖 1）（2）辭：「丙辰卜，
殼，貞：帚好〔𤰇〕征羸。」原片的「𤰇」字雖下半部略有殘斷，但可以明
顯看出，這個字是從人，而非從身，同前面所提到的「疾身」一詞不當指孕
娠之疾，故本辭人物為婦好，「疫」字偏旁不用「𤰇」而用「𤰇」，亦無關乎「婦
疾」。而此字兩種異體「𤰇」、「𤰇」的字義，當作疾病之說可以，但是否為後
世所謂的「小腹病」，大概只能從字形上來連結。

圖 1：《合集》13712 片正（即《甲》二〇四〇片）

全　　版	釋　文
	（2）：「丙辰卜，殼，貞：帚好〔𤰇〕征羸。」 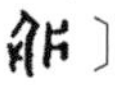

　　從上三例來看，人、身二字意義相近，形體亦近，構成義近偏旁可以通用
的條件，又李孝定也自謂：「從身從人義同」因此在「從人」以及「從身」作為
偏旁時，當可通用。

二、偏旁從人、從壬通用例

　　《集釋》中有兩組字分別作：

《甲骨文字集釋》甲骨字形	隸　定	字頭頁碼
	壬	2709
	望	2711

　　《集釋》「壬」字條按語則謂：

　　按：《說文》：「壬，善也。從人士。士，事也。一曰象物出地挺生

也。」徐灝《說文段注箋》曰：「按，一曰象物出地，則當从土，壬蓋古挺字，鼎臣云：『人在土上，王然而立。』是也。」此說極是。字从人立地上，與立意同，一象正面，一象側面，為異耳。下一地也。地土意近，故又从土，人在土上王然而立，英挺勁拔，故引申之得有善也之誼也。許云从士，土之誤也。金文望字偏旁从此作 若 ，作 者與卜辭一體同。〔註25〕

而《集釋》「朢」字條按語謂：

> 栔文與許書古文正同，象人引領企趾，舉目而朢之形，與見字義意近而有別。見為凡視之稱，故作 ，从人上目。朢為引領，而朢之形故作 ，象舉目。〔註26〕

從壬字說解可知，壬字字形下方一劃，李孝定以為是「土地」之意，而壬乃是象人立於土上，而有挺拔之意。朢字的兩形分別是從人與從壬，上半部都是目形，解作「舉目而望」，因此《集釋》把此字隸定為「朢」，乃僅依《說文》古文朢省「 」之形而定，但從字義上來看，確未必與《說文》所說的：「月滿也。與日相望，似朝君。」有關，因此隸定為「望」似較合字義。劉釗認為：「古文字從『人』形的字，常在人形上加一橫或土旁，與人形組成『壬』字。」〔註27〕其認為這種現象是屬於「文字演變」的例子，而不歸於通用例中，不過「朢」字下方的人形與壬形，或一僅作人形，一有表示為挺立之貌，但實都是象人，因此筆者以為偏旁從人、從壬的字例，部份是可以通用的。

三、偏旁從女、從母通用例

《集釋》中有一組字分別作：

《甲骨文字集釋》甲骨字形	隸 定	字頭頁碼
	好	3647

《集釋》摹作「 」的字形，在其收錄「好」字的 11 例中，僅見此例從

〔註25〕李孝定：《甲骨文字集釋》，頁 2709～2710。

〔註26〕李孝定：《甲骨文字集釋》，頁 2712。

〔註27〕劉釗：《古文字構形學》（福建：福建人民出版社，2006 年），頁 343。

「 」，在《甲骨文字編》所收的「好」字 64 例，更無一字形從「 」。如果我們從此字出現的甲骨原片來看（見圖 2），《合集》3807 片（1）辭作：「〔貞〕：钭疾好……尋。」首先要提出的是本辭行款的問題。卜辭中「子」、「母」二字似乎分得較開，且字體大小也較同版它字要大，而由於龜版斷裂的關係，可以推測「疾」字上面應當還有其他文字。在卜辭中好字均與帚（婦）字連文，當是作為女姓，〔註28〕而本辭卻不見「帚」字，與以往所見不同，而本辭如果還是要讀作「疾好」，那麼解作「疾（婦）好」是不通的，要解作「疾病好了」也不可行，因「好」訓作「美」當是後起義，〔註29〕在商代「好」都尚未有「美」、「善」意，作為「完成」、「完畢」之義就更無可能了。其次從《集釋》所摹的「 」字在甲骨拓片上來看，母字的兩點較不明顯，甚至彷若因龜版表面凹凸關係所至的白點，一般母字兩點刻劃都較為清楚，如下表 2 所舉之例字：

表 2：甲骨文「母」字字形

《合集》460 片	《合集》588 片	《合集》924 正片	《合集》924 正片	《合集》1981 片
《合集》10565 片	《合集》10406 反片	《合集》14336 片	《合集》14337 正	《合集》19954 片

當然也有「母」字兩點較小者，此不一一列舉，但原片的「 」字形，即便要摹作一字，也當是摹作「 」而非「 」。因此在《集釋》中沒有可作為從女、從母偏旁可通的例子。

〔註28〕參見李孝定：《甲骨文字集釋》，頁 3650～3651。

〔註29〕參見徐中舒：《甲骨文字典》（成都：四川省新華書店經銷，1989 年），頁 1312～1313。

圖2：《合集》3807 片（即《龜》二、十、十七片）

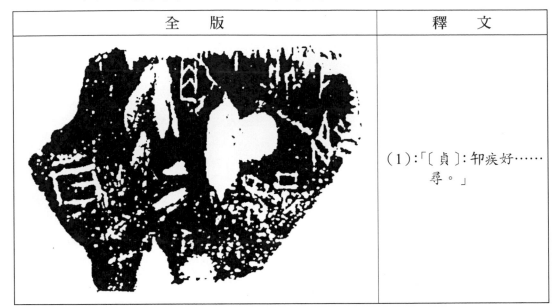

全　　版	釋　文
	（1）：「〔貞〕：卯疾好……尋。」

不過姚孝遂認為「女」、「母」是可以通用的，其謂：

> 卜辭「女」、「母」多通用。但亦有別。祖妣之稱「母」者，亦或作
> 「女」，然反之「女」則不得稱「母」。「粦生」之辭，育「女」未知
> 「不妫」或「不吉」，無作「母」者。「取女」之女亦無作「母」者；
> 「及女」之女亦不做「母」。又婦名均从「女」，不从「母」。據此，
> 輩尊者稱母，或假「女」為「母」，否則僅稱「女」，不得稱「母」。

〔註30〕

而王慎行也同意女、母偏旁可以通用，並引《說文》認為：

> 女為婦人之通稱，而母專指哺乳孩子的婦人，兩者互為廣、狹義關係，
> 意義相近，故在偏旁中，從女與從母，每互作無別。〔註31〕

雖姚孝遂、王慎行都認為女、母二字作為偏旁時可以通用，不過筆者以為，
與其說是義近通用，不如看作此二字因同源關係，在早期字形尚未分化，而
造成同形的現象，而且在《集釋》收錄「好」字的 11 例中，僅見 1 例從「𤰔」，
在《甲骨文字編》所收的「好」字 64 例，更是不見從「𤰔」的字形，而此 64
例中，字形都集中出現在「典型賓組」，《集釋》所收有「𡥆」字形的甲骨片，

〔註30〕于省吾主編、姚孝遂按語編撰：《甲骨文字詁林》，頁 446。
〔註31〕王慎行：〈古文字義近偏旁通用例〉，《古文字與殷周文明》，頁 8。

其分期正在「典型賓組」〔註32〕，同時，在這個時期，女、母二字因同源關係，字形相同，而造成「同源分化的同形字」，〔註33〕或許更較女、母二字「偏旁通用」要更洽當。當然如果女、母二字既然是同源，其義必相同或相近，又字形僅差兩點，要當作是「偏旁通用」亦無不可。

四、偏旁從人、從尸混用例

《集釋》中有三組字分別作：

《甲骨文字集釋》甲骨字形	隸　定	字頭頁碼
（字形）	尸	2745
（字形）	泚△	3371
（字形）	沽△	2672

　　泚字條下，《集釋》按語謂：此字羅振玉釋「汄」，王國維已辨其說不可信，而唐蘭、于省吾釋作「兆」，然李孝定以為早期金文未見「兆」以及從「兆」之字，因此認為此說未敢據信，只從偏旁隸定為「泚」，於卜辭中作為地名之用。〔註34〕但後來沈培以西周金文釋作「姚」的「（字形）」字形從女從涉，與從女從兆的「姚」字不偕作為問題意識，重新整理裘錫圭、何琳儀、陳漢平、董蓮池、朱鳳瀚、詹鄞鑫、唐蘭、于省吾等學者之說，並由從楚文字從兆得聲的「逃」（（字形））、「菄」（（字形））、「眺」（（字形））、「桃」（（字形））等字，以及覯公簋的「姚」字從「（字形）」、《說文》古文的「兆」字作「（字形）」等證據推斷，甲骨文字中的「（字形）」、「（字形）」、「（字形）」等字當釋為「兆」。〔註35〕

　　《集釋》在泚字條下所收字形除了李孝定以為的從北、從水外，其中有

〔註32〕據楊郁彥：《甲骨文合集分組分類總表》（台北：藝文印書館，2005 年）

〔註33〕參見楊郁彥：《甲骨文同形字疏要》（台北：輔仁大學中國文學系博士論文，2004 年），頁 20～38。

〔註34〕參見李孝定：《甲骨文字集釋》，頁 3375。

〔註35〕參見詹鄞鑫：〈釋甲骨文「兆」字〉，《古文字研究》，第 24 輯，（2002 年），頁 123 ～129。沈培：〈從西周金文「姚」字的寫法看楚文字「兆」字的來源〉，張光裕、黃德寬主編：《古文字學論稿》（安徽：安徽大學出版社，2008 年），頁 323～331。

一字形作「⿰」，其相背之形不像二人，倒似二尸，從甲骨原片來看（見圖3），此字形似「尸」的刻劃並不清楚，但不論尸字小篆「象人高坐而肢體下垂」，或金文「象屈膝之形」〔註36〕，都可以明顯看出尸字的特徵於字形下半部的彎曲狀，而甲骨片中雖不能見到完整的尸形，但仍能見到字形下半部的彎曲之狀，因此摹作「⿰」，當是正確。李孝定同意容庚說尸字本義為「屈膝之形」，亦為人形，然沘字於卜辭中乃作為地名，地名字多無義可說，或僅能猜測此字為臨水之地，而其義可能與北字無關，亦與人義無關，既此字字義與北字、人字無關，那麼可能這個字形的寫法就不被嚴格的要求，因此而產生了形近相混的現象，這便是劉釗所說：「古文字中人、尸有時相混。」〔註37〕的訛混例。同樣的，「佁」字也有一字形從尸作「⿰」，雖《集釋》的摹本並不清楚，但從甲骨原片來看（見圖4），此字屈萬里疑以為是侯國軍長之名，但李孝定僅校正屈萬里隸定的錯誤，於字義未敢據從，〔註38〕因此為何此字有從人、從尸二形，可能在找不到意義上的關聯，因此也當作是人、尸形近相混之例。

圖3：《合集》21460片（即《佚》882片）

全　　版	釋　文
	「己⿰……⿰」 

〔註36〕參見李孝定：《甲骨文字集釋》，頁2745。

〔註37〕劉釗：《古文字構形學》，頁339。

〔註38〕參見李孝定：《甲骨文字集釋》，頁2672。

圖4：《合集》26827片（即《錄》900片）

全　版	釋　文
	（2）：「……〔〕……屮……來……」

五、偏旁從人、從匕混用例

《集釋》中有三組字分別作：

《甲骨文字集釋》甲骨字形	隸　定	字頭頁碼
	依	2633
	旨	1643
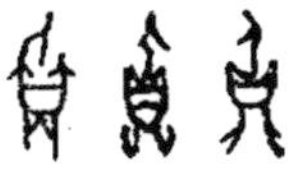	鼏△	2341

「依」、「旨」、「鼏」三字甲骨字形或從人，但甲骨文「人」、「匕」二字，形體十分接近，又古文字形體結構尚不固定，書寫時往往左右、正反無別，因此時常造成混淆，林澐曾對「比」、「從」二字進行過分組比較，其分期字形表如下：

	比	從	匕	人
武丁𠂤組		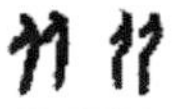		
武丁賓組		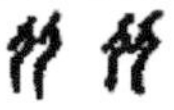		
祖庚、祖甲				
廩辛、康丁				

武乙、文丁				
帝乙、帝辛				

根據此表，我們可以看出，「匕」、「比」二字跟「人」、「從」二字最大的差異在於「匕」、「比」字形具有人手上折，以及下肢向後彎曲的特色，而「人」、「從」的字形則沒有這兩個特徵。《集釋》對於「匕」字的看法是：

按：《說文》：『匕，相與比敘也。从反人。匕，亦所以用比取飯，一名柶。』許君匕下二解，前一解與比字誼同，比從二人始得有『相與比敘』之義，此从一人（姑從許說，字實不从反人，說見下）安得有『相與』之誼乎，此蓋許君誤說，字當以第二解為本誼，實為匕柶之象形字也。〔註39〕

並且引古籍以匕為匙的用法，以及出土銅匕器物（見圖5）為證，又謂：

匕之上端有枝者，乃以掛於鼎脣，以防其墜，試觀下列二文，其插于鼎中之匕，有枝之端均在上，可以為證也……契文作 者，實非人字，乃匕之象形，上一畫作 、 形者，乃匕端之枝，所以懸之於鼎脣者也，卜辭皆假為祖妣字，以其音相同。篆變作 ，與反人相類，許君遂以『相與比敘』說之，所幸尚存第二解，使郭氏得以參證古器物，以證其初誼，許君存古之功，為不可沒矣。

圖5：《陶齋吉金录》卷三，（五、十、五一）圖二

〔註39〕李孝定：《甲骨文字集釋》，頁2679。

李孝定主張「匕」為匕柶本字的說法，在後撰的《讀說文記》以及〈戴君仁先生同形異字說平議〉的舉例裡，都沒有更動這個主張，仍舊說：「匕字甲骨文作𠤎，象匙之側視形，只是一物，何來『相與比敘』之象？」〔註40〕「匕」只是器物，與「人」字並無關係，更不用說與「从」、「比」之字相關。不過我們見到《集釋》裡所收的「依」、「旨」三字，以為人形的下半部都有向後彎曲的樣子，並從《甲骨文字編》來看看這幾個字形的斷代，幾乎都是在「賓組一類」、「典型賓組」時期，而這個時期「匕」字字形的橫畫，還不具有普遍上折的現象，是故與同期的「人」字較為接近，但《集釋》在隸定這三字時，依字隸定從人，旨字隸定從匕，這大概是根據卜辭文意以及後世字書可見的字相對而定的，但「鼎」字字形的時代多在「無名組」以及「何組二類」，其時代都在廩辛、康丁之後，此時「匕」字字形的橫畫已多具有上折的現象，不過在隸定作「鼎」的字形，並沒有看出明顯上折的特徵，於是再從可見「鼎」字的卜辭來看：

《合集》27226 片（1）：「甲子卜，祭祖乙又鼎王受又。」

《合集》27226 片（2）：「弜又鼎。」

《合集》27523 片（2）：「叀鼎。」

《合集》30693 片（3）：「鼎叀稱𤔔。用。」

《合集》31116 片：「旦其㱃鼎酓各日又正。」

《合集》32603 片（2）：「于祖丁用鼎。大吉。」

《合集》32603 片（3）：「其鼎兕祖丁」

《合集》32603 片（5）：「其鼎兕父丁」

《合集》30994 片（1）：「……祭于……鼎。」

《合集》30995 片：「丙辰卜，大其鼎兕三。」

《合集》32718 片（3）：「父丁鼎三兕」

「鼎」可能為祭名，或者解作用大鼎煮犧牲的方法，因此如果將「𩲡」上半部視為人形，那麼人在鼎上，或人在鼎中，要釋此字形可能就比較困難了，但如果把上半部看作是「匕」，為食器，那麼字形和鼎相連也不太可疑，且卜辭

〔註40〕李孝定：〈戴君仁先生同形異字說平議〉，《東海學報》（台中：東海大學，1989 年6 月）第 30 期，頁 51。

辭例中多出現「用鼎」、「其鼎兒」以及「祭于……鼎」等語，都是能夠證此字形作為祭祀之用，且與器物有關。唯《集釋》說解僅言：「从鼎从匕，《說文》所無」〔註41〕並無說明鼎字字義、用法以及釋形等。

　　此三例字字形可見「人」、「匕」二字似有通用現象，但「匕」字之義實與人體無關，因此在「人」、「匕」二字在沒有意義相關、相近的情況下作為同一字的構字部件時，我們認為這不能算是「義近通用」，而是屬於「形近混用」。

六、偏旁從大、從卩不可通用例

　　《集釋》中有兩組字分別作：

《甲骨文字集釋》甲骨字形	隸　定	字頭頁碼
𡗜△	夹△	2484
𡫉	宁△	2489

　　據《集釋》所謂：「古文偏旁从人从卩从女从大每得通也」，但此二字形都為從宀，一字從大，一字從卩，但卻不隸定為同一字，不互為異體，而此二字《集釋》按語除了說「宁」字「从宀从卩，《說文》所無。」〔註42〕、「宊」字「从宀从大，《說文》無所〔註43〕」〔註44〕都並沒有對這個兩字的形義有所解釋。

　　姚孝遂指出：

（宁）字从「宀」从「卩」，或加小點，多為人名。《合集》七七七二正辭云：「貞，王出匚在宁台」則用為地名。又《合集》二三六五一辭云：「乙巳卜，中貞，卜若絲不宁，其大不若。」「宁」似當讀作「安」。

〔註45〕

除姚孝遂所舉的《合集》7772片「宁」字用作地名外，《合集》13048片（1）

─────────────

〔註41〕李孝定：《甲骨文字集釋》，頁2341。

〔註42〕李孝定：《甲骨文字集釋》，頁2489。

〔註43〕當為「《說文》所無」，《集釋》誤為「《說文》無所」。

〔註44〕李孝定：《甲骨文字集釋》，頁2484。

〔註45〕于省吾主編、姚孝遂按語編撰：《甲骨文字詁林》，頁2016。

辭：「……在宀。一月。」也是地名的用法。陳劍則以《合集》5373 片中的一條辭例作：「癸酉卜，爭貞：王腹不𡨆，亡征。」，說是商王的腹部「不安」，即感到不適而作卜問，因此這個「𡨆」字，確定無疑作「安」。〔註46〕《集釋》將此形隸定作「宀」是可以的，當再釋為「安」為完。而《集釋》隸定作「夨」的字，從字形出處回查，《合集》36389 片（即《簠徵·地望》二六片）辭云：「乙丑，王𡠧父甲𡩜。」同辭陳邦福釋文謂：「乙丑王㘝（下闕）父在𡩜」「夨」字當是用作地名，姚孝遂也同意「夨」字為地名。作為地名之字，當為專名，儘管在「大」、「卪」義近，但作於地名偏旁，便與人體姿勢無關，當不可互用。是「宀」（安）、「夨」二字乃偏旁從大、從卪不可通用之例。

七、偏旁從人、從卪不可通用例

《集釋》中有一組字分別作：

《甲骨文字集釋》甲骨字形	隸　定	字頭頁碼
𦣻 𥄉	見	2811

此二形一從人，一從卪，《集釋》都釋為「見」字，按語謂：

按：《說文》：「見，視也。从儿从目。」契文从橫目，古文、篆文之異徃，如此其目字橫作者為望（見前），商說是也。〔註47〕

其同意商承祚的說法，以為見字作橫目，望字作豎目，兩字不相混，而「見」、「望」二字的構形，又在《讀說文記》說解云：

望字則作𦣻，橫目為自然現象，直目則示頭之俛仰，古人制字，於以會意，從直目者至小篆則為臣，許君以君臣之誼說之，而古義不可見矣。〔註48〕

李孝定釋直目的「𦣻」為「望」，橫目的「𥄉」為「見」字是正確的，不過看似

〔註46〕參見陳劍：〈說「安」字〉，原載於北京大學漢語語言學研究中心《語言學論叢》編委會編：《語言學論叢》，第 31 輯，（2005 年 8 月），後收於陳劍：《甲骨金文考釋論集》（北京：線裝書局，2007 年 4 月），頁 108。

〔註47〕李孝定：《甲骨文字集釋》，頁 2811～2812。

〔註48〕李孝定：《讀說文記》，頁 219。

偏旁從人、從卩可以通用的「♀」字，可能不當為「見」字。

在 1980 年代後，開始有學者提出，此二形當為兩個不同的字，張桂光在〈古文字考釋四則〉中便提出甲骨文的望、見之別，不在於目字橫作（◎）或是豎作（♀），而在於人形為立姿（ϝ）或跪姿（ʎ），且兩字辭例有別，辭作「其來見王」、「不其來見王」的見字都作「♀」不作「♀」，而作為國名的「♀方」與「♀方」辭例中，「♀方」辭前幾乎都有「乎」或「令」字，而作「♀方」的則皆不見有與「乎」或「令」連文的辭例。〔註 49〕而姚孝遂也說：

> 卜辭「♀」與「♀」形體有別，用法亦殊。「♀」可用作「獻」，「♀」則不能。但其餘則可通用。卜辭二者似已出現合併之趨勢，今姑並列。〔註 50〕

不過姚孝遂並非完全認同「♀」、「♀」是兩個不同的字，都把此二形隸定為「見」字，但也看到此二形在卜辭中的用法不同，因此雖隸為同字，但分成字號 625 見（♀）與字號 626 見（♀）。裘錫圭在〈甲骨文中的見與視〉一文中，重新審視了前面兩位學者的說法，其認為張桂光指出此二形文例有區別是正確的，不過其將「♀」釋為「望」是難以成立。而姚孝遂「♀」可用作「獻」，「♀」則不能的說法，也是正確的，不過此二形可以通用，以及說此二者在卜辭中「似已出現合併之趨勢」，則是缺乏根據的。而證此二形非同字，最重要的證據當屬二十世紀末所出版的《郭店楚墓竹簡》裡〈老子〉一篇。在郭店出土的竹簡中，〈老子〉丙本的 5 號簡有一句話作：

「♀之不足♀」〔註 51〕

對照今本《老子》第 35 章的，此句釋文應當為「視之不足見」。「♀」字，上從目，下從人，當為「視」字；「♀」字，上從目，下從卩，當為「見」字。兩形在楚簡中是不同字，不能因偏旁從人、從卩便可通用。而裘錫圭見到楚簡「視」、「見」字形有所區別，再回過頭來看甲骨文中的「♀」、「♀」二字，其

〔註 49〕參見張桂光：〈古文字考釋四則〉，《華南師院學報》（社會科學版）第四期（1982 年），頁 87。

〔註 50〕于省吾主編、姚孝遂按語編撰：《甲骨文字詁林》，頁 609。

〔註 51〕荊門市博物館編：《郭店楚墓竹簡》（河北：文物出版社，1998 年），頁 9。

認為甲骨文的「⿰視」字也應釋爲「視」，並且說這種「視」字的字形，乃是「視」字發展成形聲字之前的表意初文。又引卜辭為例：

《合集》6167 片：「貞：登人五千，乎（呼）⿰視舌方。」

《合集》6193 片：「貞：乎⿰視舌，��。」

《合集》6742 片：「丁未卜，貞：令立⿰視方。一月。」

《合集》6743 片：「……⿰視方于罙（？）。」

《合集》7384 片：「貞：乎登⿰視戎。」

《合集》7745 片：「勿乎⿰視戎。」

證辭中的「⿰視」字，釋爲「視」，是很合理的，再由典籍中所見的「視師」之意，是為了備戰而觀察敵軍的意思，與前所引的卜辭「⿰視戎」的意義應當相近，另卜辭中還有見有「⿰視屮自（師）」一詞：

《合集》17055 片：「丙午卜，㱿貞：乎自（師）往⿰視屮自（師）……」

《合集》5805 片：「丙午卜，㱿貞：勿乎自（師）往⿰視屮自。」

裘錫圭認為「屮師」是屬商王陣營的，並非外敵，而「視屮師」的「視」當與《尚書・文侯之命》裡「其歸視爾師」的「視」字意近。〔註52〕

　　根據上述諸位學者的說法，以及出土文獻的證據，我們或許可以推測，甲骨文字中的「⿰見」、「⿰視」二形，分別為「見」、「視」二字，並非異體關係，然而這兩個字形在字用上除了「⿰見」可用作「獻」，「⿰視」則不能，以及用作人名、方國名等，此二字無明顯之區分，而假若此二字字義有其區分，但在偏旁從人與從卩可以通用的前提下，商代的書手在刻寫時，是否有如此嚴格的分別呢。或當如早先提出此二字不同的張桂光經過十餘年後再次討論此二字形，最後作出的結論：

　　但在沒有充分證據證明楚簡中的「⿰視」、「⿰見」之別與甲骨文中的「⿰視」、「⿰見」之別有一脈相承的關係以前，我們都不可輕易根據楚簡中

〔註52〕參見裘錫圭：〈甲骨文中的見與視〉，原載於《甲骨文發現一百周年學術研討會論文集》（台北：文史哲出版社，1999 年 8 月），修訂校勘後又發布於復旦網（2008年 5 月 10 日，http://www.gwz.fudan.edu.cn/SrcShow.asp?Src_ID=432）並據後者收入裘錫圭：《裘錫圭學術文集》（上海：復旦大學，2012 年），頁 444～448。

「」、「」的用法來論定甲骨文的「」、「」二字。〔註53〕

然筆者以為，此二形或無明顯差異，但二字在後世字形與用法上是明顯有別，或將此二形暫為不可通用之例，待有更多證據考察後，以辨明形義。

八、分組有誤例

《集釋》中有一組字分別作：

《甲骨文字集釋》甲骨字形	隸　定	字頭頁碼
	死	1453

《集釋》中「死」字條下收「」、「」、「」、「」、「」、「」等形，李孝定自己便說前二字形當為一系，後四字形為一系，又謂「古文偏旁人、卩無別」，因此「」、「」是異體關係；「」、「」、「」、「」也是異體關係。前二字形隸定作「」，即「死」字是沒有問題的，而後四字形，商承祚釋「囚」、孫詒讓「刜」、羅振玉釋「因」，李孝定認為皆誤，當從董作賓、丁山釋「死」字為是，又引大量卜辭辭例證「」、「」等字形，亦當作「死」字。〔註54〕張政烺也從《合集》21370 片：「丁酉卜，王，貞：勿。〔曰〕：不其〔〕。」以及《乙》3184 片：「〔王〕固曰：吉，勿。」兩條辭例，說此二形在勿字後，直接釋為死是不通順的，應當釋為「蘊」，義為「埋」，並再從形音義三面考察，以為此字本義為「藏」，引申為「埋」，再從「埋」引申為「人的死因」。〔註55〕從字形上說，第二系口中有人之形，與從歺從人的「」、「」形構形明顯不同，不當直釋為「死」，字形嚴式隸定為

〔註53〕張桂光：〈甲骨文「」字形義再釋〉，《中國文字》（台北：藝文印書館，1999年）新 25 期，又收於張桂光：《古文字論集》（北京：中華書局 2004 年），頁 151～152。

〔註54〕李孝定：《甲骨文字集釋》，頁 1461～1466。

〔註55〕參見張政烺：〈釋甲骨文中「俄」、「隸」、「蘊」三字〉，原載於《中國語文》，第 4 期，（1965 年）又收於張政烺：《甲骨金文與商周史研究》，（北京：中華書局，2012年）、張政烺：〈釋「因」「蘊」〉，原載於《古文字研究》，第 12 輯，（1985 年），又收於張政烺：《甲骨金文與商周史研究》。口試委員李殿魁教授指出，山東大汶口墓葬出土棺木與亡者，正象「」形，亦乃人之死貌，今補此說。

「因」，釋作「蘊」，有埋義，後引申有人之死義。此說李孝定所舉辭例亦可通讀。

《集釋》中另有一組字分別作：

《甲骨文字集釋》甲骨字形	隸　定	字頭頁碼
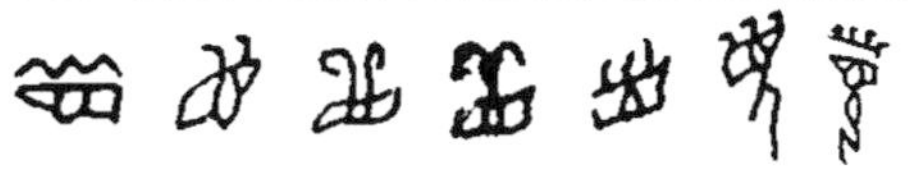 𦫶　𦙄　𦙭　𦙚　𦙈　𦣻　𦙓	眉	1197

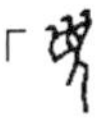

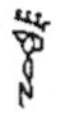

有身形的「𦣻」、「𦙓」，顯然與前面「𦫶」、「𦙄」等沒有身形的字，當是不同，據字形出處回查，此二辭例分別為：

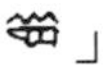

　　《合集》10144 片：「〔丙〕申卜，爭，貞：□見眉不雨，受年。」

　　《合集》18078 片：「……今……眉……」

第一例釋文為「眉」的字形作「𦣻」；第二例釋文為「眉」的字形作「𦙓」（見圖 6、圖 7），兩字雖都釋作「眉」，但從卜辭辭例以及字形上來看，應當不是「眉」字。《集釋》以為眉字在卜辭中其義不詳，[註56] 姚孝遂則認為眉字有作人名、地名、用牲之法，以及卜辭「湄日」或作「眉日」，即「彌日」，猶言終日等用法。[註57] 而《甲骨文字編》將「𦣻」、「𦙓」二形與眉字分開，前一形隸定作「要」，後一形則未隸定；《甲骨文字詁林》亦將「𦣻」、「𦙓」二形與眉字分開，且以為此二形當為同字，隸定作「要」。

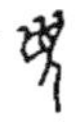

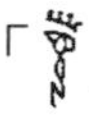

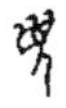

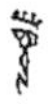

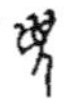

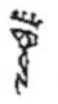

圖 6：《合集》10144 片（即《前》六、七、四片）

全　版	釋　文
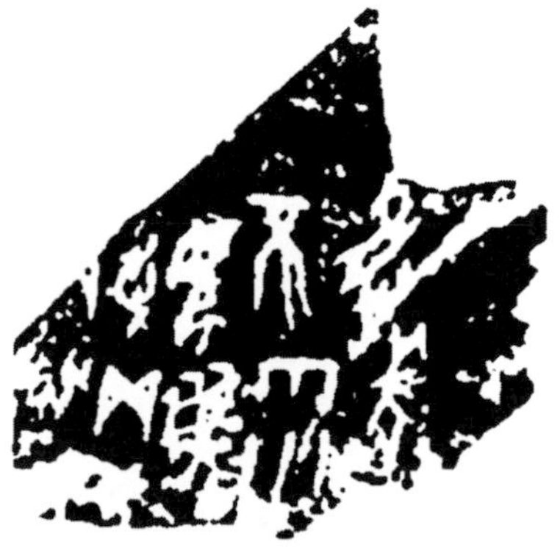	「〔丙〕申卜，爭，貞：□見𦣻不雨，受年。」 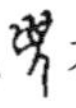

圖 7：《合集》18078 片（即《後下》三二、十八片）

全　版	釋　文
	「……今……  ……」

　　《集釋》會出現上面兩種分組有誤的問題，其一在於《集釋》所釋之字，如《說文》可對得上的，便隸定作《說文》所收之字，如無則採嚴式隸定，但因為隸定有時採通讀的寬式隸定，有時採嚴式隸定，因此如果異體字字形相差較遠，那麼就容易造成混淆的現象。其二是《集釋》有時採用偏旁通用的方法來判讀異體字，然而偏旁通用之例並非是用於每一個甲骨文字，難免百密一疏，而造成異體字形判斷有誤的情況。「死」、「眉」二字即為分組有誤之例。

九、隸定不一

　　《集釋》中有幾組字分別作：

《甲骨文字集釋》甲骨字形	隸　定	字頭頁碼
	吹	2821
	歙	2823
	歠	2827
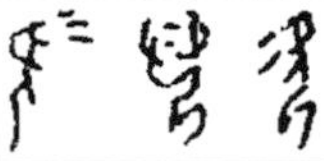	次	2829
	歓	2831
	旡	2835

甲骨字形	隸定	字頭頁碼
	抑	2879
	卯	2881

前已說明，《集釋》釋字有時採通讀的寬式隸定，有時採嚴式隸定，這個現象除了容易造成異體字的混淆以外，還會造成甲骨字形與楷書無法完全對應的現象，比如「吹」、「欵」、「歓」、「次」、「歟」，楷書偏旁都作「欠」，但甲骨文字「吹」、「歓」、「次」從「旡」；「欵」卻從「卩」，「歟」則從「人」。而「抑」、「卯」二字楷書偏旁都作「卩」，但甲骨文字「卯」卻從兩旡相對之形，實《集釋》「卯」字條按語亦引《說文》謂「卯，事之制也。從卩、卪。」，顯然是明白甲骨字形與篆隸之間的差異。而造成上述這種現象其主因仍是因《集釋》的體例問題，其字頭排序採「《說文》分類法」，主要是探究文字之演變，因此多採寬式隸定。也或許因李孝定認為：「古文偏旁從人、從卩、從女、從大每得通也。」因此在甲骨字形只要古文偏旁可通的情況下，那麼隸定便可採《說文》可見的字作為字頭。

第三節　《集釋》「從辵從彳從止得通」疑義釋例

《集釋》裡逆字字形有作「　」，亦有作「　」，在卜辭中有用作「迎」、地名、人名等三義，並謂：「從辵從彳從止得通」。[註58] 下表 3 的諸字，大抵也都是如此，或從辵、或從彳、或從止等偏旁，往往都能互相通用，然而並非所有的字例都遵循這種通用規律，因此就所舉的字形，以及其他相關的字形，作幾點討論說明。

表 3：《甲骨文字集釋》

甲骨字形	隸　定	字頭頁碼
	迨	519
	逆	521
	遘	523

[註58] 參見李孝定：《甲骨文字集釋》，頁 521～522。

甲骨字形	隸定	字頭頁碼
（甲骨字形）	通	527
（甲骨字形）	牧	1081
（甲骨字形）	出	2071

一、偏旁從辵、從彳、從止與偏旁從行通用例

在甲骨文字中我們除了可以見到偏旁從辵、從彳、從止的字形可以通用以外，也發現從「辵」、「彳」、「止」的偏旁也可以和從「行」的偏旁相通，字例如下表4：

表4：《甲骨文字集釋》

甲骨字形	隸　定	字頭頁碼
（甲骨字形）	止	447
（甲骨字形）	辵	503
（甲骨字形）	行	609
（甲骨字形）	過	509
（甲骨字形）	迶	519
（甲骨字形）	逆	521
（甲骨字形）	遘	523
（甲骨字形）	通	527
（甲骨字形）	衛	615
（甲骨字形）	嬰	1243
（甲骨字形）	衍	3305

《集釋》說「止」字：「契文止象足形」，〔註59〕而說「辵」字謂：

> 古文從行從止每無別也。辵與𢌛、仕當是一字（二字在小篆僅形體小
> 別）《甲編》二二一一辭云：「卜狄☐𢌛雨」與他辭言𢌛雨者當是同
> 字，𢌛字實應當於小篆之辵，惟其義則與許書延同，故本書仍分收𢌛
> 作辵，𢌛作延，其實一字也。〔註60〕

此見《集釋》認為「辵」、「彳」、「止」、「行」的偏旁是可以通用的，不過卻沒有說明可以通用的原因。徐富昌認為「彳」、「止」、「辵」三字義近：

> 「彳」表路口，與行有關；「止」象一隻腳，或腳趾的輪廓形，本義
> 為人腳，亦與行走有關；「辵」，從彳，從止，會在街上行走之意。三
> 者義近。〔註61〕

王慎行則說明「彳」與「行」的關係：

> 彳在甲骨、金文的偏旁中作「彳」（《佚》725 片）彳若彳形，均與小篆
> 有異，實為「行」之省化，以半邊道路形表示人之行動，與人腿部無
> 涉。〔註62〕

從此上述諸說可見，「辵」、「彳」、「止」都與腳足、行走相關，又王慎行以為「行」、「止」，都是象道路之形，只是一為繁體，一為省形；《讀說文記》中也有這種繁簡字形的說法，謂：「甲骨文作彳，金文作彳，皆為行之半體。」〔註63〕而再將《集釋》釋「行」的說法補充進來一併討論：

> 古文象四達之衢。羅屈之說是也。或从人作衟。錢氏謂當讀戶郎切，
> 此就石鼓文辭例言之，是也。實則名詞之行，祇當作𣅀，乃象形字，
> 動詞之行當作𣥠，乃會意字。今音戶郎、戶庚別之。𣅀當解云：「道
> 也（《尔疋》釋宮「行，道也」）人所步趨也。象形。」引申之人之
> 步趨，亦得作行。古文作行、衟二形，今則「行」行而「衟」廢矣。

〔註59〕李孝定：《甲骨文字集釋》，頁 449。

〔註60〕李孝定：《甲骨文字集釋》，頁 503。《甲編》二二一一辭即《合集》30162 片其釋
　　　　文作：「□□卜，狄，〔貞〕征雨。」

〔註61〕徐富昌：〈從甲骨文看漢字構形方式之演化〉，頁 21。

〔註62〕王慎行：〈古文字義近偏旁通用例〉，頁 16。

〔註63〕李孝定：《讀說文記》，頁 47。

〔註64〕

李孝定認為「行」就是道路，這個說法是沒有問題的，但《集釋》行字條下所收的字形作「⿰彳亍」、「⿰彳亍」者，姚孝遂引《合集》23671 辭（5）作：「辛未卜，⿰彳亍，貞其乎⿰彳亍⿰彳亍又菁。」可見在卜辭中用法不同，甲骨文的行字當只有「⿰彳亍」一形。〔註65〕劉釗認為「永」字字體基本上可以分作下列五式：

A：⿰彳亍、⿰彳亍

B：⿰彳亍、⿰彳亍、⿰彳亍、⿰彳亍

C：⿰彳亍

D：⿰彳亍、⿰彳亍、⿰彳亍

E：⿰彳亍

其中 E 形從行從人，正是《集釋》認為的「行」字異體，釋作「衍」，謂人之步趨的字形，不過這個字形的釋義可能是有問題的。劉釗說 E 形的變化其一可能是由 A 式所演變，因甲骨文中常見到從「彳」的字也寫作從「行」；其二可能是由 B 式的「⿰彳亍」行類化而來。〔註66〕而永字 E 式的字形與《集釋》所收的「⿰彳亍」形相同，且此片辭作：「□戌卜，翌……每。卑，衍王。」〔註67〕辭中「衍王」一辭劉釗釋作「永王」，並說：

> 在第三、第四期田獵卜辭中，常常出現「王永」或「永王」這樣的辭句。永字作「⿰彳亍」、「⿰彳亍」、「⿰彳亍」諸形，期用法與「帝降永」之永相同。「永王」如卜辭言「若王」，「王永」猶卜辭言「王若」。〔註68〕

從劉釗據引典籍與出土文獻來看，「永」字當有「美善」之義，因此「帝降永」即「帝降善」之義，「永王」即「善王」，於義可通，反倒是如依《集釋》將「⿰彳亍」釋為「衍」，作人行走之義，那麼「衍王」一詞便不可解。順帶一提，

〔註64〕李孝定：《甲骨文字集釋》，頁 610～611。

〔註65〕參見于省吾主編、姚孝遂按語編撰：《甲骨文字詁林》，頁 2230。

〔註66〕參見劉釗：〈釋「⿰彳亍」「⿰彳亍」諸字兼談甲骨文「降永」一辭〉，《古文字考釋叢稿》（湖南：岳麓書社，2005 年），頁 21。

〔註67〕《後下》二、十三片，即《合集》28842 片，釋文據《合集》。

〔註68〕劉釗：〈釋「⿰彳亍」「⿰彳亍」諸字兼談甲骨文「降永」一辭〉，頁 25。

《集釋》中將「⿰字」、「⿱字」等字形釋為「夵」字，但並沒有釋義、辭例用法與他家說法，後姚孝遂舉《合集》32112、33263、34712 等片，辭作「不降⿰字」、「降⿰字」，可證此字形當為「永」字異構。〔註69〕不過關於「王⿰字」、「⿰字王」一詞，李學勤根據郭店楚簡指出，這個「衍」字要讀為「道」，而認為卜辭中的「王衍」，為「王出行」、「衍王」不能說是「行王」，要將「衍」（行）用以「賜」之義。〔註70〕裘錫圭則認為此字形要寫作「衍」，又「衍」、「衍」古通，「侃」則為「衍」分化而造的字，因此這組詞要讀為「王侃」意指「王喜樂」；「侃王」意指「使王喜樂」。〔註71〕不過筆者以為嚴一萍的主張最為直接，也較為清楚。其認為如果「⿰字」這個字形是用作「王衍」一辭時，應當解釋為「王作前導」，「⿰字」即「道」，為「導」之本字，又於金文、石鼓文、漢封泥印等為證，以為「⿰字」應釋為「道」字。〔註72〕

　　不過我們還必需要解決一個問題：何以道字古從人，今從首。郭靜云從銅器銘文進行分析：

> 商代用人字偏旁的「⿰字」（⿰字、⿰字）到了周代開始用首字偏旁，以形成「⿱字」（⿱字、⿱字、⿱字）等「道」的今體字……關於從「衍」至「道」的發展來說，首先無疑是從行、人的字體不含有聲符，故應視為會意字；然而從行、首字體應該從「首」得聲，古代「首」與「道」的讀音相同，因此「首」有聲符作用。〔註73〕

字形從人轉變為從首，跟造字的方法可能有很大的關係，從會意的造字方法，

〔註69〕參見李孝定：《甲骨文字集釋》，頁 802。于省吾主編、姚孝遂按語編撰：《甲骨文字詁林》，頁 2277。

〔註70〕參見李學勤：〈說郭店簡「道」字〉，《簡帛研究》，第 3 輯，（1998 年），頁 43。

〔註71〕參見裘錫圭：〈釋「衍」「侃」〉，原載於《魯實先先生學術討論會論文集》（台北：萬卷樓圖書有限公司，1993 年），後收於裘錫圭：《裘錫圭學術文集》（上海：復旦大學，2012 年），頁 385～386。

〔註72〕參見嚴一萍：〈釋⿰字〉，《中國文字》（台北：藝文印書館，1962 年）第 7 期、嚴一萍：〈再釋道〉，原載於《中國文字》（台北：藝文印書館，1965 年）第 15 期，又收於嚴一萍：《甲骨古文字研究》第二輯（台北：藝文印書館，1989 年）

〔註73〕郭靜云：〈由商周文字論「道」的本義〉，宋鎮豪主編：《甲骨文與殷商史》，新 1 輯，（北京：線裝書局，2009 年），頁 218。

轉變為形聲的造字方法,這與今文字的構形形聲字為最多,是很符合的,同時這也是文字演變的自然現象。另一方面,西周銘文以及《說文》中的「道」字都從「𧶠」,而非從「𩠐」,這兩個都作為「首」的字,在意義上是有些微的差異。「𩠐」字是指實際的「頭部」,而「𧶠」則是具有作為抽象意義「首領」的意思,因此在周代以降的「道」字的結構中,「𧶠」同時具有聲符的作用,也強調首領、引導的義符作用,是一個會意兼形聲的字。

另一方面《集釋》也有收「永」字,其字形為「𣱩」、「𣲎」,不過其釋形、釋義分收在「永」、「派」。「派」字條按語謂:

> 古永、𣲖、派當為一字,至殷時蓋已衍為永、派(派𣲖一字)二字,別水多者,其流必長,是其義亦相因也。本書從許書之例,分收為派、永二文。卜辭派為貞人名。〔註74〕

「永」字條按語謂:

> 金文永字多見作𣱩(毛公鼎)𣲎(善夫克鼎)𣱩(𣄰鼎)𣲎(頌鼎)……正反無別,惟以左向者為多。契文則左向者僅一見(《珠》一八六)餘均右向為小異耳。〔註75〕

實此二字中都並未特別談到甲骨文字形、義之間的關聯,而我們查看「行」字所收的字例發現,有「𣲎」、「𣱩」二形與永字十分接近,從《集釋》所摹《龜》一、二六、十八片的字形「𣲎」(見圖8)來看,此字分明為「永」字,唯似人軀幹的部份有些彎曲,因此又與《拾》十五、三片所摹的「𣱩」字相混,但原片(見圖9)字體不清,其摹本未必可盡信。然《集釋》以為此二字都是從彳從人,其為首誤,又循甲骨文從彳旁的字又多寫作與從行旁的字相通,以為此為「行」之異體,此二誤。另在卜辭中可以見(見圖10、圖11),此二辭例作:

> 《合集》4910片:「壬申卜,貞:令𣲎。」

> 《合集》4911片正:「丙申卜,貞:令𣱩。」

不過從此二辭辭例來看,其句式相同,「𣲎」、「𣱩」當為同義,且不當為貞人

〔註74〕李孝定:《甲骨文字集釋》,頁3326。

〔註75〕李孝定:《甲骨文字集釋》,頁3412。

名，這除了《集釋》所認為「⿰氵巿」字於卜辭作貞人名的用法外，還有其他用法，應當就是前面所言，作為「引領」、「領導」的用法。故《集釋》認為「派」（⿰氵巿）、「永」（⿰彳片）古同，於甲骨文已分為二字的說法，可能不完全正確。

圖 8：《合集》5618 片（即《龜》一、二六、十八片）

局　部	釋　文
	（2）：「辛卯卜，貞：令舟从永止。八月。」

圖 9：《合集》623 片（即《拾》十五、三片）

全　版	釋　文
	「……豕……多臣……泳……」

圖 10：《合集》4910 片（即《後下》二、十四片）

全　版	釋　文
	「壬申卜，貞：令⿰彳术。」

圖 11：《合集》4911 片正

全　版	釋　文
	「丙申卜，貞：令𠦪。」

　　由前所討論，甲骨文字的行字當只有「�」一形，《集釋》所收「行」字的異體「�」、「�」應當釋為永字；「�」、「�」等應當釋為道字。而甲骨文中「辵」、「彳」、「止」、「行」四字皆有腳足、行走之義，又《集釋》明白的說：「從辵從彳從止得通」、「從行從止每無別也」，是故《集釋》認為，此四字當作偏旁時可以通用。

二、偏旁從止與從行、從彳不可通例

　　《集釋》中有一組字分別作：

《甲骨文字集釋》甲骨字形	隸　定	字頭頁碼
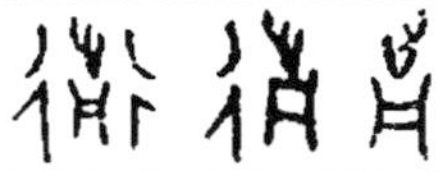 � � �	前	451

　　《集釋》「前」字條按語謂：

> �乃般之古文，亦即今之盤字，象形。�字止在盤中，乃洗足之意，會意字也。�若�，乃从行（或从彳）𠦍聲，其但作�者，乃叚洗足字為前進字。〔註76〕

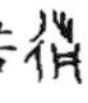

雖《集釋》認為「前」字從字形上來看，其本義為「洗足」而作「�」形者，乃假為「前進」義，不過從字形作「�」、「�」的卜辭來看：

　　《合集》2910 片：「……卻衛兄戊。」

　　《合集》3207 片（1）：「……卻子衛于父乙……」

〔註76〕李孝定：《甲骨文字集釋》，頁452。

《合集》3208 片：「于姁癸鉀衞。」

《合集》3210 片：「□未卜，虫母……由王魃萑……衞龍。」

《合集》3214 片：「衞。」

《合集》15123 片：「□□卜，于□己鉀……徫……」

而字形作「󰀀」者的卜辭辭例：

《合集》20093 片：「□卯卜，王，□紲來……征。十月。」

字形作「󰀁」、「󰀂」在卜辭裡的用法，姚孝遂說作為人名，也可以不加子，僅稱「衞」，〔註 77〕作為人名，難證其本義是否為「洗足」義。而辭例字形作「󰀀」者，《合集》釋文作「征」，但從甲骨原片來看（見圖 12），這個字形上半部似有一個橢圓形線條，中有止字殘畫，下為凡字，如此行字摹作「󰀃」，釋作「正（征）凡」也是很難理解此辭究竟為何義。從字形上來說，都未必肯定摹作「󰀀」是正確的，亦不能說此字假為「前進」之義，當與本義作「洒足」的「湔」字互為異體。因此「󰀁」、「󰀂」二形當與「󰀀」字分作兩字，其義待考。又《集釋》依《說文》將此從行（或從彳）的字形釋為「前」字，而「前」字《說文》謂：「從止在舟上」，實甲骨字形為「從止從凡」，「凡」為盤形，「舟」為船形，二字義不相關，但因字形相近，而時有混用之例。〔註 78〕

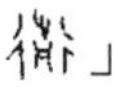

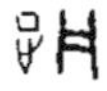

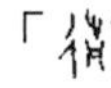

圖 12：《合集》20093 片（即《佚》698 片）

全　版	釋　文
	「□卯卜，王，□紲來……征。十月。」

〔註 77〕《合集》隸定作「衞」，《甲骨文字詁林》隸定作「衞」，兩者甲骨字形為同字。參見于省吾主編、姚孝遂按語編撰：《甲骨文字詁林》，頁 2241。

〔註 78〕參見王慎行：〈古文字義近偏旁通用例〉，頁 60～61。

三、偏旁從疋與從辵、從彳、從止、從行未見通用例

《集釋》中的疋字如下表作：

《甲骨文字集釋》甲骨字形	隸　定	字頭頁碼
	疋	639

《集釋》「疋」字條按語謂：

> 契文上出諸形正上象腓腸，下象其趾（或到畫），當釋為疋。古文疋、
> 足當是一字……誠如王說，則口象脛之橫斷面。古人制字於象形，但
> 畫成其物，隨體詰屈，必無取象橫斷之理也，實則足所從之口，及
> 疋所從之♀，並象腓腸之形所譌變也。疋作♀尚略存初形，足作♀則
> 形譌已甚，茲從許書例收此作足。〔註79〕

又謂卜辭中「疋」字當為人名、方國名，亦有用作本義，還有作動詞，但其義
不明等三個義項。其中本義當是做「足」，字形亦是足形，後李孝定在《讀說文
記》「辵」、「足」、「疋」等幾個與腳足有關的字下，可以說明三者的關係：

> 「辵」：「此字從彳，象衢道，從止象人足，故有行意，古文從彳、
> 　　　　行、辵、止、足、走諸部之字，其意均相近，故諸部兼多相
> 　　　　通之字，讀者觀其會通可爾。」〔註80〕
>
> 「足」：「契文作♀，正上象股脛，下象其趾，股脛之形，稍變則為
> 　　　　『口』，至小篆又變為♀，實與作♀者為同字也。」〔註81〕
>
> 「疋」：「許君明言古文『亦以為足字』，是足、疋同字之証。」〔註82〕

李孝定認為「足」、「疋」小篆同字，也同意許慎說「足」、「疋」古文為同字
之說，這也是《集釋》中未見隸定作「足」字的緣故。《集釋》中也有收一個
從彳從止的字形「？」，應當要隸定作「征」，當即「辵」字，但《集釋》將
此字隸定為「延」，並謂：

〔註79〕李孝定：《甲骨文字集釋》，頁 640～641。

〔註80〕李孝定：《讀說文記》，頁 43。

〔註81〕李孝定：《讀說文記》，頁 51。

〔註82〕李孝定：《讀說文記》，頁 51。

羅釋延，王謂延、延古通，是也。而郭說尤為審諦，惟郭謂徙字與辵、
延無涉，則未必然，竊疑辵、征（徙）、延、延，古本一字，及後孳
乳寖多，音義各別。而辵許訓：「乍形乍止」；徙訓「迻也」其重文作
征；延訓「安步延延」延訓「長行」義猶相因也。栔文之征釋為延，
讀為延。延於卜辭辭例均可通讀。〔註83〕

這個說法是正確的，不過更精確的說，當同姚孝遂之謂：「字當釋延，讀作延，
隸定作征。古「延」、「延」當本同字。」〔註84〕同時姚孝遂認為甲骨文的辵、
徙與延字是有別的。《集釋》中所收的辵字字形作「𣥠」，從前面所說的彳、
止、行等偏旁可以通用來看，此字字形應當與「𢖟」互為異體，且李孝定亦
在辵字條按語中引卜辭辭例「𣥠雨」，當即「𢖟雨」，謂雨勢綿延不止，可証
「𣥠」、「𢖟」當是同字，但因體例循《說文》分類，因此使得同字的「𣥠」、「𢖟」
分於兩處，且隸定也不同，而既然《集釋》以為「𢖟」非辵字，那麼異文的
「𣥠」字也不應釋為辵字。而《集釋》中所收的徙字字形作「𢓊」，雖古文字
中，部件多寡常無別，但「𢓊」字其辭義不明，是否與「𢖟」作「延長」義
相同，尚未可知，故分立字頭是正確的，惟李孝定所謂「辵、征（徙）、延、
延，古本一字」的說法，未必可盡信。

　　雖然甲骨文中偏旁從止、從彳、從辵、從行通用的字例眾多，但卻不見
有從足的字形，我們只能從有些甲骨字形從止，隸定後從足，比如「🐾」隸定
作「跽」；「🐾」隸定作「蹩」；「🐾」隸定作「跰」。或是反過來從今楷「楚」
字回頭看甲骨文作「🐾」，金文有「🐾」、「🐾」等形。從以上兩個方面來看，
古文字中止、足可通用，而這兩個偏旁經過隸變後，都寫作從足或從疋。以
上諸例或可輾轉見得「疋」、「足」、「止」古文字與今文的關係──三字義近，
且都象腳之形。但何以「疋」、「足」二字不見於用作甲骨文字的偏旁，筆者
以為，疋字作「🐾」，其字形包含了腳趾與腿脛的部份，嚴格來說算是象一條
腿，還包含腳趾，作為獨體象形來說，其字體要比其他象腳足的字，如止、
彳要大得多，在作為合體字時可以選擇同義或義近，但筆劃較少、形體較小
的字形來構字，一方面刻寫較為便利，一方面則較容易平衡字形，達到美觀

──────────────

〔註83〕李孝定：《甲骨文字集釋》，頁607。
〔註84〕于省吾主編、姚孝遂按語編撰：《甲骨文詁林》，頁2234。

的考量，加上古文字字形部件常無定向，部件可以置於上下左右並不影響字義，使得如辵、彳、行等字作為部件時，可以將形體拆分，或寫得偏一些、遠一些，讓其他部件可以較容易的與之構字。或許這是疋、足字在甲骨文中不見作為偏旁用字的原因。

四、偏旁從止、從夂有別例

古文字構形常上下不定、左右無別，但在甲骨文中腳形朝上與朝下有別，分別為「�」、「ㄇ」，前字為「止」，後字為「夂」。《集釋》謂止「象足形」，而夂字則謂：

> 按：《說文》：「行遲曳夂夂，象人兩脛有所躧也。」古文从夂之字皆作ㄅ若ㄇ，象到止形，意與止同，均所以示行動。辭云：「辛卯夂及」（《前》八、四、二）與追義似相近，夂追聲韵並同，義自得通。《玉篇》夂下引詩：「雄狐夂夂」今作綏，以為重言形，況字蓋後起之義也。《後下》一辭漫漶，《乙編》一辭云：「夂ㄇㄇ入三」似為人名。
>
> 〔註85〕

是以止、夂二字實都象人足之形，都是表示行動之詞，唯一正、一倒，但於古文字中正反乃無別，因此可說止、夂二字單獨使用時並無差異。然甲骨文偏旁從止、從夂就有差別。如《集釋》中收有「ㄓ」、「ㄇ」兩形，前者釋為「出」，後者釋為「各」。

《集釋》出字條按語謂：

> 按：《說文》：「出，進也。象艸木益滋，上出達也。」契文从止从ㄩ，古文从止者，許君皆說為艸木有趾，或艸木蓋滋，蓋初形已失，不得其解，故臆說之如此也。諸家釋此為出，是也。从ㄩ吳清卿說為屨，以內字作ㄇ觀之，ㄩ、ㄇ疑為坎、陷之象，古人有穴居者，故从止从ㄩ，而从止之向背別出入也。〔註86〕

〔註85〕李孝定：《甲骨文字集釋》，頁1895。《前》八、四、二片即《合集》21837片：「辛卯，卣咎又示。」；「《乙編》一辭」為《乙編》二一一〇片，即《合集》6482反片：「ㄇ入二，在斷。」

〔註86〕李孝定：《甲骨文字集釋》，頁2073～2074。

《集釋》各字條按語謂：

卜辭亦用為格……疑各假為霝，亦即落字，霝云者，下垂之雲，猶言
落日也。〔註87〕

由此可見，「𝖆」、「𝖇」兩形乃是依腳足朝內、朝外的方向來判斷字義的不同，
而下半Ｖ形，即所謂古人穴居之處，離居為出，入居為各。卜辭中有「各雲」
一辭，其各字作「𝖇」，不作「𝖆」，亦有「出虹」一辭，其出字作「𝖆」，不
作「𝖇」，且在《合集》10405 反片，可見此二詞同時出現，（4）辭作：「王固
曰：止屮。八月庚戌屮各雲自東面母，昃〔亦〕屮出虹自北歙于河。□月。」
〔註88〕（見圖 13）可見「𝖆」、「𝖇」兩字用法不同，分為二字是正確的。

圖 13：《合集》10405 反片

全　版	局　部

釋　文	
（4）：「王固曰：止屮。八月庚戌屮各雲自東面母，昃〔亦〕屮出虹自北歙于河。□月。」	

集釋》中還收有另一組從止、從夊有別的「𝖌」、「𝖍」、「𝖎」三形，第

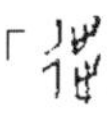

〔註87〕李孝定：《甲骨文字集釋》，頁 402。

〔註88〕《合集》釋文：「屮虹自北」漏一「出」字，今正，作「出出虹自北」。《總集》本
辭作：「王凮曰：止屮。八月庚戌屮各雲自東面母，昃〔亦〕屮出虹自北歙于河。
□月。」

一形釋為「徙」，第二形釋為「步」，第三形釋為「後」。第一形前已談過，其字辭例見於《合集》20360 片〔註89〕：「勺丁尹𣦼。」這個𣦼字，《合集》釋文作「徙」，然我們並不清楚此字確切字義為何。而第二形《集釋》釋為「步」，其異體甚多，還有作「𣦻」、「𣦼」、「𣥂」、「𣥉」等形，收錄最多的字形為從兩止的「𣥂」形，而從一止一夊的字形則較少見。《集釋》謂：

> 按：《說文》：「步，行也。从止𣥂相背。凡步之屬皆从步。」契文步字多與小篆同，亦或從重止，或從止夊相違為異構，或又增行為繁文。許釋從行者為道，非是。朱芳圃《文字編》步下並收𣦻、𣥉二形；孫海波《文編》步下亦收𣥂形者，並誤。𣦻當釋衛，𣥉當釋延。說見下。金文步字已見前止字條下引。羅氏謂卜辭或假涉為步，說非。𣥉仍當釋涉，其意為渡，未必為徒涉也。〔註90〕

以上均謂談及《集釋》所收步字的其他異體。而姚孝遂考察諸字辭例謂：「𣦻」為方國名，「𣥂」為人名，「𣥉」字辭意不明，均與步字有別。因此甲骨文中的步字僅作「𣥂」、「𣥉」二形，一為左腳，一為右腳，其他形體均非步字。而作「𣥉」之形，當為步字誤刻。〔註91〕而第三形「𣥂」，《集釋》釋作後，在卜辭中用為人名，其辭例如：

《合集》9408 片：「己丑气字缶五屯。後示三屯。岳。」（骨臼刻辭）

《合集》10643 片：「戊戌羌後示七屯。小𡔵。」（骨臼刻辭）

《合集》17621 片：「戊戌羌後示七屯。𡔵。」（骨臼刻辭）

《合集》17622 片：「戊戌羌後示十屯。小𡔵。」（骨臼刻辭）

《合集》17623 片：「丁丑後示三屯。小𡔵。」（骨臼刻辭）

《合集》17624 片：「丁丑後示一屯。岳。」（骨臼刻辭）

《合集》17625 片：「丁丑後示□屯。小𡔵。」（骨臼刻辭）

《合集》17626 片：「□□羌後〔示〕□屯。岳。」（骨臼刻辭）

〔註89〕即《後下》四三、二片。

〔註90〕李孝定：《甲骨文字集釋》，頁 476～477。

〔註91〕參見于省吾主編、姚孝遂按語編撰：《甲骨文字詁林》，頁 763。

上述諸辭「⿰」字，除皆用作人名外，亦皆刻於骨臼，無一例外。此字當皆隸
定為「後」，有部份此形《集釋》誤收至「步」字條下，應當歸於「後」字條下。
由此可見「步」字當只有「⿰」、「⿰」二形，從止從夊的「⿰」字，與從二止
的「⿰」字，當有區別。

五、隸定不一

《集釋》中有幾組字分別作：

表：《甲骨文字集釋》

甲骨字形	隸定	字頭頁碼	甲骨字形	隸定	字頭頁碼
	登	465		遂△	552
	癹	471		迥△	553
	㝈△	473		遉△	553
	炎△	473		迀△	553
	踂△	473		邋△	553
	蹠△	474		迚△	554
	㬎△	474		遷△	554
	㬎△	474		途△〔註92〕	555
	遣	533		復	559

〔註92〕此字趙平安從金文、璽印、簡帛等材料，認為甲骨文中的「⿰」字當釋作「達」字，
用作「撻伐」、「致」，表示「讓……來」或「讓……去」的意思。參見趙平安：〈「達」
字兩系說——兼釋甲骨文所謂「途」和齊金文中所謂「造」字〉，原載於《中國文
字》，新27期（2001年12月）又載於《古文字與漢語史論集》（廣州：中山大學
出版社），後收於趙平安：《新出簡帛與古文字古文獻研究》（北京：商務印書館，
2009年），頁77～89。

字形	釋字	頁碼	字形	釋字	頁碼
	避	539		往	561
	退	541		循	563
	追	545		徬	575
	遷	549		彽△	597
	迬△	551		延	603
	逑△	551		行	609
	遮△	551		跽	627
	遹△	552		蟄	629
	連△	552		蹠	633

　　從上表可見，甲骨文中偏旁從止、從彳、從辵、從行的字例，隸定時卻未必完全依照甲骨字形而定，如「行」字，從彳從止，理當為「辵」字，然李孝定據卜辭義隸定為「延」，前已討論，此不再贅述。又如：

「　」從止，隸定作「追」；「　」從彳，隸定作「避」。

「　」從止，隸定作「跽」；「　」從止，隸定作「蟄」。

「　」從辵，隸定作「發」。

「　」從止，隸定作「疒」；「　」從止，隸定作「炎」。

「　」從止，隸定作「㗊」；「　」從止，隸定作「晶」。

「　」從行，隸定作「徬」。

以上諸例可見甲骨字形隸定後，與今楷偏旁不同。也有一些字形根據卜辭辭義所釋，在隸定後，字形上的二止消失，僅留雙手作「　」，以及其他的部件如：

「🔲」從止，隸定作「登」。

「🔲」從止，隸定作「癹」。

還有一些甲骨字形是本來與止、辵、彳、行等偏旁無關，但隸定後也偏旁卻可能從以上之一，如「🔲」、「🔲」等甲骨字形便與象足或行走之字形無關，但兩字隸定後都從「辵」字偏旁，前字作「遣」，後字作「退」。

　　有時《集釋》的隸定規則似乎較為迂曲。假若《說文》有字可對，且從卜辭、字義上尚能說通，那便從《說文》有的字形，並對應今楷隸定，但若有與《說文》對不上的甲骨字形，則多以嚴式隸定，比如「🔲」字隸定作「迸」是沒有問題的，[註93] 但另外兩個從止的動物字「🔲」、「🔲」，隸定後偏旁都變成「辵」，作「达」、「�… 」，筆者推測，《集釋》之所以將後面兩個動物字形隸定偏旁為從辵，大概是受到「🔲」字隸定作「迸」的影響，但比對甲骨字形，三字共有的是「止」，何以隸定偏旁不從止，令人費解，大概是如果今楷從止從牛、從止從犬、從止從鹿來構形，那麼字體會顯得較不平衡，在有字格的規範下書寫也不易，也因此我們在《集釋》中見到這麼多甲骨字形從止的字，隸定後卻從彳、從辵等偏旁，只有少數是甲骨字形從止，隸定後也從止的字，如：「🔲」字隸定作「企」。

　　從以上可見，甲骨文字中跟足字、行義有關的字形甚多，包括止、夊、辵、彳、行等等，而這些字形作為偏旁時往往可以相通，但又有時卻不能相通，這必須仰賴辭例的判讀與字義的分析來進行區分，如把上述諸字偏旁可以通用作為唯一的判斷標準，則在釋字上難免會有所失準。

第四節　《集釋》「古文中艸茻蹈木林森棽諸字，偏旁中每得通」疑義釋例

　　甲骨文字中有許多偏旁與「植物」相關的字，或從中、艸、茻、蹈、木、林、森、棽、禾、秝等等，《集釋》也觀察到偏旁如作上述等草木之名，多半可通，是故多將此偏旁通用的字作為一字的異體，並在一些有這類偏旁通用的字下按語說明通用之法則。如《集釋》「楚」字有「🔲」、「🔲」、「🔲」、「🔲」

[註93]　「🔲」字當是「逆」字，隸定作「迸」是純粹從字形隸定的角度來說，並非從釋義方面來說這個字。

等異體，按語便謂：

> 按：《說文》：「楚，叢木。一名荊也。从林疋聲。」此从足，古文足、
> 疋同字；或从屮，古文中艸屮艸木林森森諸字，偏旁中每得通也。
> 郭釋此為楚，是也。又从孫、王之說讀楚為胥，說亦可從。辭云：「岳
> 于南單　岳于三門　岳于楚」（《粹》七三）「重楚鳳（風）大吉」
> （《粹》八四二）「無（舞）于𤽯　其雨（郭釋誤合本辭之「雨」與
> 前辭之無為一字）　于楚有雨　囗（于）盂囗（有）雨」（《粹》一
> 五四七）此均地名也。「甲申卜，舞楚宮」（《粹》一三一五）此楚字，
> 則郭讀為胥者也。金文楚字多見作𣏟（毛公鼎）𣛙（楚公鐘）𣚤（季
> 楚簋）𣚤（邾王義楚耑）𣛙（狄馭簋）𣚤（楚王鼎从木）𣛙（余義鐘
> 从邑）〔註94〕

可見由於「楚」字字形的異體或從屮、或從林，而古文字中從某、從二某、
從三某等數量多無別，是故從一中、從二中（艸）、從三中（屮）等亦無別，
可依此例旁推。當然除了以古文單複部件無別來推斷，《集釋》也有明確的指
出「古文從屮從木亦得通」〔註95〕、「從林從木得通，從屮從木亦得通」〔註96〕
之語。但李孝定所主張「楚」字為地名的說法，嚴一萍則進一步說，這個「楚」，
當與荊楚之楚無關，而應當與骨臼刻辭中的「婦楚」，並引董作賓考證「歔美」
乃楚之先祖鬻熊，而在帝辛卜辭中有見「歔美」之辭，或可說殷與楚是有關
係的，但並不能說殷商時代已有「楚國」。〔註97〕

　　下表4的諸字，大抵也都是如此，偏旁從屮、艸、屮、屮、木、林、森、
森等，往往都能互相通用，然而並非所有的字例都遵循這種通用規律，因此
就所舉的字形，以及其他相關的字形，作幾點討論說明。

〔註94〕李孝定：《甲骨文字集釋》，頁 2041～2042。《粹》七三片即《合集》34220 片；《粹》
　　　　八四二片即《合集》30262 片；《粹》一五四七片即《合集》29984 片；《粹》一三
　　　　一五片即《合集》32986 片。

〔註95〕李孝定：《甲骨文字集釋》，頁 1979。

〔註96〕同前註。

〔註97〕參見嚴一萍：〈卜辭的楚〉，《中國文字》（台北：藝文印書館，1985 年）新十期，頁
　　　　143～147。

表 4：《甲骨文字集釋》

甲　骨　字　形	隸　定	字頭頁碼
	萑	201
	萌〔註98〕	203
	剢	217
	春	229
	喬△	854
	敊△	1087
	菉△	1845
	槀△	1845
	責△	2026
	楚	2041
	焚	3171
	婪	3675

〔註98〕此字已有多位學者討論，應當釋為「朝」。可參見田倩君：〈釋朝〉，《中國文字》（台北：藝文出版社，1962 年）第 7 冊，頁 747～752。羅振玉：《增訂殷墟考釋・中》（台北：藝文印書館，1975 年），頁 6。董作賓所藏《說文詁林》，頁 2955 之反面，朝字條上眉批（轉引自李孝定：《甲骨文字集釋》，頁 203。）唐蘭：《殷虛文字記》（北京：中華書局，1981 年），頁 61～63。朱歧祥：〈甲骨文一字異形研究〉，《甲骨學論叢》（台北：臺灣學生書局，1992 年），頁 123。李宗焜：〈卜辭所見一日內時稱考〉《中國文字》（台北：藝文印書館，1994 年）新 18 期，頁 173～208。陳柏全：《甲骨文氣象卜辭研究》（台北：國立政治大學中國文學系碩士論文，2004 年 6 月），頁 111。白明玉：《李孝定《甲骨文字集釋》研究》，頁 102～105。

一、偏旁從林、從秝通用例

《甲骨文字集釋》甲骨字形	隸　定	字頭頁碼
	秝	2383
	歷	455
	森△	2385

甲骨文中舉凡草木諸形義近多可相通，前舉偏旁僅為屮、木之屬，然《集釋》亦有於「嗽」字條下云：「古文偏旁从禾从木有通用者。」〔註99〕，當是禾、木作為偏旁可通用之條例，又前可見屮、木作為偏旁可相通，艸、林作為偏旁亦可相通，故以類推禾、木作為偏旁可相通，林、秝作為偏旁，當亦可相通。據此推論，《集釋》中亦有字例為證，「歷」字下收「」、「」兩形，前者從林，後者從秝，按語謂：

> 按：《說文》：「歷，過也。從止厤声。」羅氏釋此為歷，可从。其說較葉氏為長，然竊謂此字祇是形声，非會意也，許說不誤。《說文》厤从秝声，秝下云：「稀疏適秝也。〔註100〕从二禾。讀若歷。」足証歷、秝音同。卜辭正从秝声，其作林者，則秝字之譌（據《文編》、《續文編》所收歷字，凡十一文，只一文从林。）倘以為會意，則足之所禾莫非歷，又何必林下禾邊乎。金文作（毛公鼎不从止，厤字重文）（戊鼎）〔註101〕

《集釋》認為甲骨文歷字從秝，從林乃秝之譌字，是林、秝相混。作「」形的辭例為：

　　《合集》10682 片（2）辭：「貞：楚……焚……」

作「」形的辭例為：

　　《合集》10425 片：「戊〔寅〕……楚〔狩〕。三日庚辰眾萑隻兕一，

〔註99〕李孝定：《甲骨文字集釋》，頁 2385。

〔註100〕李孝定：《甲骨文字集釋》謂「適下秝字依段注補」，見「秝」字條按語。

〔註101〕李孝定：《甲骨文字集釋》，頁 455～456。

豕〔五〕。」

《合集》32817 片（2）:「壬午卜，歷〔貞〕:酒五示。」

《合集》32818 片（1）:「癸未，歷貞:酒彳歲。」

《合集》32820 片:「歷酒。」

《合集》32821 片（1）:「癸未，歷貞:旬亡囚。」

從林的歷字，其義不明，但《合集》分於田獵卜辭，或與田獵有關，而從秝的歷字，亦有一辭為田獵卜辭，見《合集》10425 片辭例，其義未確，但或與狩獵行為有關，其餘從秝的歷字作人名、祭名等，而裘錫圭說歷字除了作人名外，在歷組卜辭前辭中的「歷」，也有一種可能，是作為說明「貞」的性質的用法。〔註 102〕雖李孝定認為歷字當從秝，但歷字無論從秝或從林，皆見於田獵卜辭，雖字義不明，但或兩者是有所相關的，其次為古文字中義近之字，作為偏旁時可通用之，木、禾皆為植物之屬，林、秝乃重二木、重二禾，其義亦同，理當於偏旁可通，惟甲骨文中少見偏旁林、秝相通之字例，故李孝定以為此二形乃譌混，並非通用。

另外，《集釋》「秝」字條所收字形僅有「𣎵」，其按語謂:「契文正從二禾。辭云:「秝示三屯又一）彡」秝似為人名。」〔註 103〕但《集釋》所摹的這個字形是有問題。從此字形的甲骨原片來看（見圖 14），第一字《集釋》以為是從二禾的「𣎵」字，但從拓片來看，這個字形筆劃並不清楚，不過我們從其他文例相同的卜辭來看:

《合集》17612 片:「秝示三屯又一），彡。」

《合集》17610 片:「利示三屯业〔一〕），殼。」（骨臼刻辭）

《合集》17611 片:「利示三屯业〔一〕），彡。」（骨臼刻辭）

《合集》17613 片:「〔帚〕利示一丨，殼。」（骨臼刻辭）

《合集》17614 片:「利示……」（骨臼刻辭）

〔註 102〕參見裘錫圭:〈論「歷組卜辭」的時代〉。本文原載於《古文字研究》（北京:中華書局，1981 年）第 12 輯，又載於裘錫圭:《古文字論集》（北京:中華書局，1992年），今據裘錫圭:《裘錫圭學術文集》（上海:復旦大學，2012 年），頁 92。

〔註 103〕李孝定:《甲骨文字集釋》，頁 2383。

從上引這幾片甲骨字形來看（見圖15、圖16、圖17、圖18），首字當不為從二禾的「利」字，而是從禾從刀的「利」字為是，此為《集釋》所誤摹，但此字在前舉數例骨臼刻辭中，作為人名是無疑的。

圖 14：《合集》17612 片　　　　　　圖 15：《合集》17610 片
（即《龜》一、十八、十四片）

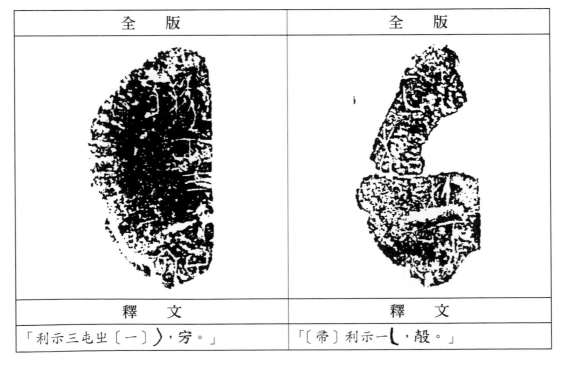

全　版	全　版
釋　文	釋　文
「秝示三屯又一〉，宁。」	「利示三屯出〔一〕〉，殸。」

圖 16：《合集》17611 片　　　　圖 17：《合集》17613 片

全　版	全　版
釋　文	釋　文
「利示三屯出〔一〕〉，宁。」	「〔帚〕利示一乚，殸。」

圖 18：《合集》17614 片

全　版	釋　文
	「利示……」

　　而《集釋》的「森」字下有一個字形摹作「森」，上半從入，下半若從禾、從木，這個字形《集釋》也並沒有摹得完全正確。從甲骨原片來看（見圖 19）這個字形為「森」，應當摹作從入從秝的「森」形，而非有木形，因此此字與「秫」字條下云：「古文偏旁从禾从木有通用者。」〔註104〕之通則，並無關聯。

圖 19：《合集》19223 片（即《京》四八二五片）

全　版	釋　文
	 「□子卜，貞：叀……今呂多森……于……」

二、偏旁從來、從禾不可通例

　　本節前已揭示偏旁從屮、艸、㞢、芔、木、林、森、棥、禾、秝等當可相通，但甲骨文字中尚有諸多與草木、植物屬性相同的字，作為偏旁時不一定全能與上述諸字相通，如《集釋》中收有「嗇」、「妖」、「𡚱」三字，其字形如下表：

〔註104〕李孝定：《甲骨文字集釋》，頁 2385。

《甲骨文字集釋》甲骨字形	隸　定	字頭頁碼
[甲骨字形] [甲骨字形]	嗇	1883
[甲骨字形] [甲骨字形]	妹△	3711
[甲骨字形] [甲骨字形]	娕△	3712

《集釋》所收的「嗇」字分別有「[字形]」、「[字形]」等形，一字從來，一字從秝，並謂：

> 栔文作[字形]，與小篆同，或作[字形]，从秝，非許訓稀疏適秝之秝，乃禾之緐文。从禾與从來同意。〔註105〕

從字形上來看，寫作禾的字形與寫作來的字形應當就是一字，而《集釋》也以為從禾從來同意，兩者都屬於穀物，應當是可以相通的，但如我們將此二形辭例分別列出：

1.「[字形]」形

《合集》10432 片：「……嗇……〔其〕隻兕。十一月。」

《合集》10433 片：「□子〔卜〕，嗇隻兕。」

《合集》10434 片：「□子卜，嗇〔弗〕隻〔兕〕。」

《合集》2553 片〔註106〕（2）：「癸……嗇……」

《合集》4874 片〔註107〕：「庚戌卜，王乎嗇……于……」

《合集》5790 片：「丁未卜，□，〔貞〕：嗇射……」

《合集》9635 片〔註108〕：「壬〔子〕……嗇……回。」

《合集》20648 片（1）：「丁卯卜，王……嗇屮……」

《合集》20648 片（2）：「丁卯卜，王，〔勿〕嗇……」

《合集》21306 甲片（2）：「辛卯卜，嗇其怣。」

〔註105〕李孝定：《甲骨文字集釋》，頁 1886～1887。

〔註106〕即《前》一、二九、七片。

〔註107〕即《鐵》二四二、二片。

〔註108〕即《龜》二、二十、六片。

《合集》21306 乙片（4）:「辛卯，𤕦不𢚧。」

2.「」形

《合集》1027 正片（13）:「己未卜，㱿貞：缶其𤕦我旅。」

《合集》1027 片正（14）:「己未卜，㱿貞：缶不我𤕦旅。一月」

《合集》811 片反（25）:「𤕦亡其廌。」

《合集》893 片正（5）:「𤕦㞢廌。」

《合集》3521 片正（12）:「……正㞢任𤕦眔唐若。」

《合集》3521 片正（13）:「貞：勿令旨从屰正㞢任𤕦……」

《合集》5775 片正（12）:「貞：𤕦㞢廌。」

《合集》10935 片正（3）:「乎逐在𤕦廌隻。」

《合集》10936 片正（7）:「𤕦㞢鹿。」

《合集》10937 片正（3）:「王其逐廌于𤕦麓。」

《合集》13399 片正：「己亥卜，永，貞：翌庚子酒……王固曰：丝隹庚雨卜。之〔夕〕雨，庚子酒，三𤕦雲，〔其〕……既祁攺。」

《合集》9633 片〔註109〕:「貞……〔呼〕……𤕦。」

《合集》9634 片 :「……𤕦……」

《合集》19543 片 :「……亦𤕦……又。」

《合集》27886 片（1）:「□小臣𤕦又來告。」

《合集》9634 片 :「……𤕦……吉。」

從上引卜辭可見，無論「」或「」形，都可作為人名、地名，而「」還可讀作「色」，在卜辭中作雲的顏色。諸詞字義並不能看出有用作「稼穡」之義。不過我們考察兩種不同的字形出現的時期，作「」的人名多出現在典型賓組時期，作「」的人名多出現在師組小字時期，這兩個字形可能代表不同時代的不同的人名，或可能當非一字。

而《集釋》所收的「𡛷」、「㛢」二字，僅分別言：「从女从禾，《說文》

〔註109〕即《拾》十二、二片。

所無。」〔註110〕、「从女从來，《說文》所無。」〔註111〕，並未談及用法與詳
細的釋形、釋義，但若分別從此二形的辭例來看，「妖」字辭例作：

《合集》7076 正片（28）：「貞：允其⿰卜日妖。」

《合集》7076 正片（29）：「貞：允其⿰日卜妖。」〔註112〕

《合集》18051 片：「……我……妖……」

「媦」字辭例作：

《合集》717 正片（2）：「帚媦〔娩㚻〕，王固曰：娩……」

《合集》6474 片（5）：「……歸⿱屮凵〔註113〕毋來，余其从。」

《集釋》所摹的「妖」字字形正確無誤，然字義不明，另此字亦見於《花東》
第 5 片（10）辭：「乙亥卜：婦好又（有）史（事），子隹妖，于丁曰婦好？」
（見圖20）《花東》考釋謂：「妖，本作⿰木犭，疑為休字之異構。」〔註114〕然此
釋義並無說明理由，或存此一說待考。

〔註110〕李孝定：《甲骨文字集釋》，頁 3711。

〔註111〕李孝定：《甲骨文字集釋》，頁 3712。

〔註112〕「⿰卜日」、「⿰日卜」二形，《總集》皆隸定作「旼」。

〔註113〕此字陳劍以為即「造」字的聲符，在甲骨卜辭中用作時間名詞，讀為「早」，即早
　　　　晨之早。然其所舉之辭例為「今⿱屮凵」、「來⿱屮凵」等，未見有「歸⿱屮凵」連文，若將此
　　　　字讀為早，則「歸早」釋為「早晨歸來」，後又言「毋來」，則較難解釋，因此本
　　　　辭仍貼作原形。參見陳劍：〈釋造〉，原載於《出土文獻與古文字研究》，第 1 輯，
　　　　（上海：復旦大學出版社，2006 年 12 月）後收於陳劍：《甲骨金文考釋論集》，
　　　　頁 127～176。

〔註114〕中國社會科學院考古研究所編著：《殷墟花園莊東地甲骨》（昆明：雲南人民出版
　　　　社，2003 年），頁 1559。

圖 20：《花東》5 片

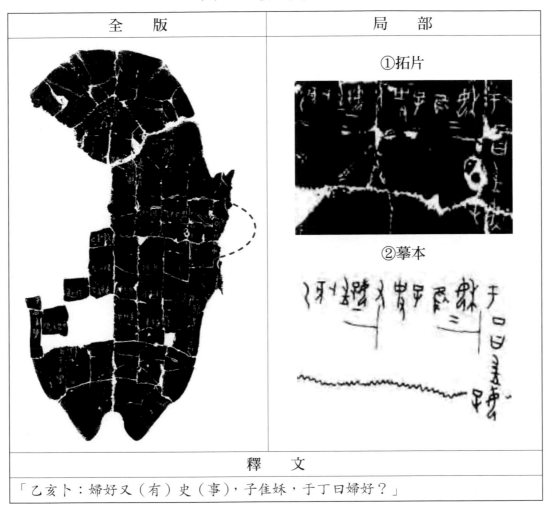

全　　版	局　　部
	①拓片
	②摹本

釋　文

「乙亥卜：婦好又（有）史（事），子隹妺，于丁曰婦好？」

　　《集釋》所摹的「妺」字字形問題便較多。首先《乙》五八六片的字形，《合集》釋文作「婐」，從原片來看（見圖 21），這個字形左半邊為女，右半《合集》以為木形，木上又有小圈，或以此為木上有實的「果」字；而《集釋》以為右半邊為來字，然來（￥）字的波折處，洽位於龜甲的千里路，且又若有殘泐不清，但從字形結構與行款來看，此字從《集釋》摹作「妺」或較佳。而《乙》三三二四片的字形，《合集》釋文作「毋來」，從原片來看（見圖 22），這個字確實有一個女，一個來，但若從字體大小來看，「圖」若為一個字，其字體明顯是同辭它字的兩倍大小，故此形不當為一個字，而當分為「圖」、「圖」二字，始與它字大小相符。而卜辭中母可假為毋，而甲骨文母字多作圖，兩點象人乳，然亦有作「圖」字者，此形與女字同，姚孝遂以為兩點乃區別符號，母、女二字乃同源分化，因此字形不做兩點者，需以辭例判

讀。〔註115〕而《合集》6474（5）辭「𡥈來」，應當讀作「毋來」，讀作「女來」是不可通的。《集釋》所摹的兩個字形，似乎都不能肯定為從女從來的「婡」字。但甲骨文字中確有「婡」字，其辭例見於：

《合集》13716 片正（1）：「丁巳卜，宁，貞：帚婡不汰疾。」

《合集》13716 片正（2）：「貞：帚婡汰疾。」

《合集》14017 片正：「……旬㞢二日辛未，帚婡允〔娩〕㚯。才㲘。」

此二片從女從來之甲骨字形十分清楚（見圖23、圖24），隸定作「婡」字無疑。此兩辭皆與婦好有關，字從女或因主辭為女性，而實為「來」義的專字，「貞：帚婡汰疾」即「婦好之疾是否將去除」；「旬㞢二日辛未帚婡允〔娩〕㚯。」即「十二日後，辛未那天，婦好確實有生產。」然此字辭例不多見，是否作「來」義，仍未確。

圖21：《合集》717 正片（即《乙》五八六片）

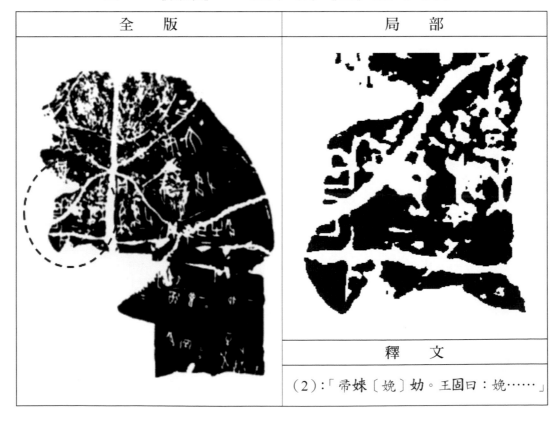

全　版	局　部
	釋　文
	（2）：「帚婡〔娩〕㚯。王固曰：娩……」

〔註115〕參見姚孝遂：〈再論古漢字的性質〉，《古文字研究》，（北京：中華書局，1989 年）第 17 輯，頁 314、楊郁彥：《甲骨文同形字疏要》，頁 20～38。

圖22：《合集》6474片（即《乙》三三二四片）

全　版	局　部
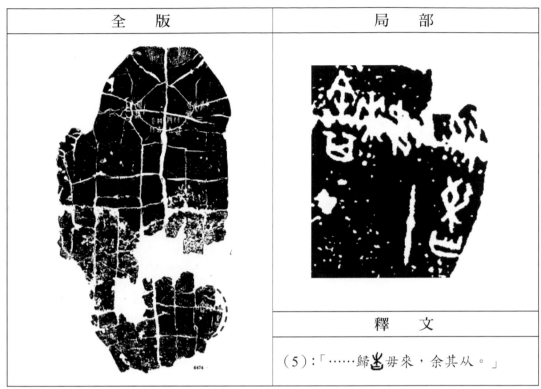	
	釋　文
	（5）：「……歸𢀖毋來，余其从。」

圖23：《合集》13716正片

全　版	釋　文
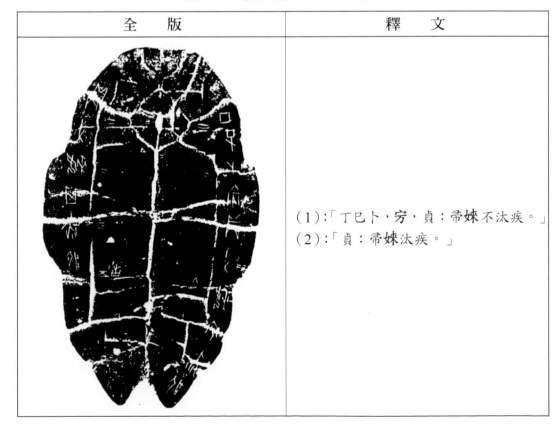	（1）：「丁巳卜，𡧍，貞：帚𡜪不汏疾。」 （2）：「貞：帚𡜪汏疾。」

圖 24：《合集》14017 正片

全　　版	釋　　文
	「……旬虫二日辛未帚妹允〔娩〕妨。才㬎。」

　　從上舉諸辭，可見「妖」、「妹」二字具有不同用法，當是分別的二字，並不可通。至於前面所說的「嗇」字，分別有從來、從秝等形，在卜辭中可能代表不同之人，或也當將「𣏾」、「𣕹」分作二字。這可能跟甲骨文中的「來」字不再作穀物之義，而已經作為行來、返還、將至、納貢、地名等用法，其本義已被「麥」字取代有關。〔註 116〕既「來」已不作穀物之義，那便與屮、木、禾等植物之屬無關，因此「來」字作為偏旁時，不可與草木稻作等植物字相通。

三、偏旁從林、從𣏟當通例

《甲骨文字集釋》甲骨字形	隸　定	字頭頁碼
	蒿	227
	槁	1979

　　《集釋》中收有「𣏟」、「𣜣」、「𦱐」等字形，或從林、從𣏟、從蓐，皆釋為「蒿」，按語僅謂：「卜辭蒿為地名，其義不詳。」〔註117〕從《集釋》所舉之

〔註 116〕參見李孝定：《甲骨文字集釋》，頁 1890、1892～1893、于省吾主編、姚孝遂按語編撰：《甲骨文字詁林》，頁 1456、1461、徐中舒：《甲骨文字典》（成都：四川辭書出版社，1989 年），頁 616～617、619～620。

〔註117〕李孝定：《甲骨文字集釋》，頁 227。

辭例，確為地名，然令人有疑的是，既《集釋》將「⿱高林」字收為蒿，何以將「⿱金林」字釋為「槁」，兩字皆從林，前字從高，後字《集釋》謂：

> 此從高省。从林與从木得通。孫氏收作槀，可從。金氏《續文編》六卷二葉上收⿱高林、⿱高木作蒿、槀。古文从屮从木亦得通。本書前已收蒿作蒿，且數字皆為地名，無義可說，姑仍之。〔註118〕

《集釋》顯然是認為「⿱高林」、「⿱金林」、「⿱高屮」等字形與「⿱金林」當為二字，但卻又不能肯定兩字之差異，且因前面這組字已經收作「蒿」，而將後字收為「槁」，如此判分二字，或不甚精確。從卜辭來看，「⿱金林」字之辭《合集》28132 片〔註119〕：「□□卜，王其奠……槀宕。」不能斷言此字也作地名。另外《懷》824 片有一個字形作「⿱高木」，惟辭亦殘，不解其義，然若《集釋》數謂「從林從木得通」、「從屮從木亦得通」以及其他言木、林、屮、艸得通之語，是當將「⿱高林」、「⿱金林」、「⿱高屮」與「⿱金林」等形都收為一字，亦可將「⿱高木」補入此字。而《集釋》不將這些字形收在同一字下，或是因為字形少見，辭例自然也少，而對於這些字的用法並不能完全掌握，而姑且將這些字形分開，但由構字部件來看，這些字形在還沒有新的證據之前，當收於同一字，而有不同用法之異體。〔註120〕

四、偏旁從木、從林與從森當通例

《甲骨文字集釋》甲骨字形	隸　定	字頭頁碼
⿱日林　⿱日屮	莫	241
⿱日木	杏〔註121〕	1939
⿱日林	替△	2047

《集釋》中收「⿱日林」、「⿱日屮」等字形，象日在茻中，《集釋》謂：

〔註118〕李孝定：《甲骨文字集釋》，頁 1979。

〔註119〕即《拾》五十三片

〔註120〕詳可參見本文「第肆章，第三節，四、（五）亳、槀、槁」一節。

〔註121〕「莫」字乃一會意字，在甲骨構形中要表現的是暮色昏黃，指日落、黃昏之義，因此其構形可從森、茻無別；從艸、林無別；從木、屮無別，都可以釋為同一字的不同構形。

按：說文：「莫，日且冥也，從日在茻中。」卜辭作上出諸形，羅說是也。《粹》六八二辭云：「莫于日中，迺往不雨。」郭謂疑幕之叚，可从。金氏《續甲骨文編》莫下收（《甲編》一七六三）（《甲編》二五九五）（《甲編》二六八七）（《徵》四、二六）（《鄴》四十、九）（《鄴》三、四一、七）（《續存》一九三七）（《粹》三七〇。定按此字左側漫漶實更有二作（）（《粹》六九七）（《新》四〇五七）（《新》四〇六一）（《新》四一一六）諸文或為地名，或則其義不明，契文字亦有為地名者，從從每亦無別，金說似可从。屈翼鵬於甲釋一〇三頁至六五三辭釋云：「又見《萃編》九八五片與一七六三之，當為一字，疑即《淮南子·俶真篇》之㮔字，於此乃地名。」又於同書二二八頁一七六之辭釋云：「替，從林日，隸定之當作替，音篇復有替字，音曹彼蓋後起之字，當非本辭之替。」屈君於此雖無定，但未以為莫之省文。郭某於粹考六九七辭之亦但隸定作苜（《粹考》九六），《補編》仍未收苜作莫，附此待考。《粹》六八二辭云：「莫于日中，乃往不雨。」郭云：「疑假為幕。」可从。金文作（散盤）（晉邦盉）〔註122〕（父乙莫觚）〔註123〕

「莫」字自甲骨字形至金文、小篆，不僅形體沒有太大變化，字義上也都保有「日在茻中」的日落、黃昏之意，而日不論是在茻中抑或棽中，皆是指太陽將落而被草木植物所遮蔽，二形實無差別，同樣的，從艸或從林的「莫」字，可以視作從茻從或棽的簡省，也可看作艸、茻無別，林、棽無別，可互相通用，而李孝定見《續甲骨文編》所收從艸從日、從林從日的兩種字形與辭例考察，是認同這兩形也可以釋為「莫」的異體。但《集釋》又將「」字形，另立字頭，隸定為「替」，此字在「莫」字條便已提及，然因李孝定謂「屈君於此雖無定，但未以為莫之省文。」儘管此字屈萬里未言為「莫」字，同樣的也因為郭沫若、《補編》都沒有將「」字收作「莫」而分為它字，但既然《集釋》同意金祥恆之說，且艸、林、茻、棽作為偏旁可以相通之故，

〔註122〕容庚：《金文編》作《晉公盉》。

〔註123〕李孝定：《甲骨文字集釋》，頁241～242。

因當將此諸字皆收作「莫」之異體為是。另《集釋》將「」隸定為「杏」，作人名。而金祥恆、王輝、肖丁、姚孝遂等認為「莫」字除了「![字形]」、「![字形]」形外，亦有作「![字形]」、「![字形]」日中無點之形，而「![字形]」即從木從日，為「![字形]」之省，亦為「莫」字。〔註124〕「![字形]」、「![字形]」當並收於「莫」字條下。

而除了上面所舉的字形外，嚴一萍還認為「![字形]」、「![字形]」、「![字形]」等字，也應當釋為「莫」。嚴一萍謂郭沫若將《粹》1273 片的「![字形]」釋作「來月」缺刻；而同樣的字形亦見於《京人》2391、2520 片，日人貝塚茂樹將此二片中的「![字形]」、「![字形]」都釋作「木夕」，但卻未見說解，亦不明辭意。此二說當非是。此數片甲骨刻辭，皆武乙之辭，而武乙書風好長體，是故「![字形]」不當分為二字，並與「![字形]」、「![字形]」等形當為一字，象月在林中，與「![字形]」、「![字形]」、「![字形]」、「![字形]」取象日在林中相同，此字在卜辭中用為時間之詞，與「莫」同，當為異體。又第三期卜辭見「![字形]酻」一詞，當是於薄莫（暮）之時，進行酻祭先祖之典。〔註125〕

五、隸定不一

甲骨文字中中、屮、屮、屮、木、林、森、楙等字，形體大半差異不大，但要將偏旁使用不同部件，所構成的異體字隸定成唯一的字形時，必然會割捨某些偏旁，只能採取一個偏旁作為隸定的字形，如下表所示。而《集釋》隸定字形第一的考量為：字形是否見於《說文》古文，再次為卜辭用法，而若甲骨字形與今楷無法對應時，則採用嚴式隸定之，然而在諸多異體中如何選擇隸定時所採用的偏旁，或能字表中歸納出一些規則。

《甲骨文字集釋》甲骨字形	隸 定	字頭頁碼
![字形] ![字形]	萑	201
![字形] ![字形]	叡	217

〔註124〕參見于省吾主編、姚孝遂按語編撰：《甲骨文字詁林》，頁 1354、1337〜1346。

〔註125〕參見嚴一萍：〈釋![字形]〉，《甲骨古文字研究》第一輯（台北：藝文印書館，1976 年），頁 29〜32。金祥恆亦有論述相似的文章，參見《中國文字》第三卷，第十一冊，頁 1237〜1248。

字形	隸定	頁碼
(甲骨文字形)	春	229
(甲骨文字形)	喬△	854
(甲骨文字形)	皷△	1087
(甲骨文字形)	葟△	1845
(甲骨文字形)	賁△	2026
(甲骨文字形)	楚	2041
(甲骨文字形)	秦	2371
(甲骨文字形)	焚	3171
(甲骨文字形)	婪	3675
(甲骨文字形)	嫷△	3711

《集釋》中收有兩組字，其字形如下：

「（字形）」、「（字形）」

「（字形）」、「（字形）」

這兩組字偏旁都有從中或從木的異體，前字《集釋》隸定為「喬」，後字隸定為「賁」，顯然是在字形有從中或從木的異體時，選擇以木字作為隸定偏旁，不過另外三組字形如下：

「（字形）」

「（字形）」、「（字形）」

「（字形）」

或有從中、艸、茻、龸之形，但這三組字形隸定時，都採取了後世較為常用的「卄」形，第一組字形隸定作「皷」，第二組字形隸定作「葟」，第三組字

形隸定作「敄」。但是如果這個字的用法可與後世的字形相通，那麼就會依照後世字形隸定，如：

「🔲」、「🔲」

「🔲」、「🔲」

「🔲」、「🔲」、「🔲」、「🔲」、「🔲」

這三組字形用法即為後世之「萑」、「𢦏」、「春」等字，因此不依偏旁或從菻、森、艸、林、木等形隸定。而在甲骨文中還有一個有趣的現象，有一些字形，根據用法、釋義，可以跟後世的字對得上，不過今楷從一某，甲骨字形卻是從二某，比如：

「🔲」、「🔲」、「🔲」

這組字為即為「秦」字，今文從禾，甲骨文從秝，由於古文字中部件單複常無別的緣故，會如此構形，可能是為了字體平衡、美觀的考量，並不會影響文字的釋讀。同時甲骨文還見到一組字形作：

「🔲」、「🔲」

這組字顯然是從女，另一旁就是前面說的「秦」字。《集釋》依照前面將「🔲」、「🔲」、「🔲」等字隸定為「秦」，把這組字形隸定為「嫀」，是按照其字形歸納所定，並不因為這個字形不見於《說文》，便另立一個字頭。

由此可見，《集釋》對於甲骨文字中偏旁或從屮、艸、茻、𦬸、木、林、森、菻等形的字，在隸定時還是有其內在系統，字形用法見於《說文》者，則依篆體、今楷隸定之，如無，作從屮或從木的異體，隸定從木，然若異體皆為屮、艸、茻、𦬸之屬，則依照後世的書寫習慣，隸定作「艸」。

第三章 《甲骨文字集釋》同形字探討

第一節 李孝定的同形字概念之形成

同形字的概念在甲骨文研究的初期還尚未有明確的規範與理論，而將「同形字」作為研究主題大概是從 1938 年沈兼士的〈初期意符字之特性〉開始提出一些關於同形字的問題，其在文章裡說：

> 初期意符字形音義之不固定，在形非字書所云重文或體之謂，在義非
>
> 訓詁家所云引申假借之謂，在音非古音家所云聲韻通轉之謂。而其形
>
> 其音其義率皆後世認為斷斷乎不相干者。〔註1〕

這裡所說「一形多用」的現象，也就是後來作為「同形字」討論的基礎，但「同形字」的理論形成在早期是相當緩慢的。沈兼士的文章發表後，過了十餘年，至 1963 年始有戴君仁撰寫〈同形異字〉一文，直到近十餘年，同形字的理論與規範才漸漸明朗。〔註2〕

而本章所欲探討《集釋》中的同形字，首先必須先說明「同形字」之理論

〔註1〕沈兼士：〈初期意符字之特性〉，《沈兼士學術論文集》（北京：中華書局，1986 年），
　　　頁 208。

〔註2〕詹今慧收羅了以「同形字」為主題的研究論文與發展，可參見詹今慧：《先秦同形
　　　字研究舉要》（台北：國立政治大學中國文學系碩士論文，2004 年），頁 2～6。

與界定，其中最重要的部份在於李孝定是如何界定同形字，以及現今學界對於同形字的理論為何，再由《集釋》所收錄的同形字形討論，兩相比較、分析，便較能看出《集釋》對於同形字編纂之優劣處。

李孝定發表專門討論同形字問題的文章較晚，為 1989 年發表的〈戴君仁先生同形異字說平議〉，而且這篇文章並非專門討論「同形字」，而是對於戴君仁〈同形異字〉的這篇文章進行檢討，並提出個人的一些看法。

戴君仁在〈同形異字〉文中把一形多用、同形異字的這個現象，界定為：

> 一曰，凡以一字之形，表示異音異義之兩語者；二曰，凡以一字之形，表示同音異義之兩語者；三曰，凡以一字之形，表示同義異音之兩語者，均得稱之同形異字。〔註3〕

最後歸納同形原因也有三種：

> 一曰，有異語言而同字者，如《說文》兩讀之類是也；二曰，有異書體而偶合者，如小篆之與古籀或體及甲骨金文是也；三曰，有異書法而偶合者，如甲骨文之未木同形均作米，小篆之蟲虺同形均作它是也。
>
> 〔註4〕

而李孝定在〈戴君仁先生同形異字說平議〉文中開頭便認同戴君仁所言：「夫文字之孳生非一時，產區非一地，則同一字形，或可偶然相合，兼表不同之語言，此同形而實異字也。」〔註5〕的說法是相當合理的，但接著又說，早期先民所創造的「符號」，經過長時間的演進、變化，「同形異字」的現象理當被篩選汰除，進而約定俗成，達到使用同一語言的民族、人群可以共同使用的工具，「文字」便算是形成了。李孝定認為從上古漢字起源至東漢《說文》編定，約四、五千年的時間，文字理當已約定俗成，演變成為便於溝通使用的「一形一字」，而「同形異字」的現象儘管偶有存在，也不若戴君仁所舉的字例那麼多，而李孝定重新討論〈同形異字〉中所舉的字例，並把戴君仁所

〔註3〕戴君仁：〈同形異字〉，《臺灣大學文史哲學報》（台北：台灣大學，1963 年 11 月）第十二期，後收於戴君仁：《梅園論學集》（台北：台灣開明書店，1960 年），今引文據《梅園論學集》，頁 101。

〔註4〕同前註，頁 115～116。

〔註5〕同前註，頁 101。

誤認為的「同形異字」的現象歸納成七項原因，分別為：

（甲）甲時代的某字，和乙時代的另一字，形體偶同或相似。

（乙）不同時地的人，所造的字，偶然採取了相同的形符和聲符。

（丙）誤認為同形異字者。

（丁）古本一字，後始分衍為二者。

（戊）古人偶用簡體字。

（己）古人偶用借字、別字者。

（庚）其他。

根據李孝定所提出的七項原因，我們可以知道（甲）、（乙）這兩項因素將兩個同樣字形，但時代先後不同的字，排除在「同形字」以外。換言之，當兩個形體相同的字，在同一時代、地域中出現，並且使用，才能算是真正的同形字。（丙）原因則是要注意我們在討論字例時，可能會因為在字形上或字義上的闡釋有誤，而誤以為是「同形異字」，而實為「異形異字」，也就是兩個不同的字，或為「同字異義」。（丁）原因是要確切理清字體演變的脈絡，假若以甲骨文字為中心，當同形的字體無法上溯更早的文字時，就較難判斷這個字形，是否是古本一字，後來演變成兩個字的字形，僅能從甲骨文例去討論此兩同形的字，在讀音與字義上是否接近或相同，是否是一字所分衍的。（戊）原因談古人偶而書寫時會減省偏旁，可能只保留聲符，或是義符，如果是保留聲符的簡體，又沒有其他的假借字對應時，我們也可以把他看作是假借字，因此如果是僅保留聲符的簡體，與其他字形同形時，本文暫不討論這類的字形。但如果是保留義符，那便不能說是假借，就只能看作是簡體。而（己）所說「古人偶用借字、別字者。」這就是我們一般所說的假借字，李孝定認為，這種本無其字，依聲託事的假借字，嚴格來說，這才是真正的同形異字。〔註6〕

　　而上述這些原因所造成的「同形異字」，多半都不是李孝定所認為的「同形異字」，其中最主要的原因在於：文字所使用的時空地域環境不同，兩個看

〔註6〕參見李孝定：〈戴君仁先生同形異字說平議〉，《東海學報》（台中：東海大學，1989年6月）第30期，頁41。

起來相同的字，並不一定會在同一個時空中碰在一起，正比如希臘字母「θ」（Theta），跟甲骨文的「☉」看起來「同形」，但我們並不會說這兩個是同形異字，因為這兩個文字在使用的時代，以及使用的地域是毫不相干，絕不會碰上的，因此絕不會有希臘時代的人說「θ」是「日」，也絕不會有殷商先民說「☉」是「Theta」。這也就是李孝定在文章中談到的一個重要觀念：「研究文字學。不僅要在靜態方面分析其結構，也要在動態方面觀察其演變。」〔註7〕換而言之，文字學的研究，不僅要從自西漢建立的六書說理論、各種傳世文獻，以及今日的學術研究成果，作一靜態的分析，更要從地下的出土文物與文獻材料進行研究、討論，始能對於文字演變的過程有所憑藉，作一動態的考察，並且將文字放回當時的語境中來驗證，這種研究文字學的方法，李孝定在許多文章中都不斷強調，因為將中國文字學作動態研究，始能將文字演變的過程、孳乳的變化，理得清楚，也能由此窺見漢字的起源與演變。〔註8〕而戴君仁此文主要是以《說文解字》為核心，使用甲骨、金文的材料並不多，且也較少作深入的演變探討，缺少了動態研究的方法，也因此李孝定認為〈同形異字〉一文所舉的例子多半不是「真正的同形字」。

事實上李孝定一再強調的是：文字是一種溝通的媒介，如果「同形異字」的現象普遍存在，那勢必會造成溝通的障礙，因此「同形異字」必然在文字演變的過程中逐漸淘汰，當然文字非一人一時一地所造，難免偶有使用相同部件、字形的文字，但我們必須將這種偶有出現的「同形字」，放在文獻、文字流變中分析討論，以分析其原因，也或者能發現看似同形的「θ」與「☉」，是永遠不會碰在一起，更不會有需要溝通的問題，只是後人沒搞清楚而自擾罷了，這也就是李孝定所主張研究文字，不僅要從「靜態方面分析其結構，也要在動態方面觀察其演變」的理由。

而現代其他學者所認為的同形字的概念，摘錄數家說法，以見一二。

裘錫圭對於同形字的定義為：不同的字，而字形相同，就是同形字。而同形字的範圍也有狹義的同形字與廣義的同形字，範圍最狹的同形字，只有分頭

〔註7〕參見李孝定：〈戴君仁先生同形異字說平議〉，《東海學報》，頁41。

〔註8〕參見李孝定：〈從中國文字的結構和演變過程泛論漢字的整理〉，原載於新加坡《新洲日報》1969年元旦特刊，又收於李孝定：《漢字的起源與演變論叢》（台北：聯經出版社，1986年），今引文據《漢字的起源與演變論叢》，頁77。

為不同的詞造的、字形偶然相同的字；範圍最廣的同形字，則包含所有表示不同的詞的相同字形，即「被借字」和「假借字」也都納入了同形字，不過從狹義範圍來看同形字，則嫌太窄；從廣義範圍來看同形字，卻又太廣，於是裘錫圭排除「被借字」、「假借字」以及語義引申而造成的「同源字」，又將「形借而產生的同形現象」、「字體演變」、「字體簡化」、「字體訛變」這幾種納入，作為一般討論同形字的範圍。〔註9〕

陳煒湛將「異字同形」認為即可稱之為「同形字」，不過同樣也排除了跟同字異形相似而有別的兩種情況：「一種是古本一字，後世孳乳而分為二字者，如隻與獲，帚與婦，晶與星，且匕與祖妣，宜與俎等等。另一種是假借字，如田與畋，又與有、侑、祐，帝與禘，卸與禦，兄與祝，巳與祀等等。」〔註10〕這個同形字的範圍與裘錫圭所作為一般討論的同形字範圍，基本上是相同的，也可以由此見得，今日學界對於「同形字」之判分，多半都將「假借字」排除在外，也儘管學者們都清楚甲骨斷代與分期的重要性，但只偶有學者特別強調造字或字體使用的時空問題，比如姚孝遂在〈甲骨文形體結構分析〉一文中提出與李孝定同樣的觀點：

> 異字同形現象是文字在其發展演變過程中出現的一種特殊現象。從原則上說，這是一種不正常的現象，它注定是要逐漸消亡的。然而在某些特定的情況下，又是一種不可避免的現象。這就是文字形體在孳乳、分化過程中，存在於過渡環節的一種形體交叉現象。〔註11〕

說明作為溝通用的文字，產生同形異字的情況，並非一般的普遍現象，這是文字發展中的不正常現象，而這種不正常的發展，最終必然要以繁化、簡化、異化等各種形式去改變，使得同形異字的現象逐漸消失，達到溝通使用的方便性

〔註9〕裘錫圭：《文字學概要》（臺北：萬卷樓圖書股份有限公司，1993 年），頁 237～238。

〔註10〕陳煒湛：〈甲骨文異字同形例〉原載於《古文字研究》第四期（北京：中華書局，1981 年）後收於陳煒湛：《甲骨文論集》（上海：上海古籍出版社，2003 年），引文據《甲骨文論集》，頁 20。引文中「卸與禦」的「禦」字當即為「御」字，然今引文據原文保留原字形。

〔註11〕姚孝遂：〈甲骨文形體結構分析〉，《古文字研究》（北京：中華書局，2000 年）第20 輯，頁 280。

與正確性。

　　排除在外的部份，與強調文字使用的時空，這兩點是當代學者與李孝定處理同形字，不盡相同之處。最後，當代學者討論同形字時，也多半都會將產生同形字的原因歸納，主要原因不外乎造字之始已同、形近相混、義類相混、同源分化、字體簡省、字體訛誤，但基本上對於同形字的定義大致都相同，即「形體相同，但音義不同，可以獨立成字的文字」。同形字的主要原因，詹今慧在《先秦同形字研究舉要》所歸納先秦同形字的成因，分別為：

　　　　（一）「因『字形同源』而產生的同形字」

　　　　（二）「因『字形繁簡、形訛』而產生的同形字」

　　　　（三）「因『構字本義不同，字形偶然相同』而產生的同形字」〔註12〕

楊郁彥則在《甲骨文同形字疏要》指出，甲骨文的同形字是在字形、字義與用法上相混所造成的，其原因又可再細分為四項：

　　　　（一）「同源分化」

　　　　（二）「取象形近」

　　　　（三）「形近相訛」

　　　　（四）「依聲假借」

詹今慧與楊郁彥所歸納的幾項原因，幾乎將當代學者與李孝定所認為，造成同形異字的字形內部衍變原因，都包含在內，唯研究者誤認為同形異字的人為因素沒有列入，其他造成同形字的原因，大致都說明的很清楚。

　　基於本文是探討《集釋》中的各字按語，並從歸納《集釋》的編纂模式與系統，因此所揀選之「甲骨文同形字」皆以《集釋》所收為準則，暫不將其他字書或文字編的字形一同討論。以下我們先從《集釋》中揀選「同形」的字形，其中不包含重文與假借字（《集釋》所認定的重文，可參見下表1），其一是因為這兩類文字已是李孝定所認為的「同形字」，所以不再去分析這是否為《集釋》所認定的「同形字」，其二則是因為這兩類文字的字際關係，並不必要用「同形字」去說明，可視作「重文」與「假借字」的關係即可，但要說明一下的是，《集釋》謂：「重文者，制作之始字少而文多，及後形聲相

────────────

〔註12〕參見詹今慧：《先秦同形字研究舉要》，頁 227～231。

益孳乳寖多，卜辭之中此類實多。」〔註13〕李旼姈說這種甲骨字形「一字兩用」的現象，亦稱為「借字」，而作為借字的前提，必須是兩個字必須為「同形」，且在甲骨文中的借字現象，除了少數使用金文、戰國文字所用「＝」符號來表示重文以外，主要都是與行款有密切的關係，幾乎不使用符號來表示借字，而常使用距離相近的兩個字來表示不同字，如：

《合集》21661 片（1）：「戊寅，子卜，丁歸在㠱人。」

《合集》21661 片（2）：「戊寅，子卜，丁歸在川人。」

《合集》21661 片（3）：「癸巳卜，㧻夕又得。」

這三條卜辭（3）辭「癸巳卜」的「巳」與辭（1）、（2）的「子卜」同形，且此處貞人為「子」，而辭（3）亦當有貞人「子」，因此辭（3）的「癸巳卜」，應當讀為「癸巳子卜」。〔註14〕這種現象可以說是甲骨文字裡的特殊用法，並不是常態，此不當看作是「同形字」，而重文部份的字頭隸定，未必完全正確，白明玉在《李孝定《甲骨文字集釋》研究》一文中，已有舉出數例關於重文隸定與釋義的問題，本節不一一贅述。〔註15〕同樣的，由語義引申而造成一個字可以表示兩個以上的同源詞、同源字，也沒有必要以同形字的概念來說明它，不過我們也會揀選幾組同源且同形的字例，以見《集釋》對於同形字與同源字的看法。另外，裘錫圭所主張「形借所產生的同形字形」本節也不揀選討論，因為「形借」現象未必會借用其音，但借其形必然會借用到聲符或義符其中之一，廣義上來說，我們也可以把這種造字的方法，看作是「假借」的一種，如裘錫圭所舉的「隻」、「獲」二字，在甲骨文中兩字都做「$\hat{\wedge}$」，前者古音字在章母鐸部，擬音為tɕĭăk，後者古音字在匣母鐸部，擬音為ɣŏăk，〔註16〕韻部相近，主要元音、韻尾也相同，說兩字的關係是「同形字」也可，是「假借字」也可，但由

〔註13〕李孝定：《甲骨文字集釋·凡例》（臺北：中央研究院歷史語言研究所，1965 年），頁 25。

〔註14〕其他不同的借字用法與例子，可參見李旼姈：《甲骨文例研究》（台北：台灣古籍出版有限公司，2003 年），第六章，第四節借字例，頁 492～530。

〔註15〕參見白明玉：《李孝定《甲骨文字集釋》研究》（台中：東海大學中文所碩士論文，2010 年 7 月），頁 132～150。

〔註16〕擬音據郭錫良：《漢字古音手冊》（北京：北京大學，1986 年）

於形借的字容易與假借字相混，因此這類的字本文也暫不納入討論。〔註17〕排除以上條件後，我們再由所揀選的「同形」字形，探討其使用時代、字體演變，並以李孝定所認為的「同形異字」概念，與現今學界所認為的「同形字」概念比較討論之。

筆者所排除不予討論的「假借字」、「重文」等，已佔廣義同形字的大部分字形，此因本文以《集釋》作為研究核心，非專論同形字，故僅以揀選部份字形釋例，當然，《集釋》中部份文字的釋形、釋義尚有疑慮，但為求範圍聚焦，而暫將這些排除的字不論，或於各節釋字處再討論部份字例。而以同形字研究為主題的論文近年也見不少，如：楊郁彥《甲骨文同形字疏要》、詹今慧《先秦同形字研究舉要》，全面性的討論同形字的問題，其深度與廣度乃本章小論所不及，可參見此二文。

表1：《集釋》重文表

《集釋》字例	《集釋》正字字頭／頁數	《集釋》重文字頭／頁數	重文標註與說明
朿	帝 0025	禘 0079	◎禘：「帝字重文」
中	中 0170	仲 2619	◎仲：「中字重文」
每 悔	每 0191	悔 3257	◎悔：「每字重文」
	每 0191	晦 2193	◎晦：「每字重文」
	采 0285	燔 3147	◎燔：「采字重文」
	各 0399	格 1977	格：「各字重文」
	正 0497	征 0507	征：「正字重文」
	途 0555	邻 2171	◎小：「途字重文」

〔註17〕參見裘錫圭：《文字學概要》，頁145、238。詹今慧：《先秦同形字研究舉要》，頁6。

	徉0573	逢 0525	逢：「徉字重文」
	商 0693	賞 2137	◎賞：「商字重文」
	評0753	乎 1633	評：「乎字重文」
	言 0739	音 0759	◎音：「言字重文」
	又 0891	有 2259	有：「又字重文」
	又 0891	姷 3667	◎姷：「又字重文」
	彗 0939	雪 3435	雪：「彗之重文」
	事 0971	使 2653	◎使：「吏（事）字重文」
	段1011	簋 1569	◎簋：「段字重文」
	鼓 1069	鼓 1659	◎鼓：「鼓字重文」
	柊1073	鍪0911	◎柊；鍪：「不从又，柊字重文」
	甫 1119	圃 2115	◎圃：「甫字重文」
	匍1123	副 1525	副：「匍字重文」
	匍1123	箙 1573	◎箙：「匍字重文」
	朙1159	𣊹3243	◎𣊹：「朙字重文」
	隻 1253	獲 3101	◎獲
	瞿1292	豖 2539	◎豖：「瞿字重文」
	萑 1297	觀 2815	◎觀：「雚萑兩字重文」
	雚 1303	觀 2815	◎觀：「雚萑兩字重文」；◎雚

	羊 1315	祥 0053	◎祥：「羊字重文」
	鳳 1361	風 3931	◎風：「鳳字重文」
	冓 1401	遘 0523	遘：「冓字重文」
	玆1413	茲 0209	◎茲「玆字重文」
	受 1443	授 3565	◎狩：「受字重文」
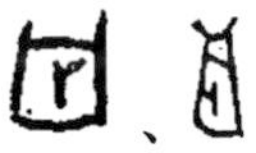	冎1473	禍 0093	◎禍：「冎字重文」
	冎1473	骨 1501	◎骨：「冎字重文」
	利 1515	黎 2391	黎：「利字重文」
	剔 1537	豛1059	◎剔：「豛字重文」
	奠 1585	鄭 2171	◎鄭：「奠字重文」
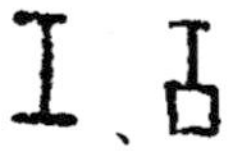	工 1589	貢 2133	◎貢：「工字重文」
	寧 1625	寍 2445	◎寍：「寧字重文」
	喜 1645	饎 1767	饎：「喜字重文」
	豊 1679	禮 0049	◎禮：「豊字重文」
	豊 1679	醴 4401	◎醴：「豊字重文」
	豐 1679	酆 2171	◎酆：「豐字重文」
	盧 1709	鑪 4073	◎鑪：「盧字重文」
	井 1741	邢2171	◎邢：「井字重文」

	倉 1781	匯3837	◎匯：「倉字重文」
	章1827	墉 3999	◎墉：「章字重文」
	畐 1869	福 0057	福：「畐字重文」
	啚 1879	鄙 2171	◎鄙：「啚字重文」
	复 1897	復 0559	復：「复字重文」
	舞 1927	無 2039	◎無
	條 1952	秋 2365	◎秋：「條字重文」
東 囊	東 2029	囊 2109	◎東；囊：「形同」
	才 2049	在 3991	◎在：「才字重文」
	生2065	往 0561	往：「生字重文」
	南 2079	宋2531	◎南
	國 2111	或 3773	◎國
賓 儐	賓 2143	儐 2631	◎儐：「契文賓儐同文」
	旂 2219	祈 0089	◎祈
	冥 2237	挽4317	◎挽：「冥字重文」
	卤2305	卣 1621	◎卣：「卤字重文」
	彔 2347	祿 0051	◎祿：「彔字重文」

𤲶	稻 2355	糫 2399	◎稻
⊖	白 2595	伯 2617	◎伯：「白字重文」
𤕸、𤕻	㑥 2643	㠱 0335	◎㑥：「卜辭叚㪔㠱為㑥㪔㠱。」
𢔵	㑥 2643	㪔 0947	◎㑥：「卜辭叚㪔㠱為㑥㪔㠱。」
𤽩	𡲢 2675	疑 4321	◎疑：「𡲢字重文」
𠤎	匕 2679	妣 3617	◎妣：「匕字重文」
𠈌	从 2687	比 2693	比：「从字重文」
𠂤	尸 2745	夷 3201	◎夷：「尸字重文」
𠮠	司 2861	祠 0077	◎祠：「司字重文」
𠆢	令 2867	命 0355	◎命：「令字重文」
𩰤	卿 2885	饗 1773	饗：「卿字初文」
𩰤	卿 2885	鄉 2172	◎鄉：「卿字重文」；◎卿
𤽅	易 2973	揚 3569	◎揚：「易字重文」
𢁁	希 2997	祟 0097	◎祟
𢁁	希 2997	殺 1029	◎殺
𤳈	易 3023	錫 4055	◎錫：「易字重文」
𤤛	狩 3097	獸 4199	獸：「應補狩字作𤤛，以為獸字重文」
𤲃	狂 3107	往 0561	往：「狂字重文」
𥚑	沮 3281	祖 0071	◎祖：「沮字重文」

	冬 3419	終 3879	◎終：「冬字重文」
	母 3611	毋 3713	◎毋：「母字重文」
	娿 3625	嘉 1657	◎嘉：「娿字重文」
	媒 3669	枼 2019	媒：「枼字重文」
	妥 3679	綏 3887	◎綏：「妥字重文」
	亡 3805	㠱 3811	◎㠱：「亡字重文」
	乍 3807	作 2637	◎作：「乍字重文」
	畱 3839	西 3505	◎西：「畱字重文」
	龜 3939	秋 2365	◎秋：「龜字重文」
	凡 3977	風 3931	◎風：「凡字重文」
	且 4079	祖 0071	◎祖：「且字重文」
	俎 4081	宜 2459	◎宜：「俎字重文」
	𠂤 4119	師 2069	◎師：「𠂤字重文」
	禽 4191	罕 2555	禽：「罕字重文」
	子 4309	巳 4359	◎巳：「巳乃子之重文」
	巳 4359	祀 0067	祀：「巳字重文」

※註一：本重文表以白明玉《李孝定《甲骨文字集釋》研究》中的「《集釋》重文表」
〔註18〕為底本，筆者重新擷取字形、修訂有誤的頁碼，以及整理排版後所製成。

※註二：（1）《集釋》「悔」字條曰：「每字重文」，然悔字字形作「𣋒」，每字字形雖有

〔註18〕參見白明玉：《李孝定《甲骨文字集釋》研究》，頁137～142。

「𡴍」、「𡴌」、「𡴎」、「𡴏」數個異體,但兩者字形顯然不同。

(2)《集釋》「東」字有重文符號「◎」,而橐字條曰:「𣅣形同」,兩字字形明顯不同。葉秋蘭已指出:「李先生以為『東』象『橐袋形』,為『橐』之本字,『橐』是在『東』假借為方位詞之後,另造的後起形聲字;故將之歸為『象形』。在說解『橐』字時,李先生亦云『東』是『假橐為之』的假借字。但考之字音:『東』(得紅切)、『橐』(他各切),兩字聲母雖同屬舌尖音;然韻母相差太遠,『東』實非『橐』字。」〔註19〕

(3)《集釋》「儐」字條曰:「契文賓儐同文」,但從字形來看,儐字字形作「𨽻」,「賓」字字形則有「𡧍」、「𠈃」、「𡧋」三種異體,看似不同,但「賓」字條按語下以「御」(𢾅)、「逆」(𦍒)兩字為例,說從止從卩,或從倒大字的構造法,跟賓字是相同的,因此「𡧍」、「𨽻」兩形,李孝定認為是相同的。

第二節　《集釋》同形字疑義釋例

一、「月」、「夕」、「肉」

表1:《甲骨文字集釋》

甲骨字形	隸定	字頭頁碼
（（（（）𝇉𝇉𝇉𝇊	月	2253
𝇉𝇉𝇉𝇉𝇊	夕	2275
𝇊	肉	1503

《集釋》裡所收的「月」字字形有「𝇉」、「𝇉」、「𝇊」;「夕」字字形有「𝇉」、「𝇉」、「𝇊」,兩字雖有皆有異體,但字形當是同形。又「月」、「夕」字都有一字形作「𝇊」,與「肉」字「𝇊」似同形。

其實「月」、「夕」兩字的釋形、釋義與兩字之間的關係,歷來已有許多學者作過討論,但早期對於月、夕而字多認為是「通用不別」,如王襄、孫海波等都持這種主張,且孫海波亦從卜辭中月、夕同見於一片,字形相同而言

〔註19〕葉秋蘭:《李孝定先生的六書理論及其文字歸類研究・李先生的生平與著作簡介》（台中:東海大學中國文學系碩士論文,2002年8月）,頁134。

「月夕不別」，〔註20〕但後來于省吾提出月、夕相混是偶然的個別現象，〔註21〕
董作賓則更進一步提出月、夕兩字互易的文字演變，且認為第一、二期與第
五期是月、夕互易；第三、四期是月、夕同形的說法，後來稍作修正：

> 因為卜辭中「卜夕」和「幾月」是常用的，因而在中間加了一直畫以
> 示區別，這是第一期到第三期以「𝅘」為月，以月為夜（夕）的緣故；
> 第四期不加這個記號，於是月同夕都寫作「𝅘」；第五期帝乙帝辛父子，
> 事事認真，又主張加上區別的符號，可是他們記不清古代的辦法了，
> 把一直畫加在月字中間，便以「𝅘」為月，以「𝅘」為夕了。〔註22〕

不過楊郁彥指出，從今日甲骨卜辭的分類與斷代來看，月、夕二字的演變未
必全如董作賓之說，並且依各分期字形提出證據，歸納出早期卜辭月字作「𝅘」，
夕字則用「𝅘」、「𝅘」兩形，可能是早期對於字形的演變分化，尚未清楚，又
或是書寫者的習慣，不過也有書寫者將這兩字，有意的分別作「𝅘」、「𝅘」兩
形，但到了卜辭中晚期，月、夕二字確發生相反用字的情形。〔註23〕

　　陳煒湛在〈甲骨文異字同形例〉是認同月、夕二字為同形的，並且也認為
兩字的互用現象，乃是經過長時間的累積所致的：

> 總的說來，卜辭月夕二字都有兩種寫法：月作𝅘亦可作𝅘；夕可作𝅘，
> 亦可作𝅘，無論是𝅘還是𝅘，都是月夕二字同形。但在使用過程中，真
> 正混淆不別，即月夕二字均作𝅘的時間並不長。而早期大多以𝅘為月，
> 以𝅘為夕；以𝅘為月，以𝅘為夕者為例外。晚期則基本上以𝅘為月，以𝅘為
> 夕；以𝅘為月，以𝅘為夕者為例外。這通例與例外的互易，是經歷了二

〔註20〕參見王襄：《簠室殷契徵文考釋·天象》（天津：天津博物院石印本，1925 年 9 月）。
頁 1、孫海波：《甲骨文錄》（台北：藝文印書館翻印本，1971 年），頁 8。

〔註21〕參見于省吾〈釋古文字中附劃因聲指事字的一例〉，《甲骨文字釋林》（北京：中華
書局，1979 年），頁 449～450。

〔註22〕參見董作賓：〈甲骨文斷代文例〉《慶祝蔡元培先生六十五歲論文集》（臺北：中央
研究院歷史語言研究所，1933 年）上冊，頁 445、董作賓：《殷曆譜》（臺北：中
央研究院歷史語言研究所，1992 年）下編卷三，頁 2。引文參見董作賓《甲骨學
五十年》（台北：藝文印書館，1955 年），頁 138。

〔註23〕參見楊郁彥：《甲骨文同形字疏要》（台北：輔仁大學中國文學系博士論文，2004
年），頁 41～42。

百餘年的演變,「互用」而逐漸完成的,乃是長期積累的結果。〔註24〕
其實陳煒湛在發表〈甲骨文異字同形例〉之前,已有對月、夕二字進行考辨,
是以〈甲骨文異字同形例〉中月、夕同形的論述,主要依據〈卜辭月夕辨〉
而來,在文章中,陳煒湛分別討論一、武丁卜辭(第一期)二、祖庚祖甲卜
辭(第二期)三、廩辛康丁卜辭(第三期)四、武乙文丁卜辭(第四期)五、
帝乙帝辛卜辭(第五期),從各期的卜辭與字形進行考察,詳細的說明月、夕
二字的寫法與演變,雖然早期多以 ⟩為月、 ⟩為夕,晚期多以 ⟩為月、 ⟩為夕,
但同時也存在著許多例外,並非早期月、夕字必當作某形,晚期月、夕字必
當作某形,而是常見與例外不斷交替使用,這種「互用」的現象,是長時間
逐漸演變、累積的結果。〔註25〕然楊郁彥指出,陳煒湛的五期分類是因襲董作
賓的說法,但在該文中最大的問題,是在於武乙文丁卜辭(第四期)中所舉
的辭例,有許多不當為第四期卜辭,而當是第一期的武丁卜辭,因此在字形
的演變上或有待商榷。〔註26〕

姚孝遂則是認為:

> 有人以為「月」、「夕」同字,這純屬誤解,在甲骨文以前,有可能是
> 「月」、「夕」同源,迄今並無任何資料足以說明這個問題。在甲骨文
> 中,這是兩個不同的字,有著嚴格的區分。但這種區分只是相對的,
> 這是一個非常特殊的現象,在甲骨文的不同時期,由於不同書寫者的
> 不同習慣,當「⟩」用作「月」時,則以「⟩」為「夕」;反之,當「⟩」
> 用作「月」時,以「⟩」為「夕」。其區別就在於有點無點。孤立的「⟩」
> 和「⟩」這兩個形體我們無法判定究竟是何者為「月」,何者為「夕」
> 的。但在具體的語言環境中,我們卻是能夠明確地加以判定的。〔註27〕

〔註24〕陳煒湛:〈甲骨文異字同形例〉,引文據《甲骨文論集》,頁 33。

〔註25〕陳煒湛:〈卜辭月夕辨〉原載於《中山大學學報》社會科學版,第 1 期(廣州:中
　　　　山大學,1980 年)題為《甲骨文字辨析》,後收於陳煒湛:《甲骨文論集》(上海:
　　　　上海古籍出版社,2003 年),參見《甲骨文論集》,頁 1～5。

〔註26〕參見楊郁彥:《甲骨文同形字疏要》,頁 44。

〔註27〕姚孝遂:〈甲骨文形體結構分析〉276 頁。此說亦見於于省吾主編、姚孝遂按語
　　　　編撰:《甲骨文字詁林》(北京:中華書局,1996 年)「月」字條按語,頁 1116。

姚孝遂的說法除了跟董作賓一樣，都認為「月」、「夕」兩字有互易的現象，其中一者字形作「☽」，另一字則作「☾」，還提出「月」、「夕」可能是同源的，但並未提出證據證明。不過文中說道：「孤立的「☽」和「☾」這兩個形體我們無法判定究竟是何者為「月」，何者為「夕」的。但在具體的語言環境中，我們卻是能夠明確地加以判定的。」這與李孝定所主張，研究文字學很重要的一個環節，在於把文字放到動態的時空中，回到當時的語言環境裡，我們才能清楚瞭解文字的演變與使用方式。

同樣認為月、夕同源的還有林澐，其在〈王、士同源及相關問題〉一文中，考察了賓組、歷組、無名組等，與月、夕字有關的卜辭，也發現前期卜辭與中晚期卜辭月、夕字形有互易的現象，儘管到了周代，月、夕二字似已有明顯區別，不相混同，但月字中無短橫的寫法也沒有完全消失，更重要的是，其認為月、夕二字當是「一形多讀」的同源關係，不過這與王力所言：「凡音義接近，音近義同，或義近音同的字，叫做同源字……同源字，常常是以某一概念為中心，而以語音的細微差別（或同音），表示相近或相關的幾個概念」〔註28〕定義的同源概念不盡相同，因月字古音在疑母月部，擬音為ŋǐwăt，夕字古音在邪母鐸部，擬音為zǐăk，〔註29〕兩字聲母相去甚遠，唯月鐸可為旁轉，在聲音上並無密切關係，不過在王力討論同源字論又言：「同源字必然是同義詞，或意義相關的詞。」〔註30〕這也說明同源字的另一特徵是意義相同或相近，因此除了用「聲訓」、「通訓」的方法判別同源詞外，還可用「同訓」、「互訓」從詞義上來判分同源詞，也正因為同一形的「☽」字，可讀為月，亦可讀為夕，讀為月，則用為月亮或為月份之義；讀為夕，則用作夜晚之義，月乃夜見，又夕即夜，兩字義正是引申關係，也是因為這種現象，使林澐推斷：

「所謂月、夕在偏旁中通用無別，實際上反映的是月、夕同源的歷史關係。」〔註31〕

〔註28〕王力：《同源字典》（北京：商務印書館，1982 年），頁 3。

〔註29〕擬音據郭錫良：《漢字古音手冊》

〔註30〕王力：《同源字典》，頁 5。

〔註31〕林澐：〈王、士同源及相關問題〉，《容庚先生百年誕辰紀念文集》（廣東：廣東人民出版社，1998 年），頁 116。

而《集釋》對「月」、「夕」二字又是如何釋析。先見「月」字：

按：《說文》：「月，闕也，太陰之精，象形。」契文象新月之形，葉氏說字形演變之迹是也，有主卜辭月夕二字先後易形，或主月夕各有專字者，蓋可謂得其大凡，然亦時有例外，如：《前》二、三、五片，凡三「月」字二作◗一作◖，是一片中同一月字而有二體也。又《後上》十九、四片，三「月」字均作◗是◗非夕之專字也，惟孫氏之說最為得之，卜辭月夕二字為當以文義別之耳。月有圓時，然虧闕之時為多，故取象半月，兼亦以別於日字也。夕之初義同於夜，故即假月字以見義，（許君以莫訓夕誼，屬後起）月夕固為同字也，後以其用有別，遂歧為二字，而音義亦各殊矣。金文作◗（旂鼎）◗（頌鼎）◖（頌壺）◗（盂鼎）◗（善夫克鼎）◖（散盤）◖（不嬰簋）◗（盧鐘）◗（盄簋）◗（邾公華鐘）◗（邾大宰簋）◖（賢簋）◗（陳庚鼎）◗（東周左師壺），文尚多見，不能具舉。形變雖絲，然率皆作◗無作◖者，文字演變趨於定型，此亦自然之理也。又陳邦福氏舉《戩》六、一辭之「月」，謂是月祭，王國維氏亦以月為祭名，按此辭直行右行，其辭曰：「丙子卜（行，卜下疑有闕文，乃貞人名，以同片它辭卜下有貞人即也。）貞其◗（行，月或夕不能遽定，其下疑亦有闕文，如夕福、夕酒連文之類。）于父丁。」卜◗二文之下即無闕文，則月字亦但當如王氏解為祭名，未必即當於後世之月祭也，蓋月祭之說，祭為通名，謂每月祭祀一次而已，然則月祭之文斷無省為「月」字之理，陳說未免失之附會矣。〔註32〕

「夕」字按語謂：

按：《說文》：「夕，莫也。从月半見。」契文月夕通用，其說已見前月字條下。于氏謂卜辭「夕羊」之夕，乃叚為昔，其說是也。（昔則腊之借字，說見前昔字條下。）陳氏論卜辭中一日內時間之分段，原應分收各字之下，為讀者參考，便利計併收之於此。金文作◗（毛公鼎）◗（盂鼎）◗（應公鼎）◗（追簋）◗◗（仲殷父簋）◗（曆

〔註32〕李孝定：《甲骨文字集釋》，頁 2256～2258。

鼎）亦**DD**，通作與契文同。〔註33〕

由《集釋》「月」、「夕」二字按語可見，李孝定的釋義很清楚的說，夜作為夕的初義，是用月字引申義作為夕的本義，而卜辭裡頭「夕」作為動詞的用法時，乃是祭祀之法，與本義有別。〔註34〕因此月夕乃是同字，一方面是月、夕的字義不同的關係，一方面是文字自然的演變，共用一個字形的現象逐漸分化，也可知其音義不同。因此在甲骨文字中如見「**D**」、「**D**」二字時，必須要以文義來判分，始辨月、夕二字。後來李孝定在〈戴君仁先生同形異字說平議〉也討論了「月」、「夕」二字，並且補充了一些《集釋》的說法：「其實在相同時期的卜辭中，月、夕二字是有區別的，早期『月』作『**D**』，『夕』作『**D**』，晚期則反是。」明確指出月、夕二字早期與晚期的字形，並且主張「月」讀為「夕」只能當作「破音讀」，而文字只要有破音讀法，那麼必有新義，因此說月、夕二字不能當作是「同形異字」。〔註35〕這個說法與林澐的「一形多讀」相同，把「月」、「夕」同形的兩字，讀作不同聲音，但林澐說這屬於同形字，李孝定卻不這麼認為，兩說的判斷差異在於，是否將同源字、有引申關係的字形，當作同形字，顯然前者是同意的，而後者卻認為要將有同源關係的字排除在同形字之外。

　　儘管李孝定、董作賓、陳煒湛、姚孝遂等，都認為「月」、「夕」二字前後期字形不同，兩者當有分別，但確都沒有提出客觀的數據，作為支持的證據，雖然楊郁彥整理了各分期「月」、「夕」二字的字形比較，並分組討論，歸結出早期卜辭月、夕二字確實共用**(**形，而後分化，並且觀察到「夕」字有一段期間是「**(**」、「**(**」兩形並存，沒有專用的情況，但後來月、夕二字都趨向專用「**(**」、「**(**」其中一形，後來兩字專用的字形又反過來使用，〔註36〕而筆者據《甲骨文字編》所收錄的「月」、「夕」二字，依照不同字形的使用分期統計，製表如下：

〔註33〕李孝定：《甲骨文字集釋》，頁2279。

〔註34〕「夕」作用祭法之說，可參見于省吾：〈釋夕〉，《甲骨文字釋林》，頁33～35。

〔註35〕參見李孝定〈戴君仁先生同形異字說平議〉，頁46。

〔註36〕參見楊郁彥：《甲骨文同形字疏要》，頁39～62。

表2：「月」、「夕」同形字分期統計

分期	月1（☾）	百分比	月2（☽）	百分比	夕1（☾）	百分比	夕2（☽）	百分比
A1	1	7.1%					3	8.8%
A2			1	3.8%				
A4					1	1.2%		
A7	4	28.6%	2	7.7%	40	49.3%		
A8					9	11.1%		
A9	1	7.1%			16	19.8%	3	8.8%
A11					2	2.5%		
A13	1	7.1%	18	69.2%			2	5.9%
AB					6	7.4%	3	8.8%
B2	2	14.3%			1	1.2%	2	5.9%
B3	3	21.4%			1	1.2%	7	20.6%
B6			1	3.8%	4	4.9%	7	20.6%
BL	1	7.1%						
第五期			1	3.8%				
C1	1	7.1%					1	2.9%
C2					1	1.2%		
C5			3	11.5%			6	17.6%
小計	14	99.8%	26	99.8%	81	99.8%	34	99.9%

由上表可見，作「☾」的月字，以及作「☽」的夕字，在各時代都有使用，尤其夕字（☽）在花園莊甲骨出現的頻率更是高於月（☾）、（☽）以及夕（☾）字。作「☽」的月字，其使用頻率在黃類卜辭最多，將近有七成，而作「☾」的夕字，則是在典賓組、賓出組、出組二類等為最多，亦即在甲骨卜辭第一期、第二期，武丁、祖庚、祖甲時期佔了八成之多，兩相比較，月字作「☽」形，幾乎都出現在第四期之後，而夕字作「☾」形則正好相反，幾乎都出現在第二期之前，這也可證前面諸位學者所說，月夕二字字形前後期反轉的現象，但這種現象在作「☾」的月字，以及作「☽」的夕字上並不明顯。

在甲骨文字中，還有一個與月、夕字形相近的字，那便是肉字，其字形作「𠔼」，《集釋》謂：

> 按：《說文》：『肉，胾肉。象形。』小篆象胾連髀肉之形，（象牲之半體中𠂊者，其肋也。）契文與小篆相近，屈說可从。[註37]

〔註37〕李孝定：《甲骨文字集釋》，頁1503。

《集釋》從屈翼鵬以卜辭膏字作「𠂤」、徲鼎胤字作「𢇷」，定其「夕」為肉字，釋形、釋義則依《說文》小篆之說。其實卜辭「肉」字有二形，分別為：「夕」、「𠃜」，而《集釋》僅收「夕」形。「𠃜」形與月、夕二字字形不同，截然可分，而作「夕」形的肉字，其字形多有稜角，與月、夕二字多帶有圓弧筆劃不同，且肉字字形必為中空，而月、夕字帶有傾斜的這類字體，其中必有一豎畫，若月、夕字寫作中空字形，則其必不傾斜，作「𠃌」、「𠃍」半月狀。故月、夕的「𠃌」字形，與肉字的「夕」形，三者只能勉強說是相似，絕不相混。反倒是在戰國文字中，「月」、「肉」二字較相似，季旭昇指出：

> 「月」和「肉」在戰國時代形體極為相近，因此戰國古文常在「月」的左下方加一小撇以和「肉」區別（如：𠂆），「肉」形則或在右上方加一小撇，以和「月」區別。〔註38〕

《包山楚簡》中的「月」字作「夕」，「肉」字作「夕」，兩形確是相近，但劉釗與李裕民都指出，戰國文字的「月」字是三筆寫成，「肉」字則是四筆寫成，其主要的差異在於，月字外框為一筆寫成，為弧形，肉字外框則是兩筆寫成，頂端具有稜角。〔註39〕不過相較於甲骨時代，這已是較晚才產生的現象，並不影響我們對甲骨文字「月」、「夕」、「肉」三字的判讀。

二、「示」、「工」、「壬」

表：《甲骨文字集釋》

甲　骨　字　形	隸　定	字頭頁碼
𥘅	示	37
𠂹	工	1589
𡈼	壬	4297

　　《集釋》裡所收的「示」字，有一字形作「工」；「壬」字，有一字形作

〔註38〕季旭昇：《說文新證》（福建：福建人民出版社，2010年），頁565。

〔註39〕參見劉釗：《古文字構形學》（福建：福建人民出版社，2006年），頁 149～151、李裕民：〈古字新考〉，《古文字研究》（北京：中華書局，1983年）第10輯，頁113。

「工」;「工」字,有一字形作「工」,此三字字形當是同形。

　　但我們從《集釋》「示」字所摹作「工」的字形出處回查,可以在《合集》34120片(即《戩》一、九片)卜辭辭例看到:「上甲二十示一牛」、「二示羊」的「示」皆作「示」,而在本片甲骨作「工」形的字,僅出現一次,且當是作干支的「壬」字,並非「示」,此乃李孝定所誤謄之字形。(見圖 1)除此之外,摹作「示」的字形也有些問題(見圖2),《合集》1254片(即《藏》一四七、一)辭作「貞:㞢于示壬」的「示」字寫作「示」,跟《集釋》所摹的「示」明顯不同,此二字形為誤摹。

圖1:《合集》34120片(即《戩》一、九片)

全　版	局　部	
	①	②
釋　文		
(1):「上甲二十示一牛,二示羊,土賣牢。」 (2):「壬戌卜。」		

圖2:《合集》1254片(即《藏》一四七、一)

全　版	釋　文
	(1):「壬戌卜,殼,貞:㞢于示壬」 (2):「……告……」

　　因此就《集釋》中所收錄的「示」字字形，不當有「工」或「𝟙」，不過在甲骨文中確有「示」寫作「工」的例子，比如《合集》27083 片有「三匚二示」一詞，裡頭的「𝟙」字上下皆有橫畫，即「工」形（見圖3），而在此辭中，「工」字只能釋為「示」，為先公先王名，絕不可能釋為「工」或「壬」。又卜辭中的先公先王名也可見到「示」寫作「工」的例子，如：「示壬」合文有作「工工」、「工工」，但極少見，普遍的寫法還是示、壬有別，如：「工工」、「乩」、「环」、「𝟙」（見圖4）；「示癸」合文的現象也是如此，「示癸」的「示」寫作「工」的字形也極少見，「工癸」、「𝟙」（見圖5、圖6、圖7），普遍的寫法還是作「祋」、「𝟙」、「祧」。另外「示壬」合文的這種寫法「工工」，是否屬於一字兩用的借字現象，筆者以為「示」字作「工」的寫法，未必是受到「壬」字的影響，因「示」字普遍的寫法本就有一形作「𝟙」，在文字演變中，像是口字的方塊形有時會填黑，或者寫成一橫，這是很常見的現象，而「示」字亦有「𝟙」、「𝟙」形，中都寫作一豎，且本義與干支無關，綜合兩者，「工工」的寫法大概不是有意借「壬」形作「示」，而是作為字形簡省及平衡美觀的方法而已。

圖 3：《合集》27083 片

全　版	局　部

釋　　文	
「三匚二示」	

圖 4：《合集》35477 片

全 版

釋 文
（1）：「□□〔卜〕，貞：王〔宨〕耏史〔亡〕尤。」 （2）：「□□卜，貞：王〔宨〕示壬彳〔伐〕亡尤。」 （3）：「□□〔卜〕，貞：王〔宨〕外丙彳〔伐〕亡尤。」

圖 5：《合集》36189 片

全 版	釋 文
	「甲戌卜，貞：王宨示癸奭〔妣甲〕奭亡尤。」

圖 6：《合集》35483 片

全　版

釋　文
（1）：「□□〔卜〕，〔貞：王窋〕□□魯〔日亡〕尤。」 （2）：「〔癸〕□卜，貞：王〔窋〕示癸魯日〔亡〕尤。」

圖 7：《合集》35487 片

全　版
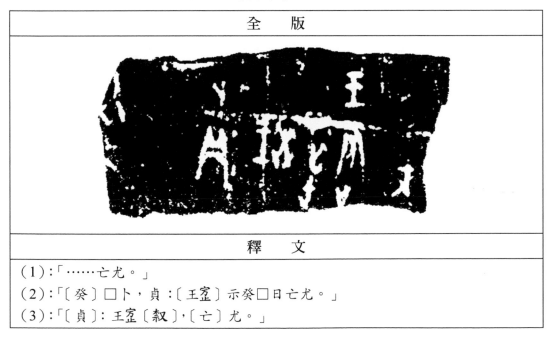
釋　文
（1）：「……亡尤。」 （2）：「〔癸〕□卜，貞：〔王窋〕示癸□日亡尤。」 （3）：「〔貞〕：王窋〔叔〕，〔亡〕尤。」

　　在《甲骨文編》的正文中，並沒有收字形作「丅」的「示」字，僅有合文收「丁丁」、「丅𣥚」等，而《續甲骨文編》正文及重文都沒有收字形作「丅」的「示」字，不過因為《集釋》的體例關係，是不收合文的，（詳見「《集釋》不錄『合文』之緣由」一節）因此《集釋》也並未把作「丅」的「示」字，收

於「示」的正字。

《集釋》對「示」字的釋形、釋義作：

按：說文：「示，天垂象，見吉凶，所以示人也。从二（二，古文
上字）。三垂，日月星也。觀乎天文，以察時變。示，神事也。凡示
之屬皆从示。∭古文示。」卜辭作上出諸形乃神主之，象形字。唐、
陳之說是也。（示主宗室祜諸字謂甚，同出一源，則可謂甚，即為一
字則不可。）丁氏謂象祭天杆，亦與神主之說相近，惟謂示氏一字
雖亦言之成理，然二者在形體上固迥不相侔，不能據一變然之，即
此二形筆意形體意迥異，亻遂謂與亻為一字也。胡先生謂丅蓋象本表
別神主之說所自昉也，惟謂示亦為表形則有可商。葉氏謂示从丨，謂
恍惚有神自天而下，未免徒涉玄想，可毋深辯。束氏謂示為貢納，
未聞甚詳，不審何所據也。郭氏生殖種之說，蓋詖辭耳。古文垂直
長畫多加圓點於其中，或作肥筆（見篆天字下引唐蘭說）。豈均象生
殖神象邪。陳夢家謂：呂及呂亦示字，《遺珠》六二八辭之：「甲申卜，
又三〔二呂〕」《乙》七三五九辭之：「﹙唯﹚新呂」八六七〇辭云：
「丙戌卜，朱于三呂」八六七一辭云：「乙酉卜，朱于三呂」說蓋可信。
三匚二示即報乙、報丙、報丁，示壬、示癸也。新示猶言新宗四示則
與大示、小示之辭例，同哲庵為曾毅公藏拓，未見印行。據陳氏引
其二〇三辭作示壬，謂即示壬（《綜述》四六一頁）。說亦可從。重文
示字偏旁作示（曾子簠祜字偏旁）示（齊鎛祖字偏旁）與卜辭、小篆
並同。〔註40〕

《集釋》對於「示」的本義與許進雄說為「祖先神主之形。擴充代表鬼神之
事。」相同，〔註41〕且在《讀說文記》中又指出作「丅」、「示」形，中垂兩旁
的小點，未必有意義，〔註42〕這個說法是正確的，示字「示」變為「丅」形，
其增點當是飾筆無義，因此許慎說「三垂，日月星也。」當不可信。而魯實
先說「示」，有四義：一、眂之初文（經傳有此例），循視也。二、宗之省寫。

〔註40〕李孝定：《甲骨文字集釋》，頁 43～45。

〔註41〕參見許進雄：《簡明中國文字學》（北京：中華書局，2009 年修訂版），頁 453。

〔註42〕參見李孝定：《讀說文記》，（臺北：中央研究院歷史語言研究所，1988 年），頁 4。

三、底之初文（底示疊韻），致也。四、方名。〔註43〕可補《集釋》之說。《集釋》說束世澂釋為貢納的說法，不知從何而推之，這個說法應該是將「工」字當成「貢」字，近代學者也多有討論這個字形，但多數都將其釋作「工」，並從聲音上來說「工」可作「貢」，比如：魯實先說「工」有五義，其字形除了「￦」、「ꖌ」、「工」以外，還將「ꖌ」也收作工。一、恐之初文，蓋以工孳乳為巩，自巩孳乳為恐也。二、官之假借，讀如《詩周頌臣工》「嗟嗟臣工」之工，毛傳曰：「工，官也。」三、貢之假借，貢，獻也。四、祭名，攻之初文。五、方名。〔註44〕便將「工」當作「貢之假借」，持這種說法的還有陳煒湛，首先他認為在祖庚祖甲以後，工字就由「ꖌ」形，簡省作「工」形，與「壬」字同形，其判分需從文義上區別，並且與李孝定的主張相同，都把「工」當作「貢」，是「假工為貢」的用法，然李孝定是將「貢」字當作「工字重文」，且並未提出「工」、「貢」二字作為本無其字的假借證據，僅是在按語中說：「卜辭假工為貢，不从貝，工字重文。」〔註45〕陳煒湛則列舉數條卜辭，如：

《前》3、28、5片：「甲子酒妹，工典。」

《前》3、28、5片：「六月甲午工典。」

《前》4、43、4片：「在六月乙巳工典。」

謂工典，即貢典，呈奉典冊之義。〔註46〕于省吾也主張工、貢古字通用，但甲骨文無貢字，貢字乃後起之分別字，並且把「工典」一詞釋：「其言貢典，是就祭祀時獻其典冊，以致其祝告之詞也。」〔註47〕于省吾雖考慮到把「工」釋作同形的「壬」，但未考慮「工」有無可能作「示」字，而詞作「壬典」是不可通的。朱歧祥便由此提出不同的看法，把這「工典」不讀為「工（貢）典」，而是釋作「示冊」，其說：

于氏所論冊、典義通甚是，唯「貢冊」一說稍有可商。由工釋工，因

〔註43〕參見魯實先講授，王永誠編輯：《甲骨文考釋》（臺北：里仁書局，2009 年），頁98～100。

〔註44〕參見魯實先講授，王永誠編輯：《甲骨文考釋》，頁102～104。

〔註45〕李孝定：《甲骨文字集釋》，頁2133。

〔註46〕參見陳煒湛：〈甲骨文異字同形例〉，《甲骨文論集》，頁29～30。

〔註47〕于省吾：〈釋工〉，《甲骨文字釋林》，頁71～72。

借讀如貢，其說轉折，未若直隸定作示字為是；且古文獻只言「祀典」
（《禮記‧祭法》）、「典祀」（《國語‧魯語》）、「祭典」（《呂覽‧孟春》）、
「作冊」（尚書‧洛誥）、「冊祝」（《尚書‧金縢》），並無「貢冊」之
例。〔註48〕

且前已舉諸多卜辭可證，甲骨文中「示」寫作「Ｉ」的例子，從字形上來看，
是可以說得通的，又從典籍可証，且無須由聲音借讀作「貢」再輾轉釋義，因
此將「Ｉ典」一辭釋作「示冊」，應是可信的，並認為「示冊」之意，乃是祭祀
先王的典冊紀錄，並且在甲日公告，說明該旬內所祭祀先公先妣的次序、祭名、
祭時等。

《集釋》也有對「工」字作了釋形、釋義：

按：《說文》：「工，巧飾也，像人有規矩也，與巫同意。𢀖古文工，
從彡，契文作Ｉ、𢀖、𢀖諸形，葉、郭于諸家之說是也。吳氏謂工之
夙義為斧，恐未必，然以時代言契文之Ｉ、𢀖，應早於吳氏所舉金文
諸器之作Ｉ者，則金文之作Ｉ者，乃由𢀖所譌變，非本象斧形也，
至訓功乃由工作一義所引申，用為功則同音通叚耳。孫氏謂象玉連
之形，以玉作「丰」，工作「Ｉ」觀之，其說似可信，惟工亦作𢀖，
如謂象玉之連，則何以一作「一」，而一作「口」。許云：「象人有
規矩也。」因疑工乃象矩形，規矩為工具，故其義引申為工作、為
事工、為工巧為能事。金文矩字作𢀖（伯矩盉）𢀖（伯矩簋）𢀖（伯
矩鼎）𢀖（伯矩卣）象人持矩形，其所持正作工也。金文工作𢀖（司
工丁爵）Ｉ（夨彝）Ｉ（作姚戊鼎）Ｉ（史獸鼎）Ｉ（沈子簋）Ｉ
（不娶簋）Ｉ（散盤）Ｉ（虢季子白盤）Ｉ（師寰簋）Ｉ（免卣）
Ｉ（斬尊）Ｉ（伊簋）Ｉ（揚簋）又許書巨下解云：「規，巨也，
從工，象手持之。」象手持之者，謂從𠃌也，是許君明謂工乃巨（矩）
之象形字也。〔註49〕

〔註48〕朱歧祥：〈釋示冊〉，原載於《香港中文大學中國語文集刊》第 5 期（香港：香港
中文大學，1990 年）又收於朱歧祥：《甲骨學論叢》（台北：臺灣學生書局，1992
年），今引文據《甲骨學論叢》，頁 152。
〔註49〕李孝定：《甲骨文字集釋》，頁 1593～1594。

於此《集釋》並無特別談到「工」作「貢」之說，直把「貢」字當作「工」之重文，而在貢字條下也僅有簡短數語，亦無談到字形演變。李孝定認為「工」字本義非孫海波所說的「玉連之形」，亦非吳其昌所說的「斧形」，而當是可能為工具之形，又從金文「矩」字象人持矩（工具），為工字為象工具、規矩的證據。許進雄在〈工字是何象形〉一文中，將歷來說「工」為何形的各家說法，整理成七項，（1）規矩形（2）象連玉之形（3）象斧形（4）象纙絲之器（5）鑿形（6）鑄金之鑽（7）築夯土之杵。對於李孝定所主張的「規矩形」之說，是以晚期工字字形「I」，來說工之本義，這大概不是造字之初的想法，因此李孝定所說的「規矩」大概非本義。工字早期的字形作「□」、「□」，並考察與敲打有關，與殳結合的字形，可以歸納出：「作直柄的的是以攻堅、撲殺等造成傷害為目的的器物。作曲柄的，一是匙匕一類取食具，一是樂棰，另一類可能是醫病工具。□字的工不像食器形，因此很有可能是樂器。」〔註 50〕將工之本義，作是一種樂器的敲打槌。這個說法或是可信。〔註 51〕

另一方面，我們從《集釋》所收的四個作「I」的「工」字卜辭來看，四辭皆為「工典」，然其中一辭甲骨片號有誤，今正：

《合集》36489 片〔註 52〕：「〔癸〕亥王卜，貞：旬亡畎。王〔固曰〕：〔吉〕。〔在〕……月，甲子酒妹工典其〔冎〕……𦗚𩴂，王征人〔方〕。」

《合集》38310 片〔註 53〕（2）：「癸卯卜，貞：王旬亡畎。在六月，乙巳工典其蓷。」

《合集》35407 片〔註 54〕（1）：「〔癸〕酉卜，貞：王旬〔亡〕畎。在十一月又二，〔甲〕戌工典其〔酒〕其□。」

《合集》35398 片（1）：「癸未卜，貞：〔王旬〕亡畎。在八月，〔甲申〕

〔註 50〕許進雄：〈工字是何象形〉，《許進雄古文字論集》（北京：中華書局，2010 年），頁 556。

〔註 51〕參見許進雄：〈工字是何象形〉，《許進雄古文字論集》，頁 551～560。

〔註 52〕即《前》2、40、7 片。

〔註 53〕即《前》4、43、4 片。

〔註 54〕即《後上》21、3 片。

工典其〔幼〕。」

《合集》37840 片（1）：「癸酉王卜，貞：旬亡畎。王固曰：吉。在十月又一，甲戌妹工典其龠。佳王三祀。」

《屯》4187 片（朱書）：「壬」

另，《集釋》所摘錄的《前》3、28、5 片則不見「工」字，疑當是誤將《前》3、28、4 片之「4」，騰作「5」，此片辭作：

《合集》37867 片（1）：「癸巳卜，泳，貞：王旬亡畎。在六月，甲午工典其幼。」

以上諸辭作「工典」前朱歧祥已認為當釋作「示冊」，並且可見貞卜時間都為「癸日」，即天干最後一日，並在一旬的首日，「甲日」公告，唯《合集》35407 片辭云：「乙巳工典」，似有例外，然僅見此辭不在「甲日」公告，其原因尚待考。而《屯》4187 片的朱書僅有一字，《小屯南地甲骨考釋》釋為「壬」字，是比較保守的隸定，因甲骨卜辭中作「工」形的字多半都是「壬」字，在無完整辭例的情況下，只能暫作此釋。既然我們已經排除甲骨文中「工」為工字的可能，《集釋》裡的工字亦不當有「工」形，也不可能和「示」字同形。這也就是李孝定所說「誤認為同形異字者」之例。

在甲骨文中，「壬」字僅有一種字形作「工」，這與前面所討論的「示」字作「工」的字形相同，《集釋》對壬字之說為：

> 按：《說文》：「位北方也。陰極陽生，故《易》曰：『龍戰于野。』戰者，接也。象人懷妊之形。承亥壬以子，生之敘也。與巫同意。壬承辛，象人脛。脛，任體也。」契文作工，與工之作工者同。吳氏遂謂與工為一字，非也。按工契文亦作工若工，而卜辭干支字之壬，纍千百見，然無一作工若工形者，此二者非一字之明證也，充吳氏之說是壬與示（示亦省作工者）亦一字也。（吳氏又謂，壬王一字，是壬示一字之類也）考許書壬下、工下，兩謂「與巫同意」，蓋謂工象人形巫从工从从（𡘇）𡘇居兩側，象兩褎舞形，與壬从工从一，一居中象大腹，乃人懷妊之形之意相同（王筠《句讀》壬下說「同意」之說是也）非謂壬工同字也。許書壬下說解，及《白虎通·五行篇》、

《史記‧律書》、〈月令〉鄭注、《釋名‧釋天》諸說，均以妊義說壬字，妊从女壬聲，乃孕之後起字，从壬與義無涉，則妊自非壬之初義。篆作壬，乃丨所衍變，亦非懷妊之象也。郭謂壬象石針，乃譌以𡈼字釋工所導致之誤說。（吳氏引楚公子，壬夫字子辛，以證壬與辛同為兵器，古人名字相應，然亦未必同訓。名壬字辛者，蓋以十干中辛壬相次，故與相應也。）惟林氏謂壬為滕之古字，說蓋近之，然亦苦無確證耳。金文作壬（父壬爵）壬（叔宿簋）壬（無𡧛簋）壬（趠曹鼎）壬（伯中父簋）壬（高攸比鼎）壬（吉日壬午劍）」〔註55〕

首先便先對吳其昌認為「與工為一字」的說法，持反對的態度，也從字形、字義上來討論，壬與示並非同字，且多次說同訓、同義之字，並不等同於同一字。對於壬字本義，李孝定亦不認同吳其昌以為「壬為兩刃之斧」的說法，而是較認同林義光說「壬為滕之古字」之說，同樣的，季旭昇也引用林義光之說：「滕（蒸韻）壬（侵韻）雙聲旁轉，故《禮記》戴勝、《爾雅》作戴鳻，𡈼為經之古文，正象滕持經形。」〔註56〕顯然也是同意壬本義為滕的說法。許進雄說「壬」為「繞線器形，借為干支」〔註57〕的說法，可能也是由壬為滕之古字所闡發的。

以上關於「示」、「工」、「壬」三字的字形與關係，大致說明一番，綜合來說，李孝定所收的「工」，實非「工」字，應當為「示」，然《集釋》示字條下所收的「工」形，乃誤摹，故也非「示」字，因此嚴格來說，《集釋》所收的「工」形除了「壬」字以外，其餘皆非「示」字，亦非「工」字，甲骨文的「工」字，當作「𢑑」、「𤔔」二形，因此「工」字條下說工字本義大概也不是李孝定所說的「工具形」，而當為許進雄所說的「樂器槌器」。而前面我們提到朱歧祥將「工」釋為「示」的說法，應是可信，然其說：「余謂卜辭𢑑、𤔔諸字本取象宗廟神主之形，與丁、干形實同；當即示字異體。」〔註58〕此說可能就未必正確了。示字的寫法較多，但仍以「干」、「丁」、「示」三種為最普遍使

〔註55〕李孝定：《甲骨文字集釋》，頁4301～4302。

〔註56〕季旭昇：《說文新證》，頁1009。

〔註57〕許進雄：《簡明中國文字學》，頁472。

〔註58〕朱歧祥：〈釋示冊〉，《甲骨學論叢》，頁150。

用,而「⿱」形雖似與「⿱」近,然示字必為兩豎畫,工字必為一豎畫,此二形是絕不相混。於是乎「示」、「工」二字並非同形,《集釋》可能因摹字與釋義有誤,恰好將此二字字形交錯開來,故《集釋》示字條下不談「⿱」形,工字條下也不談與示字的關係,而是直言工壬非同字,而我們所見卜辭的「壬」字,已被借為干支,其本義為何實難考辨,但由字形猜測,「壬」當為象形所構,是否如許進雄所說「繞線器形」亦未有確證,而李孝定在〈戴君仁先生同形異字說平議〉對於「壬」字本義還是認同林義光說「壬」字本義的看法:

> 按壬字作⿱,或說象朕形,乃織布時持經之具,工象矩形,與壬作⿱偶同,但甲骨工又作⿱或⿱,壬卻絕無作此形者,後世工、壬二字,不論小篆或隸楷,都有顯然的分別,文字約定俗成的痕跡,宛然可見。
>
> 〔註59〕

此說也是認為工、壬二字是有別的,這乃是因為「偶同」,更進一步說,是因為「甲時代的某字同一時代的另一字,形體偶同或相似。」之故。楊郁彥也將工、壬二字作了對比考察,其結論以為:

> 在「工」、「壬」二字方面,工字於多數卜辭中作⿱形,或見於孳乳字,「⿱」中的偏旁工為求字體整齊美觀而作⿱形,壬字則作⿱形,我們由各組各類卜辭中工壬二字字形之比對分析,發現只有在歷草體類以及黃類卜辭中出現偏旁工字作與壬字同形之⿱形,是卜辭中極少見之現象。若由工壬二字皆取象於斧形之說,則卜辭中工、壬二字同形的現象即是「因取象形近而同形」的情形。〔註60〕

根據楊郁彥所認為工、壬同形的字形有二,從作「⿱」形的工字卜辭來看,這兩條辭例分別為:

> 《合集》32981 片(4):「……于多工。」
>
> 《合集》38310 片(2):「癸卯卜,貞:王旬亡畎。在六月,乙巳工典其蒦。」

「工典」一詞前已說當釋為「示冊」,而「多工」一詞朱歧祥認為應釋為「多

〔註59〕參見李孝定〈戴君仁先生同形異字說平議〉,頁43。

〔註60〕楊郁彥:《甲骨文同形字疏要》,頁191。

示」，即卜辭中泛指祭祀的眾先王，〔註61〕因此楊郁彥所舉的此二例當為示字，其分期前者為歷草體類，後者為黃類卜辭，而前面所舉作「示冊」一詞的分期，同樣也都是屬於黃類卜辭，因此在黃類卜辭中，「壬」與「示」字是同形的，不過「壬」字只用作干支與先公先王名，作「工」形的「示」字，目前只見到用作「示冊」以及少數的「多示」兩辭，在卜辭用法上是不相混的，而兩字形使用的時代相同，形體也相同，應當是符合李孝定所認為的「同形異字」定義。

「示」、「工」、「壬」各字形的分期，依《甲骨文字編》之例統計，如下表所示：

表3：「示」、「工」、「壬」同形字分期統計（1）

分期	示1（ⱦ）	百分比	示2（ⱦ）	百分比	示3（示）	百分比
A1	1	6.7%				
A6			3	8.1%		
A7	6	40%	11	29.7%		
A11			3	8.1%		
A13			2	5.4%	4	33.3%
AS	1	6.7%				
B2			1	2.7%		
B3	4	26.7%	5	13.5%		
B5					2	16.7%
B6	1	6.7%	4	10.8%	6	50%
C1			1	2.7%		
C3	1	6.7%				
C4			1	2.7%		
C5	1	6.7%	6	16.2%		
小計	15	100.2%	37	99.9%	12	100%

〔註61〕朱歧祥並舉《丙》54片亦有作「多壬」一辭為證，謂卜辭中的「多工」、「多壬」當為同義，即「工」、「壬」皆為「示」字，然筆者回查《丙》54片（即《合集》766片），並未見「多壬」一詞，不知「壬」字是否為「工」字誤摹，故筆者僅同意「多工」為「多示」一說，暫不同意「壬」為「示」之說。參見朱歧祥：〈釋示冊〉，《甲骨學論叢》，頁151。

表4：「示」、「工」、「壬」同形字分期統計（2）

分期	示4（⚓）	百分比	示5（𝄇）	百分比	示6（Ⅱ）	百分比
A1					7	63.6%
A2			1	20%		
A7					2	18.2%
B1			1	20%		
B6	2	100%				
C2					2	18.2%
C3			3	60%		
小計	2	100%	5	100%	11	100%

表5：「示」、「工」、「壬」同形字分期統計（3）

分期	壬（工）	百分比	工1（工）	百分比	工2（工）	百分比
A1	4	13.3%				
A2			1	3%		
A3	2	6.7%				
A6	2	6.7%				
A7	7	23.3%	17	51.5%		
A9			4	12.1%		
A11			1	3%		
A13	4	13.3%			2	66.7%
AB			1	3%		
B3	1	3.3%	1	3%		
B6			5	15.2%		
B7	1	3.3%				
第五期					1	33.3%
C1			1	3%		
C2	2	6.7%				
C3	3	10%	1	3%		
C4	1	3.3%	1	3%		
C5	3	10%				
小計	30	99.9%	33	99.8%	3	100%

《甲骨文字編》並未將「工」形收作「示」字，而是當作工字的異體，因此在示字的統計表中並無「工」形，但也可以從表看出，示字在前期多作「丁」、「示」、「Ⅱ」三形，使用的次數也較多，其餘三形則前後期都有出現，但使用次數明顯較少。從甲骨卜辭來看，《甲骨文字編》工字下所收「工」形的三字，有

兩字當為「示」、一字當為壬，除壬字分期在第五期外，其餘二字，連同前面所用到作「示冊」、「多示」的「示」（Ⅰ）字，分期都屬於 A13，亦即黃類卜辭，而壬字則再各期都只有一形作「工」，統計的結果，也可以證明，「示」（Ⅰ）字字形跟壬（工）字字形，在黃類卜辭是重疊，而從卜辭用法來看，作「工」字形的「示」字，可能為「示冊」的專用字。

第三節　《集釋》對甲骨文字「字際關係」的異構辨析

一、字際關係與甲骨文字構形特徵

　　「字際關係」一詞，黃德寬在〈關於古代漢字字際關係的確定〉一文開宗明義便說：

> 字際關係指的是形、音、義某一方面相關連的一組字之間的關係。異
> 體字、繁簡字、古今字、同源字、通假字、同形字等，都是從字際關
> 係的角度提出的概念〔註62〕

這個說法其實就是兩個，或者多個漢字之間的關係，而文字之間或因字形相同、字形相近、部件相同、字形演化、字形繁簡、訛誤、音同、音近、義同、義近、字義的引申、擴散、縮小、轉化等等，各種字與字之間形音義的關係，皆包含在所謂的「字際關係」之內。本節便是要以字際關係角度，考察幾組《集釋》所考釋的甲骨文字的字際關係。

　　《殷墟甲骨刻辭類纂》的序言中「文字形體的同異和分合」一段，談到甲骨文字屬於早期的文字，一字多形的現象是十分常見的，這種字形不統一、不固定的現象，在文字發展的早期，是較為明顯的，也因為甲骨文字存在著大量文字形體的差異，於是在甲骨文字的判讀與隸定上，都存在著一定程度的困難，〔註63〕或許黃德寬所歸納的幾點意見，可以作為考察古漢字字際關係的要點：

〔註62〕黃德寬：〈關於古代漢字字際關係的確定〉原載於《中國文字研究》第四輯，（廣西，廣西教育出版社，2003 年）又收於黃德寬：《漢字理論叢稿》（北京：商務印書館，2006 年），今引文據《漢字理論叢稿》，頁165。

〔註63〕參見姚孝遂、肖丁：《殷墟甲骨刻辭類纂·序》（北京：中華書局，1989 年），頁7～10。

一、漢字早期構形與定型字形之間差距較大，古今關係的確立有時比
　　較困難。

二、古代漢字正處於一個發展演變過程之中，許多字因孳乳繁衍而構
　　成分化派生關係，這種關係在運用過程中又不斷地調整變動，最
　　後才能形成功能定型。

三、古代漢字的構形分析與實際應用往往並不是密合的。

四、古代漢字某些形體因時代、地域或其他原因，往往多種異體並
　　存，某些形體也可能與後起字完全同形。

五、古代漢字字際關係的確定，應從系統的觀點出發，將各種形體和
　　用字現象放在漢字系統中仔細比較觀察，特別是將相關字連繫起
　　來比較分析，這樣才可能德出較為正確的看法。〔註64〕

其中第五點在考釋文字中更為重要，需要以一個系統的觀點來進行討論，而本
文所欲探討的系統，自然是以李孝定所編纂《甲骨文字集釋》的系統框架來進
行討論。

　　古文字構形的相關問題，有許多學者都曾進行過討論與分類，但專門談構
形問題的，大概要屬劉釗的《古文字構形學》以及鄭振峰：《甲骨文字構形系統
研究》最為全面，因此今就此二書的說法作為甲骨文構形的基本理據，再補充
其他學者之說。在《古文字構形學》「甲骨文構形的分析」章中，將甲骨文構形
特色分作幾類：

一、甲骨文中的飾筆

二、書寫與形體線條化

三、形體的省略

四、形體的繁簡

五、形體的相通

六、形體的訛混

七、異體與變形

八、專字與「隨文改字」

〔註64〕參見黃德寬：〈關於古代漢字字際關係的確定〉，《漢字理論叢稿》，頁 171～173。

除此章以外，還有一章談甲骨文中的「倒書」的問題，以及部份章節談「古文字」的演變方式，如「類化」、「變形音化」、「簡省分化」、「一字分化」等現象。鄭振峰的《甲骨文字構形系統研究》則是從甲骨文字的各種字例，歸納出一些甲骨文字的特殊現象，比如異寫字的原因可能有：「線條型態的差異」、「線條的繁簡」、「字形方向不固定」、「相同構件數量不同」、「構件位置不固定」等；異構字的原因可能有「構形模式相同，同類構件的位置置換」、「構形模式相同，增減不同構件」、「構形模式不同」；同形字的原因可能有「刻寫求簡」、「字形相近」、「字形方向不固定」、「字形分化」等等，也從組合結構以及構字系統來談甲骨文字的特徵。簡單的歸納一下，甲骨文字的構字方式存在著很多不同的「規則」，常見的規則包括上面所舉的筆劃減省、字形繁寫簡寫、形體相近或義意相近的部件可以通用、正反書寫無別、部件位置、數量不固定等等，〔註65〕然而文字、語言最主要的功能還是在於溝通，因此除了規範化以外，再使用過程中必然出現不被規範的現象，於是在文字、語言的系統裡，都會有不規範化的例外存在。今由上述的甲骨文字特徵，檢視《集釋》中數個字形間的「字際關係」，一方面釐清甲骨文字構形、釋義上的正誤，一方面確認《集釋》的編纂系統是否貫徹統一。

二、豸（𧱙）形與希（𧰨）形及所從諸字

甲骨字形「𧱙」、「𤔣」《集釋》隸定為絺字，然希字形作「𧰨」、「𧰨」、「𧰨」、「𧰨」、「𧰨」等與從二希的絺所差甚遠，反倒是與隸定作豸的「𧱙」字形相近，李孝定謂《說文》中希字古文與栔文諸形相同，其義如郭沫若所言：「人鬼為祟」，即神禍也，在卜辭希字均以音近假借為祟，尚未見用其本義者，亦未必為穰祟之初字。

從字形上來看，希字應為象形字，然象何物或何獸，李孝定除舉《說文》說解外，並無更進一步說明，是故欲以從希之字見其端倪及字形分合之準則。

《集釋》中隸定從希之字如下表6：

〔註65〕參見劉釗：《古文字構形學》、鄭振峰：《甲骨文字構形系統研究》（上海：上海教育出版社，2006 年）、李旼姈：《甲骨文例研究》「第二章：甲骨文形體結構特徵」。

表6:《甲骨文字集釋》

甲 骨 字 形	隸 定	字頭頁碼
（甲骨字形）	𢁫	2997
（甲骨字形）	嚳△	412
（甲骨字形）	纖△	595
（甲骨字形）	肆	973
（甲骨字形）	敊△	1086
（甲骨字形）	觳〔註66〕	3003

　　《集釋》引徐灝段注箋、《周禮》等典籍，認為從二𢁫的觳字，是「陳牲之義也」，並由辭例「□午匚晋反卯小宰　弗其觳」與「貞：玉屮匚于蔑隹之屮□　貞：其屮（侑）再□好觳」證明，觳所指均為「陳牲而祭」。而除敊字有補金文作某外，嚳、纖等字只言甲骨部件構形，且說文所無，便無它說解。儘管如此，我們還是能從僅有的說解與甲骨、金文字形中找到些許端倪，然而最明顯的問題可能還是要回到字形的層面來談，何以𢁫（）與觳（）字形差異甚大，反倒是豕（）字字形與觳（）較近。《集釋》「豕」字的按語替這個問題說明了一番，首先先點出「豕」、「𢁫」二字有別，不容混同，隨後又在註腳中強調一次，並言：

> 金文𢁫有字，諸家釋觳，其半體與此同，當為孫氏收此作𢁫之所本，然豕、𢁫固迥別不容混同，字又作，則與𢁫字相同，蓋此字之義主於牲體並陳，不限牛、羊、犬、豕，故字可任作，至小篆始定為從二𢁫，古文或從二豕或從二𢁫，固不拘也。倘據此謂是𢁫字，似有可商也。〔註67〕

〔註66〕此字劉釗認為「」與金文「牷」字形體相同，應為一字，也當釋為「牷」，在金文中「牷」有美譽之義。又謂古文字從口的字後來多訛為從曰，因此甲骨文的「」字與金文的「」應為一字，又疑「」應讀為「僭」，訓為「亂」。參見劉釗：《古文字構形學》，頁200～201。

〔註67〕李孝定：《甲骨文字集釋》，頁3012。

可見鯀字之定乃是依小篆字形所定，並不因所見甲骨字形為二豸而隸定作「豩」，然而隸定作鯀最根本的原因是在李孝定以為此字之義乃「牲體並陳」，並不限於哪種牲體，因此可因犧牲之不同而書不同字形，由此可知李孝定認為希（𢽾）是一種可作為祭祀的犧牲，在卜辭用法作為「神禍」的「祟」字。而我們也可以推測甲骨字形較近豸的「𢽾」字，《集釋》之所以隸定為「敠」，多半也是因為此字還有從二豸的字形「𩔈」，以及金文字形作「𩔈」、「𠬛」，因此可同上理，隸定為小篆之後的統一字形，作「希」的偏旁，然而此二字形「𢽾」〔註68〕、「𩔈」〔註69〕是否可以視為同一字，或是當分為「敠」、「繳」二字還可再斟酌討論。而後李孝定在《讀說文記》「希」字下又指出：「栔文作𢽾，讀為祟；三體石經『蔡』之古文，與此下古文全同，皆音近相假也。」〔註70〕，其認為甲骨文的「𢽾」字與三體石經的「𣎵」字，字形相同，聲音可以相假，因此可將「𢽾」讀為祟，而有殺義。但裘錫圭在〈釋「求」〉一文中指出：「五十年代在壽縣和淮南市蔡家崗先後發現蔡侯墓之後，這個字（𢽾）應該讀為『蔡』已經不容懷疑。」〔註71〕，並根據蔡家崗出土，「蔡侯產劍」上的「蔡」字銘文作「𩔈」、「𩔈」、「𩔈」；安徽霍山春秋晚期墓出土，「蔡侯申戈」上的「蔡」字銘文作「𩔈」，提出另一種看法：由金文假「殺」為「蔡」，又「蔡」字從「大」，故推得「𢽾」字不為「殺」字，並金文由「求」字上溯甲骨，以「求」跟「得」為互相呼應的對詞、「求雨」、「求年」、「求方」、「求戎」、「求我」、「求Ａ于Ｂ」、「求牛」、「求羊」……等等的卜辭例，也認為那些原讀為「祟」的「旬有祟」、「羌甲祟王」、「南庚祟王」都應該釋為「求」，並因上古聲韻相同，應可讀為「咎」，是故以為此字讀為「希」、「殺」是不可信的。〔註72〕

　　李孝定因時空因素關係，並未能見到如：《明義士收藏甲骨集》、《善齋甲

〔註68〕此字形僅出現在非王卜辭乙一（子組）。

〔註69〕此字形僅出現在賓組二類。

〔註70〕李孝定：《讀說文記》，頁233

〔註71〕裘錫圭：〈釋「求」〉，《裘錫圭學術文集・甲骨文卷》，原載於《古文字研究》第十五輯（北京：中華書局，1986年）、《古文字論輯》（北京：中華書局，1992年），後收於《裘錫圭學術文集》。今引文據《裘錫圭學術文集》，頁275。

〔註72〕本段釋字詳見裘錫圭：〈釋「求」〉，《裘錫圭學術文集・甲骨文卷》，頁274～284。

骨拓本》……等裘錫圭所作為證據之材料，或也因此在釋義上有所歧異，但在《集釋》內在的隸定基本上並無矛盾，惟《集釋》中有一個與甲骨字形與隸定不太吻合的「肆」〔註73〕字，其甲骨字形作：「𢼄」、「𢿛」、「𢿛」、「𢿛」等，李孝定認為此字如商承祚所釋為「肆」字，並同意于省吾所說的「肆、肆通假」又「肆、延音義相近」，並以卜辭「肆燅」或作「延（延）燅」與經籍「肆延」相通為證，而下觀金文見偶有增巾字偏旁外，其餘與契文全同，但此字在《讀說文記》裡有所改訂說法：

> 甲骨文作𢼄，从又从希，不从聿；金文作𢿛與許書同，字象以手持巾，拂拭獸畜之形，又非从聿、左亦未必為希，許君云云，字形譌變之故也。篆文从矣，乃疑之古文，肄蓋以之為聲也。〔註74〕

如以此說法，則此字當隸定作「叙」，而非「肆」，亦非「象以手持巾」，至金文、小，字形譌變，已不見初形本義。據李宗焜《甲骨文字編》歸類，「𢼄」、「𢿛」這兩種寫法在無名組出現次數為最多，同時「𢼄」也出現在師組、出組二類、何組一類、歷組二類、非王卜辭丙一（午組）、非王卜辭丙二（婦女）等時期；「𢿛」則只在黃組出現二次，因此可以推測「𢼄」當是較早的字形，到了稟辛及武乙間，這兩種字形並用，至武乙、文丁時期後，「𢿛」才漸漸成為常用字，是故「从又从希」才是本字之構形，「𢼄」下的「𠂤」當是後加。而根據卜辭，這兩種字形在用法上、意義上大致無別，「肆燅」一辭皆普遍使用。〔註75〕而《集

〔註73〕《集釋》的目次頁此字作「肄」，正文字頭作「肆」（肆），按語說解皆作「肆」疑目次筆誤，當統一作「肆」。

〔註74〕李孝定：《讀說文記》，頁86。

〔註75〕《合集》26907 片正（2）：「辛亥卜：貞馭每。」

《合集》27456 片正（21）：「丁未卜，何，貞馭史。」

《合集》27933 片（2）：「馭。」

《合集》28002 片（2）：「貞其馭在不昇。」

《合集》30810 片（2）：「貞馭勹，告止我已。」

《合集》28011 片（4）：「壬戌卜，狄，貞馭勿召來。」

《合集》32191 片（2）：「丁丑卜，馭。」

《合集》32192 片（3）：「丁丑卜，馭。」

《合集》32833 片（3）：「壬午卜，岳來于𠭰馭。」

《合集》34445 片（4）：「馭史□。」

釋》「𤙊」字下所收的「𢓊」字，見於《合集》34219：「取岳于三門，𢓊。」〔註 76〕，「𢓊」字於此其意不詳，但估計與「𤙊」字用法不同，兩者可能是不同的字，亦不當隸定為「𤙊」。

而隸定從「豸」旁的字也有若干歧見。《集釋》中從豸之字如下表 7：

表 7：《甲骨文字集釋》

甲　骨　字　形	隸　定	字頭頁碼
	豸	3011
	霾	3449
	薶	221
	豰△	3803

關於「豸」字，《集釋》同意段注所言：「總言其義其行故不更言象形也，或曰此下當有『象形』二字，司令之伺字，許書無。伺，凡獸欲有所伺殺則行步詳審，其脊若加長，豸豸然，長皃，文象其形也。」〔註 77〕並言此「豸」字「上象獸頭張口見牙，四足（側視作二足）長尾之形」〔註 78〕雖前已提過，希（豕）、豸（豸）二字在作為犧牲〔註 79〕時字形可以互換使用，但就《說文》

《合集》22297 片（1）：「……〔畐〕多子其馭。」（2）「馭。」

《花東》247（3）片：「癸丑卜：大叙弜知子口疾于妣庚？」（7）「乙丑卜：叙弔子弗臣？」

《花東》449（7）片：「乙亥：弜巳（祀），叙ㄓ龜于室？用。」

《合集》35396 片：「……伐其馭……卯……」

《合集》6425 片（6）：「馭。」

《合集》27987 片（2）：「馭于之若，王弗每。」（3）：「馭于之若，王弗每。」

〔註 76〕《合集》32833 片（3）：「壬午卜，岳來于𢓊馭。」不知與此條卜辭是否相關。

〔註 77〕〔漢〕許慎，〔清〕段玉裁注：《說文解字注》（臺北：洪葉文化，1998 年），頁 461。

〔註 78〕李孝定：《甲骨文字集釋》，頁 3011。

〔註 79〕王蘊智認為「豸」即「豺」，在周代也是作為祭祀所用的一種犧牲。參見王蘊智：〈釋「豸」、「希」及與其相關的幾個字〉，《字學論集》（鄭州：河南美術出版社，2004 年），頁 311。

釋義來看，「豸」字或許不當視為傳統的象實物的象形字，而應該是裘錫圭所提出「三書說」裡表意字中的「象物字式的象事字」，從外型上看很像傳統的象實物的形字，但實際上是實體來表示屬性、狀態或行為等等，〔註 80〕「豸」字便是以猛獸來表現獵殺之形象。從卜辭來看，「豸」字僅出現於《合集》13521 正：「丁酉卜，亘，貞：[illegible]于豸」，其義不詳，但此處「豸」當為人名或地名，字不當為純動物，而其本義是否作「伺殺貌」，或可能還需等待新的材料來證明，不過在甲骨文中已有「虎」、「豹」之專字〔註 81〕，故「豸」或作為人名或地名、或伺殺形象，但不為動物之專名。而在典籍中所見「獬豸」一辭當是從獸類獵殺之形，引申為見人爭執時，會用角觸理虧的人，如：《漢書音義》所言：「解豸似鹿而一角。人君刑罰得中則生於朝廷，主觸不直者。可得而弄也。」〔註 82〕，有趣的是「獬豸」亦可作「獬廌」，這跟「灋」字有許多相同處，同樣是傳說的神獸，亦能分辨是非而觸之，且都與「廌」字相關，然「豸」與「廌」在甲骨文中字形迴異，尚未能見其關聯。

隸定後有「豸」之部件的「霾」在《集釋》中說得清楚：

> 此字从雨，下象獸形，當即貍之象形字，在卜辭為天象字。辭云：「⧄有乍⧄隹霾」（前、六、四九、二、）、「癸卯卜，⧄，王固〔註 83〕曰其霾甲辰⧄」（前、七、十一、三、）、「貞茲雨不隹霾」（甲編、二八四〇）可證諸家釋霾可从。余氏釋霓誤，下非从兒也，它辭云：「⧄霾來⧄」（甲編、三七五四）此甲橋記事之辭，霾當為人。〔註 84〕

其釋義甚為清楚，一是作天氣現象，一是作人名，但觀「霾」字字形「[illegible]」，其上半從雨無疑，但下半所象動物形當非「豸」，而李孝定直言「下象獸形，當即

〔註 80〕參見裘錫圭：《文字學概要》，頁 143。

〔註 81〕《集釋》中並無「豹」字，並以為「从二小點，即圜文之省略，从可知作圜文者之必為虎字也。」然今學界多以為有點、有圜文之字當為「豹」，與「虎」字有別。又《集釋》說解如《說文》有字，必先引之而論，《說文》豹字有言：「似虎，圜文。」推測李孝定之所以不引此條且仍將[illegible]釋作「虎」，當是認為《前》、四、四四、六以及《珠》四五五兩辭皆言「[illegible]（倉）侯虎」為鐵證。

〔註 82〕轉引自《史記・司馬相如列傳》，頁 3034。

〔註 83〕固印刷不清，上半部缺。

〔註 84〕李孝定：《甲骨文字集釋》，頁 3449～3450。

貍之象形字」不過下半部的這個字形「⿰」、「⿰」，在《集釋》中卻收在〈存疑卷〉，並收羅振玉、葉玉森釋「鼠」、郭沫若釋「貍」，又言：「字象獸形，為貍為鼠均無確證。」〔註85〕顯然對「霾」字字形說解尚有疑慮，而我們也可知道，「⿰」隸定作「霾」，顯然是依卜辭來判斷與此至對應的楷字，至於甲骨構形與楷書構形就未必盡同了。

甲骨字形隸定後與有「豸」之部件差得最遠的當是「薶」字，《集釋》說解時同「霾」字，先引《說文》，以為從「貍聲」，前已說明「霾」字字形「⿰」的下半部說是「貍」已有可疑，而更不用說「薶」字的各種不同字形：「⿱」、「⿱」、「⿱」、「⿱」、「⿱」與「貍」差得更遠了，顯然李孝定隸定作「薶」，並不從字形上說，而是見到甲骨卜辭：

《前》一、三二、六片〔註86〕：「⿰于河，一牢薶二牢。」

《前》六、三九、一片〔註87〕：「☑卜，⿰薶☑河☑。」

《前》七、三、三片〔註88〕：「辛巳卜，⿰貞，薶三犬五豕，卯四牛，一月。」

《後上》二三、十片〔註89〕：「☑薶于河，二牢，三月。」

《後上》二三、十二片〔註90〕：「薶三牢。」

以及羅振玉釋為「薶」用為「埋」的說法，認為合理，而將這個多用於河祭的字，釋作「薶」並對其友人高曉梅所言：「殷人墓中葬棺之上下多埋以犬，當有護衛死者之意。」〔註91〕出現此種墓葬方式，是否有有薶祭之義。不過有幾個字形《集釋》並未列在「薶」字頭的字形中，但出現在「薶」字的按語裡，據所引卜辭：

〔註85〕李孝定：《甲骨文字集釋》，頁 4553。

〔註86〕此片《合集》未收。

〔註87〕即《合集》21412 片。

〔註88〕即《合集》16197 片。

〔註89〕即《合集》14610 片。

〔註90〕即《合集》15615 片。

〔註91〕轉引自李孝定：《甲骨文字集釋》，頁 222。

《乙編》八七一六：「丁丑子啟⊗亡禍，用今日。」〔註92〕

《乙編》八八六〇：「丁丑卜，子啟⊗亡禍。」〔註93〕

認為「此兩形當為同字，疑其義為葬，釋薶亦可通，然與上出諸形用為祭禮之⊗、⊗、⊗決非同字」〔註94〕而又說見於《珠》三四：「丙申卜，王，貞：勿⊗（祥）⊗于門□用。」的「⊗」字，與于省吾以為象人跽坐於坎中的「⊗」，釋作「臽」〔註95〕的字形，李孝定認為此二形可能為同一字。另外《集釋》也對於金祥恆《續甲骨文編》在「薶」字下收了一組類似的字，下為「∪」形，上從「⊗」、「⊗」、「⊗」、「⊗」、「⊗」等，抱持懷疑的態度，因為這組字從卜辭來看，都是「⊗禽」連文，「言徃作阱有禽獲否也」〔註96〕，這組字李孝定同意羅振玉釋為「阱」的說法。〔註97〕

不過 1980 年後，裘錫圭在〈釋「坎」〉〔註98〕一文中檢討了以上的說法，認為把「⊗」、「⊗」這類的字形釋作「薶」（埋），於卜辭文義雖讀得通，然而卻沒有文字學上的理據。裘錫圭以為這類的字下半部的「∪」形，當是「坎」字初文，並以《左傳》、《周禮》等古籍為例，指出：「古漢語名動相因，坎字除名詞用法外還有動詞用法，掘地為坎或是掘地而埋物其中都可以叫『坎』。」〔註99〕以及古有「坎用牲」作為盟誓行為之語，再更進一步指出甲骨文「⊗」，即為「坎牛」兩個詞，「⊗」即為「坎犬」兩個詞，後來因為一字一音節的嚴

〔註92〕即《合集》22277 片。

〔註93〕即《合集》22278 片。

〔註94〕李孝定：《甲骨文字集釋》，頁 223。

〔註95〕詳見于省吾主編、姚孝遂按語編撰：《甲骨文字詁林》，頁 341～342。

〔註96〕李孝定：《甲骨文字集釋》，頁 223。

〔註97〕《集釋》將此組字釋作「阱」，其字形有：「⊗」、「⊗」、「⊗」、「⊗」、「⊗」等。詳見李孝定：《甲骨文字集釋》，頁 1743～1745。

〔註98〕裘錫圭：〈甲骨文字考釋（八篇）〉之六〈釋「坎」〉，原載《古文字研究》第四輯（北京：中華書局，1980 年），又載《古文字論輯》（北京：中華書局，1992 年），其中〈釋「坎」〉又載《裘錫圭學術文化隨筆》（北京：中國青年出版社，1999 年），後收於《裘錫圭學術文集‧甲骨文卷》。今引文據《裘錫圭學術文集》，頁 82～83。

〔註99〕裘錫圭：〈甲骨文字考釋（八篇）〉之六〈釋「坎」〉，《裘錫圭學術文集‧甲骨文卷》，頁 82。

格規範化，這兩個專字就成為「坎牲一義的異體字」了。〔註100〕而另一組《集釋》釋作「阱」，下半部也是「凵」形的字，裘錫圭也一併說明：

> 甲骨文田獵卜辭裏常見一種叫做凷的田獵方法，這個字有時也寫作凷或凷。羅振玉釋凷為阱，《甲骨文編》則把凷、凷、凷都當作蓳字的異體。從有關卜辭可以清楚地看出來，凷、凵指埋牲於坎以祭鬼神，凷、凷、凷則指用陷阱捕獸，《文編》把它們看作一個字是不妥當的。凷等字的構造與象人落人陷阱的「臽」字同意。胡厚宣先生認為此字「象挖地為阬坎，以陷麇鹿之狀」，應讀為「陷」，這比羅氏釋阱的說法合理。「臽」、「坎」意義相近，字音也極其接近，「臽」應該就是從「坎」分化出來的一個詞……卜辭裏後面不跟獸名的凷、凷、凷諸字，大概多數應該分別讀為「陷麇」、「陷鹿」、「陷毘（麇）」。卜辭裏個別凵字後面不跟犧牲名，可能也應該讀為「坎犬」。〔註101〕

另外也用《發凡》：「古有祀門之祭……凶讀若蓳，用女俘也。」來解決前面《集釋》、《甲詁》所提到《珠》34（《合》19800）片的「凶」字的問題。裘錫圭說：就文義看，此字應該與凷、凵等字為一類，所以應是動詞「坎」的異體，又女、奴古音極近，因此在卜辭中應可讀為「坎女」或「坎奴」。

綜合以上，「希」、「絲」與「豸」的問題大致可以釐清，儘管「豸」形釋為「希」字可能有些問題，但在《集釋》內從「希」字隸定的字基本上並無矛盾。另一方面從隸定後有「豸」之部件的「靁」與「蓳」字可見，其釋字並不全依字形隸定，主要還是由甲骨卜辭辭例作為釋字的依據，但今日新見材料與學者新論，或可校補《集釋》中釋為「蓳」的這一組字：「凷」、「凷」、「凷」、「凷」、「凷」當釋為「坎」，並可將「凶」也收入「坎」字下；釋為「阱」的這一組字：「凷」、「凷」、「凷」、「凷」、「凷」當釋為「陷」，為「陷

〔註100〕《甲骨文字詁林》，「臽」字條下按語亦言：「卜辭又有各種專指之字，如『凷』為陷鹿；『凷』為陷毘；『凷』為陷毘；『羿』為陷兕皆是。西周以後此類專用字皆消失，猶『牢』、『窂』之統一作『牢』，『猳』、『猳』統一作『猳』，不復區分。」參見于省吾主編、姚孝遂按語編撰：《甲骨文字詁林》，頁342。

〔註101〕裘錫圭：〈甲骨文字考釋（八篇）〉之六〈釋「坎」〉，《裘錫圭學術文集・甲骨文卷》，頁83。

某獸」之義。

在《集釋》中甲骨文字形從豸（𧰨），且隸定也作「豸」的只有「𧰨」（𧰨），然《集釋》按語說解只言：「從我從豸，《說文》所無。」〔註102〕且考察原片（見圖 8）此片辭例僅有一字，上半部作「我」形，下半部略殘，與我們所見的「豸」形（𧰨）差了一筆，有可能是因甲骨片不完整而致，應可隸定作「豸」，然此字形僅見於此片，故不知字義為何。

圖 8：《合集》18480 片（《佚》685 片）

全　　版	釋　　文
	「𧰨」

三、羽（𦐇）形與彗（羽）形及所從諸字

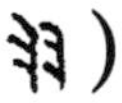

甲骨文字中的「𦐇」、「羽」當為不同之字，然而因為文字演變過程造成「羽」與「羽」字形近而混，另一方面，「𦐇」字所象「羽翼」之形，亦使人在字形、字義上與相近的「羽」字以為同字，但從甲骨文的用法來看，「𦐇」、「羽」都不能視為今楷「羽」的本字。以下就甲骨字形「𦐇」、「羽」所從諸字，討論其字形、字義與後世隸定為「羽」及從羽之字的關係。

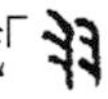

《集釋》中從「𦐇」、「羽」之字如下表 8：

表 8：《甲骨文字集釋》

甲　骨　字　形	隸　定	字頭頁碼
 𦐇 羽	彗	939

〔註102〕李孝定：《甲骨文字集釋》，頁 3803。

	習	1221
	羽	1225
	翌	1239
	翌	1243
	昱	2203
	騽	3039
	雪	3435
	翄△	3793

首先要最重要的問題是：「彐」、「彗」兩形應當分別為何字。早期「彗」常因形近而被釋為「羽」，但此說唐蘭在〈釋彐霉習騽〉一文中將此字改釋為「彗」，又謂加點作「彗」形者，亦與「彗」為一字。〔註 103〕《集釋》亦將此字釋為「彗」，並謂：

按：說文：「掃竹也。从又持甡。篲彗或从竹。簪古文彗，从竹从習。」栔文作彗，唐釋彗是也。孫、王諸說均非。楊謂彗有除義，其說極是，以說「王疾首，中日彗」一辭尤為允當。卜辭亦有叚彗為霉者，以霉从彗聲也，其从雨作者，則為雨霉之塼字，栔文彗象手掃竹之行，篆文彗則更像手持之，為彗之繁變，古文偏旁每多省略，然此非彗省作彗也。許書古文作簪从羽，則卜辭彗之譌變也。」〔註 104〕

可見《集釋》釋為彗，也說明後世有些寫作「羽」的字，其實本字並非作「羽」，而是作「彗」，乃因形近而譌。釋彗之說當是採唐蘭之說而來，並同意楊樹達說彗本為掃竹，由掃除義引申為除義，這個說法是可信的，不過卜辭「中日彗」一語，蔡哲茂認為這個「彗」，即是《方言》、《廣雅》古書中，作為疾癒

〔註 103〕參見唐蘭：〈釋彐霉習騽〉，《殷墟文字記》（北京：中華書局，1981 年），頁 19～20。
〔註 104〕李孝定：《甲骨文字集釋》，頁 941～942。

之意的「慧」。此字在卜辭中亦可以作為人名、地名等。〔註105〕《集釋》也認為這個字形在卜辭中，或假為「霅」，即「雪」之本字，在《集釋》霅字條下謂：

> 按：《說文》：「霅，凝雨說勿者。從雨慧聲。」契文上出諸形為雪之叚字，或本字（作ⅰ者或為人名，或為霅之叚字，當从辭意定之）作ⅰ者，孫釋友，羅釋羽，並誤，當從唐說釋彗，象帚形，說詳三卷彗下，具叚作霅者，霅字从彗為聲也。作ⅰ若ⅰ者，從雨彗聲，為霅之本字。作ⅰ若ⅰ者，變體也。作ⅰ者，羅釋濢，按濢從翟聲，而ⅰ固非翟字，羅謂ⅰ象帚，所以瀚果如其言，以从水从ⅰ為會意，又安知非瀚字乎（蓋翟字所从乃鳥羽之羽，非象帚之ⅰ（彗），固不得謂ⅰ為瀚濢之本字，而濢為後起字也。）陳氏以為兩字亦非。
> 辭云：「甲辰卜，丙午雨　庚子ⅰ（雪）」《後下》一、十三：「辛卯卜，貞今日延ⅰ（雪）　妹（昧）延ⅰ〔註106〕（雪）　壬辰卜，貞今日不ⅰ。」《前》三、十九、五。均雨雪並見一版，知其非一字也。
> ⅰ為彗之本字，此收作霅者，乃同音相叚，彗之重文也。按字亦作ⅰ（《前》三、十九、五）似仍為霅之艸率急就者，釋霜於形音俱無徵，如非霅字，亦當存疑茲仍附之於此。〔註107〕

根據《集釋》所提出幾條「雨」、「ⅰ」；「雨」、「ⅰ」並見的卜辭，以及從前面所說「ⅰ」形即為「彗」字來看，這個字形當是從雨彗聲，隸定作「霅」，即「雪」字。在文意上雨、雪皆屬降水〔註108〕的天氣現象，因此無論是貞卜是

〔註105〕參見蔡哲茂：〈說ⅰ〉，《第四屆中國文字學全國學術研討會論文集》（台北：大安出版社，1993年），頁81～96。

〔註106〕「ⅰ」形，李宗焜：《甲骨文字編》（北京：中華書局，2012年）收作「霋」字。

〔註107〕李孝定：《甲骨文字集釋》，頁3438～3439。

〔註108〕在天氣學上，下雪、降冰、落雨……等，都屬於「降水」，在甲骨文中諸如此類與水氣相關的天氣現象，多從雨字頭，如雹（ⅰ）、霆（ⅰ）、霖（ⅰ）等，其雨皆在上。甲骨文字部件多可或上下、或左右變化位置而字義不變，然雪之雨可上下變化位置，如曹錦炎、沈建華：《新編甲骨文字形總表》（香港：中文大學，2001年）所收的雪（霅）字作「ⅰ」（H29214A）、「ⅰ」（11865），這種構形正如雷字可作「ⅰ」、「ⅰ」，因其現象發生位置不同，而有意的將主體——閃電之形（ⅰ）與周圍的雷聲（ⅰ）或左右或上下變換位置。而有這些不同的異體，我們或能推測，古人造雪字時，觀察到雪雨混雜並下的現象，因此有雨在上、雨在下的不同構形。

否下雨、是否下雪，都屬相近的現象，並無不符自然邏輯。而卜辭中「妹雪」一詞，朱歧祥說「妹雪」即「昧雪」，意謂入暮降雪之意，〔註 109〕因此《後下》一、十三辭可解作「今日（白天）會持續降雪，還是入暮以後才會持續降雪」，前面省略時間詞，「暮」的時間來看，可以推測前面的時間當為天色未暗前，但指哪一個時段，可能就不能精確的知道。不過李宗焜認為甲骨文字的「妹」字，一般解釋為「昧爽」是不正確的，「妹」字在甲骨卜辭中絕大多數當作為「否定詞」，相當於古書中的「蔑」，或是與「蔑」音義接近的詞，〔註 110〕若以此說來解釋「今日延雪，妹延雪」，為「今天會持續下雪？今天不會持續下雪？」前後始為對貞，從文意、邏輯上都較「入暮降雪」要合理。另一方面，雪、彗上古音皆在祭部，且主要元音完全相同，所以雪從彗聲應當是沒有問題的。唯《集釋》將「羽」、「屮」形併收於「霅」字條下，謂假作霅者，當有疑慮。據《集釋》「霅」字所收此形的幾條辭例來看：

《合集》19338 片〔註 111〕：「貞：征雪出」

《合集》7163 片〔註 112〕：「□□〔卜〕，□，貞：旬〔亡囚。王〕固曰：屮〔囧，其出來〕艱，其隹□不吉，其……子羽……辰子……」

《合集》9790 正片〔註 113〕（3）：「乙巳卜，亘，貞：羽不其受年。」

《合集》13426 片〔註 114〕：「己酉卜，貞：亞從之出雪。三月。」

《合集》釋文都將「羽」形釋為「羽」或「雪」，此釋文或不可信。在這幾條卜辭中，「羽」或作人名、地名、疾癒之義，並不見作「雨雪對貞」，或是明顯作為「雪」的用法，〔註 115〕因此《集釋》雪字條下所收的「羽」、「屮」等形，

〔註 109〕朱歧祥：《甲骨學論叢》（台北：臺灣學生書局，1992 年），頁 99。

〔註 110〕參見李宗焜：〈論殷墟甲骨文的否定詞「妹」〉，《中央研究院歷史語言研究所集刊》，第 66 本，第 4 分，（1995 年），頁 1129～1147。

〔註 111〕即《龜》一、七、二一片。

〔註 112〕即《拾》八、九片。

〔註 113〕即《前》七、四三、一片。

〔註 114〕即《後下》二五、九片。

〔註 115〕不過蔡哲茂舉出《合集》9690 反片：「☑其隹丁雨屮」，認為「屮」字有可能是假彗為雪，讀作「雪」的字。參見蔡哲茂：〈說羽〉，《第四屆中國文字學全國學術研討會論文集》，頁 93～94。

不當為雪字，應當收作彗字條下。

　　再來看「𦏻」字，此形《集釋》釋為「羽」，並謂：

> 按：《說文》：『羽，鳥長毛也。象形。』栔文上出諸形詭變特甚，孫
> 釋鼠謂叚為獵，非是。王國維氏雖仍承孫氏之誤，釋此為鼠，然讀為
> 昱，以釋卜辭無不文从義順，其說塙不可易。王襄氏釋鼠讀為臘，是
> 仍沿孫氏之誤，卜辭此字之作祭名解者，幾于無月無之，不限歲終，
> 王說之誤不辨自明矣。葉氏釋翼較孫說為長，然其未確，則唐氏已
> 言之，葉謂𦏻乃翌之所由孳，𦏻乃昱之所由孳，於字形衍變之迹雖
> 若心知其故，然不知𦏻即許書𥎸翌，二者本非孳乳，蓋緣蔽于以𦏻為
> 翼，故不知二者固即一字也。唐氏釋此為羽，叚為昱，說不可易。《拾》
> 三、四、羽字作𦏻，正象鳥羽之形，它體雖詭變無常，皆書者徒逞姿
> 媚不以肖物為工，然于羽形猶能得其髣髴也。卜辭以此紀時者大多
> 為次日，即許書訓明日之昱之假字，少數為再次日，羅氏之說是也。
> 唐氏舉《前》七、四、一、辭以證卜辭之昱（羽）不盡為明日。按
> 該辭云：『乙亥卜，𡧡，貞羽乙亥，酒𤋲易日，乙亥酒，允易日』儔
> 昱乙亥辭例與昱日同，昱日為弟二日，昱乙亥則為弟二乙亥也，雖
> 遠在六十日後，然期間不得更有一乙亥，故亦儔昱，猶今日與明日
> 間無另一日也，然則此所以儔羽乙亥者，必為同一干支，非數十日
> 後之任何一日均得儔昱也。至用羽為祭名者，當即舞羽而祭，董先
> 生之說是也。〔註116〕

此字字形《集釋》或謂「詭變特甚」，但總的來說，象「羽翼」之形是沒有疑
慮的，又在卜辭中多作「翌」之義，其「羽翼」之形與「明日」之義並無意
義上之關聯，或只能從讀音作為假借，然「羽」字上古音在匣母魚部，擬音
作「ɣǐwa」；「立」字上古音在來母緝部；「翊」、「翌」字上古音在余母職部。
章太炎認為「緝」、「職」二部在上古音可為旁轉，因此「立」作為「翊」、「翌」
的聲符是沒有問題的，但「羽」字屬匣母，為喉音，「魚」屬陰部韻；「翌」、
「翊」屬「余」母，為喻母四等字，古歸「定」母，為舌音，「職」屬陽部韻，
兩者聲韻俱遠。「羽」字反倒是與上古音在邪母月部，擬音作「zǐwāt」的彗

〔註116〕李孝定：《甲骨文字集釋》，頁1236～1238。

字，主要元音完全相同。（其他字例可參見下表9：上古聲韻表）從上古音的
比較來看，「𦏵」字釋為「羽」，可能是從字義上作「羽翼」而釋，但字用為
「翌」，因此殷商時代的「𦏵」（羽）字，可能要讀為「翼」的聲音，季旭生
則說此字可有「羽」、「翼」兩讀。〔註117〕但是甲骨文作「羽」字的「𦏵」形，
到戰國文字時開始寫作「羽」形，同時期從彗的字形，如：「習」字，戰國文
字寫作「習」，這種現象使得殷商時代「羽」、「彗」有別的字形，便得訛混不
分。詹今慧說這種情況是屬於「分見於不同書寫材質之同形字組」，〔註 118〕
即不同時代，卻有相同的字形，導致後世訛混的現象。

表9：上古聲韻表

字　例	上古音擬音	上古聲母	上古韻部
彗	zǐwāt	邪	月
羽	ɣǐwɑ	匣	魚
立	lǐəp	來	緝
翼、翊、翌	ʎǐək	余	職
習、騽	zǐəp	邪	緝
雪	sǐwāt	心	月
翣	ʃeap	山	葉

在甲骨文中「𦏵」字加聲符「立」作「𦏵」的字形，《集釋》隸定作「翌」，
並謂：

> 按：《說文》：『翌，飛皃。从羽立聲。』段注云：『漢《郊祀歌》：『神
> 之來，泛翊翊，甘露降，慶雲集。』師古曰：『翊音弋入切，又音立。』
> 按翊字本義本音僅見於此，經史多叚為翌字，以同立聲也。』廣雅
> 亦訓飛。當本《說文》許說則不知何所本以訓飛。故說為从羽，然
> 卜辭皆用為明日之義。與羽同為叚借，經史用翊亦同。本義既不可
> 知，則从羽从立正未易明。唐說此字甚是，惟謂《說文》从立聲為
> 非，則其意蓋謂字當『从立（唐又謂王氏皆聲之說，為有所做，是

〔註117〕參見季旭昇：《說文新證》（福建：福建人民出版社，2010 年），頁 285。

〔註118〕參見詹今慧：《先秦同形字研究舉要》（台北：國立政治大學中國文學系碩士論文，
　　　　 2004 年），頁 195～201。

其意該當如是也）羽聲。』從立之義經籍及金甲文均無用之者，是『立』不當為意符（形符）形聲之字不為形符即為聲符，然則許君立聲之說不為無徵，昱字正從立聲，故翌、昱得相通叚。唐氏又以卜辭翊、朙相通，以証二者當從羽聲，其說是也，然則翊字從立從羽，皆非其義，王氏皆聲之說固不可據，斥為非也。蓋明日之義初但，叚羽為之後乃增日為偏旁，變叚借為形聲，後更增立為聲符，如《小盂鼎》之翌（卜辭未見翌形者，然不可並斷為必無）復省日作翊，或省羽作昱，至《說文》遂歧為二字，以從日立聲者，為明日之專字（實則朙、昱並為『明日』專字），以作翊者為訓飛之專字故，以為從羽耳，實則卜辭之『翊』，其義既為明日，未見有用為『飛皃』或與『立』義有關之義者，則羽義二字皆聲符甚明，王氏之說正未可議也。此字之衍變當如下表：

```
羽（叚為明日之義）→朙（明日義之後起形聲專字）→翌（一形二声）
         ↗ 翊（省形符，但存二声符，其義仍為明日，經史及卜辭均同。
  →翌       《說文》訓「飛皃」乃後起之義。）
         ↘ 昱（從日立声，為許書訓明日之專字）
```

此字與羽、朙二字，卜辭同誼，前人多視為一字，今本唐氏之說，分收為羽、翊、昱三字，亦所以崇許例也。〔註119〕

《集釋》清楚的說明，「羽」、「翊」、「翌」三字的演變。「羽」假借為明日之義，後又造「翌」字，作為明日之義的形聲專字，其中又有一個過度的字形保留「羽」、「立」兩聲符，楷書作「翌」，《集釋》以為此字卜辭雖未見，但不可斷定無此字。而我們在《合集》37396 片：「……王叀翌辛射祈兕亡……」裡頭找到一個字形作「翌」（見圖9），應當如《甲骨文字編》摹作「翌」，其部件包含日、羽、大（立）等，《合集》釋文直將此字釋為「翌」，但《甲骨文字編》謂此字「或是合文」，而李旼姈也對於「翌」字與「翌日」合文做出一些整理：

「翌」的翌形還包括偏旁「日」，此與「羽日」二字合文的寫法完全相同，令人難辨是「翌」一字，還是「翌日」二字合文。不過若是

〔註119〕李孝定：《甲骨文字集釋》，頁 1240～1242。

「翌」一字，後面一定會出現干支，「翌日」二字合文則可省略後面干支，如 15706 作「庚寅卜□貞明其酌于丁☒尊鬲」，此條的明後出現祭祀動詞「酌」，而未見干支，可見明為「翌日」二字合文。文例略同的 29657 卜辭則作「庚午☒明日其☒叀小牢」，「翌日」分書。（見圖 10）又於「翌日」合文後面亦可出現干支，故可能在「明」＋「干支」的諸例中，不少例子是「翌日」二字合文。〔註 120〕

由於「翌日」二字作為合文時，可以加上干支，亦可省略干支，且「明」為「翌」字，抑或「翌日」二字合文，兩者字形完全相同，實難判斷此形為一字，或是合文。而《集釋》皆將「明」的字形當作一字，謂從日羽聲，隸定作「昱」，在甲骨文中也多作明日之義，且在按語中也提到金文有一字作「明」，說是「翊、昱二字之混合體」，〔註 121〕如果以這個說法來看，《合集》27446 片（1）：「己酉卜，賓，貞：翌日父甲丁日其□牛。」（見圖 11）、《合集》29027 片（1）：「甲申卜，翌日乙王其迍于桑。」（見圖 12）這兩條卜辭《合集》釋文作「翌日」的字形「明」、「明」，《集釋》如有收，應當會釋作「翊」字，即為李孝定所說的「一形二聲」之構字，然事實上《甲骨文編》已有收相同構字的字形，並謂此乃「翌日」合文，因此李孝定於採收字形時，沒有收這些字形，可能是同意孫海波釋為合文的說法，然而，「翊」字如不作「明」、「明」等形，可能也無別種構形可以符合「一形二聲」的「翊」字，其次《集釋》所依《小盂鼎》之「明」字形，以為「翊、昱二字之混合體」之証，此段銘文作：「雩〔粵〕若明乙酉」，裡頭的「明」字，諸家將其隸定為「翊」是相同的，但郭沫若、陳夢家讀作「翌日」，唐蘭、馬承源、李學勤讀作「翌」，〔註 122〕顯然在金文中的「明」字，是否就是一字，還是為合文，並沒有普遍的共識。如此一來，李孝定所主張「翊」是「一形二聲」，作為本字與後起字中間的樞紐，或未必完全正確，筆者以為「翊」字，可能不是一形二聲的一個字，而可能如從日立聲的昱（明）字，是單字的寫法與合文的寫法相同，

〔註 120〕李旼妗：《甲骨文例研究》，頁 465～466。筆者已將文中的代號直接轉換為字形，並附上《合集》29657 片圖版。

〔註 121〕參見李孝定：《甲骨文字集釋》，頁 2203。

〔註 122〕參見周寶宏：《西周青銅重器銘文集釋》（天京：天京古籍出版社，2007 年），頁 359～363。

在某些情況下又讀作「翌」可通，讀作「翌日」亦可通，同樣的「翊」（🐾、
🐾、🐾）也是在某些情況下又讀作「翌」可通，讀作「翌日」亦可通，只是
「昱」字構形為「羽」（🐾）＋「日」；「翊」字構形為「翊」（🐾）＋「日」，
差別只在於羽（🐾）字是否有加聲符，除此之外，其音讀字義當相同。「翊」
（🐾、🐾、🐾）字的字形，可能是字形演變時後加聲符的過渡字形，也可能
是殷人習慣用「翌日」合文的其中一個字形。

圖9：《合集》37396 片　　　　　　圖10：《合集》29657 片

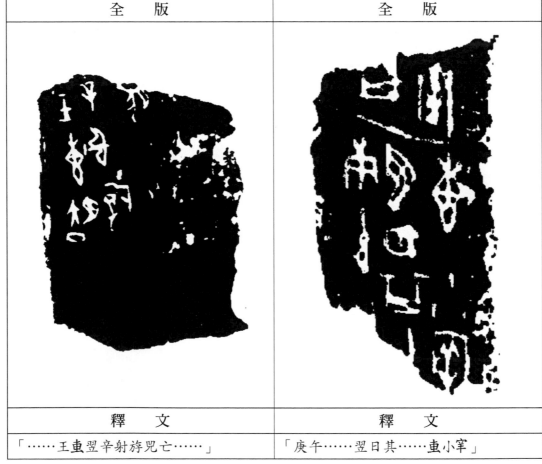

全　　版	全　　版
釋　　文	釋　　文
「……王叀翌辛射游咒亡……」	「庚午……翌日其……叀小宰」

圖 11：《合集》27446 片　　　　圖 12：《合集》29027 片

全　版	全　版

釋　文	釋　文
(1)：「己酉卜，貫，貞：翌日父甲丁日其□牛。」 (2)：「貞……」	(1)：「甲申卜，翌日乙王其迍于桑。」 (2)：「王其迍于桑，□狩。」

另外，《集釋》所收的「」形，應當隸定作「翊」，讀作「昱」，而《集釋》據字用直接隸定為《說文》可見的「昱」字，難免令人以為甲骨文中有「從日羽聲」的「翊」字，與「從日立聲」的「昱」字兩字。

《集釋》收「」、「」、「」、「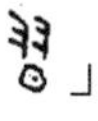」等形釋為習字，並謂：

> 按：說文：「習，數飛也，从〔註 123〕羽白聲。」栔文从（彗之古文）从日，當是彗聲，唐說是也。「數飛」之訓當緣譌為羽而生，至唐謂習、襲音近，故有重義、慣義、學義，其說亦未足以盡厭人意，然亦不能更有善解，闕之可也。金文友字與此形近，然彼者皆从二又从甘作，與此實截然二字也。〔註 124〕

甲骨文字「」為彗字當無疑，習（）字上部即為彗字。習字上古音在邪

〔註 123〕「从」字印刷不清，右半缺。

〔註 124〕李孝定：《甲骨文字集釋》，頁 1223。

母緝部，與彗字邪母月部，聲母相同，又《說文》彗字古文作「篲」，當是從竹彗聲，亦可證彗、習古音當是相近。下半部字形可見各種異體確認，乃日形，然因前所述戰國文字「羽」、「彗」二字形體書寫相同，因此自戰國文字以後，有些原本從「彗」的字跟從「羽」的字就混而不分，而甲骨文字日字作「□」、「⊙」、「◇」等形，與白字作「☖」形略近，因此後世又譌日為白，《說文》也將原本從日彗聲的「習」字誤釋為從羽白聲的「習」字，

「習」之本義為何，唐蘭曾言：

> 習從從日羽聲，則「鳥數飛也」，非其本義也。賈誼傳云：「日中必彗。」說文：「彗，暴乾也。」按暴曬者日之事，作彗者特假借字耳。疑習之本訓當為暴乾矣〔註125〕

唐蘭說習本義為「暴乾」，但這個說法姚孝遂認為太過迂曲，仍要存疑。〔註126〕李孝定也採了唐蘭的說法，但是卻沒有收「習」為「暴乾」之義，只勉強同意彗、習古通，有重義、慣義之說，裘錫圭後來也進一步說明：

> 卜辭中有「習龜卜」、「習一卜」、「習二卜」等語，「習」當讀為「卜筮不相襲」（《禮記·曲禮上》）之「襲」。上引卜辭於戊戌日貞「習卜丁酉」。丁酉是戊戌的前一天，疑「習卜丁酉」是襲丁酉日之卜而卜，也就是將丁酉日所卜之事原樣重卜一次的意思。〔註127〕

儘管這個裘錫圭也用「疑」來表示不太肯定此說，但目前看來「習」字有重複之義大概是可信的，而可能由重複的行為而熟練，引申出「學習」之義，但這應該都不是「習」的本義，我們仍然不能從甲骨文的「習」（習）字，從日彗聲（或如姚孝遂認為從彗從日，彗亦聲）〔註128〕的構形來合理解釋其本義為何。

〔註125〕唐蘭：〈釋羽霄習翿〉，《殷虛文字記》，頁 21～22。

〔註126〕于省吾主編、姚孝遂按語編撰：《甲骨文字詁林》（北京：中華書局，1996 年），頁 1855。

〔註127〕裘錫圭：〈殷墟甲骨文「彗」字補說〉原載於《華學》（廣州，中山大學出版社，1996 年）第二輯，後收於《裘錫圭學術文集》（上海：復旦大學，2012 年），今引文據《裘錫圭學術文集》，頁 427～428。「習卜丁酉」一辭出於《乙》4810 片。

〔註128〕然姚孝遂只說：「今據甲骨文，則習字當從彗，從日，彗亦聲。」並無其他說解。參見于省吾主編、姚孝遂按語編撰：《甲骨文字詁林》，頁 1855。

既然我們知道甲骨文彗字與今楷的關係，那麼《集釋》中所收的「骉」字，隸定為「騽」，應當是很合理。但《集釋》說解僅引《說文》以及簡略謂：「羅氏釋為騽甚是，其說則唐郭為長。」〔註129〕字形方面是沒有其他爭議，唐蘭之說「騽」字當如《爾雅》所云：「驪馬黃脊，騽」，以為黑身黃背之馬。裘錫圭又引《合集》諸多辭例討論殷人對於「白馬」的重視，其中《合集》18271 片（1）辭釋文作：「……彗……白……」〔註130〕，而裘錫圭的釋文則作：「馬毓（育），白。」，這個「馬」字從原片來看（見圖 13），雖恰有不清處，但仍依稀可見馬形上的彗形，而這個從馬，可能為彗聲的字形，應當就與「骉」字相同，然釋作毓的字形原片作「🔳」，免強可見人、子相互顛倒之形，或可依裘錫圭釋為「毓」，並解釋此片乃是殷人希望黑身黃背之馬也能生出白馬，是符合殷人崇尚白馬的文化。〔註131〕而《集釋》所收的「騽」字字形經《前》二、五、七片＋《前》四、四七、五片＋《通》七三○片綴合後，收為《合集》37514 片（見圖 14），其辭例分別作：

（1）：「戊午卜，在潢，貞：王其皇大兕。叀焄眾騽亡災。毕。」

（2）：「叀驪眾螭于亡災。」

（3）：「叀左馬眾亡災。」

（4）：「叀騽眾小騽亡災。」

（5）：「叀騽馬眾騽亡災。」

（6）：「叀幷騂亡災。」

從辭義來推測，「騽」作為馬的一種類型當是無疑，只是是否如唐蘭與裘錫圭所主張的黑馬，可能還有待更多證據來證明。

〔註129〕李孝定：《甲骨文字集釋》，頁 3040。

〔註130〕《總集》直將「彗」隸定為「鳶」，這可能是「彗」在古文字演變時跟「羽」訛混，而造成古文字從「彗」的字，隸定為「羽」，因此我們不採取這個隸定，僅保留原形，以見形義。

〔註131〕參見唐蘭：〈釋𦥑霄習騽〉，《殷墟文字記》，頁 22。裘錫圭：〈從殷墟甲骨卜辭看殷人對白馬的重視〉，原載於《古文字論集》（北京：中華書局，1992 年），後收於裘錫圭：《裘錫圭學術文集》，頁 305～308。

圖 13：《合集》18271 片

全　　版	釋　　文
	「……馬……毓……白……」

圖 14：《合集》37514 片

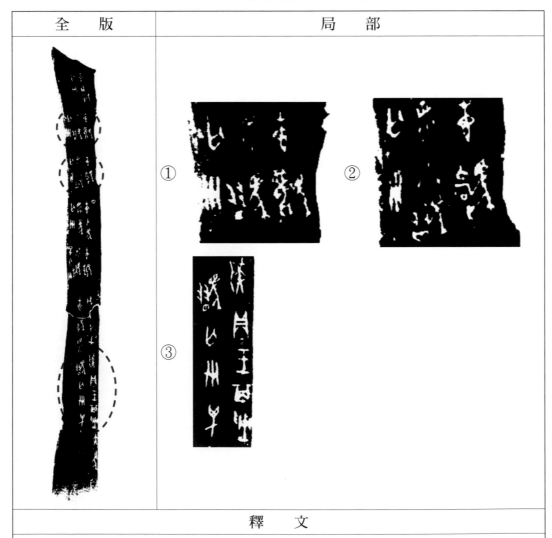

全　　版	局　　部
	①
	②
	③

釋　　文
（1）：「叀甾眔騽亡災。」
（2）：「叀黼眔小騽亡災。」
（3）：「（戊午卜，在）潢，貞：王其暨（大兕。叀焄眔）騽亡災。毕。」
※（）內之釋文，為圖中未擷取，但為卜辭通讀完整，故俱引全辭。

《集釋》收「🖐」、「🖐」等形釋為翣字，並謂：

《說文》：「翣，棺飾也。天子八，諸侯六，大夫四，士二。下垂從羽妾聲。」契文作䎘。商釋邁，是仍承孫、王兩氏釋🖐為邁之誤用，即羽字。已見上引唐說，則商氏之誤可以不辨自明。葉釋能，引《爾雅》鱉三足能為〔註132〕，說尤荒誕不經，既云鱉伏不見首足，則🖐字已是鱉之全形，足以當在其中，何以於體外更著三足，又何以此鱉形必反置，而三足則前向，其說之支離滅裂，已不攻自破。且能字金文作🐾（毛公鼎）〔註133〕🐾（番生簋）自象熊形。《國語》：「晉侯夢黃能於寢門」是其本義。鱉三足能之說，於動物學中已屬無徵，葉氏乃據此肌說以釋本字，不足取也。唐氏隸定為𦎡，謂即《說文》之翣，其說是也。大扇曰翣，乘車者用之，以蔽風塵，不必棺飾，棺飾亦謂之翣耳。字從羽歰聲，與篆文從羽妾聲相通，蓋歰、妾二者省韵並近也（歰古音在七部緝韵，妾則在八部葉韵，二者本自相近也），字作𦎡、作翣並無棺車之象義，止是扇一人足以舉之，何凡徒眾。唐氏：『歮象徒眾，䎘本象義。』之說，實為蛇足，蓋從歮，祇是聲符，別無意義，誠如唐氏之言，不將以『姬妾掌扇』解翣字乎。」〔註134〕

此字諸家或有釋能、釋邁等，但李孝定皆一一正繆，並據唐蘭之說釋為「翣」，然此字釋義李孝定也說不見「棺車之象義」，作為大扇之義，也無須眾人舉之，此字之義或難解之，而從所見此字形之辭例來看：

《合集》6835 片：「登人三千伐🖐戈。」

《合集》6836 片：「……余戈🖐。」

《合集》6837 片〔註135〕：「……弗其戈🖐。」

《合集》6838 片：「……勿伐🖐。」

〔註132〕「鱉三足能為」，《爾雅》、葉玉森引《爾雅》皆作「鱉三足能」。或當為「鱉三足為能」，之筆誤。

〔註133〕容庚：《金文編》作《毛公厝鼎》。

〔註134〕李孝定：《甲骨文字集釋》，頁 1246～1247。

〔註135〕即《前》六、二六、四片、龜》一、二九、二一片

《合集》8636 片〔註136〕（1）：「□□卜，由……乎𤲃。」

《合集》8636 片（2）：「……隹……乎𤲃。」

《合集》8637 片：「庚□〔卜〕，……𤲃……」

《合集》24356 片（1）：「戊辰卜，王曰貞：其告其陟。在𨒅阜卜。」

其用作方國名及地名，而從三止與從二止的字形，其用法似略有別，然因辭殘不敢確也。甲骨文字從止的字，大多都從一止，如：「追」字作「𧗔」、「往」字作「𤞤」；或從二止，如「登」字作「𤼷」、「涉」字作「𣥿」；或從四止，「衛」字作「𣪘」等，極少字的構形如本字有從三止的字形。又作為方國名及地名之字，多半無義可說，且古文字中作為專名之字，亦有另加形符或聲符以別專義，因此我們目前所見「𤲃」、「𤲃」等字形，在卜辭中都作為專名的用法，構字部件從三止也較為少見，故只隸定作「𨒅」，作為專名即可，在無它証前，不當牽附他義。

《集釋》收「𢧵」形釋為翊字，其說解僅謂：

「從戈從羽，《說文》所無。」〔註137〕

從原片（見圖15）及辭例來看：

《合集》23534 片〔註138〕（3）：「□□〔卜〕，大，貞：令𢧵子奠𠙹……」

「令」字字形上半部「亼」與下半部「𗱽」分得很開，但我們從卜辭上下文來看，不將此字讀為「今卩」，而當就是「令」字。〔註139〕而《合集》釋文中的「𢧵」字，在卜辭中作為人名，然《合集》所摹的字形不完，應當從《集釋》所摹作「𢧵」的字形，左半從戈，右半《集釋》以為從羽，然甲骨文的羽字作「𦏥」、「𦏤」、「𦏣」等形，均無一有於羽形外作四點，且羽字形體均為下窄

〔註136〕即《龜》一、二九、二二片

〔註137〕李孝定：《甲骨文字集釋》，頁 3793。

〔註138〕即《簠徵·人名》五三片。

〔註139〕李旼姈說這種現象是「析書例」，是指當一個字的兩個或三個偏旁，因書寫間距過大，而像是兩個字的現象，則稱為析書，是與合文相反的概念。唐蘭則稱之為「字母式排列」，是在方塊文字尚未固定時而有的現象，一個複雜的字形可能會佔好幾個字的位置，亦是與合文相對的概念。參見李旼姈：《甲骨文例研究》，頁 403。
唐蘭：《中國文字學》（上海：上海書店，1991 年），頁 125。

上長或上下等寬，無一作如橢圓之形，因此此字從戈是正確的，但右半邊不當從羽，但「🐞」之形不見於甲骨文字，其該隸定為何字，尚未可確，故當保留甲骨原形以待考。

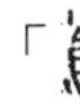

　　綜合以上，《集釋》對於「彗」（𦫵）、「羽」（𦥑）二字的釋字與字形分類，都是統一的，而對於甲骨文字從「彗」（𦫵），後來因字形演變而譌作「羽」的字例，也都有其解釋，只是隸定時採後世《說文》可見之字及用法隸定，而儘管所釋之字未必完全正確，但於釋形上多無疑問，皆遵循其內在規律而統一。唯「🐞」字隸定為「翊」，是在本組所討論的字形中，唯一誤釋其形的字例。

圖15：《合集》23534片（即《簠徵・人名》五三片）

全　版	局　部

釋　文
（1）：「□□〔卜〕，〔大〕，貞……」
（2）：「□□〔卜〕，大，貞：令𠂤從……」
（3）：「□□〔卜〕，大，貞：令🐞子奠🐚……」  

第四章 《甲骨文字集釋》合文探討

第一節 《集釋》不錄「合文」之緣由

《甲骨文字集釋》目錄下分卷分字，李孝定所釋為正字，為領首之大字，其餘他家釋字之說皆以小字附於正字後，因此能見編者之徵採定見。《集釋》共十四卷，另有補遺一卷及存疑十四卷。補遺卷為李孝定成書前再補入正文未備之說法，並於按語中說明當補入某字條下；存疑卷則是收入各家說法，但以為釋形、音、義未盡肯定合理，尚有未定，故仍存疑；待考卷僅收字形與出處，皆未有釋字之說。

《集釋》目錄下各卷正字部份皆未見「合文」，僅收錄其他學者以為合文的說法，這是因為《集釋》的體例性質關係，既然作為「文字集釋」，自然與「文字編」有所不同，《集釋》所摘錄的甲骨文字皆自《甲骨文編》與《續甲骨文編》，這兩本文字編皆收錄各類甲骨文字，包括合文，而《集釋》只收單字，因此這並非李孝定的疏忽或不識合文，乃是因體例的關係而不採錄。

儘管在《集釋》中是不收合文的，但在許多地方我們都能看到《集釋》對於合文的關注，首先是《集釋》引用諸家著述即可見到陳夢家的《殷墟卜辭綜述》一書，而陳夢家在此書中便已清楚的說明合文的定義：

合文之必須重新分開，其主要的原因還在它和漢語漢字的特性相牴觸。

漢字的特性要求（1）意義是一個單元；（2）構形成為一個單元；（3）
讀音是單音。合文只能符合（1）（2）而不能符合（3）。〔註1〕

其次則為目次及釋字錄有他家所釋之「某某合文」說法，如「气」字下錄有
「上下合文」，「徹」字下錄有「有鬲合文」。其三於《集釋》中說「匚」字時，
引王國維以合文論證商代匱主及郊宗之說：

匸、匫、匠，《史記》謂之報乙、報丙、報丁，誼當如魯語商人報焉之
報，其稱蓋起於後世，至 ⊞、匸、匫、匠四名所以從口或匚者，或取
匱主及郊宗石室之誼，然不可得考矣。〔註2〕

由以上三例可以知道李孝定在編纂《集釋》時，是清楚知道「合文」的，然
而因體例的關係，《集釋》中皆未收如 ⿰、⿰、⿰ 等先公先王稱謂合文，或是常
見的數量 ⿰、⿱、⿱ 等合文，以及其他合文，但在這種刻意不收甲骨合文情況
下，《集釋》也無可避免去談論到合文的部份，以下就「《集釋》「舊說以為合
文」考辨」以及「《集釋》「以為單字之合文」疑義釋例」兩個部份進行探討。

而關於合文的問題李旼姈在《甲骨文例研究》中指出：

合文是甲骨文契刻特殊現象中較普遍存在的現象。合文或稱「合書」，
是指將兩個或三個字合寫在一起，在行款上僅佔一個字的位置，形
式上是一個字，實際上則讀兩個或三個音節，代表兩個或三個詞的
現象。〔註3〕

確實我們也在甲骨文中發現許多這種「合文」的現象，比如常見的：「⊞」
讀作「上甲」、「⿰」讀作「匚乙」、「⿰」讀作「一月」、「⿱」讀作「三千」
……等等，而我們可以把目前所見的合文作出分類，大致可以歸納出幾種類
別〔註4〕：

（1）稱謂：（一）先公先王的稱謂

（二）祖先配偶的稱謂

〔註1〕陳夢家：《殷墟卜辭綜述》（北京：中華書局。1988年），頁82。

〔註2〕王國維：《戩壽堂所藏殷虛文字》（上海：倉聖明治大學，1917年），頁5。

〔註3〕李旼姈：《甲骨文例研究》（台北：台灣古籍出版有限公司，2003年）。頁427。

〔註4〕合文類別依李旼姈：《甲骨文例研究》第六章：甲骨文契刻特殊例（下）第三節合
文例。頁427～481。

（三）親屬稱謂

　　1. 祖某

　　2. 父某

　　3. 母某

　　4. 兄某

　　5. 子某

（2）身分及人名

（3）地方國名

　　（一）某京

　　（二）某泉

　　（三）某山

　　（四）某方

　　（五）其他

（4）時間

　　（一）月份

　　（二）干支

　　（三）「某」日及時段詞等

（5）數量

　　（一）數字

　　（二）數字（或「大」、「小」）＋名詞

　　1. 人數

　　2. 用牲數

（6）常用語

　　（一）卜辭前詞——「干支貞」

　　（二）占卜「有、無災禍」

　　（三）用牲的種類

（四）祭祀的種類

（五）兆辭

（六）其他──氣象等

第二節　《集釋》「舊說以為合文」考辨

　　《集釋》目錄下分卷分字，李孝定所釋為正字，其餘他家釋字說法皆以小字附於正字後，故能見編者之徵採定見。《集釋》共十四卷，另有補遺一卷及存疑十四卷，而尚未能釋之字，收於待考卷。正字部份皆未收「合文」，僅收錄其他學者為合文之說，共十二條，甲骨字形、正字與合文說法見下表。

《集釋》所錄甲骨字形	《集釋》字頭頁碼	《集釋》釋字	其他學者以為合文
	151	气	葉玉森：「上下」合文
	1045	徹	葉玉森：「又（有）鬲」合文
	1355	麤	葉玉森：「鶉泉」合文
	1705	盛	商承祚：「益戊」合文
	1743	阱	郭沫若：「窑麋」合文
	2484	夨△	陳邦福：「大坰」合文
	2915	嶽	金祖同：「昭明」合文
	3261	河	孫貽讓：「人乙」合文
			羅振玉、王國維、葉玉森：「姒乙」合文
	3521	聽	葉玉森：「昭明」合文
	859	餗	（合文之說見於補遺卷）
	4436（補遺卷）	餗	柯昌濟：「今丝有」合文

字形	編號		說明
〔字形〕	3184	爨	（合文之說見於補遺卷）
〔字形〕	4448（補遺卷）	爨	葉玉森：「虤山」合文
〔字形〕	4587（待考卷）	繫	王襄：「奚戊」合文

以下逐條查檢《集釋》按語，歸納其不採「他說以為合文」之理據。

一、气

《集釋》所錄甲骨字形：〔字形〕

《集釋》中气字條按語說明：

> 按：《說文》：「〔字形〕〔註5〕，雲气也。象形。凡气之屬皆从气。」卜辭〔字形〕字諸家說者紛紜，一無是處。于氏既辨之矣。于氏釋气於卜辭詞例皆可通讀，於字形嬗變復可徵信，說不可易……〔字形〕象雲气層疊形，卜辭雲字作〔字形〕，上从〔字形〕，與〔字形〕字近，下象雲气下垂之象。〔註6〕

李孝定顯然只認同于省吾的說法，並以金文「气」字為輔証，認定此字形釋為「气」為是，他說及合文皆非。事實上甲骨文中確有「上下」合文，如：

《合集》36181 片：「甲戌王卜，貞：〔令〕〔字形〕〔字形〕盂方，西戉典西田，□妥余一人，从多田〔字形〕正，又自上下于若。」（見圖1）

《合集》36507 片：「……〔貞〕：禽巫九禽，乍余酒朕禾……伐人方。上下于蔑示，受余又又……于大邑商，亡徙在畎。」（見圖2）

《合集》36511 片：「丁卯王卜，貞：禽巫九禽，余其从多田于多伯征盂方伯炎。重衣翌日步，亡尤。自上下蔑示，受余又又。不曹戈〔囚〕。告于丝大邑商，亡徙在畎。〔王固曰〕：弘吉。在十月，遘大丁翌。」（見圖3）

〔註5〕此處不當用小篆，應當直寫作「气」。

〔註6〕李孝定：《甲骨文字集釋》（臺北：中央研究院歷史語言研究所，1965年），頁158。

圖 1：《合集》36181 片

<table>
<tr><th>全　版</th><th>釋　文</th></tr>
<tr><td>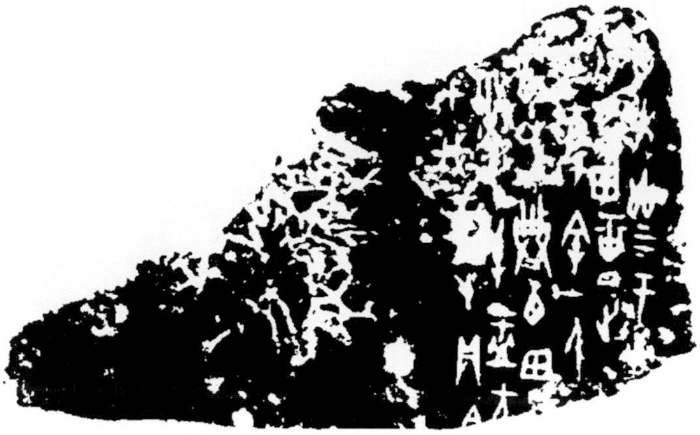</td><td>「甲戌王卜，貞：〔令〕靇[illegible]盂方，西戉典西田，□妥余一人，从多田[illegible]正，又自上下于若。」</td></tr>
</table>

圖 2：《合集》36507 片

<table>
<tr><th>全　版</th><th>局　部</th></tr>
<tr><td>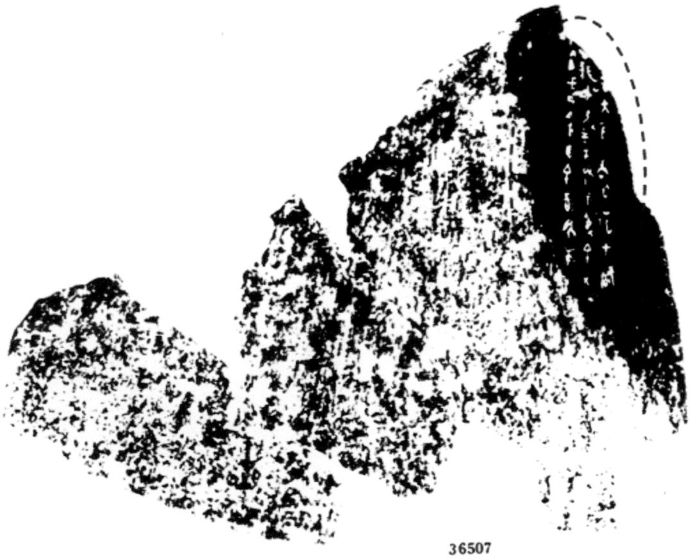
36507</td><td>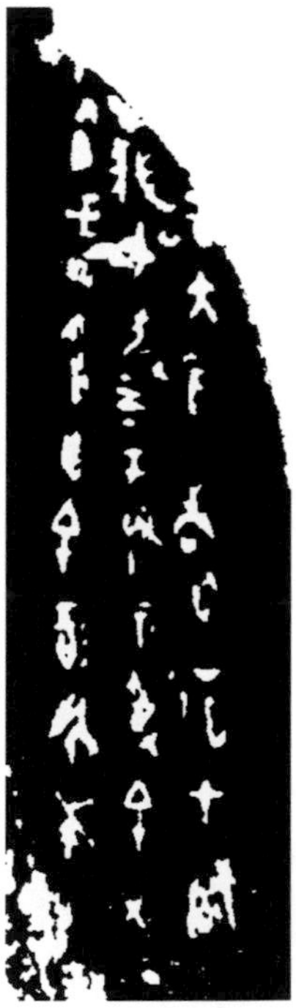</td></tr>
<tr><th colspan="2">釋　文</th></tr>
<tr><td colspan="2">「……〔貞〕：禽巫九禽，乍余酒朕禾……伐人方。上下于叡示，受余又又……于大邑商，亡徏在畎。」</td></tr>
</table>

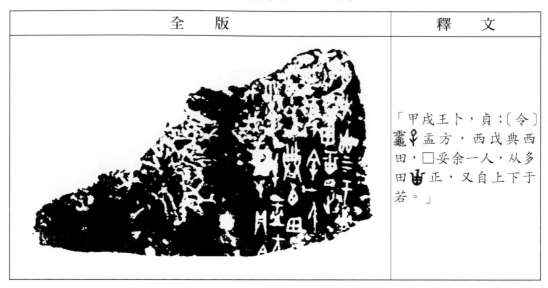

圖 3：《合集》36511 片

全　　版	局　　部
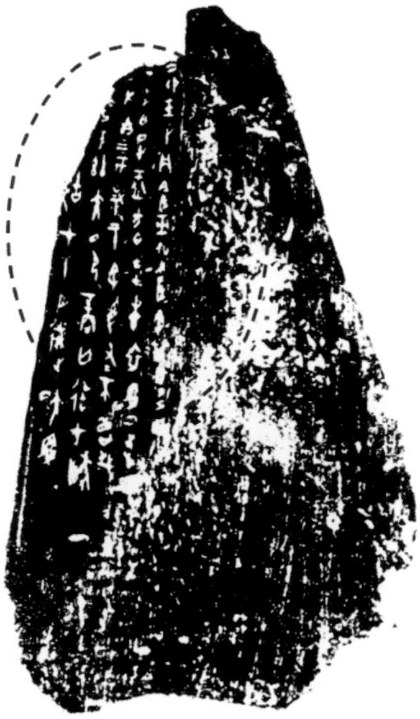	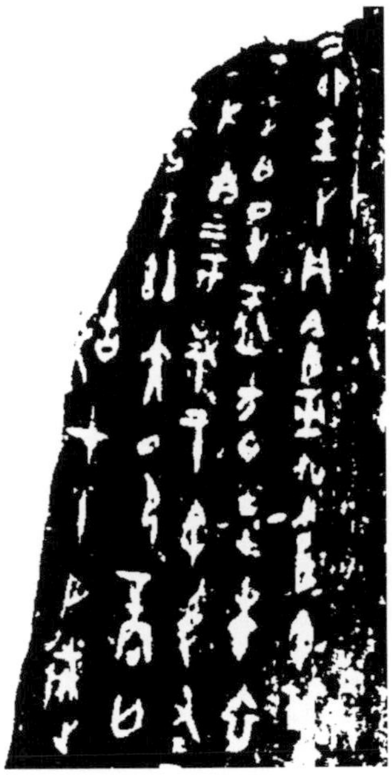
釋　　文	
「丁卯王卜，貞：𡆥巫九𠫤，余其从多田于多伯征盂方伯炎。叀衣翌日步，亡尤。自上下𩁹示，受余又又。不𢦏𢦏〔囚〕。告于𢆶大邑商，亡徣在畎。〔王固曰〕：引吉。在十月，遘大丁翌。」	

其「上下」之文皆作「」，雖甲骨卜辭刻寫並無字格，但一般來說同一版，尤其同一行卜辭，其字體大小應當不致差距太大，由此來看，此字應當視為一個單位字元的「上下合文」，而非「上」、「下」兩個字。而這個上下合文的字形顯然是中間橫劃較長，與「」（气）字寫法不同，另外甲骨卜辭中的「下上」合文，其字形皆作「」〔註 7〕，同樣與「」寫法不同，但此字釋作气，而不讀為「下上」合文，最根本的原因還是在於「於卜辭詞例皆可通讀」之緣故。

二、徹

《集釋》所錄甲骨字形：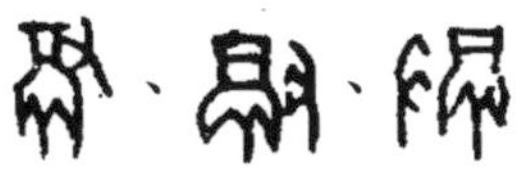

《集釋》中徹字條按語說明：

〔註 7〕「下上合文」字形見於《合集》6160、6161、6201、6221、27107、36344 等片。

按：《說文》：「徹，通也。从彳从攴从育。一曰相臣。（大徐本無此四字）𢾭，古文徹。」古文偏旁从攴从又每不拘，从彳或省亦可通。羅釋此為徹，可从。許君以从彳从攴从育解此字，未見有通義。段注云：「蓋合三字會意。攴之，而養育之，而行之，則無不通矣。」亦殊迂曲不辭。羅氏以食畢而徹去之說此字，謂卒食之徹乃本義，或是也。卜辭之徹為地名，辭云：「子𡥀（下不完，疑雍字）十二月，在徹。」（《前》二、九、五、）「乙卯，王卜，在馮，貞今日步于徹，亡禍。」（《前》二、九、六、）「勿往徹京五𠬝」（《佚》三六六、）「□□之日，王往于田，从徹京，允獲麐二、雉十七。十月。」（《佚》九九〇）「徹京」（前六、三五、一、）「王其曰徹征大吉。」（《外》四三三、）俑徹京，則當為方國之名，又云：「☒𤔲徹示不左，時三月。」（《續》二、二、九）「貞徹示♦（不完）土。」（《外》四四四、）辭言「徹示」猶言「且丁宗」則徹又似為人名。待考。

李孝定首先認為許慎《說文》與段玉裁對徹字的字形分析及字義說明不清，以為羅振玉所釋為是，然李孝定的評按是以甲骨字形為據，而對小篆之說解當見後出的《讀說文記》：

按：此字訓通，故从彳，彳之本義為通衢；其从育者，育之本義為㝀子，猶「孔」之古文作「𡥀」，以哺乳會意也；惟从攴無義可說，徐灝段注箋引戴侗六書故說，謂徹之古文作「𢾭」，古蓋本有「𣪘」字，其義惟徹饌，「徹」則从彳、𣪘聲，而篆譌从「鬲」為从「育」，甲骨文有𣪘字，戴氏說於古闇合，然則當解云：「从彳，𣪘聲」，改隸彳部。

〔註8〕

於此可見，許慎之所以將此字釋為「徹」，乃依譌「鬲」為「育」的小篆字形，而戴侗《六書故說》已引古文解決小篆字形與字義的問題。又李孝定言：「古蓋本有『𣪘』字」，《集釋》有言：「古文偏旁从攴从又每不拘」這當是指「从鬲从又」的甲骨字形，故若以嚴式隸定，「𤔲」、「𩰬」、「𩰪」等都當隸為「𣪘」，但由於在卜辭中此字作為地名，如把此字當作「有鬲」合文，回讀卜辭，那麼「于徹」讀為「于有鬲」，「徹京」讀為「有鬲京」，都是明顯不合理的。而

〔註8〕李孝定：《讀說文記》（台北：中央研究院歷史語言研究所，1992年初版），頁93。

對於羅振玉所言「卒食之徹乃本義」的說法也是採取「或是也」的保留態度，
是故李孝定又言「从彳或省亦可通」，大概是支持將此字釋為「徹」的補述。
儘管《集釋》釋此字形、字義可能未盡正確，也未駁斥此為合文之說，但從
所引卜辭來看，若要將此字視為「有鬲」合文，在語意上是讀不通的。

三、雧

《集釋》所錄甲骨字形：、、

《集釋》中雧字條按語說明：

> 按：《說文》：「雧，鳥羣也。从雥木聲。」契文从隹或从鳥，不从雥，
> 以鱻或作集例之。羅釋此為雧，可从，下从泉，與木同，卜辭雧為地
> 名。《甲》二八一〇辭云：「庚申，貞其令亞天馬ㄚ卩乚雧。」二九〇
> 二辭云：「戊午卜，弜克貝、雧，南封方。」屈翼鵬云：「弜，不也。
> 《綜述》（二八九葉）謂是殷之邦侯誤克攻取也。貝、集皆地名。南
> 封地即南境，南封方即南境之國也。貝、雧兩地蓋在殷之南境，故
> 云。」（見《甲釋》三七四葉）屈氏隸此字作雧，謂不見於字書（見
> 《甲釋》三六一葉）蓋偶未察耳。《前》六、四六、一、之文，从鳥，
> 僅餘殘文，當亦地名。〔註9〕

《集釋》第一次所作之按語並無對於此字是否為合文有解析，僅從卜辭考釋
此字作地名用，而在字形結構上說契文「从隹」或「从鳥」而非「从雥」，這
是古文字部件單複無別的現象。屈萬里隸作雧，於構型上亦可通，然因此字
形不見於字書，故仍隸為《說文》有的「雧」字。

《集釋》於雧字條按語後又有一增補及按語：

> 〔補〕葉玉森曰：「森按此字在卜辭似為地名，上為鳥形，身有斑點，
> 疑鶉之象形文，下為泉字，其地或名鶉泉，此乃鶉泉二字合文。」
>
> 〔註10〕

葉玉森的這個說法《集釋》之所以不認同，李孝定有另作按語說明：

〔註9〕李孝定：《甲骨文字集釋》，頁1355。

〔註10〕李孝定：《甲骨文字集釋》，頁1356。

按：葉謂字从鶉，無據，乃以羅釋為是。古阱、泉同文，《王孫鐘》肅字作[字形]，《沈子簋》淵字作[字形]，所从阱字均與卜辭泉字作[字形]者，形近也。〔註11〕

葉玉森說此字似為地名，大概也是卜辭用法及諸家同意的，後來鍾柏森在方國地名的確定及研究方法中提出「卜辭中雖不稱為『某方』，但卜辭中稱其為方國者，如『貝』、『集』，卜辭言其為南￢方（見甲二九○二片）。」〔註12〕這個主張是相當正確的，而此處鍾柏森所隸定為「集」的這個字，即是李孝定所認為當釋為「雧」的字。但葉玉森將此字釋作「鶉」或「鶉泉」，其實全憑「鳥形」、「斑點」，「疑」鶉之象形，並無其他確實證據可以支持，就算以《說文》所見的「雛，祝鳩也。从鳥，隹聲。[字形]，雛或从隹、一，一曰：鶉字。」李孝定言：「此自从鳥、隹聲後起之字」〔註13〕故小篆不見正字的「鶉」大概也是後起之字，要將甲骨字形上鳥（隹）下泉（阱）釋作「鶉」或「鶉泉」應是不可信的。不過在甲骨卜辭中確實可見「某泉」合文的地名，如：「崒泉」〔註14〕，曹錦炎從其師于省吾的說法，也把這個字看成是合文，並認為當讀作「隹（鳥）泉」〔註15〕，但本節所討論的這個字形在卜辭中所出現的辭例除《集釋》所引的：《甲》二八一○辭云：『戊午卜，弜克貝、雧，南封方。』〔註16〕

〔註11〕同前註。

〔註12〕柏生：《殷商卜辭地理論叢》（台北：藝文印書館，1989年），頁167～168。

〔註13〕「此自」應當為「此字」之誤。李孝定：《讀說文記》，頁107。

〔註14〕卜辭辭例見於：

《合集》36913片：「……在[字形]棟……」

《合集》36909片（1）：「丁亥卜，在[字形]棟，貞韋[字形]賓妹……又[字形]，王其令[字形]，不每。克叶王今……」

《合集》36910片（1）：「〔癸〕巳卜，在[字形]，〔貞〕王旬亡畎。」

《合集》36911片（1）：「癸丑〔卜〕，〔貞〕王旬〔亡畎〕。在六月，〔在〕[字形]〔棟〕。」

《合集》36911片（2）：「癸亥卜，貞王旬亡畎。在六月，在[字形]棟。」

「某泉」合文討論請參見李旼姈：《甲骨文例研究》，頁457～458。

〔註15〕曹錦炎：〈甲骨文地名字構形試析〉，《殷都學刊》（河南：殷都學刊編輯部，1990年）第3期，頁20。

〔註16〕同片的《合集》27939片釋文作：「庚申，貞：其令亞[字形]馬[字形]雧。」

（見圖4）《甲》二九〇二辭云：『庚申，貞：其令亞夨馬ᄼᄼ䧹。』〔註17〕（見圖5）兩條辭例完整外，另外《合集》8377反片以及《合集》8378片（見圖6、圖7），這兩片甲骨所見的辭例都不完整，皆只能見到這個上半為隹（《合集》釋為鳥），下半為泉（《集釋》釋為𠂤）的字形，也因為「　」、「　」、「　」這組字所見的卜辭辭例或有不完，以及並沒有見到明確「鳥（隹）」、「泉」分書的例子，不能肯定說此字即為「隹泉」合文，因此此字仍依嚴式隸定為「雧」，而古「𠂤」、「泉」同，隸定為「雧」亦可，無論如何，這個字作為方國地名是可以確定的，唯《集釋》認為古文從一隹與從三隹同，故把此字隸定為《說文》有的「雧」字，此字釋義為「鳥羣」，實並無明確證據說甲骨文此字與鳥群有關，《集釋》或依編纂體例盡可能將甲骨文字與小篆字形相對，難免有部份證據未確的情況，而作為推想之釋。

圖4：《合集》27939片（《甲》2810片）

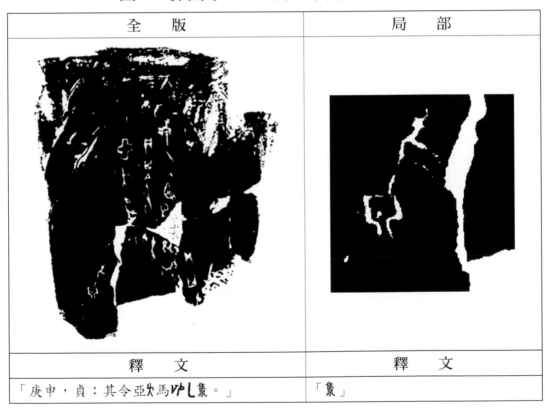

全　版	局　部
釋　文	釋　文
「庚申，貞：其令亞夨馬ᄼᄼ雧。」	「雧」

<hr />

〔註17〕同片的《合集》20576片正釋文作：「戊午卜，弜克貝，雧，南邦方。」

圖 5：《合集》20576 片正（即《甲》2902 片）

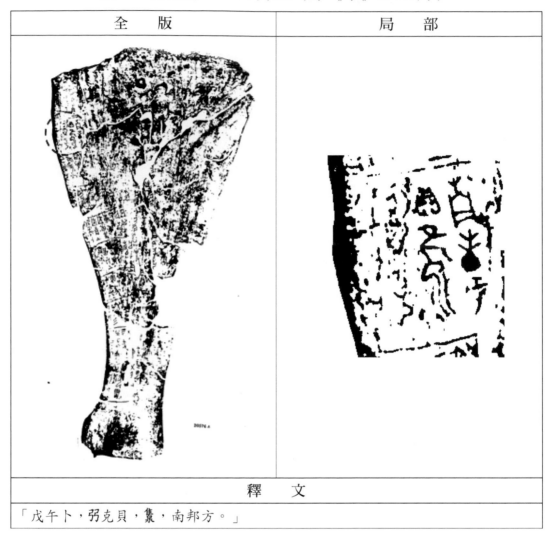

全　　版	局　　部
釋　　文	
「戊午卜，弜克貝，彙，南邦方。」	

圖 6：《合集》8377 反片　　　　　圖 7：《合集》8378 片

全　　版	全　　版
釋　　文	釋　　文
「彙」	「彙」

四、盛

《集釋》所錄甲骨字形：▨

《集釋》中盛字條按語說明：

> 按：說文：「盛，黍稷在器中以祀者也。从皿成聲。」孫氏釋此為盛，
> 可从，惟謂「此从╷╷，示黍稷豐滿外溢之形」以附會，許說則似有可
> 商。竊疑盛之朔誼為滿，與益同誼，此殆象水外溢之形，盛為形聲，
> 益則為會意耳。辭云：「貞丁宗▨盛亡囚」（後、下、二四、三、）其
> 義不明。金文作▨（曾伯簋）▨（史免匡）▨（盛季壺）或从成省，
> 與契文同。〔註18〕

《集釋》釋「盛」，主要從字形上以及金文字形作為證據，又以「盛為形聲，
益則為會意」為主要立論，並未對於合文之說有所解釋，甚至「商釋益戊二
字合文」之語，也只從孫海波的說法裡見到，並未詳加引述。不過我們從甲
骨原片（見圖 8）來看此條辭例：「貞：丁宗▨盛亡囚。」，右半邊「貞：丁
宗▨」，「▨」字《集釋》未隸定，《合集》隸為「戶」，辭作：「貞：丁宗戶」
此行大致無疑，左半邊「▨亡囚」，「亡囚」兩字也無疑問，《合集》左半邊
辭作：「▨亡囚」，暫先不論▨字是否如《集釋》所說的為「盛」字，或《合
集》隸定的「▨」字，但就刻寫字體來看，▨如果說是先刻上▨或▨，之後
再補刻另一字，從行款來看應該不太可能，從字體刻寫布局來看，▨應該就
是一個字，據前節所述，「合文」必須是一個意義、構形為一個單位、讀音非
單音的字，因此此處的「▨」字，從合文定義上來說是可以視為「某某合文」
的，然而如果要釋作「益戊」合文，可能從字形上就說不通了。甲骨文字「益」
的字形，其「╷╷」皆在器皿之內，而非如此字「▨」中所見「╷╷」皆在器皿
外。其實還有一個《集釋》未收的相同字形見於《合集》26764 片〔註19〕（3）：
「壬申卜，出，貞：丁窒▨戶亡囚。」（見圖 9）不過後來同片的《合補》8293
片釋文又取消這個字的隸定，釋文作：（2）「壬申卜，出，貞：丁宗戶▨亡
囚」，從辭例來看，「▨」字如果當作祭名大概是勉強可以讀通的，不過如
果讀作「貞：丁宗戶益戊亡囚。」，大概就比較難解是了，不過這條辭例解讀

〔註18〕李孝定：《甲骨文字集釋》，頁 1705。

〔註19〕即《懷》1267 片。

李孝定也沒有太多把握，只言「其義不明」，但依字形、行款與辭例的幾點推測，大概是《集釋》不將「❖」視為合文的原因。

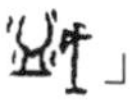

圖 8：《合集》18803 片（即《後下》二四、三片）

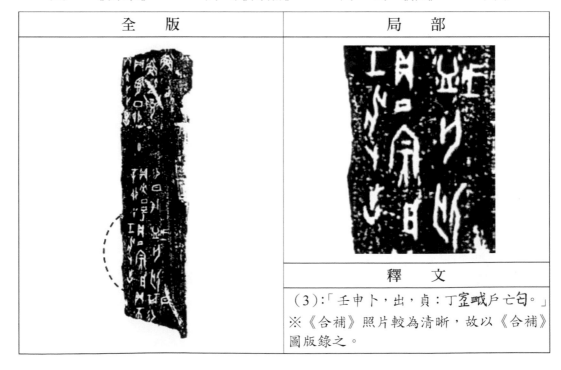

全　版 	局　部 
	釋　文
	「貞：丁宗❖盛亡匄。」

圖 9：《合集》26764 片（《合補》8293 片，即《懷》1267 片）

全　版	局　部
	釋　文
	（3）：「壬申卜，出，貞：丁宭哉戶亡匄。」 ※《合補》照片較為清晰，故以《合補》 圖版錄之。

五、阱

《集釋》所錄甲骨字形：

《集釋》中阱字條按語說明：

按：說文：「阱，陷也。从𨸏从井，井亦聲。𡩜，阱或从穴，𡎟古文，阱从水。」契文作上出諸形，羅釋阱，胡釋臽，於字形皆無徵，然以辭例稽之，實以羅說為長。卜辭言阱者均與田獵有關，其下並系以獸名可証之。孫釋麃，而字實非从火，其誤可以毋辨。郭謂當是「阱麋」二字合文，亦非，元嘉造像室所藏甲骨文字弟〔註20〕八三片有辭云：「囗子其𡩜𡩜」（見胡著《商史論叢》四集）如釋𡩜為阱麋，則「阱麋麋」三字連文，殊覺不辭也。它辭云：「戊申貞，今日阱麋三囗固囗」（《藏》、一一〇、三、）「癸丑卜，殼，貞，旬亡禍，王固曰，有祟，五丁巳阱」（《藏》、二四七、二、）五丁巳者，五日丁巳之省文。「壬申卜，殼，貞，由禽麋，丙子阱，允禽二百又九」（《前》、四、四、二）「丙申貞，阱青麋」（《前》、六、四三、五）青當讀為穀，麋，幼麋也。「丙戌卜，丁亥王阱禽，允禽三百又卅八」（《後下》四一、十二、）均當釋阱。羅氏引舊注「穿地以陷獸也」之義說之，是也，字正象陷獸之形可証。胡釋臽，而字不从人，故知當从羅說也。字在卜辭又或為人名，辭云：「庚戌卜，賓，貞，子阱囗」（《前》七、四十、一、）是也。〔註21〕

這組字形歷來爭議甚多，《集釋》據卜辭中此字均與畋獵有關，故同意羅振玉將此字釋作阱字，同樣對於此字為合文的反駁也從卜辭找到證據，以為若把此字釋為「阱麋」，則「阱麋麋」是無法讀通的，故不釋作合文。但裘錫圭在〈釋「坎」〉〔註22〕一文中把下半部从「凵」形的字形作了一番討論，首先由

〔註20〕本字印刷不清，當為「弟」字，即「第」字。元嘉造像室所藏甲骨文字85片即《合集》10363片。

〔註21〕李孝定：《甲骨文字集釋》，頁1744～1745。

〔註22〕裘錫圭：〈甲骨文字考釋（八篇）〉之六〈釋「坎」〉，原載於《古文字研究》第四輯（北京：中華書局，1980年），又載《古文字論輯》（北京：中華書局，1992年），其中〈釋「坎」〉又載《裘錫圭學術文化隨筆》（北京：中國青年出版社，1999年），

古籍、甲骨字體構形論證，認為「∪」形是「坎」字的初文，而從「坎」的字大多含有掘地或是掘地而埋物的意義，又在卜辭中可見，「⿳」（凷）、「⿳」（凶）指埋牲於坎以祭鬼神，「⿳」（齒）、「⿳」（圅）、「⿳」（圅）則指用陷阱捕獸，亦認同胡厚宣說此字「象挖地為阬坎，以陷麋鹿之狀」，讀為「陷」比羅振玉釋「阱」的說法合理，更重要的是，認為卜辭裡齒、圅、圅等字後不跟獸名，當讀為「陷麋」、「陷鹿」、「陷罝（麋）」，如《合集》10349 片（2）：「壬申卜，設，貞：甫坒麋。丙子⿳，允坒二百坐九。」因末句僅言數量，不再復言麋，因此處「⿳」，當讀為「陷麋」始辭意通順。〔註23〕但我們也見到此組字形後面跟著獸名的辭例，如真要讀為「陷某獸」，則整條辭則變成「陷某獸獸」，讀來確有疑慮，然而這種後面跟著獸名的辭例也不在少數，故筆者推論，不論這組字形後面是否跟著獸名，都一律讀為「陷」，而《合集》10349 片（見圖 10）說「丙子⿳」，其實就已經說明丙子那天要作「陷」的行為去捕獸，而所要捕的獸類也已經順道刻寫出來了，就是麋，因此末句也就不必再說是要去陷補哪種動物了。

圖 10：《合集》10349 片

全　版	釋　文
	（1）：「甲子卜，設，貞：王疾齒隹……易……」 （2）：「壬申卜，設，貞：甫坒麋。丙子⿳，允坒二百坐九。」

後收於《裘錫圭學術文集‧甲骨文卷》（上海：復旦大學出版社，2012 年）。今引文據《裘錫圭學術文集‧甲骨文卷》，頁 82～83。

〔註23〕此組字形討論請參見本文「第三章　第三節　二、⿳（⿳）形與⿳（⿳）形及所從之字」。

六、宊

《集釋》所錄甲骨字形：㝁

《集釋》中宊字條按語說明：

> 按：从宀从大，《說文》無所〔註24〕。陳氏以為「大坰」合文，蓋誤。
> 坰古作冋，二此字从𠔼，實非同字。〔註25〕

《集釋》明確指出此字「坰」字形與此字形相差甚遠，絕非陳邦福以為的「大坰」合文。此字上半部從宀當無疑慮，但考察原甲骨片（《簠徵·地望》、二六片即《合集》36389片，見圖11）《合集》釋文作：「乙丑，王𠼦父甲宊。」其字形作「㝁」這兩個字形上半從宀，下半從大。而有一個相似的字形只見於《合集》31907片（見圖12），辭作：「王其……宊又……」本辭的「㝁」字形與《集釋》所摹的「㝁」形，似略有不同，同時《集釋》也收一組字形作：「㝁」、「㝁」，隸定為「宊」，字義作宗廟之側室，唯《集釋》所收的「㝁」（㝁）是否與「宊」字有關，或就是「宊」字，尚無法通過卜辭辭例驗證，故仍依《集釋》隸定作「宊」，但可以確定的是，此字當非合文。

圖11：《合集》36389片（即《簠徵·地望》、二六片）

全　版	局　部

釋　文	釋　文
「乙丑，王𠼦父甲宊。」	「王𠼦（父）甲宊。」 ※（）內之釋文，為圖中未擷取，但為卜辭通讀完整，故俱引全辭。

〔註24〕當為「《說文》所無」，《集釋》誤為「《說文》無所」。

〔註25〕李孝定：《甲骨文字集釋》，頁2484。

圖 12：《合集》31907 片

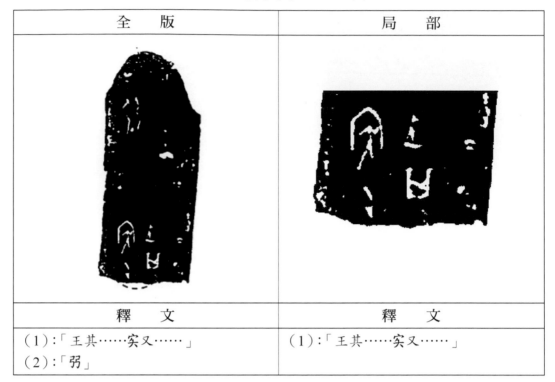

全 版	局 部
釋 文	釋 文
（1）：「王其……突又……」 （2）：「弜」	（1）：「王其……突又……」

七、嶽

《集釋》所錄甲骨字形：𡶿、𡷠、𡷻、𡵹、𡵆

《集釋》中嶽字條按語說明：

按：說文：「嶽，東岱；南霍；西華；北恆；中泰室。王者之所以巡狩所至，从山，獄聲。𡵹，古文，象高形。」篆文為後起形聲字，古文則象形字也。栔文諸體與許書古文略同，並象層巒疊嶂，山外有山之形。孫氏釋岳，本極允當，而諸家各逞臆說，以相比傅，終至異說分起，莫可究，詰至屈氏之文出，於岳之字形辭例，論列明白，了無疑義，（惟屈氏謂𡵆下兩斜畫乃象山上有樹，則似有可商，蓋樹之於山不過滄海一粟，文字既非圖畫，不宜竝此象之。古文衍變一二點畫之增損，不盡有義可尋也。）紛紜仲說皆可以無辨矣。卜辭河岳為實有之山川，在古人心目中，名山大川各有神祇主之，此於各種宗教思想中不乏其例，殷人於以求年祈雨、卜凶問吉固亦無足怪也，或者以殷之先公說之，以求比傅於《殷本記》，形疑音似，多見其紛紜自擾耳，至卜辭之岳是否為太岳，雖無確據，然終無礙

　　於此字之釋岳也。〔註26〕

《集釋》認為此字基本上本無爭議，乃是因為各家臆測猜想，以致是非混淆，此字從字形、辭例來看，釋為「嶽」是無可置疑的，亦無須反駁此非「昭明」合文。「昭明」合文的說法是出於金祖同《殷墟卜辭講話》：

> 此昭明合文從羊是假揚的音，揚、陽古通，而昭同揚都有一種發煌廣
> 大的意思，下面從火，明也。昭明同陽火意思同，二字是從 一字演
> 變來的。〔註27〕

此說立論於上古音相通所假，以及「昭」、「揚」義近為基礎，然而在根本的字形解構上卻並不正確，其說從羊、從火，當是對字形的誤判，下半部字形或為山形或為火形，據陳煒湛〈甲骨文異字同形〉中山、火同形的研究指出：「一般而論，下平者為山，圓者為火，但也往往互作，基本上兩字同形，只能根據句子的上下文來判斷究竟是山還是火。」〔註28〕文中也討論到此字形，根據卜辭〔註29〕：

「貞：桒年于？」〔註30〕

「戊午卜，亘貞：桒年于？」〔註31〕

「丁未卜，又于桒禾？」〔註32〕

「庚戌卜，又于桒禾？」〔註33〕

〔註26〕李孝定：《甲骨文字集釋》，頁 2940～2941。

〔註27〕轉引自李孝定：《甲骨文字集釋》，頁 2920。

〔註28〕參見陳煒湛〈甲骨文異字同形〉。本文原載於《古文字研究》第四輯（北京：中華書局，1981 年）今引文據《甲骨文論集》（上海：上海古籍出版社，2003 年），頁 25。

〔註29〕以下所引卜辭釋文皆據陳煒湛〈甲骨文異字同形〉，頁 25。註腳出處「（ ）」內的《合集》片為筆者所加。

〔註30〕《前》1、50、1、《佚》375、《契》33：（《合集》10139、10080、10077 正）。此三片字形分別為：「」、「」、「」，下半字形皆為平底，又三條卜辭全同，故陳煒湛只作一條辭例。

〔註31〕《續》2、28、1（《合集》10070）

〔註32〕《寧滬》1、76（《合集》33291）

〔註33〕《寧滬》1、76（《合集》33291）

「取⿱雨？」〔註34〕

「癸酉卜，其取⿱雨？」〔註35〕

可以確認此字下半當從山，釋岳（嶽）。而上半部像是羊形的部件，其實並不成文，只是個表意部件，在《讀說文記》裡說得很清楚：

> 栔文作⿱，亦作⿱，本象山外有山，層巒疊嶂之形，其上或從⿱，乃形體稍譌，偶增小斜畫，非從羊也。〔註36〕

上半部如同我們看到重山層疊，由近至遠的形象，後來可能因為筆畫增減而產生一個類似羊的字形，但此形並非「羊」字，純是形近而已。另外，金祖同此處所說「昭明同陽火意思同」，「昭明」二字當為形容詞，而不是下面會談到的殷先公先王之名，故於此暫不探討。

八、河

《集釋》所錄甲骨字形：⿱、⿱、⿱、⿱、⿱、⿱、⿱

《集釋》中河字條按語說明：

> 按：說文：「河，水。出焞煌塞外昆侖山，發原注海。從水可聲。」栔文上出諸形，諸家釋沘、釋汋、釋妣乙、釋泆、釋沈，均誤。于氏說字形演變極是，作⿰者當為初形，從水可聲，與小篆同，⿰為柯之初字，象枝柯之形，增口作可，乃求字體整齊，實無意義，及後可，假為語辭，始別製〔註37〕柯字。作⿰者，從水何聲，為繁體；⿰從人從可，為儋何之初字，今字作荷者，假借字也。何亦從可聲，故河或作河耳，作⿰者，又⿰之繁變，金文同簋作⿱、⿱，亦從水何（⿰何同）聲，與栔文一體同。卜辭河字當從屈氏之說，為黃河之專名，其或與殷世先公並列者，蓋河岳並，當時大神在殷人心目中，於年穀豐歉雨賜時，若河岳蓋實主之，故祀典與先公比隆。何岳非即先公也，諸家以先公說之，或據形懸擬，或據音牽傅，多見其紛

〔註34〕《京都》161（（《合集》14462）

〔註35〕《粹》28（《合集》34215）

〔註36〕李孝定：《讀說文記》，頁229。

〔註37〕「別製」二字印刷不清，今補。

紜自擾耳。〔註38〕

河字從甲骨文開始即為一個形聲字，從水可聲，後因字義不同而與柯字分為不同字形，又河的繁體作河。孫詒讓說此字為「人乙」；羅振玉、王國維、葉玉森說此字為「姒乙」，《集釋》按語皆無說解，亦無說「釋某某」誤。可字甲骨字形作「可」或「可」，其中不加口的可字跟人字或有相似，但實則不同，料早年甲骨拓本、照相常有模糊不清的情況，是故偶有誤釋，今已正。而水字甲骨字形《集釋》收「水」、「水」……等形，然《集釋》按語認同于省吾的說法，同意「水」字應是水字初形，而其偏旁水即無點狀水珠形，于省吾後編的《甲骨文字詁林》又收「水」，以為水字異體。《集釋》雖未收無點狀水珠形的水字，但從水之字如：淮（淮）、洹（洹、洹、洹）、淇（淇）、洚（洚）、衍（衍、衍、衍）演（演、演、演）、沖（沖）、滋（滋）、潢（潢）、湄（湄、湄、湄、湄）、澗（澗）、休（休、休）……等等諸字，其偏旁都能證明水字確有兩種寫法，而水字的初形，跟乙字（「乙」、「乙」）或有相似，不過既已認得「可」為可字，「水」、「水」、「水」、「水」、「水」等字視為合文，都無法說通了。《集釋》不將此字形當作合文的理由，或許可以見其引郭沫若的說法：「水字習見，舊多釋為匕、乙。案匕形不類，疑是河之初文。从水丂聲也。（卜辭从水之字多與乙形相混）」〔註39〕又因為被當作合文的河字，都是筆劃較簡的水旁跟可旁字形，於是常被誤認為从匕、乙或从人，至於水旁或可旁作繁形的河字，或被釋作他字，但就不會被認為是合文。

九、聽

《集釋》所錄甲骨字形：聽、聽、聽

《集釋》中聽字條按語說明：

> 按：說文：「聽，聆也。從耳、惪，壬聲。」篆文為會意兼聲字，契文作聽，乃會意字，篆文从壬乃聽所衍化，既已作壬，許君不得以「壬聲」說之矣。許書又有聑字，訓「聑語也」，聑訓「附耳私小語也」聑與聽聲，音讀雖殊，其始蓋亦由耴所衍化也。金氏釋聲，乃望文之

〔註38〕李孝定：《甲骨文字集釋》，頁3272～3273。

〔註39〕轉引自李孝定：《甲骨文字集釋》，頁3261。

訓，栔文廳字以此為聲，如此釋聑則宧字不可解矣。葉氏謂是昭明，
是肊說耳。餘詳九卷庭（廳）字條下。金文作🖼（齊侯壺）鉥文作🖼，
與此同。〔註40〕

《集釋》對於葉玉森說「昭明」合文的說法，直言「臆說」，這大概可以從兩個
方面來看，首先是葉玉森的說法：

> 辭云「王🖼」王下一字不可識，除後二辭外，殷虛文字第四十五葉
> 之九、十版，亦有二辭云：「己未卜，亘，貞王🖼王隹囚。」、「丁卯卜，
> 王🖼隹之耑。」頗疑即殷先公昭明，後人譌讀其字為昭或為明，又合
> 稱為昭明耳。〔註41〕

其雖引卜辭「🖼」、「🖼」即為殷先公昭明，然卜辭中稱先公先王，並不見其
名前或名後又加王字之語，若依葉玉森所釋，讀為「貞：王昭明王」、「王昭
明」則覺有異可商。其次是殷先公先王的問題，蔡哲茂在〈契生昭明辨〉文
中，考察諸家說法，並由古籍所見「昭明」之義及可能為「昭明」之人，檢
索論證，得出以下結論：

> 從《殷本紀》之取材《世本》，而《世本》的作者在取材「昭明」，這
> 一先公，應該是從《成相》文字「契玄王，生昭明」誤解而來，足見
> 《世本》的作者取材自《荀子·成相》。後代註解《荀子·成相》卻
> 用《史記·殷本紀》的資料來證明《荀子》，變成循環論證，這是不
> 能成立的……文獻上未見有以「昭明」為人名之例，率為「明顯」、「顯
> 著」的意義來看，將「契玄王生昭明」解為契乃天生英明的意義，遠
> 比解為「契生子曰昭明」更為合理。〔註42〕

商代的「昭明」是否真有其人一直是學界尚未能肯定存在的君王，然就前引蔡
哲茂之文，從《世本》、《史記》到後世的《荀子》註，對於昭明的說法往往是
循環論證，無法得其根源，且其他經傳亦不見昭明其人的相關記載，於是目前

〔註40〕李孝定：《甲骨文字集釋》，頁 3522。

〔註41〕轉引自李孝定：《甲骨文字集釋》，頁 3251。

〔註42〕蔡哲茂：〈契生昭明辨〉，頁 17～18。本文原刊載於《東華漢學》第 3 期（花蓮：
東華大學中國語文學系，2005 年 9 月），後作者略有修正，故引文據復旦網（2009
年 9 月 26 日，http://www.gwz.fudan.edu.cn/SrcShow.asp?Src_ID=923）

我們大概偏向歷史上並無昭明之人。

十、餗

《集釋》所錄甲骨字形：

《集釋》中餗字條按語說明：

> 按：說文：「䰞，鼎實惟葦及蒲，陳留謂健為䰞，从䰞速声。餗𩱧，或从食，來声。」契文與許殊或體同，或从食从豆，亦食省。王說可從。辭云：「癸亥卜，在餗，貞王在䓓，妹（昧）其餗徃正王」（前、二、三九、二）言昧爽其餗，餗謂實鼎之穀菽，蓋言以餗為祭也。
>
> 它辭皆僅餘殘文，不詳其義。葉玉森釋餔，於字形不合。」〔註43〕

首次作按語後又補葉玉森釋餺，並再按曰：「按：此不从專，其或體从䓓，明是束字，仍以王說為是。」〔註44〕兩部份按語都未提到與合文的關係，亦未見有他家釋為合文的說法，因合文的說法見於補遺卷柯昌濟謂：「『餗喜』當讀為『今幺有喜』。」〔註45〕而《集釋·補遺卷》中「餗」字的按語謂：

> 按：从含，若含均食之譌變。王國維氏釋餗（見類編三卷八葉）是也。
>
> 本書從王說收入三卷上，引諸條應據補。〔註46〕

雖未提及合文的問題，但從綜合正文卷及補遺卷的按語，《集釋》說明字形了關鍵的字形問題，其一是「䓓」是束字，非專字，其二是「含」下半部像是「幺」的字形，乃是從「食」之譌變，於此我們可以清楚的認出「餗」字要說是「今幺有」的合文，從字形上來說是不能把下半部的「8」跟上半部分離，又再把兩個「8」當作「幺」（88）字。《集釋》說明字體的演變，也就不用再言「今幺有」是否為合文的問題了。

十一、爕

《集釋》所錄甲骨字形：

〔註43〕李孝定：《甲骨文字集釋》，頁859。

〔註44〕李孝定：《甲骨文字集釋》，頁860。

〔註45〕李孝定：《甲骨文字集釋》，頁4436。

〔註46〕李孝定：《甲骨文字集釋》，頁4436。

《集釋》中燹字條按語說明：

從火從麤，或從虙。《說文》所無。〔註47〕

此字不見於《說文》，《集釋》中亦無引他家說法，只說了構字部件，但補遺卷中還有增添兩條說法：其一是葉玉森曰：「麤山合文」；其二是朱芳圃曰：「從麤從火，《說文》所無。」〔註48〕對於此兩條簡短的補遺，《集釋》也做了簡短的按語說明：

按：字不從麤，二說可商。右二條補入十卷火部末，燹字條下。〔註49〕

《集釋》還是在字形上琢磨。從甲骨字形來看，虎應為全身象形，如：虎（𧆞）、虤（𧇂）、號（𧇈）、戲（𧇎）……等，而若只有虎頭部份，則作：虙（𧇨）、虙（𧇫）、虘（𧇹）……等，其中虎頭下若還有半個身軀「𠕋」形的，則隸定虗，如：虗（𧇤）、虘（𧇱）以及本段所討論的燹（𧉁、𧉃），「𧉁」、「𧉃」字下半部的字形，前已略有提及，可能為火形或山形，這兩個字形常混甚至寫作同形，但「𧉁」、「𧉃」字下半部份應當是火形而非山形，因我們所見到的山形大多沒有這種寫法，且由字形可見「ᗐ」、「ᗄ」互為異體，更可證明此為火而非山。根據字形所出現的原卜辭來看：

《合集》37403 片〔註50〕（2）：「戊申王卜，貞：田𧆞往來亡災。王固曰：吉。」

《合集》37403 片（3）：「壬子王卜，貞：田麤往來亡災。王固曰：吉。隻鹿十。」

《合集》29304 片〔註51〕：「庚午卜，王田虗其□。」

《合集》29349 片〔註52〕：「辛卯卜，王叀虗鹿逐亡戈。」

首先《合集》28349 片的字形作「🀰」應該要隸定作「燹」，而非「麤」；《合

〔註47〕李孝定：《甲骨文字集釋》，頁 3184。

〔註48〕以上兩條說法皆轉引自李孝定：《甲骨文字集釋》，頁 4448。

〔註49〕李孝定：《甲骨文字集釋》，頁 4448。

〔註50〕即《前》二、十六、一片。

〔註51〕即《後上》十五、六片。

〔註52〕即《誠》326 片。

集》29304 片的字形作「」，隸定為「麌」是沒有問題的，而《合集》37403
片第 3 辭的「隻」即「獲」，《合集》作嚴式隸定。這幾條卜辭都與田獵有關，
所卜內容也類似，這兩個字形應該是互為異體，從卜辭來看，這個字當為地
名，無義可解。另孫亞冰、林歡由《屯南》50 片卜辭：「……麌禾于河。吉。」
說這條卜辭是「麌」地農收後，對河進行祭祀的活動，再由《屯南》626 片：
「……翌日壬王其田麌，剛于河，王受祐。」推斷，「麌」地必相當近於當時
的黃河河道，或在今河南省北部。〔註53〕綜合以上，大概可以證明葉玉森所認
為的「麌山」合文當不可信。

十二、繫

　　《集釋》所錄甲骨字形：、、

　　《集釋》中繫字條按語說明：

　　　　按：葉說字意甚是，而於字形則遠，作者，安得譌變為乎，說宜存

　　　　疑。〔註54〕

此字說解見於《集釋·存疑卷》，其謂李孝定編纂時對此字形義尚不能肯定，
有所存疑，故未錄於正文。於此《集釋》同意葉玉森說此字的字義：「象索繫
子或女之首，反攣其手，臨以斧戉之形。」〔註55〕不過對於字形演變覺有不安。
至於王襄所說：「疑奚戊合文。」〔註56〕甲骨文中的「奚」字作「」、「」、
「」、「」等，字形上半以手握絲繩狀，下半從人形、大形或跽坐形，而且
從跽坐之形，其雙手必交叉，有如被捆綁之貌，這與本段討論的字形左半部
幾乎相同，惟少了手形。另一半的斧頭形，可由幾個相關的甲骨字形比較之：
　　　　「戊」字作：「」、「」、「」、「」
　　　　「戉」字作：「」、「」
　　　　「戌」字作：「」、「」、「」、「」

〔註53〕參見孫亞冰、林歡著，宋鎮豪主編：《商代地理與方國》（北京：中國社會科學出
　　　　版社，2010 年），頁 87～88。
〔註54〕李孝定：《甲骨文字集釋》，頁 4587。
〔註55〕轉引自李孝定：《甲骨文字集釋》，頁 4587。
〔註56〕同前註。

顯然本段討論的字形右半當為「戌」字，但古文「戌」、「戊」、「戉」三者形制接近，即是斧頭兵器之形，故在釋義上可通，但若採嚴式隸定，右半仍當隸定為「戌」。雖本字左半部份與奚字不盡相同，先暫隸定作「馘」。而這個字形我們在《合集》中也發現了四種不同的寫法，其中《集釋》僅錄其中一種：（1）「𰎟」，其餘三種寫法分別為：（2）「𰎟」、「𰎟」（3）「𰎟」、「𰎟」（4）「𰎟」。其中《合集》32193 片同版的兩條卜辭：「其𰎟馘……𰎟……絲用。」、「叀刜𰎟又任馘……」〔註57〕前辭作「𰎟」，後辭作「𰎟」，可見「馘」的不同寫法，且除了《集釋》所收的字形外，其餘三種寫法皆有手形，故將此字隸定作「馘」應當是沒有問題的。後姚孝遂在〈商代的俘虜〉一文中對這個字進行了考察：

「馘」和「伐」一樣，都是斬首。但「馘」字的形體較為複雜，作𰎟、𰎟、𰎟、𰎟等形。象將俘虜的雙手反縛，抓住其髮辮，用斧鉞砍斷其頭顱。有的還帶數小點，象血水淋漓之狀。〔註58〕

姚孝遂的說法應當是可信的，因由此字所出現的卜辭〔註59〕來看：

《合集》121 片：「……□馘……□芻……」

《合集》563 片：（8）「馘僕。」

《合集》564 片正：（1）「甲午卜，貞：馘多僕。二月。」

《合集》808 片正：（1）「丙寅〔卜〕，亘，貞：王馘多屯〔若〕于〔下〕上。」

《合集》808 片正：（2）「貞：王馘多屯若于下乙。」

《合集》809 片正：（1）「貞：王馘〔多〕屯不若，左〔于〕下上。」

《合集》809 片正：（2）「貞：王馘多屯不左，若于下上。」

〔註57〕《合集》隸定作「馘」，今引《合集》釋文皆不更動。後《總集》已將此字改隸定為「馘」。

〔註58〕姚孝遂：〈商代的俘虜〉，原載於《古文字研究》第 1 輯（北京：中華書局，1979年），又收於《姚孝遂古文字論集》（北京：中華書局，2010 年），今引文據《姚孝遂古文字論集》，頁 173。

〔註59〕卜辭不完整或無法辨義之辭條皆未引。而以下所引辭例中的「馘」字，僅 824 片、825 片為字形（2）；810 反、6017 正片為字形（3）；32193 片辭例（1）為字形（1），辭例（3）為字形（2），其餘辭例中的「馘」字皆為字形（1）。

《合集》6011 片：（3）「庚申卜，亐，貞：戠。」

《合集》6012 片：「□□卜，□，〔貞〕：戠。」

《合集》6013 片：「……戠〔多〕……」

《合集》6014 片：「貞……戠。」

《合集》6015 片：「……戠……」

《合集》6016 片正：（1）「乙丑卜，爭王其戠。」

《合集》6016 片正：（2）「貞：勿戠。」

《合集》6018 片：「戠」

《合集》6019 片：「戠」

《合集》6020 片：「戠」

《合集》6021 片：「……雀……戠……」

《合集》6022 片：「……戠……五……」

《合集》6023 片：「己卯卜……戠……」

《合集》6024 片：「□□〔卜〕，永，〔貞〕……戠……」

《合集》13625 片正：（1）「乙丑卜，亐，貞：屌我戠。」

《合集》13625 片正：（2）「貞：勿屌我戠。」

《合集》13758 片反：（1）「雀……戠……」

《合集》32190 片：（2）「又戠。」

《合集》32192 片：（2）「丁丑卜，戠小力。」

《合集》32193 片：（1）「其𤕌戠……𦙞……絲用。」

《合集》32193 片：（3）「叀制 𨑱又任戠……」

《合集》21538 甲片：（1）「……南庚三牢〔戠〕。」

《合集》21538 乙片：（1）「卲父庚三牢，又戠二，酒雀至□父庚。」

《合集》21538 乙片：（2）「卲小辛三牢，又戠二，酒雀至……」

《合集》824 片：「癸丑卜，亐，貞：𠦪來屯戠。十二月。」

《合集》825 片：「……〔戌〕戠……屯。」

《合集》810 片反：(1)「貞：王馘多屯。」

《合集》6017 片正：「□□〔卜〕，占，貞：馘若。」

「馘」作為斬首俘虜於字形及卜辭上來讀是沒有問題的，作為動詞如：「貞：王馘多屯若于下乙。」將俘虜斬首用於祭先公先王，而此字也可如姚孝遂所言，進一步引申，將雙手反縛，用斧鉞砍頭的這一方法處置的俘虜，也稱之為「馘」，作為名詞，如：「貞：勿尻我馘。」這個「尻」字形後來從楚簡認得。包山楚簡〈受見〉簡 59：「長𣲔」，嚴式隸定作「屧」，即「沙」字，由楚簡的「屧」字可以推斷甲骨文的「尻」即「沙」字，其古音為山母歌韻，與古音山母月韻的「殺」字音近，可以通假，因此「尻我馘。」即「以斬首的方式殺我的俘虜」。因此如將「馘」字當作「奚戉合文」放回卜辭中就無法通讀了。不過從《集釋》的角度來說，此字已放在存疑卷，作單字釋形釋義都未盡完善的情況下，自然不會貿然將存疑之字當作合文解釋。另外值得一提的是，姚孝遂特別強調「馘」字「根據甲骨刻辭的記載，這些被斬首者，其身份是戰爭中的俘虜，並不是什麼奴隸。」〔註60〕但是如果這個人不為被斬首的「馘」，而是沒有斧鉞在旁的「奚」，那麼可以在卜辭中看到「奚參加對外戰爭」以及「奚參加田獵活動」的紀錄，如：

《合集》811 片正 (3)：「癸丑卜，亘，貞：王从奚伐巴〔方〕。」

《合集》811 片反 (7)：「王勿比奚伐。」

《合集》6477 片反 (6)：「王勿从奚乎〔伐下危〕。」

《合集》6477 片反 (7)：「勿从奚伐下〔危〕。」

《合集》644 片：「壬子〔卜〕，□，貞：隹我奚不征。十月。」

《合集》645 片：「壬子卜，宁，貞：隹我奚不征。」

《合集》646 片 (1)：「隹我奚不征。」

《合集》28723 片：「……奚田，湄日……」

前所引的卜辭，可以見到「奚」被殷王送到征伐巴方、危的戰場作戰，而所引的最後一條卜辭，則是把「奚」放在田獵活動中，這兩類卜辭都特意貞卜

〔註60〕姚孝遂：〈商代的俘虜〉，《姚孝遂古文字論集》，頁 173。

是否要以「奚」這類的人去作戰、田獵等，顯然「奚」是不同於「一般人」的身份，因此王宇信與徐義華認為：「這些沒有被用做人牲，因而得以延續生命並被商王投放到戰場上或用于田獵活動中的奚，才是真正意義的奴隸。」〔註61〕這個說法是能夠被我們接受的。

第三節　《集釋》「以為單字之合文」疑義釋例

　　《集釋》凡例有云：「本書所收甲骨文字均據孫海波《甲骨文編》及金祥恆《續甲骨文編》所輯。」〔註62〕雖前已提及《集釋》一書因編纂體例之故，是不收合文的，但我們卻在《集釋》中發現李孝定將《甲骨文編》及《續甲骨文編》中的合文釋為單字，或李孝定有其理由與證據以為該字非合文而收之，以下就有疑慮之字形逐一討論。

一、牡口特質字例

　　在《集釋》中可以見到一組跟牛字數量有關的字，如下表1：

表1：《甲骨文字集釋》

甲　骨　字　形	隸　定	字頭頁碼
	牡	291
	牺	305
	牮	311
	牛一△	331
	牪△	331
	犕△	331

〔註61〕王宇信、徐義華著，宋鎮豪主編：《商代國家與社會》，頁 255。「奚」字卜辭辭例討論可參見同書，頁 254～255。

〔註62〕李孝定：《甲骨文字集釋・卷首》，頁 20。

《集釋》將這組字是為單字而非合文的主要依據，是以見於《說文》的「牡」、「牝」為基礎立論，加上「犙」字也見於《說文》，因此類推甲骨字形構形相同的「牜」、「犝」、「犃」等字也非合文。

《集釋》中「牡」字收錄了兩種差異較大的異體字形，其一為牛角上無橫畫的「𩵋」形，其二則是牛角有橫畫的「𩵋」、「𩵋」。《集釋》按語言：

> 許君之意牝牡實該他畜言之，蓋通偁也。故牝下引《易》以明其義如牝，但言牛母則牝牛為不辭矣，又許書「特，朴特，牛父也」（此據大徐本說解，小徐本作「特牛也」）則牛父偁特，不偁牡也……許書之牝牡通言之也，契文之牡、牂、犺、麚、牝、羝、犾、駇、豚、麀則析言之也。〔註63〕

《讀說文記》中更說：

> 契文則不然，牝、牡之字，別其牛、羊、犬、豕，各以其名為偏旁，即畜之年歲、毛色亦各有專字，此蓋畜牧時代所製之字，故分別言之，及後進入農業時代，始以牝、牡該他畜，然《爾雅》、《說文》中，畜之牛歲、毛色、牝牡之分別字，仍有保存。〔註64〕

李孝定依《說文》、卜辭例以及農牧業之時代狀況，將此字釋為「牡」，上古黃河流域所仰賴的經濟產業為採集、狩獵而後進入農牧業，其中維持生活所需的勞動資源與經濟資源，皆為各種牲畜，舉凡牛、羊、馬等各種獸類，一來提供食物與服飾的主要來源，其二便是供應大量的獸力，以便狩獵、採集、耕種、開墾等各項經濟活動，因此李孝定會亦在甲骨文中觀察到從各種動物部件的字形甚多，且又非各為異體，固然是對於動物的歲數、毛色、體態或者動作等各種方面有更鉅細靡遺的觀察，而後有專字指稱，這種情況在語言學上稱為「薩丕爾——沃夫假說」（Sapir–Whorf hypothesis），是由薩丕爾（Edward Sapir）及其學生班傑明·沃夫（Benjamin Whorf）所提出，其認為每一種語言都包含了語言使用者的文化概念、世界觀以及價值觀以及等，並因此會造成不同語言的使用者會因語言的差異而產生思考與行為方式的不同，

〔註63〕李孝定：《甲骨文字集釋》，頁297～288。
〔註64〕李孝定：《讀說文記》，頁22。

不過何靜（HE Jing）在〈薩丕爾──沃爾夫假說的有效性在語言，思維和文化的關係的再思考〉〔註65〕的結論裡說到：「語言之間的關係和思想不應該被簡單地看作是語言決定論或語言相對論，但應投入的總體框架，歷史，社會和文化背景。」〔註66〕這不僅可作為不同語系的觀察切入點，也可以反應不同文化的價值核心，比如：二十世紀初語言學家法蘭茲・鮑亞士（Franz Boas）在《北美洲印第安手冊》就提出愛斯基摩人有相當多對「雪」的詞彙，比如：「aput」（地上的雪）、「qana」（正飄下的雪）、「piqsirpoq」（堆積的雪）及「qimuqsuq」（雪堆）等，而英語中的雪只有一個「snow」。〔註67〕愛斯基摩人這四個詞彙都是「雪」，但每個詞都有其獨立且有所專指的詞義，正如同前所提到，在以採集、狩獵為主的上古黃河流域，對於各種獸類的特徵細節都當有特定指稱，因此李孝定也在《集釋》與《讀說文記》中都談到各有專字、析言有別等語。

從字形上來看，甲骨文的「牡」字從牛從士，與金文中的「牡」（牡）字相同，在字形上是為確證。又如從卜辭辭例來看：

《合集》1142 片正（2）：「出于上甲十牡。」

《合集》23098：「□□卜，大，〔貞〕……祖甲歲……牡。」

〔註65〕HE Jing "The Validity of Sapir-Whorf Hypothesis—Rethinking theRelationship Among Language, Thought and Culture" US-China Foreign Language Vol. 9, No. 9（2011.9）p.560-568.

〔註66〕HE Jing "The Validity of Sapir-Whorf Hypothesis—Rethinking theRelationship Among Language, Thought and Culture"：p.567.原文為：「In conclusion, it is attempted by the current author to demonstrate that the relationship between languageand thought should not be simplistically viewed as linguistic determinism or linguistic relativism, but shouldbe put into the general framework of historical, social and cultural backgrounds.」

〔註67〕參見 Sturtevant, William C. "Handbook of North American Indians." Vol. 17: Languages Washington :Smithsonian Institution,1990 年版。另一方面，雖然 Pullum, Geoffrey K.認為眾多學者說愛斯基摩人關於「雪」的詞彙從四個、五個到數十個，是一個「愛斯基摩人的詞彙騙局」，但本文不去細究關於此部份的論點，僅引用愛斯基摩人確實有許多關於「雪」的詞彙的部份。參見：Pullum, Geoffrey K. "The Great Eskimo Vocabulary Hoax and other Irreverent Essays on the Study of Language" Chicago：University of Chicago Press, 1991. Chapter Nineteen:The great Eskimo vocabulary hoax.p.159-171.

《合集》11149：「……牝三牡……」（見圖 13）

《合集》34079（2）：「□□卜，貞：〔桒〕生于〔高〕妣□〔牡〕牝。」

《合集》30940（3）：「癸卯卜，〔貞〕……甲杏……牡。」

圖 13：《合集》11149 片

全　版	釋　文
	「……牝三牡……」

「牡」字與「牝」字常前後出現，並且於其他所見辭例中也可見到：

《合集》23151（1）：「乙酉卜，□，貞：毓祖乙歲牡。」

《合集》23163（3）：「丁酉卜，即，貞：毓祖乙召牡，四月。」

《合集》23364（1）：「庚申卜，〔王〕，貞：妣庚歲其牡。在七月。」

《合集》27340（4）：「庚戌卜，其又歲于二祖辛重牡。」

《合集》22996（1）：「貞：祖辛〔歲〕宰牡。」

《合集》22996（2）：「貞：宰牝。」

「牡」當是作為先公先王祭祀所用之牲，又《合集》22996 片卜辭對貞，辭云：是以「牡」祭好？還是以「牝」祭好？此辭牝牡相對，是可知為一公一母之牛牲，而以牝牡同祭的辭例還可見於《合集》19987（1）：「甲申卜，帝帚鼠妣己二牝牡。十二月。」其中「牝牡」字形只能釋為「牝牡」合文，始能辭通義達，《合集》仍釋作一個字「牡」，顯然是不能讀通的，而這個字明顯為合文

《集釋》自然是沒有收錄的。另外《合集》19972 片辭云:「屮大母牝用。」,辭中母字在甲骨文中仍作母親或先祖配偶妻妾之義,不為雄雌男女之指,故「母牝」不做「母母牛」解,當如《合集》19817(1):「乙巳卜,扶,屮大乙母妣丙一牝不。」與《合集》19974 辭:「□辰,王〔屮〕母□十牝。」同樣做「以母牛祭祀先王之妻」解釋。

　　《集釋》還收了「牡」字的另一個異體字,牛角上有橫畫的「𤘫」、「𤘫」。這個字就必須和「𤘔」、「㸬」、「牪」、「㹂」、「犌」這組構形相似的字來看了,而在這組字中,說明最完整的唯有「𤘔」字,其餘各字皆依「𤘔」所釋。《集釋》釋字大致有此脈絡:如可見於《說文》小篆,即先引《說文》釋形釋義,而後上溯甲骨,並輔以金文為證,如此一來可見文字之演變,且較有說服力。然而小篆與甲骨文字難免有所差異,白明玉則認為此乃《集釋》「囿限於《說文》之說解」:「在形義分析上比附《說文》文字訓解,忽略卜辭的字形、字義,導致誤釋甲骨文字。」〔註68〕《集釋》中將「𤘫」釋作「𤘔」也是受到《說文》的影響,將甲骨文字與小篆拉在一起,並引用與《說文》:「𤘔,二歲牛。從牛市聲。」相同的釋義,說解另外兩個關係字:「㸬,三歲牛。從牛參聲。」以及「牪,四歲牛。從牛從四,四亦聲。𤙺籀文牪從貳。」於甲骨文字說解亦承《說文》而云:

> 然許書紀畜齡之字猶有從簡體數字者,如馬部「馬,馬一歲也。從馬;一,絆其足。讀若弦。一曰若環。」「馴,馬八歲也。從馬從八。」馬下說解「從馬;一,絆其足。」與馬一歲之義無涉,此殆沿豕下說解云:「豕,豕絆足行豕豕。從豕繫二足。」之說而譌(豕疑豕,亦當訓豕一歲)按此當解云:「馬,馬一歲。從馬從一。」至所從「一」字,橫貫馬之四足,亦猶𤘫、𤘫、𤘫、𤘫橫著牛角,蓋隨宜措置本無羈絆或警告之義,羅說之誤亦猶評許君「一絆其足」之說也。嚴氏釋契文之𤘫、𤘫、𤘫為犌、㸬、牪,並謂當更有𤘔及加牛齡而當明性別之𤘫、𤘫字,其說至確。〔註69〕

〔註68〕白明玉:《李孝定《甲骨文字集釋》研究》(台中:東海大學中文所碩士論文,2010年7月),頁99。

〔註69〕李孝定:《甲骨文字集釋》,頁310。

這個脈絡就是沿著《說文》「牻」、「犙」、「牭」等字的說解來推論，並說明「牭」的籀文「𤙺」（牭）從貳的原因，是因為「大寫數字沿用既久」以及「二三𝍦筆畫過簡，用為偏旁則兩側不易勻稱完美耳」，因此轉寫脫繆，而以牭當牭的籀文。接著以小篆的一二三𝍦筆畫以及《說文》說解小篆字義來推斷甲骨文字的𤠔、𤠔、𤠔、𤠔為牛一歲、二歲、三歲、四歲，不過《集釋》收羅各家說法，李孝定所下按語的源頭應當是從嚴一萍的說法而來的。嚴一萍引《戩》二四、八辭謂：「告一牛　二牛　三𤠔」〔註70〕，然考其原片（見圖 14），嚴一萍所認為「三𤠔」的「𤠔」字作，字體不甚清楚，亦難分辨其牛角上是否有橫畫，倒是「二牛」的牛字左上角較有可能有一短橫，然在甲骨拓片此字形有所不清的情況下，根據本片三條卜辭（1）：「告一牛。」（2）：「二牛。」（3）：「三△。」，依其文例、文法上來推斷，三辭形式應該都為「數量」＋「牛」，理應不會突然有一條作「數量」＋「𤠔」之辭，因此這個字可能就只是「牛」字，並非牛角上有橫畫的「𤠔」字，而嚴一萍所舉另一證據說：「《乙》五三一七版：『貞于王吳乎，雀用𤠔二牛。』此𤠔字用於『二牛』之前，其非牛之通名而為牛隻專名可知。蓋卜辭所用者為三歲之牛二隻也。」〔註71〕但如考察原片（見圖 15）〔註72〕，這條辭例中的「用𤠔」二字與「二牛」二字相隔甚遠，且相隔部份間並無刻字，應當分作：「乎雀用𤠔。」、「二牛」兩條辭例讀。另一方面，如要將此組字形由《說文》上溯甲骨文字，「犙」字字形作「𤙺」、「牭」字字形作「𤙺」，說「四」與「三」還尚且可通，「參」與「三」要說是同音假借也勉強可通，但小篆「牻」字字形作「𤙺」，與甲骨文字「𤠔」、「𤠔」所差甚遠，字形、字音兩者皆找不到直接關係，僅能以旁敲側擊的字義來推斷。而後在《讀說文記》中也維持《集釋》的說法：

> 甲骨文作𤠔（《前》、五、四六、一），𤠔（《前》、五、四六、二）卜
> 辭言用牲之數者，皆言一牛、二牛，其數名、畜名，皆分別書之，

〔註70〕《戩》二四、八即《合集》30597 片，今圖文據《合集》所引。

〔註71〕嚴一萍：〈說文牻犙牭牭四字辨源〉原載於《中國文字》第二期（臺北：臺灣大學，1960 年）後收於《甲骨文字研究》（台北：藝文印書館，1976 年）今引文據《甲骨文字研究》第一輯，頁 15。

〔註72〕《乙》五三一七版即《合集》1051 片正，今圖文據《合集》所引。

　　與二千、三千、五千之合書為🐂、🐂、🐂舉者異，故知🐂為《說文》
　　二歲牛之本字也。〔註73〕

這個說法其一是強調甲骨卜辭談到用牲的數目，都是作「數量」＋「牲名」，
兩字分開書寫，沒有「數量」與「牲名」合寫，主張非合文的可能性，而既
然角上橫畫不是牲口數量，那就是《說文》說的牲口年齡，並且在《說文》
中可見數個從牛且其字義為「牛的歲數」的字，至於甲骨字形的構形也是依
《說文》的「馬」字為例，說是：「至所從『一』字，橫貫馬四足，亦猶🐂、
🐂、🐂之橫著牛角，蓋關字之結體，隨宜布置，本無羈絆或警告之義也。」
〔註74〕孫海波也在合文「一牛」下註曰：「《乙》七二八四，此一牛合文，舊
釋牛謂一象角著橫木，非是。」〔註75〕可以看出牛角一橫象橫木、羈絆的意
思並非正確，而經由我們可見卜辭辭例中有同樣構形的字：

（1）🐂〔註76〕

　　《合集》14358片：「辛巳卜，貞：🐂示桒自上甲一牛，🐂隹羊，🐂
　　隹麀。」

　　《合集》14359片（2）：「……乙……🐂示。」

　　《合集》1291片（5）：「癸丑卜，史，貞：其尊壹告于唐□牛。」

　　《合集》2214片：「……巳（祀）于父乙🐂。」

（2）🐂

　　《合集》8976片：「□□〔卜〕，王，貞……氏……其十……🐂。」

　　《合集》11144片（1）：「……由🐂」

（3）🐂

　　《合集》1051片正（3）：「乎雀用🐂。」

　　《合集》9774片正：（13）：「虫犬于黃奭卯🐂。」

〔註73〕李孝定：《讀說文記》，頁22。

〔註74〕同前註。

〔註75〕中國科學院考古研究所編：《甲骨文編》（北京：中華書局，1965年），頁613。

〔註76〕《總集》將「🐂」釋為「一牛」、「🐂」釋為「二牛」、「🐂」釋為「三牛」、「🐂」釋
　　　　為「四牛」。

《合集》9774 片正：（15）：「叀啄卯✦。」

《合集》21117 片（2）：「……〔叀〕✦……季。」

（4）✦

《合集》683 片（2）：「叀✦。」

可以在《合集》14358 片見到：「✦」與「一牛」相對，由此可知「✦」字不當釋為「一牛」合文。而《合集》2214 片（見圖 16）的✦字前還有「一」字，如將將此字釋為「一牛」合文，則本辭讀為：「祀于父乙一一牛」是不通的，但李旼姈對此條卜辭的解釋為：

> 此條△2（榮按：✦）前面有出現數字『一』，由此看來，△2 似乎不是合文，而是單字。若真是如此，從上表此類結構的『二牛』、『三牛』、『四牛』，及『數＋牡』諸例應刪除。不過也有可能①△2 的一橫是誤刻而致，可說是衍文。此諸例姑且處理為合文。〔註77〕

以及《合集》1291 片的「✦」字（見圖 17），其牛角橫畫旁恰有裂痕，不過依裂痕的角度及刻痕來看，此字當摹作「✦」。其他出現「✦」、「✦」、「✦」的辭例有些雖然殘缺不完，但可以看出這組字都是作為祭祀所用的牛，至於商代祭祀是否對於「牛齡」有特殊的限制或意義，我們尚未有確證，但自商代以來，農業社會對於牲口的重視與細微的差異，有明顯的區分，至現代社會也深受影響，並熟知牲口的歲數會影響其勞動能力以及肉質的差異。〔註78〕因此就上所見辭例來看，「✦」與「一牛」是指不同的意義，又「數量」＋「牛」的合文是以分寫的形式，而未見有橫畫刻於牛角之上的字例，因此這組「✦」、「✦」、「✦」、「✦」牛角上有橫畫的字，應當解釋作「某歲牛」。

　　由以上我們也可以推測「✦」、「✦」應當也是「某歲牛」，並且加上性別的字。其辭例如：

《合集》15067 片：「……屮袞屮羊卯✦」

《合集》11145 片：「……〔隹〕✦……囗……」

《合集》1780 片正（7）：「翌癸丑屮祖辛✦」

〔註77〕李旼姈：《甲骨文例研究》，頁 474。

〔註78〕感謝口試委員李殿魁教授予以此意見。

　　《懷》168 片：「……三……⍦」〔註79〕

此字從如不看牛角上的橫畫，即是「牡」字，而由前已知牛角上的橫畫表示歲數，因此這類字的構形應當就是「歲數」＋「牡」的字。此字也是用於祭祀，上引諸字可釋為「四歲牡」、「三歲牡」，而《懷》168 片的「⍦」字，拓片作「⬛」其上半部缺（見圖 18），不知為三歲牡或四歲牡，暫以所見三橫畫定為三歲牡。而由於李孝定將這「⍦」、「⍦」、「⍦」、「⍦」組字釋為「惨」、「牛」、「牬」、「牬」等字的說法，主要是從嚴一萍的說法而來，同時嚴一萍又把「⍦」、「⍦」等字釋義作「牛齡加上性別」，因此《集釋》編纂時也把這兩個字形收於「牡」字條下，然「牬」、「牬」兩字所舉字例分別為「⍦」、「⍦」跟收於「牡」字條下的字例「⍦」、「⍦」於字形、出處完全相同，《集釋》後記裡「（甲）編纂方面之重出與譌誤」也未並未提出修正，應當是編纂上有所疏漏。如依照《集釋》的認定，此二字形當從「牡」字條刪除，僅分別收於「牬」、「牬」字條下，釋義當為「三歲公牛」與「四歲公牛」。另外「牡」字條下的字例「⍦」，在「牬」字條下同一出處的字形摹作「⍦」，而這個字形在《甲骨文編》中作「⍦」，釋為「三牡」，《集釋》雖據孫海波《甲骨文編》之字形所收錄，但卻作不同摹本，考查原片（《掇》二〇二，即《合集》15067，見圖 19）此字作：「⬛」，左上牛角有四橫畫，非《甲骨文編》所摹的三橫畫；右上的牛角也彷若有兩橫畫，然甲骨文自有「六」字，與「六」有關的合文比如：「六千」作「⍦」、「六人」作「⍦」、「六牡」作「⍦」〔註80〕等，皆不用六橫畫，因此《掇》二〇二的「⬛」應要摹作「⍦」，為「四歲牡」。

〔註79〕　《總集》將「⍦」釋為「三牡」、「⍦」釋為「四牡」。

〔註80〕　中國科學院考古研究所編：《甲骨文編》釋為「六牡」合文，此字下半為「羊」非
　　　　　「牛」，當為「六牂」合文。

圖 14：《合集》30597 片（《戩》二四、八）

全　版	局　部	局　部

釋　文	釋　文	釋　文
「告一牛　二牛　三」	「二牛」	「三牻」

圖 15：《合集》1051 片正

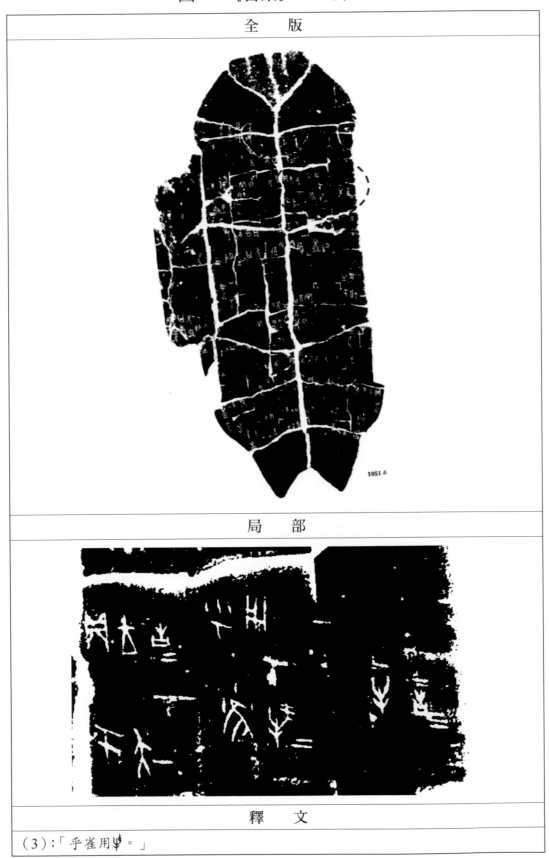

全　　版

局　　部

釋　　文

（3）:「乎雀用 ." 」

圖 16：《合集》2214 片

全　　版	釋　　文
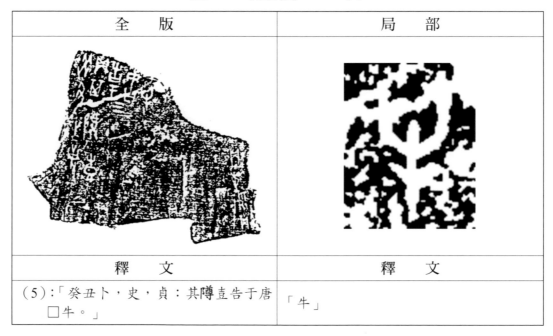	「……巳（祀）于父乙一牛。」

圖 17：《合集》1291 片

全　　版	局　　部
釋　　文	釋　　文
（5）：「癸丑卜，史，貞：其鄿壹告于唐 □牛。」	「牛」

圖 18：《懷》168 片

全　　版	局　　部
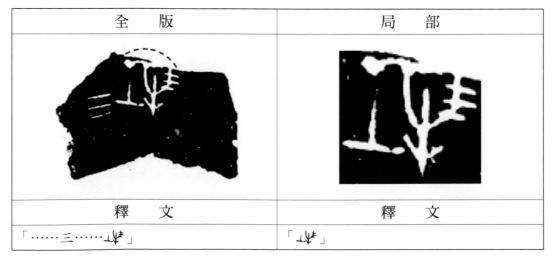	
釋　　文	釋　　文
「……三……屮牛」	「屮牛」

圖 19：《合集》15067 片

全 版	局 部

釋 文	釋 文
「……屮麥屮羊卯牡」	「牡」

　　在甲骨文字中「數量」＋「牲口」的合文是很常見的，並且除了前所列舉使用「共筆」、「共同部件」的合文以外，還有一種寫法是「數量」與「牲口」兩者筆劃不相交，卻又黏得很近，比如：「一牛」可以寫作「牛」。同樣的書寫方式也見於「二牛」（「牛」、「牛」）、「三牛」（「牛」）等，後者這種書寫方式是普遍存在的現象，但是否可以視為「合文」，還是要回到「合文」的定義：「構形成為一個單元」，也就是「合文」的書寫範圍只能佔有一個字格，但甲骨文字刻於龜甲、獸骨之上，其時雖有行界，但並不常見，亦無字格的規範概念，但如果有兩個部件黏得很緊，或明顯的有關係，那便較易判斷，比如：「牢」與「牢」讀為「十牢」合文、「羊」讀為「十羊」合文都是沒有問題的，但如果兩字靠得不是很近，或筆劃有所相交、接觸時，我們就比較難去推斷這個字是不是可以當作合文來看，比如：「牛」要讀作「一」＋「牛」這種「數字」＋「名詞」的結構，還是直接讀作「一牛」合文。

　　《合集》22904 片：「……王……乙丑其又彳歲于祖乙白牡，王在‖卜。」的「牡」字（見圖 20）假設以虛擬的字格來看，此字是比其他兩行的「于」、「又」兩字要凸出，但就此字部件的比例來看，上半部的「牡」與下半部的「三」，應當是有意黏在一起的，而此字雖已書寫至甲骨片末端，以下無法再刻寫它字，但如「牡」與「三」是兩個不同的單字，還是有分開刻寫的空位，且如果將此字硬拆作「牡」、「三」，則本辭讀為「于祖乙白牡，三王在‖卜」，「三王在‖卜」是肯定不通的，因此「牡」字也當看作是「三牡」[註81] 合文，

〔註81〕然《總集》認為牡字下有四橫，應為「四牡」。

同時此字也可與「三歲牡」的「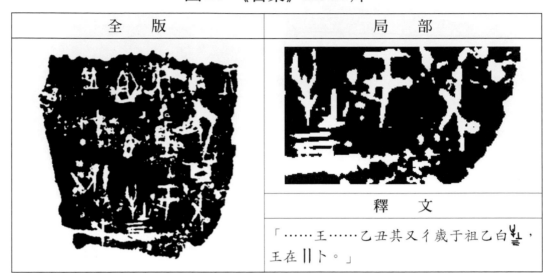」字形作對照，明其二者差異。

圖20：《合集》22904片

全　版	局　部
	釋　文
	「……王……乙丑其又彳歲于祖乙白，王在‖卜。」

二、用牲字例

在《集釋》中可以見到一組跟用牲有關的字，如下表2：

表2：《甲骨文字集釋》

甲骨字形	隸　定	字　頭　頁　碼
	沖△	3388
	淬△	3393
	沈小宰	《集釋》未收，字形見於《甲骨文字編》1564號

在討論《集釋》把「」、「」釋為「沖」、「淬」兩字前，必須要先討論《集釋》裡的「」、「」兩字，前字形隸定為「牢」，後字形隸定為「宰」。《集釋》「牢」字的釋形、釋義說：

按：《說文》：「牢，閑養牛馬圈也。从牛，冬省。取其四周帀也。」栔文作，小牢作，如諸家言其義則為用牲之名，其形則如許說，蓋許說字之本義。卜辭牲名之義乃由本義所引申，所謂从冬省者，實象牢形，即許言：「取其四周帀」者是也。冬省說非，卜辭言牢若宰必兼他牲言之。《殷虛文字》第一頁一版：「羊一小宰俎」羊與小宰並

言，足證窜非特羊（注一）《周禮・大行人》：「禮九牢」注：「三牲備為一牢」《呂覽・仲夏》：「以太牢祀於高禖」注：「三牲具曰太牢」《儀禮・少牢・饋食禮》鄭《目錄》云：「羊豕曰少牢」賈疏：「云羊豕曰少牢者，對三牲具大牢若然，豕亦有牢稱，故《詩・公劉》云：「執豕於牢」下經云：「上利升牢心舌」注云：「牢，羊豕也」是豕亦稱牢也。但非一牲即得牢稱，一牲即不得牢名，故〈郊特牲〉與〈士特牲〉皆不言牢也。」據此則牢為牛羊豕三牲具也（注二）。金文牢作𤘈（貉子卣）𤘈（爵文）𤘈（古鉥「旅牢」）前二者與栔文同，鉥文則同於今隸矣，牢之本義為豢養之圈，不限牛馬，《詩・公劉》：「執豕於牢」《漢書・東夷傳》：「王令置於豕牢」〈楚策〉：「亡羊而補牢」可証卜辭牢、窜於用牲之義有別，至窜之音讀則不可知，今從牝牡之例，於此僅收從牛作者，至從羊之窜，則入羊部之末。前一、二一、四、字作𤘈，前一、二二、三、字作𤘈，當係誤刻，非牢字有此異體也。

（注一）《簠徵・典禮》八〇：「犁其□牢其一牛」上卜牛色，下卜牢乎，抑一牛也。亦牛牢對舉，足証牢非特牛也。

（注二）《國語・越語》：「天子舉以大牢」韋注：「大牢，牛羊豕也。」亦與鄭說同。」
〔註82〕

而《集釋》「窜」字的釋形、釋義說：

按：從宀從羊，《說文》所無，諸家謂即後世之庠。以文字衍變之情形言自有可能，然卜辭用「窜」之義為小牢，與庠義無關，不能逕釋為庠也。〔註83〕

以上的釋「牢」（𤘈）、「窜」（𤘈）的說法皆被姚孝遂所駁斥，其言李孝定根據「羊與小窜並言，足證窜非特羊」、「牛、牢對舉，足證牢非特牛」所主張的「牢為牛羊豕三牲具」、「三牲具為大牢」、「羊豕曰少牢」等說法，回頭徵驗甲骨刻辭，皆有所不合，並且從卜辭《前》一、二四、三：「貞：來于土三

〔註82〕李孝定：《甲骨文字集釋》，頁315～316。
〔註83〕李孝定：《甲骨文字集釋》，頁1348。

小宰，卯二牛，沈十牛。」提出「在同一段卜辭中，既稱『三小宰』，為什麼不稱『卯牢』、『沈五牢』，而要稱『卯二牛』、『沈十牛』？」〔註84〕以及《屯南》943 片：「其奉禾于河，叀三來，沈牛二？河來三牢，沈牛二？」〔註85〕提出「為什麼既稱『宰』和『牢』對稱之例，而不稱『沈牛』，卻稱『沈牛二』？」〔註86〕等例子為證，駁斥「牲二為牢」的說法，同樣的，牛、羊、豕三牲具為「太牢」，羊、豕為「少牢」，這種說法也是不符合殷商的實際情況的，比如姚孝遂所引卜辭中可見：

《乙》七二六一片〔註87〕：「庚子卜，豕羊匕乙？」

《乙》四五二一片〔註88〕：「癸未卜，卸余于且庚羊豕及？」

《人》三〇二四片〔註89〕：「虫匕己二羊二豕不？」

《粹》三九六片〔註90〕：「姦生于……庚匕丙……羌犹？」

《乙》二八五四片〔註91〕：「辛未卜，卯于且乙牡犹？」

《京津》五九五片〔註92〕：「來于河一羊一豕？」

《佚》一五四片〔註93〕：「甲午卜貞，翌乙未虫于且乙羌十虫五，卯宰一虫一牛？甲午卜貞，翌乙未虫于且乙羌十虫五，卯宰虫一牛？五月。」

等等諸多辭例，都可見稱之「羊豕」而不稱「牢」或「小宰」，更由「宰」非

〔註84〕姚孝遂：〈牢宰考變〉，原載於《古文字研究》第 9 輯（北京：中華書局，1984 年），後收於《姚孝遂古文字論集》（北京：中華書局，2010 年），今引文據《姚孝遂古文字論集》，頁 216～217。

〔註85〕此辭中的「來」，應當從《總集》，校釋為「叀」。

〔註86〕姚孝遂：〈牢宰考變〉，《姚孝遂古文字論集》，頁 217。

〔註87〕即《合集》22068 片。

〔註88〕即《合集》22047 片。

〔註89〕即《合集》20085 片。

〔註90〕即《合集》34081 片。

〔註91〕即《合集》22101 片。

〔註92〕即《合集》未收。

〔註93〕即《合集》324 片。

「羊豕」此可推斷，「牢」非「牛羊豕」，因此《佚》154 片中不稱「牛羊豕」，也不稱「牢」，而分言「宰」、「牛」，另早在《小屯南地甲骨考釋》中便已從卜辭與《詩經》、《周禮》、《春秋》等古籍中觀察到：「卜辭『牢』、『宰』區分甚嚴，从不相混。『牢』為專門飼養之牛，『宰』為專門飼養之羊，均是為了供祭祀之用。」〔註94〕又說「卜辭祀典用牢、宰，遠較用牛羊隆重。」〔註95〕，並且說「『牢』、『宰』皆有大小之別。『牢』之大者曰『大牢』，牢之小者曰『小牢』，『宰』亦如之。論者多以為『大宰』、『小牢』為字之誤，其說非是。」〔註96〕由此可之「牢」（🐏）、「宰」（🐏）二字當非李孝定所謂的「牢為牛羊豕三牲具」、「三牲具為大牢」、「羊豕曰少牢」等說法，而當釋為「牢」（🐏）：「專門飼養供為祭祀之牛」；「宰」（🐏）：「專門飼養供為祭祀之羊」。

　　回過來看「🐂」、「🐂」兩字。甲骨文字水旁有多種寫法，有一條水形、兩條水形、三點水形、四點水形等等，比如「滴」字可寫作：「🐂」、「🐂」、「🐂」；「硪」〔註97〕字可寫作「🐂」、「🐂」、「🐂」等等，〔註98〕因此《集釋》把「🐂」、「🐂」、「🐂」以及水中牛字倒寫的「🐂」字當作同一組異體字是沒有問題的，而這組字李孝定釋為「泮」，其認為：

> 卜辭用此為祭時用牲之法。羅氏說其意固不誤，然逕定為沈字則非，今沈沒字小篆作「湛」，已為形聲字，「沈」則許訓「陵上滈水也。」然則此字即以意定之，亦當作湛，不做沈也。唐氏釋泮，謂牛之即半，猶豕即豭，其證據殊嫌薄弱，今就其字形隸定如此。〔註99〕

〔註94〕姚孝遂、肖丁：《小屯南地甲骨考釋》（北京：中華書局，1985 年），頁 87。

〔註95〕姚孝遂、肖丁：《小屯南地甲骨考釋》，頁 88。

〔註96〕姚孝遂、肖丁：《小屯南地甲骨考釋》，頁 87～88。

〔註97〕此字形嚴式隸定當為「灄」，其未必與《說文》「硪」字或體「瀘」有關聯。參見白明玉：《李孝定《甲骨文字集釋》研究》，頁 125。

〔註98〕徐富昌認為：「甲骨文中『水』的形體，不論是作為獨立的形素字，或是作參與構字的構件，往往隨字而異，形體多樣。『氵』、『〢』、『〢』、『氵』、『〢』、『〢』、『〢』等形，或用於本字，或用於偏旁，皆與作『氵』之形無異。」參見徐富昌：〈從甲骨文看漢字構形方式之演化〉，《臺大文史哲學報》第六十四期（臺北：臺灣大學文學院，2006 年 5 月），頁 25。

〔註99〕李孝定：《甲骨文字集釋》，頁 3390～3391。

《集釋》由《說文》上推甲骨字形，有時或可作為文字衍變之證，然文字演變或受到各種因素如：同形異構、後起字、筆劃訛誤⋯⋯等等而改變，如此字並非至小篆時才改變其字形、字義，在金文〔註100〕中「沈」字（沖）從水尢聲，且作為國名，另有「沒」字（沒），從水從冒省，而簡帛中的「沈」字作「沈」〔註101〕，亦為從水尢聲的形聲字，更不用說小篆時「沈」字的構形與字義與甲骨文字並不相同。此字出現的卜辭文例有：

《合集》16193 片：「⋯⋯沈三〔宰〕，卯三〔牛〕。」

《合集》780 片（3）：「貞：袞于土三小宰，卯一牛，沈十牛。」

《合集》16187 片：「貞：沈十牛。」

《合集》32161 片（2）：「丁巳卜，其袞于河牢，沈卻。」

《合集》33283 片（2）：「辛卯，貞：其燎禾于河，袞二牢，沈牛三。」

《合集》33283 片（3）：「河袞三牢，沈牛三。」

《合集》14380 片（2）：「己亥卜，宕，貞：王至壬彔袞于河三小宰，沈三牛。」

《合集》5505 片（1）：「貞：勿沈。五月。」

《合集》5548 片：「貞：史人于□沈三□曾⋯⋯南⋯⋯」

《合集》皆將此字釋為「沈」，在辭例上都是能讀通的，且此字用於河祭也是毫無疑問的。另外下表3有兩個可能跟「沈某物」有關的字，《集釋》並未收錄。

表3：《甲骨文字編》

甲骨字形	隸定	字　頭　號　碼
沈羊（字形）	沈羊	《集釋》未收，字形見於《甲骨文字編》1563 號
沈玉（字形）	沈玉	《集釋》未收，字形見於《甲骨文字編》1565 號

第一個字形「沈羊」，其在《甲骨文編》中已見，並隸定為「洋」字，然《集釋》

〔註100〕以下兩字形見容庚編著：《金文編》（北京：中華書局，1985 年）

〔註101〕字形見陳松長編著：《馬王堆簡帛文字編》（北京：文物出版社，2001 年）頁 438。

「洋」字收「✲」、「✲」、「✲」、「✲」、「✲」、「✲」等諸形，卻獨不收「✲」，《集釋》的理由是：

> 卜辭洋無用為用牲之法者，其非沈字可知（✲亦不當釋沈，說見下）
> 固不僅洋、沈二文字形懸遠也，又前於沮字條下謂，卜辭以沮為且，
> 殆作字偶誤，今以洋為羊者，不一見，似不能以偶誤解之，然則于正
> 字增之水旁而義無差別，蓋當時有此俗習歟。〔註102〕

由此可見《集釋》已把「✲」字排除在這組字外，並且仍認為「✲」不當釋為「沈」字，也不同意孫海波而言：「此象沈羊于水之形，應與沈為一字，非篆文之洋。」〔註103〕的說法，因為前面那幾個從水從羊、從水從二羊的字，在卜辭中或為人名、地名，〔註104〕不過出現此字形的辭例《佚》521 片：「△三宰。」同片的《合集》16186 片就直接將此字釋為「沈」，但由於《集釋》未收此字，亦無此條辭例，故無法得知李孝定的想法為何，或以為此字不釋「沈」，但釋作「洋」於卜辭文例又無法通讀，故未收。至於「✲」字則見於《屯南》2232 片，於《集釋》編纂時是沒有見到的，其卜辭辭例作：「其……✲」（見圖 21）。前一字字形與前所見的「✲」構形相同，且辭例都為「△三宰」，此二字都作為「沈」義應當是沒有問題，但後一字構形雖與「✲」、「✲」相同，但此甲骨卜辭不完的情況下，我們無法確切知道此字的用法與字義，姑且暫將「✲」字依嚴式隸定為「汪」。

〔註102〕李孝定：《甲骨文字集釋》，頁 3300。

〔註103〕中國科學院考古研究所編：《甲骨文編》頁 434。

〔註104〕參見饒宗頤：〈殷代西北西南地理研究的定點〉，原載於《第三屆國際中國古文字學研討會論文集》（香港：香港中文大學中國文化研究所中國語言及文學系，1997年）後收於宋鎮豪、段志洪主編：《甲骨文獻集成》（四川：四川大學，2001年），頁 340～346。

圖 21：《屯》2232 片

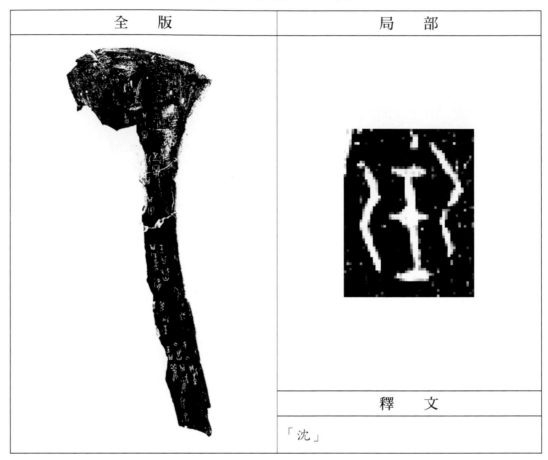

全　版	局　部
	釋　文
	「沈」

不過我們也見到另一個同樣從兩條水，中間為犧牲的字形「」。此字在《集釋》中釋為「潳」，其釋形、釋義為：

> 從水從窂，《說文》所無。辭云：「袞于☐窂潳二牛」與沚同意，或竟是一字。〔註105〕

事實上李孝定所引的這條卜辭並不完整，《乙編》3035 片後來經過學者研究，認為可與《乙編》的 3045 片綴合，《合集》編號為 14558 正片（見圖 22），辭作：

> 《合集》14558 正：「貞：袞于河☐窂，沈小窂卯二牛。」

這條辭例中的「沈」字的這個字形，李宗焜與李旼姈都摹作「」，並都認為是「沈小窂」合文，〔註106〕但根據甲骨原片，《集釋》摹作「」是正確

〔註105〕李孝定：《甲骨文字集釋》，頁 3393。
〔註106〕參見李宗焜：《甲骨文字編》（北京：中華書局，2012 年），1564 號字、李旼姈：《甲

的。前文已明水形各種形體寫法，而甲骨文中「小」字作三點「川」、「川」等形，甲骨文中作四點的「川」、「∵」為「少」字，此兩形體皆與「⿰」字中的四點形體位置有所不同，因此「⿰」字中除了「⿱」形外，其餘部份皆為水形，故此字形中央的部件應為「宰」，而非「小宰」，「小宰」合文寫作「⿱」，見於《合集》779 片（見圖 23）。而《合集》14558 正這條卜辭雖然是由兩片甲骨綴合而成，接合的裂縫處雖有若干空隙，但從字體大小與書寫位置來看，「貞」與「寮」、「河」敗與「宰」之間的間隔應不足以再刻寫它字，且如果斷裂的空隙要大到能再刻寫它字的情況下，刻寫的方向應當帶有斜度，而非如我們所見字體、行款都是直的，因此這條卜辭釋文筆者以為應當稍作修正為：「貞：寮于河宰，沈宰，卯二牛。」其中關鍵在於「沈宰」一辭。「⿰」前一字為「宰」，從卜辭來看，犧牲「宰」是跟著前面的，「寮于河」來讀的，而「⿰」字如要跟著後面的「卯二牛」讀作「沈卯二牛」從字形、字義以及卜辭通讀來看是比較勉強的，前已說明此字構形當由「⿱」以及「⿰」，此字義當作「將宰投入水中」，有「沈沒」之義，故此字當釋為「沈」，專指「沈宰」之義。同樣的，「⿰」、「⿰」、「⿰」、「⿰」這組字有沒有可能作為合文，讀作「沈牛」，從前面所引的卜辭來看，此字如果讀為「沈牛」，辭例「沈十牛」、讀作「沈牛十牛」彷若是可以讀通的，但我們也見到無法通讀為合文的例子，比如：「沈牛三」無法讀為「沈牛牛三」。事實上從孫海波的《甲骨文編》收「⿰」為「沈」字，到徐中舒的《甲骨文字典》都認為此字為「沈」，作祭名，為沈牛羊之祭〔註107〕，不過徐中舒把從羊、從宰的字都當作是「沈」字的異體字。皆不當作合文。而對於這個字義的引申，姚孝遂提出：「甲骨文的『沈』字形體，象投牛或羊入水，引申之，凡一旦投入水中的用牲方法，均謂之『沈』，並不限于牛、羊。」〔註108〕並引卜辭《後上》二三、四：「其寮于河牢，沈卻。」〔註109〕這是卜辭沈祭用人牲的唯一例子。

　　骨文例研究》，頁 476。

〔註107〕徐中舒：《甲骨文字典》（成都：四川辭書出版社，1989 年），頁 1203。

〔註108〕姚孝遂：〈商代的俘虜〉，《姚孝遂古文字論集》，頁 175。

〔註109〕即前所引的《合集》32161 片（2）辭。

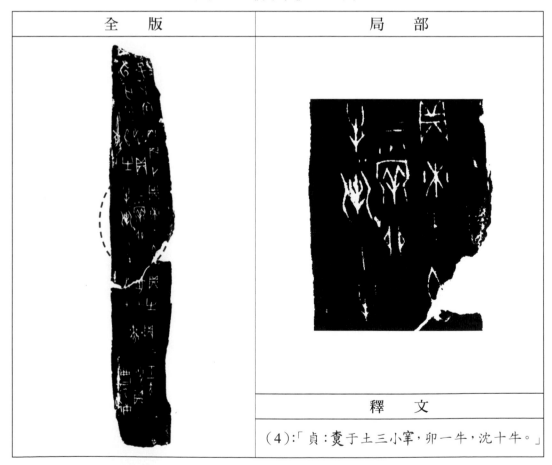

圖22：《合集》14558 片、《乙》3045 片+3035 片

《合集》14558 片	《乙》3045 片+3035 片
	《乙》3045 片 《乙》3035 片
釋　　文	釋　　文
「貞：袞于河□宰，沈小宰卯二牛。」	「貞：袞于河□宰，沈小宰卯二牛。」

圖23：《合集》779 片

全　版	局　　部
	釋　　文
	（4）：「貞：袞于土三小宰，卯一牛，沈十牛。」

　　因此我們推測，「(圖)」嚴式隸定為「洋」，其字義即「沈」且專指「沈牛」
的祭祀語；「(圖)」嚴式隸定為「洋」，其字義即「沈」且專指「沈羊」的祭祀

語，但這兩字可能因為字義的引申，後來不單專指「沈牛」以及「沈羊」，並且從字形出現的頻率來看，「⿰」字在甲骨卜辭中出現 46 次，而「⿰」字僅僅只有 1 次，[註110] 這種關係如同「牢」、「宰」一樣，「宰」字廢而專用「牢」，「⿰」字廢而專用「⿰」。而李孝定受到《說文》的影響，堅持「沈」字為許慎說的「陵上滈水」，而「湛」字才是「沈沒」義。「⿰」嚴式隸定為「滓」，為專指「沈宰」的祭祀語，惜未見甲骨文專指「沈牢」的祭祀語，如有其字形可能作「⿰」。

但最後還是要提出一點說明，從合文的定義來看，如「⿰」字讀為「沈宰」，中間的「⿱」為「宰」是沒有問題的，但包圍「宰」字的「⿰」當是水字，故如要讀成「沈宰」，那麼「⿰」、「⿰」、「⿰」等形就當是「沈」字，這與我們所觀察到作為水字有所不同。這正如「⿱」、「⿱」兩字，牛、羊外的字形是表示圈養的範圍，中間則是圈養的牲口，是一種獨體會意的構字方式，我們並不將此字讀為「牢牛」、「牢羊」合文，而是釋作「牢」、「宰」字，其釋義就是「專門飼養供為祭祀的某種牲口」，因此「⿰」、「⿰」這類的字，也不當讀為合文，當釋為「沈」字，表示「沈某」的詞義即可。另一方面，並非「⿰」、「⿰」、「⿰」加上一個「物品」即可釋為「沈某物」，比如「滋」（⿰）不作「沈絲」，「澀」不作「沈亞」，「泪」不作「沈目」，因此「⿰」字可能未必如李宗焜所釋為「沈玉」合文。

三、地名合文

在《集釋》中可以見到一組跟地名相關的字，見下表 4：

表 4：《甲骨文字集釋》

甲　骨　字　形	隸　定	字頭頁碼
⿱	京	1839
⿰⿱⿰⿱	亯	1847
⿱⿰	亰△	1841

[註110] 字頻數依李宗焜：《甲骨文字編》所收錄字數而計。

[甲骨字形]	蘘△	3803

上表所選出的地名字，都與「京」、「亯」這兩個字有關係，雖然這兩個字無論是甲骨字形還是隸定的字形，其上半部都相同，構形也有些接近，但這兩個字在地名中的含意卻是不同的。根據陳夢家的研究，卜辭中的地名可以分作「方國名」、「宗廟或居室名」、「山水之神名」等三大類，並且以單音作為基礎，在單名之前往往會加方位字，如：「中商」、「東洹」等，而在單名之後也常加區域字，如：「義京」、「洹泉」等，而在地名後加區域字又可分作四類，其中與本節所要討論的字組有關的是「宗廟或居室名」這類地名，以及「高地形」這類的區域字。〔註 111〕

先從《集釋》釋「京」字來看：

按：《說文》：「京，人所為絕高丘也。从高省，丨象高形。」古文、篆文京、高字均略同，當亦與高同意，象臺觀高之形也，《釋詁》：「京，大也。」段氏云：「凡物高者必大」是也。字在卜辭為地名。金文作𩠽（克鐘）𩠽（靜卣）𩠽（靜簋）𩠽（師酉簋）𩠽（史懋壺）𩠽（井鼎）𩠽（芮公鼎）〔註 112〕𩠽（矢簋）𩠽（辛巳簋）𩠽（適簋）𩠽（傳卣）𩠽（臣辰盉）𩠽（㝬羌鐘）𩠽（亘尊）與契文小篆並同。篆下从ⅿ乃ⅿ之譌，蜀本《說文》作巾聲者，非也。〔註 113〕

《說文》認為京字從高省形，不過《集釋》也特意說明了「高」、「京」二字在字形、字義上都是很接近的，也難探究哪個字在前，哪個字在後，僅就卜辭義來看，「京」在卜辭作為地名是無疑的，而季旭昇則指出《說文》說「人所為絕高丘」是引申義，說「京」是平地最常見的高建築，上象屋頂，中為屋柱，下象柱礎，而甲骨文「高」字從京，下方的口形為分化符號，並從周代音推測，「京」為陽部開口三等，擬音作*kiang；「高」為宵部開口一等，擬音作*kaw，兩字聲母、主要元音都相同，認為在商代「京」、「高」二字的讀音應該可以相通。〔註 114〕姚孝遂也指出甲骨文字中：「『高』字或不從『口』，

〔註 111〕參見陳夢家：《殷墟卜辭綜述》，頁 253～255。

〔註 112〕容庚編著：《金文編》為《芮公鬲》當是《集釋》轉抄訛誤。

〔註 113〕李孝定：《甲骨文字集釋》，頁 1839～1840。

〔註 114〕參見季旭昇：《說文新證》（福建：福建人民出版社，2010 年），頁 459、464～465。

與『京』字時混。『高』與『京』字同源。」〔註115〕儘管「京」、「高」二字在甲骨文中關係密切，但依然是形義有別的兩字，下文討論仍以字形為分別的依歸。

而《集釋》釋「亯」則說：

按：《說文》：「亯，獻也。从高省。曰象進孰物形。」《孝經》曰：「祭則鬼亯之，𠅧篆文亯」饗燕之饗當作饗，此作𠅧，與金文同。吳清卿以為象宗廟之形，是也。宗廟為亯獻鬼神之所，故後世亯饗多混用不別。段氏《說文》注亯下言：經籍用亯、用饗之例頗詳，《周礼》祭亯用亯字，饗燕用饗字，是也。饗古作𩞉，从�象孰物形，亯則象宗廟，為祭亯之所，故祭亯字用之。許謂曰：象孰物形者，非也，其說蓋涉饗字而誤。字在卜辭或為祭亯之義。辭云〔註116〕：「辛丑弗亯」（前、一、一三、一、）「我𡇢伐亯丁𠙴」（藏、一二五、三、）「癸卯，貞酌大𠀠于□亯伐𠃑」（後、上、廿一、六、）是也。或為地名：「壬寅卜，貞王田亯京往來亡𡿧」（前、二、三八、四）「乙卯卜，殼貞，今日王勿往于亯」（後、上、十二、九）是也。金文作𠅧（𠅧文）𠅧（父乙殘簋）𠅧（盂鼎）𠅧（仲師父鼎）𠅧𠅧（杞伯簋）𠅧（周憙鼎）𠅧𠅧（豐分尸簋）〔註117〕𠅧（齊鎛）𠅧（虞司寇壺）𠅧（王孫鐘）𠅧（魯㑔簋）𠅧（邦伯祀鼎）𠅧（都公鎛）𠅧（番仲艾匜）𠅧（白者君盤）𠅧（邵鐘）𠅧𠅧（虢季氏簋）𠅧（鄦㑔簋）𠅧（楚嬴匜）𠅧（菜伯簋）自餘尚多見，除後二器从田為形譌外，形體略同，其義大抵為祭亯字。〔註118〕

亯字從卜辭來看是作為祭祀之義，不過其本義當如李孝定、季旭昇所認為的「祭祀的場所」，而從這個「亯祭之所」再引申為動詞，作為「祭享」，後來才跟「饗燕」之字混淆，並且此字可從西周早期《𦱣且日庚乃孫簋》：「且日庚乃孫乍寶簋，用世亯孝，其子子孫孫永寶用」、西周中晚期銅器常見：「子子孫孫

〔註115〕于省吾主編、姚孝遂按語編撰：《甲骨文字詁林》（北京：中華書局，1996 年），頁 1963。

〔註116〕印刷漏一「云」字。

〔註117〕容庚編著：《金文編》為《豐分簋》，《集釋》多一「尸」字。

〔註118〕李孝定：《甲骨文字集釋》，頁 1848～1849。

永寶用亯」以及《詩・小雅・楚茨》:「以為酒食,以亯以祀」都可證「亯」字即「享」。〔註119〕從字形來看,亯字與京字上半部構形相同,且都隸定為「古」,即高屋之形,下方的方形、圓形,黃錫全說:「殷人建房,先挖出房基,然後取土質較硬或黏性強的泥土填築夯實,然後再在填實的基上挖出牆基。」〔註120〕認為下半部這個框形是臺基,更進一步說,當是象宗廟臺形,而亯字字形下半部或有加短橫或不加短橫,這種現象在古文中時常可見,類似口形的方塊形、圓形後來可能因方便書寫、減省等各種因素而譌變成口形,又可能因為抄寫訛誤在口形中多了一橫或一點,而成「曰」形,劉釗對這種在甲骨文中有部份字形加橫畫的現象,認為是屬於「飾筆」的一種,比如下文會談到的臺字,在甲骨文中就有「舎」、「臱」兩種寫法,有不加橫畫的,也有在亯羊之間加一短橫畫的兩種字形。〔註121〕不過從亯字作為祭祀的建築場所來看,其下半部象臺形,臺中之橫畫或可是為臺階的寫意筆畫,更顯崇高之意。另一個跟古文字隸定有關問題在《集釋》中常見不統一的現象,於此也順帶一併提出。

在《集釋》中有部份的古文字隸定是不統一的,單就《集釋》中所收的甲骨字形與「高臺形」有關的字來看,會發現許多隸定不一的問題,比如《集釋》隸定的「亯」字,甲骨文作「舍」、「舍」、「高」、「仐」等幾種寫法,出現較多、較常見的是下半部沒有橫畫的字形,但《集釋》不採較常見的字形做嚴式隸定為「宮」,而是隸定為《說文》可見的「亯」字,如已將此字形定為「亯」,但從這個部件的字形卻並未全都隸定為「亯」,只要《說文》所無的字形,《集釋》皆採嚴式隸定,也就是不做「亯」而作「宮」,比如「舍」字作「臺」不作「臺」、「舍」字作「高」不作「高」、「臺」字作「替」不做「替」等等,甚至在「臺」字按語裡也出現與前面的隸定矛盾,《集釋》言:「與臺同意。」〔註122〕按語中作「臺」,但此字在前面已經隸定為「臺」此時又寫成「臺」,多半是筆誤而造成隸定不統一的現象。而甲骨文中的「舍」、「舍」、「舍」這些字形,當似兩個亯字上下顛倒所合之文,而《集釋》從《說文》「亯」、「墉」

〔註119〕參見李孝定:《讀說文記》,頁147、季旭昇:《說文新證》,頁466。

〔註120〕黃錫全:〈甲骨文字叢釋〉,《古文字論叢》(台北:藝文印書館,1999年),頁42。

〔註121〕參見劉釗:《古文字構形學》(福建:福建人民出版社,2006年),頁23~28。

〔註122〕李孝定:《甲骨文字集釋》,頁1857。

二字古文全同以及卜辭字義，將此字隸定為《說文》可見的「高」字。另外，甲骨文字從亯從羊的「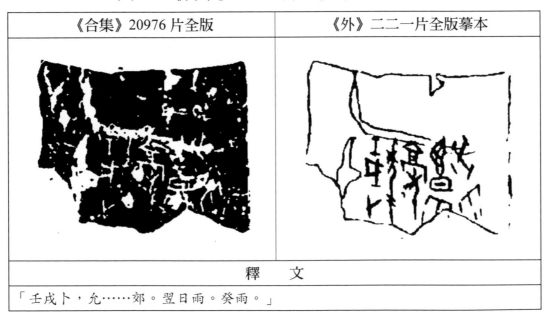」，如果單純從甲骨字形來看，嚴式隸定為上亯下羊的「亭」字也是沒有問題的，不過李孝定按語說王國維將此字讀為釋為敦的說法極為正確，但隸定時不作「敦」，也不依字形嚴式隸定為「亭」而是仍將此字隸定為《說文》可見的「臺」。而甲骨字形「薰」《集釋》謂「從京從禾」隸定作「槀」，在字形上可能就有疑慮。此字出現的《外》二二一片其拓本就不甚清楚，儘管同片再印的《合集》20976 片較清晰一些，但「薰」字形下半部還是不能肯定是否從禾，而李孝定收此字形下半部隸定為禾，大概是根據《外編》的摹本而定的，（見圖 24）同樣的，在《合集》8071 片出現的這個字形「薈」，（見圖 25）李孝定摹作「薈」，此字上半部與「薰」字同，但《集釋》卻說是「從宮從隹」隸定作「薈」，但隸定後不見「口」形，若說隸定後下半的「口」字為「宮」下半部的「口」形，則《集釋》說：「象苑囿之形」便與「宮」字所象宗廟或柱墩之形不合，且此字口中字形不清，是否為「隹」，亦難確認，當依《合集》所釋為「薈」形待考為是，雖然這兩字的主要問題在於拓本不清以及卜辭不完，但從「槀」（「薰」）、「薈」（薈）兩字的古文字隸定來比較，也能看出《集釋》在隸定方面不統一的問題。

圖24：《合集》20976 片、《外》二二一片

《合集》20976 片全版	《外》二二一片全版摹本
釋　　文	
「壬戌卜，允……郊。翌日雨。癸雨。」	

圖 25：《合集》8071 片

全　　版	釋　　文
	「。」

　　由上可見，《集釋》從字頭分卷、排序採《說文》分類法，到內文的考釋，顯然都是有意的想從小篆上溯金文、甲骨，把文字形義變化找出一條可以連貫的脈絡，只是這種以《說文》為底本的考釋方法，有時也難免受到《說文》的釋形、釋義與其重文、古文的影響而有缺乏直接證據而隸定、釋字的危險性。〔註123〕

（一）稾

　　李旼姈在《甲骨文例研究》地名合文的部份肯定的說：「作合文的地名皆以『單名＋區域字』的型態出現。」〔註124〕換言之在本節鎖定的材料中，即是「某地（單名）＋京」的形式，以下先依這種文例形式來討論《集釋》中把「合文」釋為「單字」的地名。

　　在《集釋》中將「」這個字形隸定為「稾」，其說字形、字義為：

> 按：字從京從亯，象重屋之形。陳說是也。與京高同意，然非即京字
> 也。王國維兩說不同，當從史籀疏證說，葉謂非京字，孫氏收作《說
> 文》無字，均是。字在卜辭為地名。金文亦屢見，作（師兌簋）
> （師艅簋）（克鼎）（散盤）（子鼎）〔註125〕

這個字形上為亯，下為京是沒有問題的，字義方面在卜辭的用法裡是個地名也是沒有疑問的，不過楊向奎提出另一種看法認為：「京為高丘，在高丘上築樓為

〔註123〕參見白明玉：《李孝定《甲骨文字集釋》研究》，頁124～125。

〔註124〕李旼姈：《甲骨文例研究》，頁455。

〔註125〕李孝定：《甲骨文字集釋》，頁1843。

稾、即亭……京為高丘，亯為高樓，在高丘上建高樓，正為亭字。」〔註126〕並由銅器上找到古音的證據，將此字釋為「亭」，但我們從卜辭來看：

《合集》3138 片：「□子子稾俅〔畜〕……」

《合集》3139 片（1）：「子稾俅畜牡三，牛□。」

《合集》3140 片：「……〔子〕稾俅畜牡〔三〕……」

《合集》3141 片：「……〔子〕稾俅畜……」

《合集》3142 片：「……〔子〕稾俅……」

《合集》8085 片（3）：「乙酉卜，貞：于稾秊。」

《合集》8086 片：「……稾。」

《合集》8087 片：「稾。」

《合集》15855 片：「貞：子稾出。」

《合集》32051 片：「己亥，貞：庚子酒盅于稾，羓三十，十牢。」

《合集》32692 片（2）：「于稾夒。」

《合集》32776 片（2）：「己未卜，其又于子稾。」

《合集》32987 片：「丁卯卜，夒于京亯亞幽其步十牛。」

《合集》33139 片：「□丑，貞：乙卯□于稾。」

《合集》33140 片（1）：「……稾……允。」

《合集》36647 片（2）：「庚戌卜，貞：王迍于稾往來亡災。」

《合集》36647 片（3）：「辛亥卜，貞：王迍于稾往來亡災。」

《合集》37474 片（3）：「戊子卜，貞：王田稾往來亡災。」

《合集》37474 片（4）：「□卯卜，貞：〔王〕敗于稾〔往〕來亡災。」

《合集》37589 片（1）：「辛未卜，貞：王田稾往來亡災。」

《合集》37589 片（2）：「壬申卜，貞：王田稾往來亡災。」

〔註126〕參見楊向奎：〈釋「稾」〉，原載於《甲骨文與殷商史》第 3 輯（上海：上海古籍出版社，1991 年）後收於宋鎮豪、段志洪主編：《甲骨文獻集成》（四川：四川大學，2001 年），頁 498～499。引文據《甲骨文獻集成》。

《合集》37590 片（1）：「辛□〔卜〕，〔貞〕：王田𠂤往來亡災。」

《合集》37590 片（2）：「壬寅卜，貞：王曰〔註127〕𠂤往來亡災。」

《合集》37591 片（2）：「丁酉卜，貞：王田𠂤往來亡災。」

《合集》37591 片（3）：「□□卜，貞：王〔田〕□往來〔亡災〕。」

《合集》37592 片（2）：「辛巳卜，〔貞〕：王田𠂤〔往〕來亡災。」

《合集》37592 片（3）：「□□〔卜〕，貞：王〔田〕□往來〔亡災〕。」

《合集》37593 片（2）：「庚辰卜，貞：王〔田〕𠂤往來亡〔災〕。」

《合集》37593 片（3）：「□□〔卜〕，貞：王〔田于〕□〔往來〕亡災。」

《合集》37594 片（1）：「壬辰卜，〔貞：王田〕𠂤〔往來〕亡災。隻……」

《合集》37594 片（2）：「□□〔卜〕，貞：〔王田〕𠂤〔往來〕亡災。」

《合集》37596 片（2）：「□□卜，貞：〔王田〕𠂤〔往〕來亡災。」

《合集》37660 片（3）：「戊子卜，貞：王田𠂤往來亡災。」

《合集》37660 片（6）：「戊戌卜，貞：王田于𠂤往來亡災。」

《合集》37660 片（7）：「辛丑卜，貞：王田于𠂤往來亡災。」

《屯》3309 片：「……𠂤」

「𠂤」字出現的辭例多半是「田𠂤」、「田于𠂤」、「于𠂤」等，這即是島邦男提出以「在某」、「田于某」、「某受年」卜辭地名的判斷標準，〔註128〕而另一個常見的辭例是「子𠂤」，依照楊向奎釋為「亭」，作為亭台樓閣的「亭」義，那麼「子亭」一辭就不知其義為何，但如果作地名來看，那麼可以把「子𠂤」視作「子這個人的封地」，因此「𠂤」字釋為亭字，大概是不可信的。而《合集》32987 片辭例中的地名「京亯」，從刻寫順序來看應當從是「亯京」，即《合集》它辭同樣字形所釋的「𠂤」（見圖26），《合集》此處釋文可能為筆誤。

〔註127〕當為「田」而非「曰」。《合集》筆誤，《總集》已正為「田」。

〔註128〕參見〔日〕島邦男著，濮毛左、顧偉良譯：《殷墟卜辭研究》（上海：上海古籍出版社，2006 年），頁 661。

圖 26：《合集》32987 片

全　版	釋　文
	「丁卯卜，叀于槀亞弜其步十牛。」

　　在上面所引的卜辭中，我們發現《合集》37590 片第二辭作：「壬寅卜，貞：王田槀往來亡災。」，而《合集》37591 片第二辭作：「丁酉卜，貞：王田槀往來亡災。」，這種「貞王田槀往來亡災」的辭例非常常見，都是在貞卜王出外田獵時是否有災禍，兩條辭例除干支不同外，其貞卜形式皆完全相同，且《合集》將「貞王田△」的「△」字都隸定為「槀」，但如果會到甲骨原片來看，（見圖 27）可以見到《合集》37590 片的△字其實是寫作「亯」、「京」兩字，而《合集》37591 片△字是「亯京」兩字連在一起書寫，雖然字體還是較同片的其他單字要大，但如果比較字的行距、間隔，以及《合集》37590 片的刻寫行款，便能清楚的看出兩者的差異，一個字形是「亯京」，「亯」、「京」分書，一個字形是「亯京」，「亯京」合書寫作「槀」，也就是「享京」的地名合文。其他的分書例如：《合集》36560 片、36563 片、36647 片、37596 片等等，其中 36560 片、36563 片《合集》釋文為「亯京」，另外兩片則仍釋為「槀」。（見圖 28、圖 29）不過從《集釋》所收的字形來看，有幾個字形是可以討論的。

圖 27：《合集》37590 片、《合集》37591 片

《合集》37590 片全版	《合集》37591 片全版

釋　文	釋　文
（2）：「壬寅卜，貞：王田豪往來亡災。」	（2）：「丁酉卜，貞：王田豪往來亡災。」

圖 28：《合集》36560 片、36563 片

《合集》36560 片全版	《合集》36563 片全版

釋　文	釋　文
（2）：「□□卜，貞：王迍于盲京〔往〕來〔亡〕災。」	「〔庚辰卜〕，貞：王〔迍于〕盲〔京〕往〔來亡災〕。」

圖 29：《合集》36647 片、36563 片

《合集》36647 片全版	《合集》36647 片局部	《合集》37596 片全版
	①  ②  	
釋　文	釋　文	釋　文
（2）：「庚戌卜，貞：王迍于亯往來亡災。」 （3）：「辛亥卜，貞：王迍于亯往來亡災。」	①：「（庚戌）卜，貞：王（迍于）亯（往）來亡災。」 ②：「（辛亥）卜，貞：王（迍于）亯（往來）亡災。」 ※（ ）內之釋文，為圖中未擷取，但為卜辭通讀完整，故俱引全辭。	（2）：「□□卜，貞：〔王田〕亯〔往〕來亡災。」

　　（1）《前》二、三八、五片〔註 129〕此字《集釋》所收字形為：「🔣」，但從甲骨原片來看，（見圖 30）「亯」下一字殘，從其殘缺之筆劃來看，也當非「京」字，《合集》將此字釋為「亯」，也未必可信，而《集釋》這個字形的隸定，恐怕是直接從《甲骨文編》謄抄過來。

　　（2）《前》二、四二、四片〔註 130〕此字《集釋》所收字形為：「🔣」，李旼姈認為此片的「享京」一作分書，一作合文，〔註 131〕但從原片（見圖 31）的局部放大來看，（1）、（3）圖中的字形隸定作「亯」，為「享京」合文是沒有問題

〔註 129〕即《合集》37738 片。

〔註 130〕即《合集》37660 片。

〔註 131〕李旼姈：《甲骨文例研究》，頁 456。

的，而（2）圖的「亯」、「京」兩字雖然沒有完全相黏，但跟左右行的字體大小、間隔來看，（2）圖的這個字形應當也要釋為「稾」，為「享京」合文。

（3）《續》三、二三、四片〔註132〕此字《集釋》所收字形為：「稾」此片共出現兩次這個字形，其辭例為：

《合集》36561片（1）：「戊辰卜，貞：〔王迍于〕亯京往〔來亡災〕。」

《合集》36561片（3）：「□□卜，貞：王〔迍于〕亯京〔往來〕亡災」。」

從甲骨原片來看（見圖32），第3辭明顯為「亯」、「京」分書，第1辭雖上半字殘，但從辭例及殘留的字形來看，應為「亯」字，也可見此條「亯」、「京」為分書。

因此由上的討論，我們可以見到《集釋》在「稾」字下所收的字應當是「享京」合文，唯有《續》三、二三、四片的字形不當為「稾」，而當是「亯」、「京」兩字，應分別收於「亯」字條與「京」字條下。另根據鍾柏生的研究，其認為「稾」地的位置，應當在「召」地之南。（見圖33）〔註133〕

圖30：《合集》37738片

《合集》37738片全版	《合集》37738片局部

釋　　文	釋　　文
（1）：「戊申王〔卜〕，貞：田⬛往來無災。王固曰：吉。」 	「亯⬛」 

〔註132〕即《合集》36561片。

〔註133〕參見鍾柏生：《殷商卜辭地理論叢》，頁101～103。

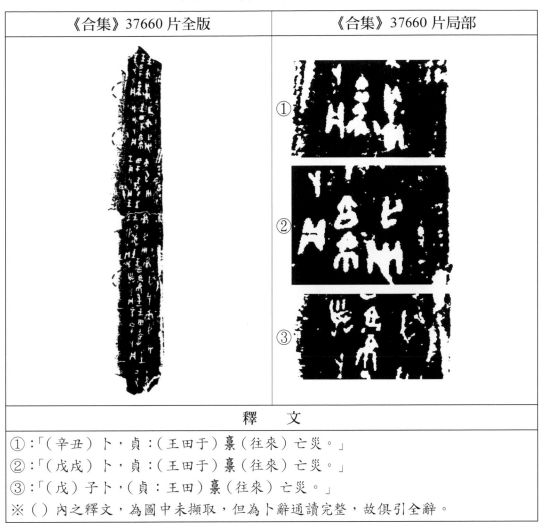

圖 31：《合集》37660 片

《合集》37660 片全版	《合集》37660 片局部
（圖）	① ② ③
釋　文	

①：「（辛丑）卜，貞：（王田于）橐（往來）亡災。」
②：「（戊戌）卜，貞：（王田于）橐（往來）亡災。」
③：「（戊）子卜，（貞：王田）橐（往來）亡災。」
※（）內之釋文，為圖中未擷取，但為卜辭通讀完整，故俱引全辭。

圖 32：《合集》36561 片

《合集》36561 片全版	《合集》36561 片局部
（圖）	① ②

釋　　文
①：「□□卜，貞：王〔迺于〕亯京〔往來〕亡災」。」
②：「戊辰卜，貞：〔王迺于〕亯京往〔來亡災〕。」

圖 33：亯與卜辭其他地名關係圖

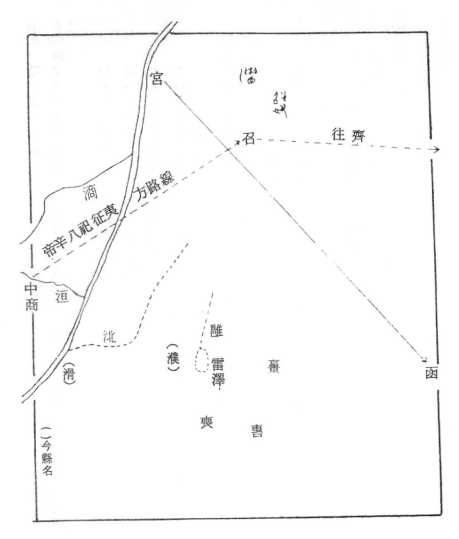

轉引自鍾柏生：《殷商卜辭地理論叢・圖一二》，頁 103。

（二）羛

在《集釋》中另一個也是以「某地（單名）＋京」形式出現的字形是「羛」，《集釋》將此字形隸定為「羛」，其說字形、字義為：

> 从我从羊从京，《說文》所無。或曰「義京」合文。辭云：「己未圍于義京羌三卯，十牛。」（《前》、六、二、三、）其說蓋是。〔註134〕

〔註134〕李孝定：《甲骨文字集釋》，頁 3803。

單從字形來看，上半部從我從羊，為義字，下半部從京，隸定作「羲」當是無誤，從卜辭來看：

《合集》386 片：「己未圉……羲羌□人，卯十牛。左。」

《合集》387 正：「丁卯圉于羲〔羌〕□人，卯十牛。〔左〕。」

《合集》388 片：「己未圉于羲羌三，卯十牛。中。」

《合集》389 片：「丁酉〔圉于〕羲羌三〔人〕，卯十牛。中。」

《合集》390 正片（2）：「癸卯圉于羲羌三壬，卯十牛。右。」

《合集》391 片：「□酉圉〔于〕羲羌三〔人〕，卯十牛。右。」

《合集》392 片：「癸巳圉〔于〕羲〔羌□人〕，卯牛。」

《合集》393 片：「癸〔巳圉于〕羲〔羌□人〕，卯〔十牛〕。」

《合集》394 片：「癸酉圉于羲羌三人，卯十牛。右。」

《合集》395 片：「丁未圉〔于〕羲，〔羌□人，卯□牛〕。」

《合集》398 片：「……羲〔羌〕……」

從甲骨原片來看，我們也能發現這個都隸定為「羲」的字，有兩個不同的寫法，一種寫作「⿱羊京」，是「義」、「京」分書，如《合集》389、392 片（見圖 34），另一種寫作「⿱羊京」，是「義」、「京」合書，如《合集》386、388、390、391、393、394、395、398 片等。而有幾片可能因為字體不清，或者字形恰好在斷裂處的甲骨，以下一併討論。

（1）《合集》387 正（見圖 35）：雖然本片此字殘，但從可見的字形來看（⿱）從羊從我當無疑慮，又此條卜辭文例與其他可以確認為「羲」字的《合集》386 片、《合集》388 片、《合集》389 片、《合集》390 正片等相同，此字當是地名「義京」，但不見字下半部，故不知是否為「義京」分書，還是寫作合文「羲」。

（2）《合集》392 片（見圖 36）：此片的「⿱」字《合集》釋為「羲」字，或可能依文例而釋，然此片斷裂處恰為可能作「圉」字的下半位置，以及可能為「羲」字的上半位置，而「于」字也是未見所補，加上拓片許多文字都不清晰，而「⿱」字中「我」部件的上半「⿱」之痕或可能為左羊角的筆劃，依筆

者所復原本字或當作「𦎫」。雖然「羲」本身從「義」從「京」，刻寫時會比其他字體要長一些是很正常的，但本片所見的「𦎫」字已經是本片其他字體大小的兩倍，儘管也有「義京」合書字體較大的例子，但只要是作為合文，其「義」字中「羊」字中間一豎，必定連接「京」字，甚至刻寫時會略有貫穿「京」字的屋形，比如《合集》395 片、386 片、388 片等（見圖 37、圖 38、圖 39），而《合集》394 片的「羲」字，雖然「義」字略有不清，但仍可以從刻痕中看到「羊」字貫穿「京」字屋形的痕跡，（見圖 40）然而在《合集》392 片的字形並不見「義」「京」兩字有所連接，兩字的距離也比其他片所見的「羲」字要不緊密，並從刻寫痕跡來看，筆者推測這個字可能不當作「羲」字合文，而為「義」、「京」兩字分書。

（3）《合集》393 片（見圖 41）：「癸」、「羲」、「卯」三字是本片為三清晰可確的字，至於《合集》所補他字大約也是依照他辭文例所補，而「羲」字下半部雖不完整，但可確定為「京」字，而這個字形作為「羲」字合文也是沒有問題的。

圖 34：《合集》389 片

全　　版	局　　部
	389
	釋　文
	「丁酉〔酉于〕羲羌三〔人〕，卯十牛。中。」

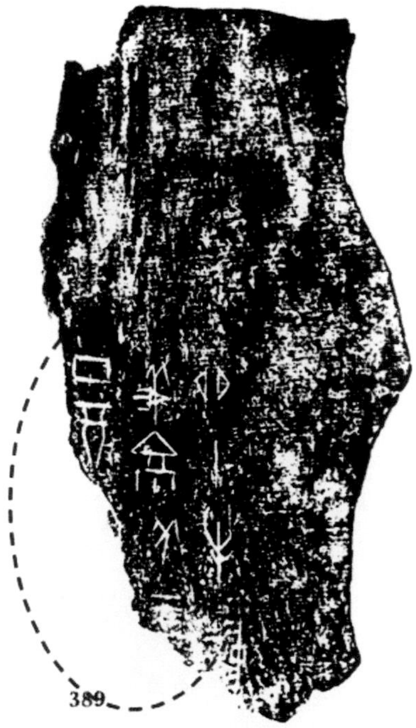

圖 35：《合集》387 正片

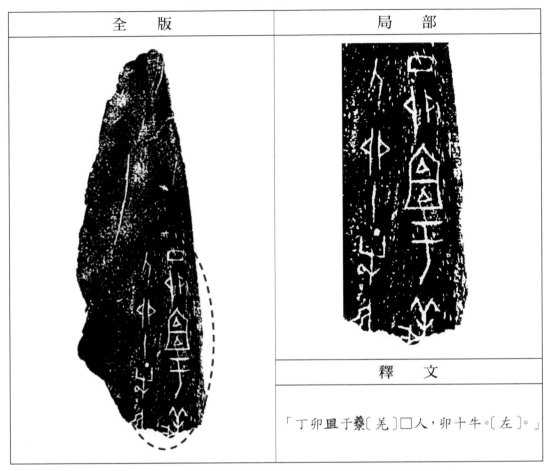

全　版	局　部
	釋　文
	「丁卯圖于𤐩〔羌〕□人，卯十牛。〔左〕。」

圖 36：《合集》392 片

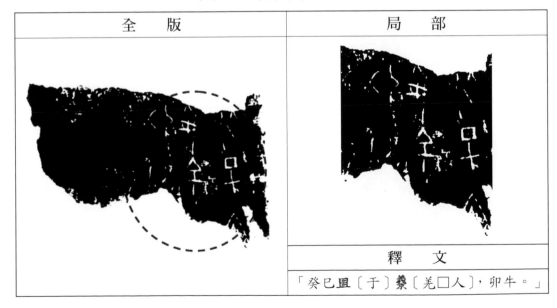

全　版	局　部
	釋　文
	「癸巳圖〔于〕𤐩〔羌□人〕，卯牛。」

圖 37：《合集》395 片

全　版	釋　文
 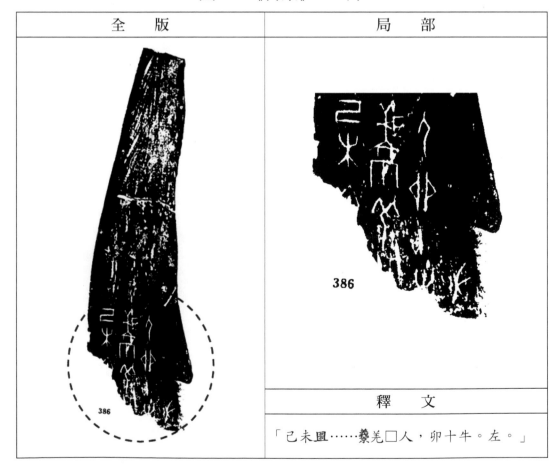	「丁未圓〔于〕鰲，〔羌□人，卯□牛〕。」

圖 38：《合集》386 片

全　版	局　部
	386
	釋　文
	「己未圓……鰲羌□人，卯十牛。左。」

圖 39：《合集》388 片

全　版	釋　文
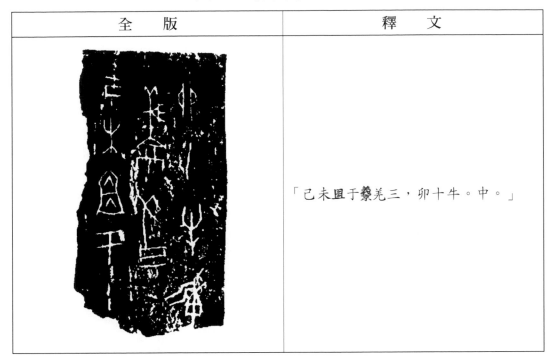	「己未圉于羍羌三，卯十牛。中。」

圖 40：《合集》394 片

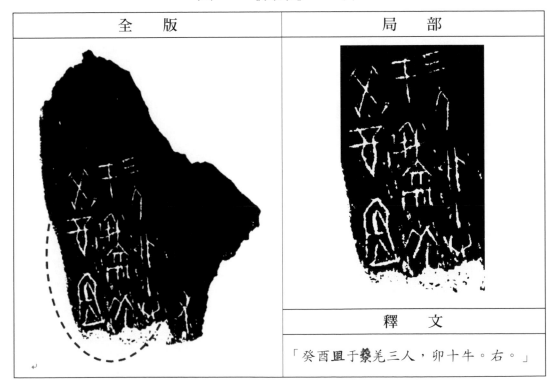

全　版	局　部

釋　文
「癸酉圉于羍羌三人，卯十牛。右。」

圖41：《合集》393 片

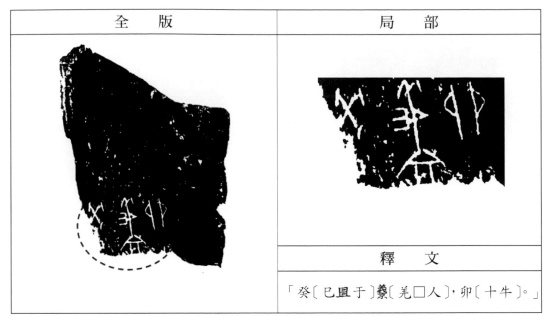

全　版	局　部
	釋　文
	「癸〔巳■于〕**羉**〔羌□人〕，卯〔十牛〕。」

　　關於這個作為地名的「**羉**」字相關問題，有學者做了相關考證，鍾柏生
將這類有寫作「**羉**」的刻辭，分類屬於「其他骨面刻辭的 a 項、義京刻辭」，
並說這類的刻辭是屬於第一期的刻辭，刻的位置是在骨版的下方，內容跟某
種祭祀有關，文例沒有太大的變化，而這類的刻辭大多有一個很特別的結尾
字：「左」、「中」或「右」，根據董作賓的看法：「俎于**羉**之辭，凡九見，記左、
右、中者凡八，知每次舉行俎祭，必先分三組，列於左右及中部，而每組均
有史臣記之。主要之記錄為『俎于**羉**，羌三人，卯十牛』，前為祭之日，分組
後必分別記入左、右或中。」〔註135〕饒宗頤也認為是「卜用牲之方位」〔註136〕，
這個說法後來在梅原末治《日本蒐儲支那古銅精華》中鑄銘有「**𠂤**」「中」「**𠃌**」
的《饕餮怪獸文方盉》得到有利的證據支持，而「**羉**」刻辭中的「左」、「中」、
「右」是否與「三自」、「**𠃌**宗」或「中宗」有關，今亦未知，〔註137〕而「**羉**」
的確切位置於何處，陳夢家及饒宗頤都認為「**羉**」在今日的河南虞城縣西南，

〔註135〕董作賓：〈漢城大學所藏大胛骨刻辭考釋〉原載於《中央研究院歷史語言研究所集
　　　　刊》（臺北：中央研究院歷史語言研究所，1957 年）第 28 本下冊，後收於董作賓：
　　　　《董作賓先生全集》‧甲編（台北：藝文印書館，1977 年）今引文據《董作賓先
　　　　生全集》‧甲編，頁 790。
〔註136〕饒宗頤：《饒宗頤二十世紀學術文集‧甲骨卷》（台北：新文豐，2003 年），頁 597。
〔註137〕參見鍾柏生：《殷商卜辭地理論叢》，頁 404～406。

即《史記・魏世家》：「（惠王）六年，伐取宋儀臺。」〔註138〕的「儀臺」，《史記集解》徐廣說「儀臺」也作「義臺」，而在卜辭中也有一個名為「義」的地名，鍾柏生從甲骨卜辭更進一步推論：

> 義地是抵禦羌方的據點，義形（行，徑也、道也）是伐羌所經的途徑。「義祖乙」不能連讀。《新綴》五六三〔註139〕更告訴我們：卲羌方時，曾于「浮」地舉行帝祭，因此新綴五六三中每條卜辭內容均為繞著「伐羌方」的事蹟，故知「于浮帝」必然與「卲羌」有關。有此亦可推斷「浮」地必然接近義地。浮地在今河南獲嘉（左傳文公五年有寗地）。往東北去，沿沁水入太行山，在沁水上游，有古地名陭氏，說文：「陭，上黨陭氏阪也。從𨸏，奇聲。」漢書地理志補注云：「（陭氏）師古曰：音於義反。」廣雅云：「陘、阪也。」因此說文言：陭氏阪，其義即陭氏陘，漢書補注又云：「一統志故城在今岳陽縣（今山西安澤縣）東百里。」義與陭古音同部──歌部開口三等（周法高上古音韻表），義字聲母周先生擬為ŋ8；陭字聲母周先生擬為ʔ。在歌部開口三等尚有：從義得聲的蟻與從奇得聲的錡，周先生擬為同音。這使人聯想到後代的陭在商可能讀為與義相近的音，假若如此，卜辭中的義地可能即後世之陭氏地，殷人由浮經義行伐羌，從地理上言之是可能的。《綴》二・一三二由的「義」地是在攸医古的領土上，攸医的領土我們前文「永」地時曾言在商邱南，此義應是殷南的地名，很可能即是陳夢家所言古宋地「儀臺」。〔註140〕

雖然鍾柏生自己也說沒有確切證據指出「義」地即為「饔」，不過我們在卜辭中也觀察到「俎于饔」都是用羌為牲，這跟經行「義」地伐羌可能有相當的關

〔註138〕〔漢〕司馬遷：《史記》。（北京：中華書局，1982年），頁1844。

〔註139〕《新綴》563片辭作（1）：「戍其俤（𣎵）母歸于止若，戋羌方？」

　　　　（2）：「戍其歸于𤔲王弗每？」

　　　　（3）：「其乎戍御羌方于義，且乙戋羌方，不喪眾？」

　　　　（4）：「于浮帝，乎御羌方于止戋？」

　　　　（5）：「其御羌方，𢦏人羌人鬼其大出？」

〔註140〕鍾柏生：《殷商卜辭地理論叢》，頁407～408。

係，但「俎于羲」的實際意義究竟為何，嚴一萍認為：

> 商丘為殷人之故都所在地，應當有王之大社，故當起發軍旅之事，必
> 先宜祭於此也。宜祭是在「登人」之後舉行的，因為是「整眾」，所
> 以有「闐闐群行之聲」。在宜祭以後，才有整齊的部隊，然後開始征
> 伐的。〔註141〕

從地理與軍事上都是符合的，此說應當是可信的。而甲骨文字寫作「」的字
形，我們仍隸定為「羲」，讀作「義京」合文。

事實上在《集釋》將這個字形隸定為「羲」的底本，應該是來自於《甲骨文
編》，但《甲骨文編》「羲」字下收有《粹》411 片〔註142〕這個「義」、「京」兩字
不相連的分書字形，以及其他九個不同出處的「羲」字字形，且《續甲骨文編》
也已經把這些字形收為「義京」合文，不過《集釋》在《甲骨文編》所收的十個
字形中，只收了《前》六、二、二，以及《前》六、二、三〔註143〕兩個字形，其
餘八個見於《甲骨文編》以及《續甲骨文編》增補的字形也都沒有收錄，並且在
《集釋》中「義」字條與「京」字條下，也不見出處為《粹》411 片的字形。另
一個分書的例子為《合集》392 片，其原片收於《京人》1194 片，這部甲骨文字
集出版於 1959 年，雖比《集釋》出版要早了五年有餘，但《集釋》1959 年就開
始編纂，〔註144〕因為時空因素以及材料使用的關係，而未收此書中的甲骨文字，
是故幾條「義京」分書的卜辭都未能見到，不過《集釋》裡說此字或為「義京合
文」，並把卜辭中「」字的辭例直接讀作「于義京」合文，在早期研究材料不足、
拓本不清，又不見其他「義」、「京」分書例子的情況下，還能將這個字釋的正確，
是相當困難的，而《集釋》中「或曰」二字，也可見李孝定編纂時的謹慎，也是
秉持著有幾分證據，說幾分話的精神來考釋甲骨文字。

〔註141〕嚴一萍：《甲骨古文字研究》第二輯（台北：藝文印書館，1989 年），頁 144。

〔註142〕即《合集》389 片。

〔註143〕即《合集》386 片、388 片。

〔註144〕參見李孝定：《甲骨文字集釋・卷首・自序》，頁 17。

四、從京、從亯非合文的地名字

　　甲骨文字還有許多從京，或是從亯但不為合文的地名字，以《集釋》所收的字形為範疇，簡要說明之，參見下表5：

表5：《甲骨文字集釋》

甲 骨 字 形	隸 定	字頭頁碼
	高	1817
	臺	1851
	喜△	1857
	高△	1857
	亳	1821
	亰△	1845
	槀△	1845
	營△	2047
	槁	1979

（一）高

　　《集釋》中收有「高」字，其釋形、釋義作：

按：《說文》：「高，崇也。象臺觀高之形。從冂、口。與倉、舍同意。」
栔文從口，似以篆體為長。古文從口作者，每不限于口舌字，其義
或為笑或為圍，以意逆之勿泥可也。孔廣居《說文疑疑》云：「高象
樓臺層疊形，入象上屋，冂象下屋，口象上下層之戶牖也，俗譌從冂
非，亭京之從高省者仿此。」孔說字形是也。栔文京字與此略同，
故亦有高大之義。卜辭之高多為高曾字，楊氏所舉數辭謂即小甲各
高之高，此與卜辭以日干為名之例不或，屈氏解為地名是也。金文

作高（□作父癸簋）高（父丁罍）高（不娶簋）高（陳厘因資錞）高（秦公簋）高（師高簋）高（毓且丁卣）高（高觶）高（弔高父匜）高（高密戈）从口與卜辭同。」〔註145〕

甲骨文字中口形的偏旁很多，有的就作為口舌的口，但卻有很多是只取「口」的形象來表達不同含意，〔註146〕而在甲骨文「高」字下的口形，應該只是作為與「京」區別的分化符號。「高」在卜辭中確可用為地名，如：

《合集》37639 片〔註147〕：「丁巳卜，〔貞王〕田高〔往來〕亡〔災〕。」

《合集》36518 片：「乙巳，王，貞啟乎巴曰：盂方共〔人〕其出，伐□高。其令東逸〔于〕高，弗每，不曾戋。王固曰：吉。」

這兩條辭例中見「在某」、「于某」的用法，「某」當為地名無誤，因可知此處「高」亦作為地名的用法，不過這個地名「高」僅單字出現，並無「高某」或「某高」的合文用法。另外《集釋》高字下收有一字形作「□」，其字只有一般常見的高字下半部，從原片來看（見圖 42），這個字形上半部恰好殘缺，從文例相同的《合集》34289 片來看（見圖 43），兩條辭例當都作「高祖亥」，因此「□」這個字形應該修復作「□」，為高字，這兩條辭例中的「高」便顯然不是作為地名的用法了。《集釋》把「□」當成一個字形收錄，當是偶有疏漏。

殷商時代的「高」地在何處，早期許多學者都對這個問題做了討論，最早以郭沫若《卜辭通纂》序中認為「衣讀如殷」，衣地與盂、噁相近，衣即是殷城的說法，建立了「沁陽田獵區」的概念，〔註 148〕而後陳夢家、張秉權、董作賓、島邦南都對於「衣地」與「沁陽田獵區」的位置作了相當的考證，並且補入許多可能在此田獵區的地名，其中也有「高」地，但陳、張與董、島兩派提出的結論各相逕庭，前者說殷王田獵區在殷都之西南，後者說殷王

〔註145〕李孝定：《甲骨文字集釋》，頁 1818～1819。

〔註146〕參見方述鑫：〈甲骨文口形偏旁釋例〉，四川大學學報編輯部、四川大學古文字研究室編：《古文字研究論文集》（《四川大學學報叢刊》第 10 輯）（成都：四川人民出版社，1982 年），280～302 頁。

〔註147〕即《前》2、12、3 片。

〔註148〕郭沫若：《卜辭通纂·序》（日本：東京文求堂書店，1933 年 5 月影印本）

田獵區在殷都之東、東北以及東南，〔註149〕不過前者的說法已由鍾柏生檢討文例及用法推翻，以為陳夢家所建立「沁陽田獵區」的範圍是不可信的，並且與「衣」地相關的「高」地以及其他地名，都必須重新考訂其地望了。鍾柏生由《龜》二、四五、六片〔註150〕卜辭推測：「假如刻辭地名『葊』即卜辭地名『白高』，那『葊』地就在殷西，近盂方。但古代西方高地可能不止一處。周都鎬京，古書亦寫作『鄗』；德方鼎：『征珷禰自葊。』（文物一九五九年第七期）刻辭『葊』地是否即是得方鼎葊地，今證據不足，不敢肯定。」〔註151〕又言：「卜辭中名『高』之地者有二：一在南方，見于第三章第二節。一在西方，即本例之『高』，史記作『高都』，其地望在今山西晉城縣東北。」〔註152〕（見圖44、圖45、圖46）經由許多前輩學者對「高」地的諸多考證，目前我們對於「高」地的位置大致已能掌握。

圖42：《合集》34290片（《戩》一、四片）

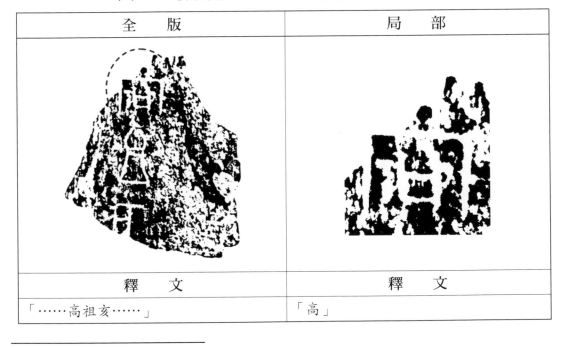

全　　版	局　　部
釋　　文	釋　　文
「……高祖亥……」	「高」

〔註149〕參見陳夢家：《殷墟卜辭綜述》，頁259～264、張秉權：《殷墟卜辭丙編·中輯》（臺北：中央研究院歷史語言研究所，1957年），頁304～305、董作賓：《殷曆譜》（臺北：中央研究院歷史語言研究所，1992年），卷九，頁37、〔日〕島邦男著，濮毛左、顧偉良譯：《殷墟卜辭研究》，頁382。

〔註150〕即《合集》36518片。

〔註151〕鍾柏生：《殷商卜辭地理論叢》，頁412。南「高」請參見同書，頁129～131。

〔註152〕鍾柏生：《殷商卜辭地理論叢》，頁81。

圖 43：《合集》34289 片

全　版	局　部

釋　文	釋　文
「……高祖亥，叀于祖……」	「高」

圖 44：西高與卜辭其他地名關係圖

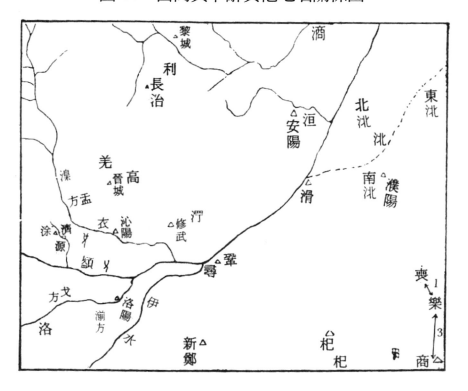

轉引自鍾柏生：《殷商卜辭地理論叢·圖八》，頁 81。

圖 45：南高與卜辭其他地名關係圖

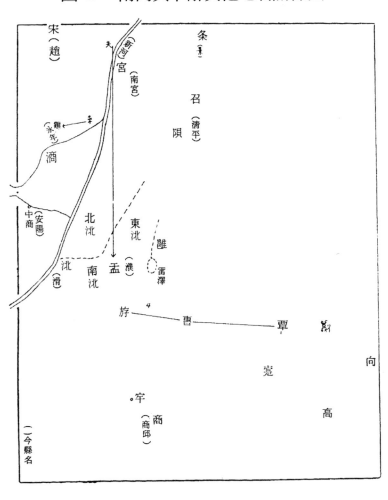

轉引自鍾柏生：《殷商卜辭地理論叢·圖一一》，頁 100。

圖 46：南高、南敦與卜辭其他地名關係圖

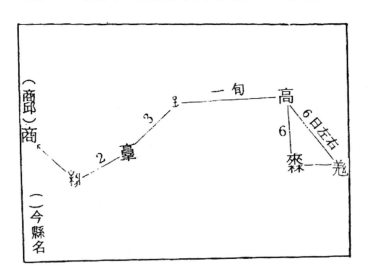

轉引自鍾柏生：《殷商卜辭地理論叢·圖二一》，頁 131。

（二）臺

《集釋》中收有「臺」字，其釋形、釋義作：

按：「《說文》臺，孰也。从𩠐羊，讀若純，一曰鬻也。臺篆文臺。」
卜辭之臺王國維氏讀為𢼳（敦），訓為迫為伐，其說極塙，𢼳从攴臺聲，
臺之與敦聲韵並近，故得叚為敦也，執此解以讀卜辭臺字，諸條除用
為地名者外，幾乎無不可通，誠塙詁也。羅氏謂疑臺古與𩠐是一字，
陳氏已辨之，其所舉卜享者六辭曰：「甲辰卜，王貞于戊申臺」、「壬
辰卜，𠂤弗臺見」、「大出臺」、「𢎥其大臺岂」、「癸亥卜，王方其臺大邑」、
「丁卯卜，殸貞，王臺𠂤于蜀」除第一辭之臺或當讀為𩠐，然亦無塙證，
自餘諸辭均當讀為敦，訓為伐也。（羅氏所舉六辭見《增考下》二十
七葉。金文作臺（鼓臺𣪕）臺（不𡢁簋）臺（宗周鐘）臺（寡子卣）臺臺
（齊侯敦）臺（臺于戟）或於𩠐羊之間多一短橫畫與契文同。〔註153〕

此處李孝定已經認為王國維將此字讀為𢼳（敦），訓為迫為伐的說法極為正確，
目前學術界也大多認同這個說法，故不再贅述。不過作為地名的「臺」（敦），
經鍾柏生考訂，在卜辭中同樣的地名字，所指的地點卻是不同，這種異地同
名的現象在甲骨文中是十分少見的，而這個「臺」（敦）在卜辭中一個出現在
殷都的西方或西北方的邊境上，另一個則出現在商邱的東南方，前者鍾柏生
暫定其名為「西敦」，後者則暫定為「南敦」，不過「西敦」與「南敦」的確
切位置，尚未能肯定。（南敦與卜辭其他地名的關係，可參見圖 46）〔註 154〕
儘管我們現在將這個字讀為「敦」，不過《集釋》卻仍將此字隸定為《說文》
可見的「臺」，當然如從甲骨字形來看，嚴式隸定為「臺」也是沒有問題的，
不過在《集釋》中有時採用嚴式隸定，有時則採《說文》可見的字形隸定，
這個問題在前面也已經討論過，可以說是《集釋》編纂時沒有統一的部份。

（三）臺（臺）

《集釋》中收有「臺」字，其釋形、釋義作：

按：从重𩠐，《說文》所無。字在卜辭為地名，與臺同意，象屋形或竟

〔註153〕李孝定：《甲骨文字集釋》，頁 1855～1856。

〔註154〕參見鍾柏生：《殷商卜辭地理論叢》，頁 72～77。

為同字。〔註155〕

《集釋》所隸定的「臺」字，其實就是「臺」字，「臺」字即「臺」字，只是隸定不同。下面為行文方便，隸定皆以「臺」、「臺」兩字形為準。上面《集釋》釋「臺」字的說法可能未盡正確，在卜辭裡我們確實可以見到「臺」作為地名的用法，如：

《合集》340 片（2）：「丙午卜，貞美尊歲羌十，卯□窜于臺。」

《合集》37648 片（1）：「乙亥〔卜〕，〔貞王〕田憲〔往來〕亡〔災〕。」

《合集》37648 片（2）：「□寅卜，貞〔王〕田臺往〔來亡災〕。」

《合集》37662 片（1）：「壬戌卜，貞王田往來亡災。」

《合集》37662 片（2）：「丁卯卜，貞王田臺往來亡災。」

《合集》37662 片（3）：「壬申卜，貞王田臺往來亡災。」

《合集》340 片（2）辭釋作「臺」，從甲骨原片來看（見圖47），這個字形顯然是一個從二言的字形，隸定作「臺」為是，這大概也是《合集》釋文的失誤處。既然「臺」在卜辭中確為地名，那是否可能與「臺」同義呢，顯然不是，其理由有二，一是「臺」是「享京」的合文，此處並不是合文的用法；二是「京」作為「高地形」這類的區域字，也未見「京」、「言」二字可以互用的例子。宋鎮豪從建築結構的角度來解釋這兩個字的相異：「又有『臺』（《合集》32051）、『臺』（《合集》1074），前者顯然是建築群的形體組合，後者乃本自四阿重屋式樓房之形。」〔註156〕許進雄也從字形上來解釋：「甲骨文有一享在一享之上（𠅘𠅘𠅘𠅘𠅘），表現在階梯式夯土臺基上的二層高樓（代表多層），可能即後來的臺字。」〔註157〕因此由上面所列，從卜辭用法、從建築的角度，

〔註155〕李孝定：《甲骨文字集釋》，頁 1857。

〔註156〕宋鎮豪：《商代社會生活與禮俗》（北京：中國社會科學出版社，2010 年），頁 36。

〔註157〕許進雄：《簡明中國文字學》（北京：中華書局，2009 年修訂版），頁 129～130。另許進雄也從字形上來解釋一享在一京之上的「臺」字，是「表現在干欄式建築物上的多曾建築物形」，並認為這可能就是後來的「樓」字，但筆者不收這個說法的原因可參見前文「一、地名合文」釋「享京合文」一段。不過姚萱則認為從之從宀的「宎」字，當釋為「臺」字。參見姚萱：《殷墟花園莊東地甲骨卜辭的初步研究》（北京：線裝書局，2006 年），頁 123～126。

或是從字形分析這幾個方面來看，我們都可以肯定「亯」與「亳」是不同的兩個字，當然「亯」地也非地名合文。

圖 47：《合集》340 片

全　版	局　部
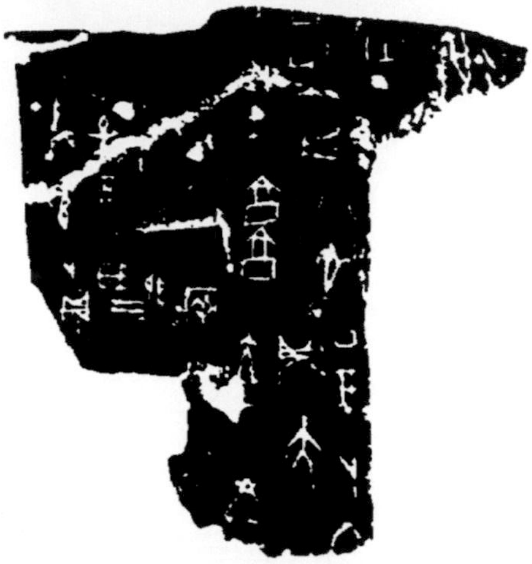	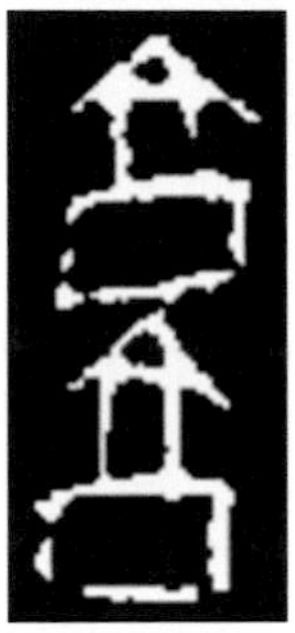
釋　文	釋　文
（2）：「丙午卜，貞羋尊歲羌十，卯□宰于亯。」	「亯」

（四）䯗（䯗）

《集釋》中收有「䯗」字，其說解僅言：

　　從宮從丙，《說文》所無。〔註158〕

《集釋》中收「䯗」、「䯗」、「䯗」這組字，並隸定作「䯗」，這個「䯗」字，其實就是「䯗」字，而《合集》所隸定的「䯗」字其實下半部不為「內」，應為「丙」，因此也當是「䯗」字，下面為行文方便，隸定皆以「䯗」字形為準。

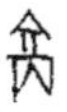

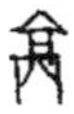

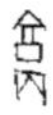

　　這個字形所出現的卜辭有：

　　《合集》8846 片（1）：「乎䯗取。」

　　《合集》9784 片（1）：「□□卜，㱿，〔貞〕在楚□□田䯗〔受〕年。」

　　《合集》9786 片：「〔貞〕䯗不其〔受〕年。」

　　《合集》9560 片（9）：「丁巳卜，㱿，貞今䯗䖵食乃今西史。三月。」

　　《合集》9576 片（1）：「貞令䯗屌出田。」

―――――――――

〔註158〕李孝定：《甲骨文字集釋》，頁1857。

《合集》8394 片：「乙未卜……翌丙〔申〕……亯彔……」

《合集》14990 片：「貞令勿亯允出……」

《合集》18633 片：「……𠅘……多……牛。」

《合集》18634 片：「……其……𠅘……𠅦……亢」

《合集》9785：「……亯受年。」

首先《合集》都將這個字形隸定為从亯从內，這是不正確的，而對於此字的釋形、釋義，黃錫全做了詳細的考察：

> 𠅘字，我們認為从亯从丙。卜辭內與丙有別。一般來說，丙作𠕀或𠕂，內作𠕃。亯字所从之丙應是所加之聲符。亯丙同屬古韻陽部。《說文》亯字篆文作𠅦即享。典籍享、方、丙音近可通。如《周易》之享，漢帛書本每作芳。《說文》仿字籀文作佄。《左傳‧隱公八年經》：「鄭伯使宛來歸祊。庚寅，我入祊。」《公羊傳》、《穀梁傳》祊作邴。甲骨文更作𠀉、𠀊，象以手持鞭形，丙為聲符。因此，𠅘即亯字加注聲符丙，而𠅦則是其省形或合書形，𠅘、𠅦都應釋為亯。〔註159〕

甲骨文的「內」、「丙」明顯的分別在於「冂」內的兩筆斜畫相交後，是否還有一筆豎畫向上延伸，如有則為「內」字，如兩筆斜畫相交即終止，則為「丙」字，《合集》18633 片的釋文未隸定的「𠅘」字下半部，就是「丙」字。因此這組字的字形為从亯从丙，隸定為「𠅘」。從卜辭來看，「𠅘」字有與「受年」相連的用法，辭意確與「享祭」相似，而甲骨文字中也不乏有象形加聲符的「注音形聲字」〔註160〕例子，不過從卜辭用法來看，「𠅘」似乎是作為動詞，與「亯」作為祭祀之所的名詞已有不同，故筆者以為這兩字並非異體關係，而是同源關係。

〔註159〕黃錫全：〈甲骨文字叢釋〉收於《古文字論叢》，頁 42。

〔註160〕參見吳振武：〈古文字中的「注音形聲字」〉，《中央研究院第三屆國際漢學會議論文集文字學組——古文字與商周文明》（臺北：中央研究院歷史語言研究所，2002 年），頁 223～236、黃天樹：〈殷墟甲骨文「有聲字」的構造〉，《歷史語言研究所集刊》（臺北：中央研究院歷史語言研究所，2005 年）第七十六本，第二分，頁 315～349、馬嘉賢：《古文字中的注音形聲字研究》（台中：中興大學中國文學系碩士論文，2006 年 6 月）、林澐：《古文字學簡論》（北京：中華書局，2012 年），頁 34～37。

（五）亳、槀、槀

《集釋》中收有「亳」字，其釋形、釋義作：

> 按：《說文》：「亳，京兆杜陵亭也。从高省，乇聲。」栔文同，字在卜辭為地名。金文作𩰬（亳父乙鼎）𩰬（亳鼎）𩰬（乙亳觚）𩰬（亳戈爵）亦同。王靜安先生遺書卷十二「說亳」一文謂《漢書・地理志》山陽郡之薄縣，即《左》莊十一年杜注：「蒙縣西北有亳城」之亳城，亦即湯所都之亳，可參看。王氏之文未引卜辭，故不具錄。〔註161〕

《集釋》將這些字釋為「亳」，早期都被視為定論，但這個字大概不是「亳」字。從《集釋》所收的甲骨字形與卜辭來看：

1、𩰬（見圖48）

《合集》37394 片〔註162〕：「癸亥〔卜〕，貞其……亳……𩰬……在十……〔受〕又又。王……」

2、𩰬𩰬（見圖49）

《合集》22145 片〔註163〕（1）：「……夢卲亳于妣乙及鼎……」

《合集》22145 片（2）：「□戊卜……亳……」

3、𩰬𩰬（見圖50）

《合集》36555 片〔註164〕（1）：「□□〔卜〕，〔在〕商，貞……于京亡災。」

《合集》36555 片（2）：「甲午王卜，在京，今日□□唯亡災。」

從辭例用法可知上面這幾組字形在卜辭中作為地名是沒有問題的，但這幾版甲骨拓本上字形的細部筆劃都不是很清楚，可以和《集釋》所摹的字形對比一下。《合集》37394 片中的字形下半部應是作「中」，與《集釋》所摹「𩰬」相同，故此字不當釋為「亳」。《合集》22145 片（1）的字形下半部應是從「乇」，

〔註161〕李孝定：《甲骨文字集釋》，頁 1821。

〔註162〕即《前》二、二、四片。

〔註163〕即《後上》六、四片。

〔註164〕即《後上》九、十二片。重見《合集》36567 片。

與《集釋》所摹「𡨸」相同，（2）的字形下半部應是從「屮」，《集釋》所摹「𡨸」下半的屮形略長，其餘部份相同，不過特別的是，這兩個字形的上半部作「𦥑」跟其他我們看到作高台形的「亯」不太相同，而目前我們也只有看到這個字有作兩豎畫高過屋頂的字形，因此這個字形可能不是「高」，不當釋為「亳」，但亦不知該如何隸定為洽，故保留甲骨原形。《合集》36555 片兩條卜辭都將此字釋為「京」，從原片來看，字形筆劃也不清楚，只能看見「亯」形下有豎畫，而不見「毛」形，《集釋》的「𣆟」、「𣆟」字形可能是參考《甲骨文編》的字形而摹定的。另一方面，《集釋》所摹的金文也略有失真，金文的「亳」字下部從「毛」無疑，如《金文編·亳鼎》字作「𠧢」，《集釋》摹作「𣆟」無誤，但《金文編·亳父乙鼎》字作「𠧢」，《集釋》摹作「𣆟」、《金文編·乙亳觚》字作「𠧢」，《集釋》摹作「𣆟」；金文的「屮」字作「𡳿」，「毛」字作「𡳿」、「𡳿」，兩形皆不混，不過《亳父乙鼎》與《乙亳觚》的這兩個字都非從屮形，但《集釋》所摹卻有些像屮，是略有失真。從上面所談到的甲骨字形，尚未見有從「亯」從「𠂇」的字形，因此《集釋》將這些字都釋為「亳」是有待商榷的。

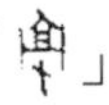

圖 48：《合集》37394 片

全　版	局　部

釋　文	釋　文
「癸亥〔卜〕，貞其……𣆟……𠦚……在十……〔受〕又又。王……」 	 「𣆟」

圖 49：《合集》22145 片

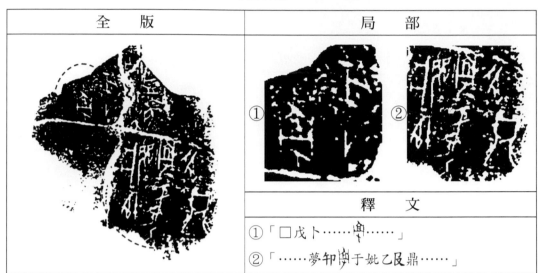

全　版	局　部
	① ②
	釋　文
	①「□戌卜……〔字〕……」
	②「……夢卯〔字〕于姓乙及鼎……」

圖 50：《合集》36555 片

全　版	釋　文
	（1）：「□□〔卜〕，〔在〕商，貞……于〔字〕亡災。」
	（2）：「甲午王卜，在〔字〕，今日□□隹亡災。」

　　甲骨文字早期都釋為「亳」的字形，直到二十世紀末，李學勤始提出一項
新的看法：

　　細察上引各例「亳土」的「亳」字，其上半部從「高」省，下半部作
　　十或屮。《說文》「亳」字「從高省，乇聲」，西周的金文、東周的陶文
　　和貨幣文字的「亳」字，確實是從「乇」的。所從的「乇」，形狀同十、
　　屮完全不同。甲骨卜辭的「乇」應該寫作〔字〕，于省吾先生論之已詳。十
　　是「屮」，屮是其繁寫，和「乇」不能混淆，從「屮」就不是「乇」聲，

不可釋為「亳」了。過去釋作「亳」的這個字，是從「屮」「高」省聲，
看來是「蒿」字的另一種寫法。本文開頭引的《屯南》59 卜辭（見圖
51），實際是這字釋「蒿」的有力旁證。「蒿」和「膏」都從「高」聲，
「蒿土」正可與「膏土」相通，互相印證。如果仍持「亳土」之說，
兩者就不可通了。「蒿土」、「膏土」均應讀為「郊社」。從「高」聲的
字和從「交」聲的字古常通甲，《周禮・載師》注更明云：「故書……
『郊』或為『蒿』」。郊，依照禮家的傳統說法，即指圜丘，是用以祭
天的所在，因位於國之南郊故名。社，則是用以祭地的，因而和郊聯
稱。〔註165〕

首先從字形上來看，亳字應是從高省，乇聲，但我們目前並沒有看到這樣的字
形，而是把從高省從屮的字形誤當為亳字，古文從屮從艸可通，故這個字應當
為「蒿」字，而李學勤所舉的「膏」字《集釋》亦有收，並且有「從高」以及
「從高省」兩種字形，分別作「🝔」、「🝕」，在卜辭中也是作為地名。〔註166〕

圖51：《屯南》59片

全　版	局　部
	釋　文
	「其奉于膏土。」

最後稍微看一下「亳」的問題。「亳」都在商代是重要的都城，據史書記

〔註165〕李學勤：〈釋「郊」〉，《文史》（北京：中華書局，1992年）第36輯。

〔註166〕參見李孝定：《甲骨文字集釋》，頁1505。

載，帝嚳和商湯的都城都在這，但「亳」都的位置目前在學界仍有許多不同的說法，李孝定雖提及王國維說「山陽郡之薄縣」為此字「亳」之地望，但也僅言可參看，這個「亳」在何地這個問題，在考古、歷史學界一直以來有許多不同的意見，根據松丸道雄的歸結：「現在主要有湯都西亳說（黃石林、趙芝荃、徐殿魁）、太甲桐宮說（鄒衡）、商初別都或重鎮說（鄭傑祥）、太戊新都說（杜金鵬）、兩京之一說（許順湛）、夏桀都邑說（張錯生）五種說法。」〔註167〕而目前學界較為接受的說法為「西亳說」和「鄭亳說」（即松丸道雄所說的太甲桐宮說），西亳說的支持者認為亳都位於今日的偃師商城，而鄭亳說則認為亳都位於今日的鄭州商城，但卻沒有哪一方能完全說服對方，直至今日，「亳」地的問題還有待學術研究者從遺址、器物以及諸多出土文物中進行考察與探討。

《集釋》收一字形作：「　」，按語說：「从京从禾，《說文》所無。疑與廩同意。」〔註168〕《合集》20976 片：「壬戌卜，允……亳。翌日雨。癸雨。」《合集》釋文也將此字釋為「亳」（見圖 52），不過此字下半部可能未必從禾，《甲骨文字編》摹作「　」，似較接近，且此字上半部當是從高省作「　」，與京「　」字不同，故《集釋》隸定作「稾」可能並不恰當，此字或為「郊」字異體。

〔註167〕松丸道雄：《殷早期的王城》，2011 年 5 月 17 日於北京大學演講新聞稿 http://archaeology.pku.edu.cn/Third2.asp?id=391，另劉瓊將商代亳都研究的主要學術觀點做了總整理，歸結出 15 項主要說法：.鄭亳說，河南鄭地。2 西亳說，河南偃師。3.北亳說（又稱景亳、蒙亳）3-1 一說為薄縣說，在今山東曹縣。3-2 二為蒙地說，或曰景亳說，今河南商丘縣東北。3-3 三為河北槁城說，但未說明具體依據。3-4 四為濟亳說，定陶之東、成武縣北境。4.杜亳說，關中長安縣。5.南亳說，今豫東商丘。6.內黃說，河南內黃縣。7.商州說，陝西商州縣。8.湯陰說，豫北湯陰縣。9.幽燕說，今河北北部一帶或易水流域。10.博縣說，今山東泰安東南。11.濮陽說，河南濮陽地區。11.垣亳說。垣亳說有三：垣西北湯亳說、垣西湯亳說、古城鎮湯亳說。12.濮亳說，今濮水流域。13.磁縣亳。今河北南部磁縣境內，磁縣、邢臺一帶漳水流域。14.焦作說，焦作府城商城。15.大師姑亳，今鄭州大師姑遺址。參見劉瓊：〈商湯都亳研究綜述〉，《南方文物》（江西：南方文物編輯部，2010 年）04 期，頁 101～119。然本節重點並不在亳地的討論，故只以松丸道雄的說法為例。關於商代亳都的研究論文可參見劉瓊〈商湯都亳研究綜述〉一文之注釋，共有百餘篇相關論文，因篇幅所限，此處不一一列舉。

〔註168〕參見李孝定：《甲骨文字集釋》，頁 1845。

圖 52：《合集》20976 片

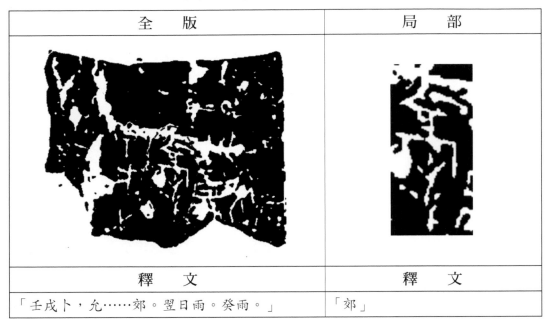

全　版	局　部
（圖版）	（圖版）
釋　文	釋　文
「壬戌卜，允……郊。翌日雨。癸雨。」	「郊」

　　《集釋》還有一個字字形作：「（字形）」，隸定為「槁」，並謂「本書前已收蠤作蒿，且數字皆為地名，無義可說，姑仍之。」這個說法是《集釋》少有不周詳之處，儘管李孝定說已經把「（字形）」、「（字形）」、「（字形）」這幾個當作地名的字形釋為「蒿」，以及提出；「古文中艸屮芔木林森橪諸字偏旁中每得通也。」〔註169〕的論點，但卻又將這個從高省，從林的「（字形）」字隸定為「槁」是很有矛盾的。而我們在《懷》824 片（見圖53）找到一個左下從木，右半邊不甚清楚，但看起來像是「高」形的字，李宗琨《甲骨文字編》摹作「槁」，隸定為「槁」，這個字形恰好可以與《集釋》的「槁」（字形）字作比較。雖古文中從木、從林可相通，但這個「槁」字的構形雖與上面所舉的「（字形）」、「（字形）」、「（字形）」、「（字形）」字都不太相同，但古文字中構字方法或不固定，同一字或可以會意構字，或以形聲造字，如：甲骨文「妊」字有「（字形）」、「（字形）」二形。又「槁」字僅有一木，構字形將木形寫於高旁是常見的，而少有只從一某，而要將高字省口，寫於高字下方，這也是與字體的平衡、美觀有關。而這五個字形出現的卜辭分別為：

（字形）：《合集》29375 片（2）：「□酉卜，王曰……其蒿田。」

（字形）：《合集》28132 片：「□□卜，王其奠……橪宕。」

〔註169〕李孝定：《甲骨文字集釋》，頁 2041。

薑：《合集》36534 片：「戊戌王薑……文武丁祝……王來征……」（鹿頭辭刻）

薑：《合集》38152 片：「□□〔卜〕，貞今日既祐日，王其薑……雨，不雨。丙。」

薑：《懷》824 片：「薑」

這五字或有當地名，或有不解其義，但據字形來看，當都收為「薑」字。

圖 53：《懷》824 片

全　　版	釋　　文
	「薑」

（六）菜、薈（薈）

《集釋》中收有「菜」字，其釋形、釋義僅作：

從京從屮（與屮同），《說文》所無。僅餘殘文，不詳其義。〔註170〕

有此字的甲骨卜辭有兩條，分別為：

《合集》8069 片：「……〔菜〕……」（見圖 54）

《合集》15550 正片：「……〔菜？〕……〔夐〕……」（見圖 55）

這兩條辭例確僅有殘文，不解其義，亦難推斷是否為地名，而《合集》並未將這兩字隸定，僅保留原字形，《總集》則將此二字形都隸定為「菜」。但從甲骨原片來看，這兩個字形只見京字左上角有一屮形，右上角並沒有字形，《合集》右上角也增添屮形是不正確的，古文屮、艸可通，因此《集釋》將所摹的「菜」字隸定為「菜」是可以的。

《集釋》中收有「薈」字，其釋形、釋義僅作：

〔註170〕李孝定：《甲骨文字集釋》，頁 1845。

从林从⿱亠⿱口⿱口口，《說文》所無。〔註 171〕

《集釋》所隸定的「⿱林亯」字，其實就是「⿱林亯」字，下面為行文方便，隸定皆以「⿱林亯」字形為準。從我們可以見到這個字形的卜辭來看：

《合集》822 正片（14）：「貞于⿱林亯若。」

此字作為地名是沒有問題的，因此可將「在卜辭中用作地名」一語補入《集釋》。另外《合集》18632 片（見圖 56）有一個字形作「⿱秝亯」，字形從二禾從亯，當隸定作「⿱秝亯」，然卜辭僅有「⿱秝亯。」一字，不知其義與字用，亦無法推斷此字是否有可能為从林从亯的「⿱林亯」字的異體。

圖 54：《合集》8069 片　　圖 55：《合集》15550 正片

全　　版	全　　版

釋　　文	釋　　文
「⿱艹京」	「⿱艹京」

圖 56：《合集》18632 片

全　　版	釋　　文
	「⿱秝亯」

〔註 171〕李孝定：《甲骨文字集釋》，頁 2047。

第五章 《甲骨文字集釋》校補釋例

第一節 《集釋》增補校訂之方向

　　《集釋》一書出版至今逾四十年，此間出土材料與學術成果日益倍增，李孝定於 1985 年接任史語所甲骨文研究室主任後，就曾提出《甲骨文字集釋》的增訂計畫，然李孝定自中研院退休、兼任東海大學、台灣大學等教職，繁忙奔波，這個增訂之計畫也未能實現，至今本書仍未增修過。但要增補校釋此部大書，並非能成於一時之間，但或可從三個方面來著手。一為校釋，將原本《集釋》已經收錄，但其說解字形、字義有誤的字例，提出新的證據與新的研究成果作為重新校正，是為校釋。二為增補，將原本《集釋》僅有收錄字形，但無他家之說，或沒有釋義的字，通過卜辭辭例與其他學者的研究，將該字的釋形、釋義補上，是為增補。三為補釋，將原本《集釋》已經收錄，且說解字形、字義為正確之例字，因新材料或新方法，而考釋出新的字義或字用，補入該字字形下，是為補釋。至於新增字形的部份，由於會牽涉到字頭的分類方式，尤其《集釋》所採用的為「說文分類法」，與現今大多數的文字編所採用的「自然分類法」，兩者有些差距，其不僅是單純增加字形，更是整部書的編纂體系與考釋系統，都會有大規模的更動，故本文暫不處理新出字形的增補部份。

第二節　豐字重校

一、前　言

　　豊、豐二字自許慎以降便有眾多不同說法，近代金、甲文字出土以後，文字學家對此二字眾說紛紜，今試收羅數家代表性說法，進一步梳理豊、豐二字的字形與字義。

二、諸家說法

（1）李孝定：《甲骨文字集釋》（臺北：中央研究院歷史語言研究所，1965年），頁 1682～1684。

隸定字形：豐		
甲骨字形：		
《後下》8、2 片（《合集》15818 片）	《前》5、5、4 片（《合集》14625 片）	《甲》1933 片（《合集》31047 片）
《粹》、232 片（《合集》32536 片）	《粹》、236 片（《合集》32557 片）	《粹》、540 片（《合集》26054 片）
《京》4228 片（《合集》34610 片）	《京》4229 片（《合集》29692 片）	《佚》241 片（《合集》30725 片）
《藏》238、4 片（《合集》16085 片）	《藏》260、2 片（《合集》3955 片）	《前》6、61、3 片（《合集》16084 片）
《後上》10、9 片（《合集》24387 片）	《菁》5、1 片（《合集》137 正片）	

　　按說文：「豐，行禮之器也。从豆象形。讀與禮同。」又「豆之豐滿者也。从豆象形。一曰《鄉飲酒》有豐侯者。𧯮古文豐。」二字篆體相近，具下從豆亦相同，其上所從各家說者紛紜莫衷一是，而揆之字形三篆之上半亦殊相類，徐灝《段注箋》，豐下云：「𧯮，象器中有物也。」王筠《說文句讀》豐下云：「𧯮但象豐滿之形也，但是指事而非象形耳。」二說實為得之豐豊古蓋一字
[註1]，豆實豐美所以事神，以言事神之事則為禮，以言事神之器則為豊，以言犧牲玉帛之腆美則為豐，其始實為一字也。商、容、孫諸氏謂豊、豐一字，

[註1] 後 1998 年李孝定出版之《讀說文記》，（臺北：中央研究院歷史語言研究所，1988年），依舊維持「豊、豐古蓋一字」的看法。頁 133。

其說可從，惟孫氏《文編》於上出諸形仍分收為豊、豐二字，今諦審諸文辭例，除部份可知其當釋為豊，讀為醴者外，無一辭可以確證其當釋為豐者，故本書但收作豊。辭云：「癸未卜，貞[字]禮审[字]（有）酉用十二月。」（《後下》、八、二、）、「丙戌卜，审新豊用，审舊豊用。」（《粹》二、三二、）、「貞曰于祖乙，其作豊。」（《粹》二三六、）、「貞其作豊于伊[字]。」（粹、四五〇、）「弜……辛……豊…… 审絲豊用　弜用絲豊　审弜豊用王受祐　用豊。」（《佚》二四一、）凡此皆當釋為豊，讀為醴，其字皆作[字]，惟《甲編》二五四六有[字]字，異辭云：「……审彳公乍（作）[字]庚于又正王受□（祐）。」與《粹》二三六、五四〇之辭例全同，而其字一作[字]，一作[字]，知二者實為一字，諸家釋前者作豊，後者作豐。時有可商也。它或為地名，如：「癸未卜，王在[字]貞亡禍，在六月甲申工典其酒。」（《後上》十、九、）是也。或為人名，如：「壬寅帚，[字]示二屯岳。」（《續》五、十一、七）是也，字當釋豊，抑當釋豐，未可愊指（《菁》五、一、辭言子[字]亦人名）前六、六一、三之[字]與「[字]」連文（殘餘二字）疑係酒字，若然，則[字]亦當釋豊，讀為醴也。它辭殘泐不完，不詳其義，此不具舉。金文豊作[字]（右戲仲□父作醴鬲，亦孳乳為醴）〔註2〕豐作[字]（宅簋）[字]（大豐簋）[字]（豐鼎）[字][字]（豐弓殷）〔註3〕[字]（散盤）[字]（輔伯鼎）[字]（豐簋）[字]（旲簋）[字]（豐器）豆上所從不一，其形大抵象物之豐腆。王筠之說是也。

　　又《鄉射禮》：「命弟子設豊」鄭注：「豊形蓋似豆而卑」〈公食大夫禮〉：「加于豊」注：「如豆而卑」《聘禮記》：「醴，尊于東廂瓦大一有豊」注云：「豊，承尊器而如豆而卑」三注略同，並以豊為器名，如豆而卑是與豊訓禮器同意。

（2）裘錫圭：〈甲骨文中的幾種樂器名稱──釋「庸」、「豐」、「韶」〉，《裘錫圭學術文集》（上海：復旦大學，2012年），頁36～50。〔註4〕

　　古文字「豐」、「豊」二字往往不分，王氏釋此字為「豊」是不全面的。王、羅以後的甲骨學者多從王氏之說釋卜辭此字為「豊」，讀為「醴」。其實卜辭此

〔註2〕本器據容庚：《金文編》（北京：中華書局，1985年），為《仲夏父作作醴鬲》。

〔註3〕本器據容庚：《金文編》，為《豐旲簋》。

〔註4〕本文原載於《中華文史論叢》第2輯，（上海：上海古籍出版社，1980年）又載於裘錫圭：《古文字學論集》（北京：中華書局，1992年）

字絕大部分應該釋為「豐」,並且用的正是「豐」字的本義。

　　「豐」字應該分析為从「🝅」从「玨」,與「豆」無關。它所从的🝅跟「鼓」的初文「壴」十分相似。結合卜辭所反映的豐和庸的密切關係來考慮,可以斷定「豐」本來是一種鼓的名稱。……豐字鼓多訓「大」。據此推測,豐應該是大鼓。這可以從「豐」字的異體得到證明。……《佚》241 片〔註5〕有如下兩組正反對貞的卜辭:

　　(23)叀茲豐用。

　　(24)弜用茲豐。

　　(25)叀茲豐用,王☐。

　　(26)〔弜〕用〔茲〕🝅

在後一組的反面卜辭裏,跟正面卜辭裏「豐」字相當的字也是🝅。這個字應該就是「豐」的簡體。它很像「壴」字,但仔細考察起來,跟一般的「壴」字還是有區別的,那就是上部畫得特別高。這大概是為了表示豐是大鼓。至於「豐」字為什麼从「玨」,還有待研究。也許這表示豐是用玉裝飾的貴重大鼓吧。

　　庸是大鐘,豐是大鼓,所以它們才會時常並提。

(3)林澐:〈豐豐辨〉,《古文字研究》第 12 輯(北京:中華書局,1992 年),
　　頁 181～186。

　　許慎據已訛之篆形立說,其誤有二。第一,從比較原始的字形可明顯看出,豐豐二字並非「从豆」,而均係从壴,作🝅、🝅、🝅等形。郭沫若先生在《卜辭通纂》中已引殷末周初之銅鼓以證古鼓的形制與甲骨文🝅字相近。……但西周中期以後,象鼓之壴逐漸背離原形,其上部正中的一豎多與鼓體脫離關係,而且或省略、或訛變。如豐井叔簋之豐作🝅,已接近于《說文》之🝅;曾伯陭壺之醴字从豐作🝅,與《說文》之🝅相仿。這才造成了豐豐从豆的誤解。第二,許慎既誤析壴傍之下部為「从豆」,則對豐豐二字的構型當然無法正確理解。遂臆斷為「象形」,又說不清所象究竟是什麼,卻由此而引起後代文字學家的許多無謂的揣測。但是,許慎所錄篆體,畢竟仍保留了豐豐二字的根

〔註5〕《佚》241 片即《合集》30725 片,其釋文作(1):「弜……辛……告……」(2):「叀茲豐用」(3):「弜用茲豐」(4):「叀茲豐用王……」(5):「……用……〔豐〕」

本區別。即豐字从玨，豐字从玨。而且，根據這一線索，我們在先秦古文字中確實可以區分豐豐二字的不同起源。

豐字何以从玨从壴？這是因為古代行禮時常用玉和鼓。孔子曾感歎說：「禮云禮云，玉帛云乎哉？樂云樂云！鐘鼓云乎哉？」這至少反映古代禮儀活動正是以玉帛、鐘鼓為代表物的。玉之于禮儀活動的關係自不必言。需畧加說明的是，鼓之于古代典禮的關係，非一般樂器可比。甲骨刻辭中有專門用鼓的祭祀：例如：

《續》1、7、4《餘》10、2：辛亥卜，出貞：其鼓彡告于唐，一牛。

九月

後下》39、4：己酉卜，大貞：乞告，其壴（鼓）于唐，衣，亡尤？

九月

鼓或壴本身就成為一種祭名，且多為祭唐，明其必為一種隆重的典禮。

據商代卜辭中壴、鼓通用之例，豐、鼓亦可視為同一字之簡繁兩體，从玨者，謂擊鼓之聲蓬蓬然，乃以丰為聲符。可能因鼓聲宏大充盈故引申而有大、滿等義，且因从丰得聲，後遂代丰而為表示茂盛之義的專用字。因此，豐之音義均與豐字毫不相干。

殷人卜辭中，未見从玨从壴之豐字，但見从二亡从壴之𤾣、𤾥、𤾤，西周金文中亦有𤾥，為作器者名（陝西2、35－41）。……但是亡、丰雖均屬唇音字，然在商代和西周是否音近而可互通，並無其直接證據，所以我仍傾向于認為𤾥是不同于豐的另一個字。此外，卜辭中尚有𤿯字（京都870反），从林；周代金文亦有之，作𤿯（三代6、25）、𤿯（三代8、51）。此字是否為豐字之異構，亦缺乏足夠之證據。所以，就目前資料而言，豐為周人後創之字，亦不無可能。

綜上所述，豐豐二字雖均从壴，但豐本从玨，豐本从玨。

要分辨豐、豐，凡字迹清楚而無訛者，當據从玨抑从玨以別之。

（4）于省吾主編、姚孝遂按語編撰：《甲骨文字詁林》（北京：中華書局，1996年），頁2785～2786、2786、2786～2788，字號2807、2808、2809。

豐𤾣𤾤𤾥：此與「豐」有別，當是「豐」字。《說文》：「豐，豆之豐滿者

也。从豆象形。一曰《鄉飲酒》有豐侯者。」卜辭「婦豐」為人名。

《合集》22288、22289、22290 片同文，辭云：「丁亥貞，豐」其義未詳。

豐：《合集》8262 反辭云：「貞，勿往豐」乃地名。字从「壴」、从「林」，與「豐」有別，可隸為「欝」。

豐：契文「豐」字實从「壴」，从「玨」，不从「豆」。篆文从「豆」乃形體之譌變。

卜辭多見「作豐」、「弜作豐」，「豐」當為祭品，《合集》三二五三六辭云：「叀新豐用」；「叀舊豐用」，又《合集》三〇九六一辭云：「叀彳公作豐庸于……有正、王受……」，「豐」多與「庸」同見，「豐」當與樂有關。

（5）季旭昇：《說文新證》（福建：福建人民出版社，2010 年），頁 414～415、415～416。

豐　字形表：

釋義：以行禮之器，代表禮，為「禮」的本字。或釋為用玉裝飾的貴重大鼓。

釋形：从壴、从玨，用鼓用玉會行禮之義。《論語·陽貨》：「禮云禮云，玉帛云乎哉？樂云樂云！鐘鼓云乎哉？」甲骨文祭祀中用鼓、用玉多見，甲骨文△1～3〔註6〕从玨，「玨」形或省為「‖」、或複體單化省為「玉」、或加繁飾

――――――――――――

〔註6〕此指字形表之1～3。

「口」。《說文》以為從豆，不可從。（參見林澐《豐豐辨》）。漢代文字豐豐同形，似難以區別。

　　甲骨文「豐」字，裘錫圭以為「絕大部分應釋為『豐』，……也許這表示豐是用玉裝飾的貴重大鼓吧」。（《甲骨文中的幾種樂器名稱——釋「庸」、「豐」、「鞀」》）

　　六書：會意

　　豐　字形表：

1 簠·京都 870B〈甲〉	2 簠·菁 5.1〈甲〉	3 簠·徵典 40〈甲〉
4 西周·豐簋〈金〉	5 西周中·墙盤〈金〉	6 戰國·楚·包 2.21〈楚〉
7 西漢·武威簡·泰射 42〈篆〉	8 東漢·曹全碑〈篆〉	9 漢印徵〈篆〉

釋義：鼓聲盛大蓬蓬。引申為盛大豐滿。

釋形：甲骨文△1～3〔註7〕從壴（鼓）從林（或從二亡），學者多釋豐，林澐以為未必是豐字。金文從壴（鼓），丰丰聲（丰丰從二丰，與從丰同，因為對稱，所以作複體。參見林澐《豐豐辨》）。戰國文字簡化，漸漸與「豐」字形近，漢隸中豐豐不分，都做「豐」形。《說文》以為從豆，不可從。

　　六書：形聲

（6-1）李宗焜：〈從豐豐同形談商代的新酒與陳釀〉，《第四屆國際漢學會議論文集—出土材料與新視野——甲骨 II》（臺北：中央研究院語言學研究所，2012 年 6 月 20 日）

　　本文論證這些字形不論從丰丰從丰丰，其本形朔義均為飾玉大鼓的表意字，並無差別。嚴格隸定可作豐。甲骨、金文中頗多「混用」，某些不同卜辭，出現象飾玉大鼓的這個字，其形體完全相同，卻分別代表鼓和醴兩種不同的意思。這應是「同形異字」的現象，而不是混同（因為本無差別）；即形體相同，但分別代表豐、豐的音義。後因鼓聲宏大而分化出豐，因鼓為禮樂之用，遂分化出豐，或讀為醴。音義雖分化，最初的字形則無差別。

〔註7〕此指字形表之 1～3。

認識了甲骨文的鼕本為大鼓，則把「新豐」、「舊豐」釋作新醴、舊醴，並說為新釀的酒或陳釀，不論形義皆不可取。卜辭的新鬯是指新釀的酒，在商代似乎並無特別重視陳釀的情形。鬯舊有香草或鬱酒之說，其實可能指過濾的酒。

（6-2）李宗焜：《甲骨文字編》（北京：中華書局，2012 年），頁 1103、1103、1103～1104，字號 3549、3550、3551。

「豐」：

（《合集》3774 正片）（A7 典型賓組）

（《合集》10590 反片）（AB 賓組）

（《合集》22289 片）（C4 非王卜辭丙二組）

「豐」：

（《合集》8262 反片）（AB 賓組）

「豊」：

（《合集》16085 片）（A7 典型賓組）

（《合集》32557 片）（B3 歷組二類）

（《屯》1225）（B6 無名組）

三、結　語

榮按：豊从玨（丰丰），豐从拜（丰丰，二丰）是豊、豐二字最大的區別，且豐字，上古音為滂母冬部；豊字，上古音為來母脂部，兩字聲韻皆遠，當無聲音的關係，不宜混同。據李孝定之說：「《粹》二三六、五四〇之辭例全同，而其字一作豐，一作豐，知二者實為一字。」於金文中亦有可證，如《師遽尊》（醴）與《仲夏父作醴鬲》（醴）。﹝註 8﹞「丰」字上古音為滂母東部；「亡」字上古音為明母陽部，滂、明皆為唇音，又東陽旁轉，可推測丰、亡的上古音應當十分相近。此二形由辭例及音韻上皆有所證，可見「玨」、「亡」

﹝註 8﹞李孝定：《甲骨文字集釋》，頁 1683。

在豐字的構形上是可以通用的。

豊之本義為行禮之器，或是用玉裝飾的貴重大鼓，與祭祀有關。這種說法可從甲骨卜辭中「鼓」字作為祭典、祭名的用法，以及後來孔子所言：「禮云禮云，玉帛云乎哉？樂云樂云！鐘鼓云乎哉？」可見豊之本義與祭禮、禮器相關。

豐本義亦為大鼓，後因鼓聲盛大，而引申為盛大、豐滿之義。於卜辭中亦可作地名及人名，如：

《合集》24387 片：「癸未卜，王在豐貞亡禍，在六月甲申工典其酒。」

《合集》17513 片：「壬寅帝豐示二屯。岳。」（骨臼刻辭）（見圖 1）

另《集釋》，收有「嫛」字，字形作「嫛」，〔註9〕應當隸定為「嫛嫛」字。從字形所出的《前》六、二八、五片〔註10〕（見圖 2）來看，其釋文為：「自宜。己未帝嫛示一屯。叔。」（骨臼刻辭），與《合集》17513 片皆屬典賓組時期

〔註11〕，但其中的「嫛」與「豐」，是否可能為同一人，尚不可知。又本片「女」、「豐」二字字體大小相差懸殊，亦不排除女字可能不與豐字合在一起，然拓片左半部不清，不可得知女字左邊是否另有字，與女字合為一字。

《合集》8262 反片辭云：「貞，勿往豐」，此豐字從壴、從林，字形作「豐」，嚴式隸定為「豐」，乃地名，此字是否要釋作「豐」，仍有待商榷。除此之外，《集釋》存疑卷收有豐字，按語謂：「桉契文豊豐同文，形與此異（詳見五卷豐下）葉說宜存疑，又葉氏未注明此字出處，辭意未詳。」〔註12〕然未明字形出處，亦待考。

〔註 9〕參見李孝定：《甲骨文字集釋》（臺北：中央研究院歷史語言研究所，1965 年），頁 3704。

〔註 10〕即《合集》17514 片。

〔註 11〕據楊郁彥：《甲骨文合集分組分類總表》（台北：藝文印書館，2005 年），頁 232。

〔註 12〕李孝定：《甲骨文字集釋》，頁 4488。

圖1：《合集》17513 片　　　圖2：《合集》17514 片（即《前》六、
　　　　　　　　　　　　　　　　　　二八、五片）

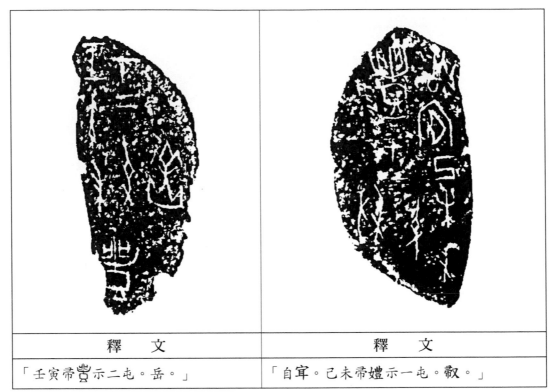

釋　文	釋　文
「壬寅帝𧊒示二屯。岳。」	「自宰。己未帝禮示一屯。𠦪。」

第三節　戲字補釋

　　早期學者多未釋作「𣄸」的甲骨字形，諸家多僅收此字字形，而並未詳加釋其形義。近代學者比對甲骨、金文、戰國文字以及古籍文獻等材料，得以認識隸定為「戲」的字形，當即為「虤」字。下面摘錄數家研究成果補釋此字。

（1）李孝定：《甲骨文字集釋》（臺北：中央研究院歷史語言研究所，1965年），頁3794。

隸定字形：戲	
甲骨字形：	
𣄸	《乙》2661 片（《合集》697 正片）
𣄸	《乙》4645 片（《合集》3332 片）

　　从戈从虎，《說文》所無。

（2）裘錫圭：〈說「玄衣朱襮袷」——兼釋甲骨文「虤」字〉，《古文字學論集》（北京：中華書局，1992 年），頁 350～352。

　　從古書和古文字資料來看，戲應該是虣字的古體。古代稱搏虎為暴。《詩·小雅·小旻》說：「不敢暴虎，不敢馮河」，《鄭風·大叔于田》也有「襢鍚暴虎」之語。古書裏有時把疾暴的暴寫作虣，例如《周禮》的「暴」字就大都寫作虣。《文選·蕪城賦》李善注引字書說虣是古暴字。從字形上看，虣字從虎，應該就是暴虎之暴的本字。這個字也見於西周晚期的量盨和戰國時代的詛楚文，但寫法與古書略有出入：

　　勿事（使）戲虐從獄（量盨，見《歷代》15·151，原稱寅簋）

　　內之則虓虐不辜（詛楚文）

《集韻》、《類篇》都收虣字異體虓，與詛楚文合。郭沫若先生在《詛楚文考釋》裡說：「虣即暴虎憑河之暴，字不從戒，實象兩手持戈以搏虎。《周禮》古文作虣，從武，殆系訛誤。」（見《天地玄黃》）這是很正確的。量盨虣字從戌，戌本象戈鉞之類武器，從戌與從戈同意。這兩個虣字或從廾，或不廾。這跟金文「執」字有執、𡘋二體（見《金文編》557頁），是同類的情況。由此可以斷定，致方鼎襲字所從的戲也是虣字。襲字顯然是從衣虣聲的形聲字，應該就是古書裡的「襮」字的異體。

　　認識了金文的虣字，甲骨文的虎字也就可以連帶認出來了。甲骨卜辭裡也有一個從戈從虎的字：

　　壬辰卜，爭，貞其𧈠，隻（獲）？九月。

　　壬辰卜，爭，貞其𧈠，弗其隻（獲）？　　《乙》6696〔註13〕

　　□𧈠濘虎？　　《燕》643〔註14〕

　　貞：乎（呼）比𧈠侯？　　《乙》2661〔註15〕（編按：《乙》4645〔註16〕有同文

卜辭，「虎」旁省作「虍」。）

這個字所從的戈旁倒寫在虎旁之上，以戈頭對準虎頭，顯然是表示以戈搏虎的

〔註13〕即《合集》5516片。《合集》（1）辭釋文作：「壬辰卜，爭，貞其虣，隻。九月。」
　　　　（2）辭釋文作：「壬辰卜，爭，貞其虣，弗其隻。」
〔註14〕即《合集》10206片。《合集》（2）辭釋文作：「……濘虎……虣……」
〔註15〕即《合集》697片正。《合集》（6）辭釋文作：「貞乎从虣侯。」
〔註16〕即《合集》3332片。《合集》釋文作：「貞乎从虣侯。」

意思，無疑也應釋作虣。上引前兩條卜辭，卜問如去搏虎能否有獲。第三辭說「虣淒虎」，就是搏淒地之虎的意思。第四辭的虣是侯國名。

甲骨卜辭裡還有一個从水从虣的地名字：

壬寅卜，才（在）曹，貞：王步于㳠，亡𡿦（災）？　　《前》2‧5‧5

〔註17〕

☑，才（在）㳠〔貞〕：〔王〕步于☐，亡𡿦（災）？　　《後上》11‧9

〔註18〕

殷人往往在有水之地的地名字上加水旁，例如地名函也作涵，地名夌也作淒之類，舉不勝舉。㳠無疑就是虣侯的封地。

甲骨文裡還有一個象以手執杖搏虎的字：

☑小臣☑𤟒（此字上端似略殘）？　　《甲》914〔註19〕

子卜：王其𩰍𩰍（此當是地名）☑？　　《人文》1845〔註20〕

這很可能也是虣的異體。

根據甲骨、金文裡虣字的字形，還可以糾正古人訓詁上的一個錯誤。《詩‧大叔于田》毛傳：「暴虎，空手以搏之。」《呂氏春秋‧安死》及《淮南子‧本經》高誘注也都以「無兵搏虎」解釋「暴虎」。從古文字字形看，暴虎可以使用兵仗。認為只有「空手」、「無兵」而搏虎才叫暴虎，是不正確的。古書裡又常常把暴虎解釋為「徒搏」（見《爾雅‧釋訓》、《詩‧小雅‧小旻》毛傳、《論語‧述而》集解引孔注）。這大概是比較早的古訓。很可能最初說徒搏是指不乘田車徒步搏虎，漢代人錯誤地理解為徒手搏虎了。

（3）于省吾主編、姚孝遂按語編撰：《甲骨文字詁林》（北京：中華書局，1996年），頁1624～1627、1632，字號1670、1683。

虢𩰍：虢即虣，今字則假暴為之。裘錫圭已詳加論證。《易‧繫辭》：「重門擊柝，以待暴客」，《釋文》：「鄭作虣」。《文選‧蕪城賦》：「伏虣藏虎」，李善注

〔註17〕即《合集》36828片，《合集》（1）辭釋文作：「壬寅卜，在㳠，貞王步于㳠，亡災。」

〔註18〕即《合集》36955片，《合集》釋文作：「☐☐〔卜〕，在㳠，〔貞王〕步于☐，亡災。」

〔註19〕即《合集》27887片，《合集》（1）辭釋文作：「小臣𤟒。」

〔註20〕即《合集》30998片，《合集》釋文作：「☐☐卜：王其啟鼎。」

引《字書》:「虣古文暴字」。

古偏旁每增「止」，此例習見。是虣當為䖊之繁衍。《契》六四三《考釋》以為:「戈虎」二字，非是。《存》一·七四三辭殘，《綜類》二二五讀作:「……王往䖊……䖊，允亡𡿧」是正確的。下一「䖊」字其上已殘，惟餘「虎」形，據驗辭之通例，此字當是䖊字，而非「虎」字。

《契》六四三:「……濭虎……䖊……」，與上辭俱當與獵虎有關。

《詩·大叔于田》:「襢裼暴虎」，毛《傳》:「空手以搏也」。《爾雅·釋訓》:「暴虎，徒搏也」。《論語·述而》:「暴虎馮河」，《疏》:「空手搏虎為暴虎」。

「暴虎」即「虣虎」，亦即「䖊虎」。契文从戈从虎會意，乃以戈搏虎。《詩·大叔于田》毛《傳》謂「空手以搏」，乃誇張之詞。以戈搏虎，已足見其勇，不必徒手。

虣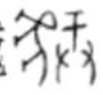：為人名。此當是「䖊」之異構。

（4）李宗焜：《甲骨文字編》（北京：中華書局，2012 年），頁 599～600，字號 2018。

「虣」:

（《合集》697 正片）（A7 典型賓組）

（《合集》3332 片）（A7 典型賓組）

（《合集》5516 片〔註21〕）（A7 典型賓組）

（《合集》27887 片）（B6 無名組）

三、結　語

榮按：此字當如裘錫圭之說，釋為「虣」字，乃象以手執杖搏虎之形，並可以此字正古人訓詁之誤。古籍多將「暴虎」解釋為空手搏虎，實際上應當是以兵器擊虎；而解釋做「徒搏」可能是指不乘田車，「徒步搏虎」，而非「徒手搏虎」。「虣」字除了作為持兵器擊虎的動詞外，還可作為地名、侯國名。另外，裘錫圭、于省吾、李宗焜等學者，除了將「」收為「虣」字，還將「」字

〔註21〕《合集》5516 片釋文（1）作:「壬辰卜，爭，貞其䖊，隻。九月。」（2）作:「壬辰卜，爭，貞其䖊，弗其隻。」

也收為其異體，其構形也是象雙手執杖或兵器擊虎之形，在卜辭中作為人名。

甲骨字形及所見辭例，參見下圖3、圖4、圖5、圖6、圖7。

圖3：《合集》697正片

全　　版	局　　部
	釋　　文
	「貞乎从**虎**侯。」

圖4：《合集》3332片

全　　版	釋　　文
	「貞乎从**虎**侯。」

圖5：《合集》5516片

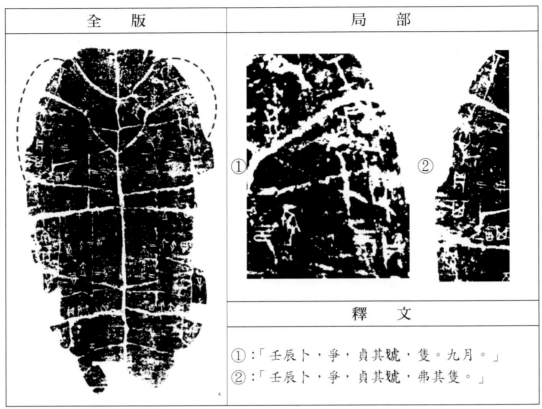

全　版	局　部

釋　文

①：「壬辰卜，爭，貞其虢，隻。九月。」
②：「壬辰卜，爭，貞其虢，弗其隻。」

圖6：《合集》10206片

全　版	釋　文
	（1）：「……用……祝……〔多〕……」 （2）：「……淒虎……虢……」

圖 7：《合集》27887 片

全　　版	釋　　文
	（1）：「小臣𤟭。」 （2）：「重絽。」

第四節　絽字新釋〔註22〕

一、前　言

　　歷來學者對殷墟甲骨中的「𦅗」或作「𦆲」一般隸定為「絽」，然而對絽之釋義有不同說法。郭沫若認為：「絽疑聝（瑱）之古字，象耳有充耳之形。『不絽雨』者猶它辭言『不征雨』，雨不延綿也。」〔註23〕于省吾則認為：「按郭說非是……甲骨文絽應讀作茸，絽與茸並諧耳聲，故通用……甲骨文之不絽雨，謂雨之不茸細也。今吾鄉方言猶謂細雨為茸雨或毛毛雨。」〔註24〕《甲骨文字詁林》（以下簡稱《甲詁》）姚孝遂的按語認為：「字當釋『聯』。《說文》：『聯，連也。從耳，耳連於頰也；從絲，絲連不絕也。』契文即從『耳』，從『糸』。即『絲』之省。隸可作『絽』。『不聯雨』即『不連雨』，猶他辭之

〔註22〕本文可參見拙作：〈論殷墟花園莊東地甲骨中「𦆲」字——兼談玉器「玦」〉，《東華中國文學研究》第 11 期（花蓮：國立東華大學中國語文學系，2012 年）

〔註23〕郭沫若：《殷契粹編》（北京：科學出版社，1965 年），頁 539。

〔註24〕于省吾：《甲骨文字釋林》（北京：中華書局，1979 年），頁 13～14。又于省吾主編、姚孝遂按語編撰：《甲骨文字詁林》（北京：中華書局，1996 年），頁 653，將「絽應讀作茸」誤為「緝應讀作茸」。

言『不征雨』。」〔註25〕李孝定認為：「按從耳從示，說文所無，當是會意，其初義蓋為以繩繫耳。辭『不紖雨』當是假借字，于讀為茸，於義為長。」〔註26〕

　　以上諸位學者對「紖」之字形隸定大多相同，然在釋義方面或有差異，而80年代後，殷墟花園莊東地甲骨出土，其中的幾條新材料，有不同於「不🔲雨」的辭例，或能為此字增添的說法。

二、殷墟花園莊東地甲骨的新辭例

　　《殷墟花園莊東地甲骨》（以下簡稱《花東》）出版後，其中有四條卜辭可能與「紖」字相關，圖版（見圖8、圖9、圖10、圖11）與釋文〔註27〕為：

版次	字形	摹本	卜　辭　釋　文
203			（11）丙卜：叀（惠）子揩圭用罘紖，再丁？用。
286			（19）丙卜：叀（惠）玄圭再丁，亡紖。〔註28〕
475			（4）乙巳卜：又（有）圭，叀（惠）之畀丁，紖五。用。
480			（1）丙寅卜：丁卯子勞辟，再黹圭一、紖九，在阫。來狩自斝。〔註29〕

〔註25〕于省吾：《甲骨文字詁林》，頁653。

〔註26〕李孝定：《甲骨文字集釋》（臺北：中央研究院歷史語言研究所，1965年），頁3550。

〔註27〕主要參考中國社會科學院考古研究所編著：《殷墟花園莊東地甲骨》（昆明：雲南人民出版社，2003年）、姚萱：《殷墟花園莊東地甲骨卜辭的初步研究》（北京：線裝書局，2006年）、朱岐祥：〈《殷墟花園莊東地甲骨釋文》正補〉，許錟輝教授七秩祝壽論文集編輯委員會編：《許錟輝教授七秩祝壽論文集》（台北：萬卷樓圖書股份有限公司，2004年）

〔註28〕「玄」字原釋文為「幻」，摹本上多出「刀」形，誤🔲為🔲，乃因龜甲紋路而不良於辨識。參見王蘊智、趙偉：〈《殷墟花園莊東地甲骨‧摹本》勘誤〉，《鄭州大學學報》，第40卷，第3期，（2007年5月）、姚萱：《殷墟花園莊東地甲骨卜辭的初步研究》，頁17。

〔註29〕釋文參考李學勤：〈從兩條《花東》卜辭看殷禮〉，《吉林師範大學學報》，第3期，（2004年6月），頁1〜2。原釋文為：「丙寅卜：丁卯子🔲丁，再黹🔲一，紖九？在🔲。來自斝。　一二三四五」

圖 8：《花東》203 片

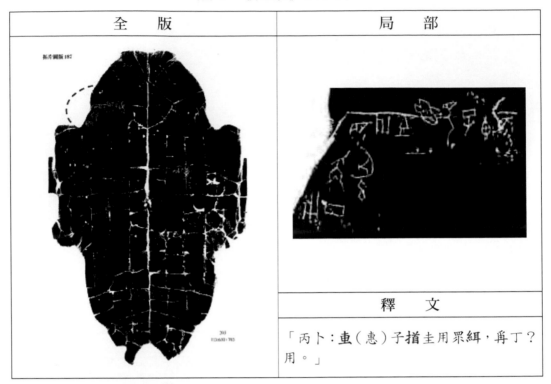

全　　版	局　　部
	釋　　文
	「丙卜：重（惠）子揩圭用眾緝，再丁？用。」

圖 9：《花東》286 正片

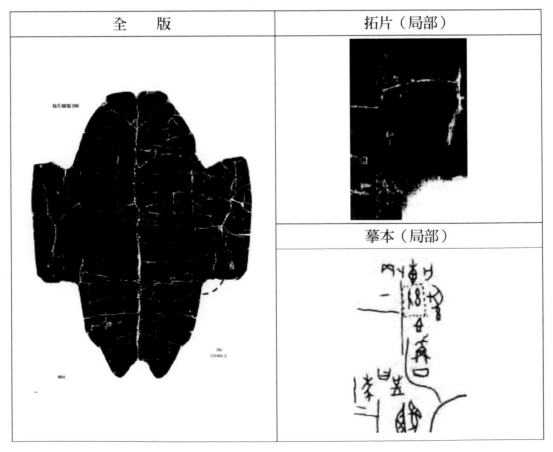

全　　版	拓片（局部）
	摹本（局部）

釋　文
「丙卜：叀（惠）玄圭冊丁，亡緤。」

圖10：《花東》475片

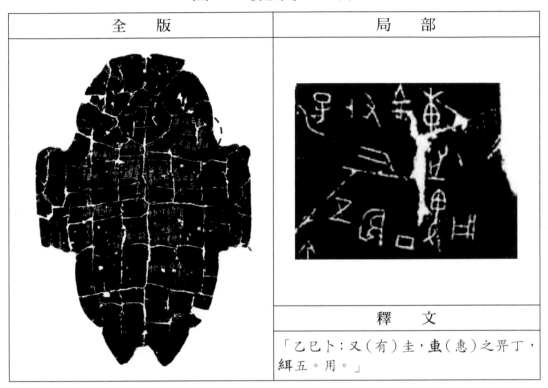

全　版	局　部
	釋　文
	「乙巳卜：又（有）圭，叀（惠）之昇丁，緤五。用。」

圖11：《花東》480片

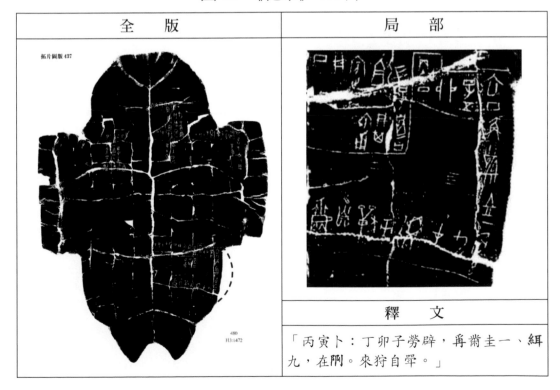

全　版	局　部
	釋　文
	「丙寅卜：丁卯子勞辟，冊嗇圭一、緤九，在剛。來狩自斝。」

在 203 片的釋文及釋義所論，「♂」隸定為「緷」。李學勤謂：「緷，讀為珥。」並將晚殷乙卯尊銘文的「珥琅九」及《粹》1000 片的「珥九」釋作九件玉珥。〔註30〕《花東》釋義認為此說可從，並指出「商代的耳飾為玉（石）〔註31〕的環玦類物品。據研究，這些耳飾是用絲線加以連綴再穿於耳垂的小洞中。緷字省去絲線下所綴之玉珥，只存絲形。將之釋為珥，是詞意通達的。」〔註32〕由本片第 11 辭及《花東》286、480 三片出現「緷」字的卜辭內容看，主要與祭祀相關，屬於禮器一類，而《花東》475 片：

（2）乙巳卜：叀（惠）璧。用。一

（3）乙巳卜：叀（惠）良。一

（4）乙巳卜：又（有）圭，叀（惠）之畀丁，緷五。用。二

邱豔指出：「『緷五』為『畀丁』的對象，『緷』此時非祭品，為進貢物品。」〔註33〕又卜辭中的璧、良、圭〔註34〕等，皆為玉類之屬，朱岐祥言：「此三辭屬選擇性對貞。（4）辭的命辭是『叀圭、緷五畀丁？用。』的移位句。」〔註35〕因此可推論「緷」亦為玉類之屬。475 片與 480 片中的「[圖]五」、「[圖]一」、「[圖]九」，其句式當為器物名加上數詞，而經由先前所考定 475 片中對貞卜辭的器

〔註30〕參見李學勤：〈澧溪發現的乙卯尊及其意義〉，《文物》，第 7 期（1986 年）；《粹》1000 片即《合集》29783 片。

〔註31〕先民在製作裝飾物時可能因地、因用、因身份等不同因素而選擇不同的質料製作，又古人對於玉、石之分尚未如今日有科學儀器檢測，故只能依外觀、質感自由心證，因此玉、石的界定並不是十分客觀的。另《甲骨文合集》6016 正的卜辭：（8）「其出[圖]尋」的[圖]字，《集釋》雖未將此字收於存疑卷中，而歸「石」字頭下，顯然對於字形隸定不無爭議，但對此字僅言「從石從耳，說文所無。」在音義上還沒有進一步的認識。而若將本卜辭解釋為「會得到一件石耳飾嗎？」不僅文意有所不通，與本片多卜問征伐之事也若不相關。因此由目前的材料看來，「[圖]」為「石耳飾」的可能性並不太大，附此為註記。

〔註32〕中國社會科學院考古研究所編著：《殷墟花園莊東地甲骨》，頁 1640。

〔註33〕邱豔：《殷墟花園莊東地甲骨新見文字現象研究》（上海：華東師範大學碩士論文，2008 年 5 月），頁 60。

〔註34〕釋義參見中國社會科學院考古研究所編著：《殷墟花園莊東地甲骨》193 片釋文，頁 1635；李學勤：〈從兩條《花東》卜辭看殷禮〉。

〔註35〕參見朱岐祥：〈《殷墟花園莊東地甲骨釋文》正補〉

物，「⿰⿱」、「⿰⿱」應皆為玉飾。

三、紐與珥

　　事實上《甲骨文合集》（以下簡稱《合集》）、《殷契粹編》等較早出土的考古材料中，「⿰」除了「紐雨」、「不紐雨」〔註36〕的用法外，也有作為禮器且與其他玉品並陳的用法，如：《合集》32721 片，第 1 辭：「丁卯，貞，王其再琮⿰。彔三小牢。卯三大牢于……絲用。」〔註37〕，據卜辭來看，「⿰」應當是屬於彔祭所用的禮器，與琮並陳，其數量、屬性可能與琮相當。（見圖 12）

　　「耳」在甲骨文有「⿰」、「⿰」、「⿰」、「⿰」等寫法中可明顯看出耳字有「＋」或無「＋」形，對比《合集》32176 片第 3 辭：「甲子卜，不紐雨。」與第 4 辭：「其紐雨。」的「紐」字作「⿰」，為連綿之意，皆無「＋」形。（見圖 13）

圖 12：《合集》32721 片

全　版	釋　　文
	（1）「丁卯，貞，王其再琮⿰。彔三小牢。卯三大牢于……絲用。」

〔註36〕如：《合集》32176 片（3）：「甲子卜，不紐雨。」（4）：「其紐雨。」、《粹》：「甲子貞：大邑受禾。不受，其紐……」等。

〔註37〕《合集》32721：「丁卯，貞王其再珏⿰。彔三小牢。卯三大牢于……絲用」，其中將「⿰」字所摹的字形並不全然正確。原字形為⿰，頂端的斜點應為龜甲的紋路或甲殼斑剝造成的痕跡，且與刻痕粗細、筆法頗有差距，應不屬於筆劃，但原摹本卻將其摹出，且誤為「⿰」形。此字上半部當為「耳」無誤，不應為「糸」之省，因今所見省糸為幺是常見的，但卻未有見省幺為〇，故此下半部應純為象玉珠之形，字形摹為「⿰」。

圖 13：《合集》32176 片

全 版	釋 文
	（3）：「甲子卜，不絴雨。」 （4）：「其絴雨。」

《花東》耳字作「 」、「 」，從耳之字如：「 」（取）皆有明顯的「+」形，而《合集》中從耳之字也或有或無「+」形，故並不能以「+」形作為詞義或用字差異的判分，僅能作為地域性或刻手的區別。花園莊東地甲骨之「耳」皆有「+」形，與「戈」字相似，但對比字形後發現，「戈」字豎劃較長，且豎劃上下尾端皆有突出之橫劃，如：「 」、「 」，實與「 」形有明顯差異，確為不同之字。

《花東》中的「絴」字，其字形如：「 」（《花東》203、289）、「 」（《花東》475）、「 」（《花東》480）的「+」形，可能是作為絲線之形，連接耳朵與耳飾，尤其「 」最為明顯之外，其「 」形中填黑；雖糸之寫法本有填黑與不填黑二種，但此字與其他不填黑的絴字相比，可能更強調其為實心，這麼一來「 」就脫離了「糸」的絲線之意，為象形，象耳飾或耳環之形，而前提《合

集》32721片的「🐚」屬玉器，應當也有「＋」形，劉一曼與曹定雲認為：「甲骨文中的『組』字，省去絲線下所綴之玉珥，只存絲形。」〔註38〕但筆者芯認為於此「8」形應不當為「糸」，而為象形部件，也因此可以將有「＋」形的字形視為繁寫，無「＋」形的字形為省寫，但筆者以為或有另一種可能，即與器物的形制有關。今所見耳環可分作兩種，一為有線穿耳，垂吊於耳的形式，一為扣於耳部，沒有絲線所垂掛的形式，前者如耳墜，後者如耳環。《釋名·釋首飾》所說：「穿耳施珠曰璫，此本蠻夷所為也。蠻夷婦女輕浮好走，故以此璫錘之也，今中國人效之耳。」〔註39〕依《釋名》的說法，這裡的璫極可能相當於商代的珥，至於漢代的珥已經如《說文》所言：「珥，瑱也。」詞意已有轉變。然在〈1986～1987年安陽花園莊南地發掘報告〉、〈1991年安陽花園莊東地、南地發掘簡報〉、〈河南安陽市洹北花園莊遺址1997年發掘簡報〉幾份考古報告中，都並未發現「耳飾」或「耳環」一類的文物名稱，一方面是由於墓地坑盜嚴重，使得大量文物再科學挖掘前就已佚失，另一方面若由卜辭釋讀思考，花園莊甲骨說明「組」之另一用途是作為進貢給武丁〔註40〕之玉器，花園莊之地自然只有文字紀錄而無實體文物的保留，實體器物當存在宮殿區或武丁之墓葬內。今殷商時代相關之考古報告亦不見耳墜之物（圖14）〔註41〕，主要因串連耳與墜之絲線可能因質地關係而分解，唯留下「墜」或「珠」之物件，影響考古復原的難度，但在許多考古報告中可見「裝飾品」或「珠」一類的形器，即有可能為耳墜之墜，至於耳環之形制在出土文物中已見，但未必是玉質

〔註38〕劉一曼、曹定雲：〈殷墟花園莊東地甲骨卜辭考釋數則〉，《考古學集刊》2005年第16期，頁252。

〔註39〕〔東漢〕劉熙撰，〔清〕畢沅疏證，王先謙補：《釋名疏證補》（北京：中華書局，2008年），頁162。

〔註40〕參見朱歧祥：〈由語詞系聯論花東甲骨的丁即武丁〉（河南：殷都學刊，2005年）、姚萱：《殷墟花園莊東地甲骨卜辭的初步研究》第二章〈關於花園莊東地甲骨卜辭中的人物「丁」〉、陳劍：〈說花園莊東地甲骨卜辭的「丁」——附：釋「速」〉，原載於《故宮博物院院刊》，第4期，（2004年），後收於《甲骨金文考釋論集》（北京：線裝書局，2007年4月）

〔註41〕由於不見商代耳墜，故以戰國時期之耳墜表現其形制。而商代之耳墜外觀亦必然不如戰國時之雕琢華麗。

材料所製，如：陝西清澗解溝寺坬、山西石樓縣後蘭家溝及桃花莊等商代墓中，都曾出土金製耳飾（圖15、圖16）。〔註42〕

圖14：耳墜（戰國）

引自許曉東：〈中國晚期金飾展・香港承訓堂藏中國古代耳飾賞析〉

圖15：耳環（商代晚期至西周早期）

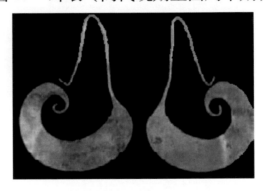

引自許曉東：〈中國晚期金飾展・香港承訓堂藏中國古代耳飾賞析〉

圖16：耳環（商代晚期至西周早期）

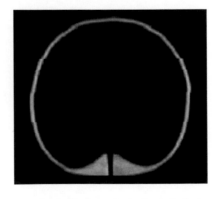

引自許曉東：〈中國晚期金飾展・香港承訓堂藏中國古代耳飾賞析〉

〔註42〕參見郭政凱：〈山陝出土的商代金耳墜及其相關問題〉，《文博》，第6期，（1988年）、宋鎮豪：《夏商社會生活史》（北京：中國社會科學出版社，1994年）

在不同區域的人類文化中，在人體各部位穿孔，並塞物以為裝飾，是一個普遍的現象，如：愛斯基摩人在下唇的兩邊口角穿孔，塞以骨、牙、貝、石等材料製成的紐形飾品；布須曼人在耳朵上懸掛銅環或鐵環……等等，可想而知一個文化發達的商王朝，不論是因為自身文化的發展，或受到其他區域民族的影響，產生穿孔裝飾文化是無可否認的，至於商代的穿耳狀況，劉洋歸結出：「夏商時期，『穿耳』習俗卻並沒有達到普遍的地步，它存在著地域性。如殷墟婦好墓出土的石頭玉人就沒有穿耳，也沒有耳環耳墜之類的實物出土。」〔註43〕此時穿耳習之風尚不分男女，雖未能由此推斷商代女性的地位是否與男性一樣平等，但或能由此見到殷商時期男女在服飾品的使用上沒有太大的區別。

另一方面唐際齊曾從音韻一途討論，提出「紐」與「弭」在聲音的關係上都相當密切，可以通假，將卜辭中「其紐雨」、「不紐雨」的「紐」釋為止息、中斷之義。〔註44〕這與《甲骨金文字典》將 𤔔 隸定為紐，讀作弭。引《粹》720片〔註45〕：「甲子卜，不紐雨。」謂紐為「停止之義」〔註46〕相同，然甲骨文未見「弭」字，但《爾雅注疏》謂：「弓有緣謂之弓，無緣者謂之弭。」〔註47〕今人更進一步解釋「弭」為箭弓的端飾，不同於解結的「觿」，弭由柄部與鈍錐所構成，中部有寬凹槽作為柄與錐的間隔（圖17）。〔註48〕作為器物的弭應當比作為止息、停止的弭要早，且由卜辭上來看「紐雨」、「受禾」、「不紐雨」、「不受禾」往往都在前後出現，且為對貞，一般而言對農作物之相關占卜，都因乾旱而求雨，並非因雨量過多而求不降雨，且由字形一途解，將「❽」作絲線為糸、為聯似更易理解，故筆者還是同意郭沫若與姚孝遂的說法，謂「不

〔註43〕劉洋：〈「穿耳」的演變與中國傳統女性地位的變遷〉，《南方論刊》，第 5 期，（2010年），頁 97。

〔註44〕參見唐際齊：〈釋甲骨文「𤔔」〉，《中山大學研究生學刊（社會科學版）》第 29 卷，第 2 期（2008 年）

〔註45〕即《合集》32176 片。

〔註46〕方述鑫等編：《甲骨金文字典》（成都：巴蜀書社，1993 年），頁 1018。

〔註47〕〔晉〕郭璞注，〔宋〕邢昺疏：《爾雅注疏》（上海：上海古籍出版社，2010 年），頁 262。

〔註48〕參見陳啟賢、徐廣德、何毓靈：〈花園莊 54 號墓出土部分玉器略論〉，于明編：《如玉人生：慶祝楊伯達先生八十華誕文集》（北京：科學出版社，2006 年）

聯雨」即「不連雨」，猶他辭之言『不征雨』。〔註49〕

圖17：玉弭（商代）

引自花園莊東地 M54：363、M54：370

雖「十」形並不能作為專指耳飾的形符，但在辭義上「」除了可釋為「聯」外，亦有另一字形「」，其「」形中填黑的象形，以及其他旁證指出商代已有「耳飾」，故將「」隸定為「紐」讀為「珥」，釋義作耳飾當無爭議。但目前所見之殷商文化也只冰山一角，還無法肯定其確切的形制，尤其仍未見「」之文物。然而於此我們已見「」有兩字義，或時代差距使得字義改變，抑或此字同時並存兩義，需先考察卜甲之分期斷代：

> 由於花東 H3 卜甲之鑽鑿形態在總體上與 1973 年小屯南地「𠂤組」卜
> 甲鑽鑿形態、解放前第十三次發掘之 YH127 坑卜甲之鑽鑿形態基本
> 相近，故它們所處的歷史時代應大致相近。〔註50〕

但因為其中仍有細微的區別，因此考古團隊認為 H3 坑甲骨的時代應該是要比小屯南地「𠂤組」的時代要略早一些，大抵主張為武丁中早期為主，後陳劍主

〔註49〕筆者考察其相關字之上古音系，耳屬日母之部，擬音為nǐə，聯屬來母元部，擬音為 lǐan，珥屬日母之部，擬音為nǐə，弭屬明母支部，擬音為mǐe。（擬音據王力之上古音系）弭與珥在上古音唯主要元音相同，其餘輔音卻不相近；耳、珥與聯在上古音是不通的但裴錫圭認為「說不定「聯」字另有已經佚失的本義，「𤔔」才是聯接之「聯」的本字。「𦔮」（聯）字所以有聯接的意義，乃是由於假借為「𤔔」，就跟本為草名的「蒙」假借為冡覆的「冡」，端直的「端」假借為開耑的「耑」一樣。」參見裴錫圭：〈戰國璽印文字考釋三篇〉《古文字研究》，第 10 輯，（北京：中華書局，1983 年），頁 90～91。

〔註50〕中國社會科學院考古研究所編著：《殷墟花園莊東地甲骨・殷墟花園莊東地甲骨鑽鑿型態研究》，頁 1776。

張花東甲骨當為武丁晚期，〔註51〕兩說略有不同，但諸多學者都曾論證花東甲骨中的「丁」當為武丁，且存於世，因此儘管學者對花東甲骨斷代有不同意見，但其時代在武丁時期是沒有疑問的，而筆者比對「紐雨」之相關卜甲時代，大約在歷組二類時期，即武丁與祖庚之間，其與時代與自組相距尚不遙遠，〔註52〕因此可初步排除因時代差距造成的字義演變。

筆者認為珥無論作為穿洞或用絲線穿套的方式戴於耳上，即與耳「相連」，同時作為象形的「8」部件，或若保留了糸的字義，即有絲線連綿、長之意，或可由此引申為「連」、「聯」。

四、珥與瑱

《說文》則有「珥」字：「珥，瑱也。從玉從耳，耳亦聲。」、「瑱，以玉充耳也。從玉眞聲。」可見珥、瑱兩字與耳的關係是相當密切的，瑱與珥一般，在《甲骨金文字典》與《新編甲骨文字典》、《甲骨文字集釋》、《甲骨文編》等文字編中，皆不見，故只能從傳世文獻中探索。

> 《詩經·鄘風·君子偕老》：「鬒髮如雲，不屑髢也。玉之瑱也，象之揥也，揚且之皙也。」毛傳：「瑱，塞耳也。」〔註53〕

> 《左傳·昭公二十六年》：「夏，齊侯將納公，命無受魯貨，申豐從女賈，以幣錦二兩，縛一如瑱，適齊師。」孔穎達疏：「注瑱充耳。」
> 正義曰：「《家語》云：水至清則無魚，人至察則無徒。故人君冕而前旒，所以蔽明，黈纊塞耳，所以蔽聽，又《詩》云：玉之瑱也，禮以一條五采橫冕上，兩頭下垂，繫黃絖，絖下又縣玉為瑱以塞耳。」
> 〔註54〕

兩段文字記載可知，瑱的本義是從冠冕兩側下垂至耳旁，可用以塞耳的玉器，

〔註51〕 參見陳劍：〈殷墟卜辭的分期分類對甲骨文字考釋的重要性〉，陳劍：《甲骨金文考釋論集》（北京：線裝書局，2007 年 4 月）

〔註52〕 參見林澐：〈小屯南地發掘與殷墟甲骨斷代〉《古文字研究》（北京：中華書局，1984年，第 9 輯）、黃天樹《殷墟王卜辭的分類與斷代》，（台北：文津出版社，1991 年）、李宗焜：《甲骨文字編》（北京：中華書局，2012 年）

〔註53〕 《斷句十三經經文·詩經》（台北：開明書局，1991 年），頁 12。

〔註54〕 《斷句十三經經文·春秋左傳》，頁 222。

在考古報告中多半分類為錐形器（圖18、圖19）與珥的屬性、擺放部位相同，可能造成後來兩者混淆為同一器物的原因。〔註55〕

圖18：錐形器（良渚文化）　　圖19：錐形器（商時期）

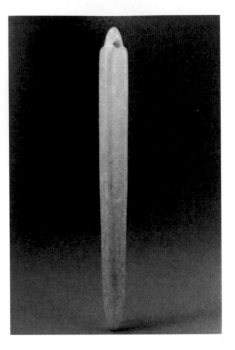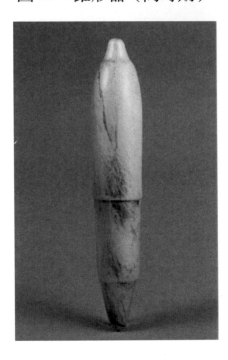

引自《中國玉器賞鑑》　　　　　　　引自《中國玉器賞鑑》

《殷契粹編》508片中有一字「🐍」，郭沫若謂508片乙辭：「癸酉𠦪示十勹。🐍。」顯然認為「🐍」屬於人名或地名一類的專名，同片的《合集》4070片曰釋文大致相同，為：「癸酉𠦪示十屯。耳。」並將「🐍」隸定為「耳」，但這個字形並非一般常見的「𦔮」或「𦔮」形，而是「🐍」形。《新編甲骨文字典》將「🐍」（《合集》4070）釋為聯或絈，「🐍」字作人名，於卜辭中為簽收人。〔註56〕然郭

〔註55〕《史記‧李斯列傳》：「所以飾後宮充下陳娛心意說耳目者，必出於秦然後可，則是宛珠之簪，傅璣之珥。」《索隱》注曰：「傅璣者，以璣傅著於珥。珥者，瑱也……傅璣者，女飾也，言女傅之珥，以璣為之，並非秦所有物也。」，頁2539。《漢書》中〈李尋傳〉、〈東方朔傳〉、〈天文志〉……等亦見「珥」辭，除〈天文志〉形容日氣如珥之外，其餘皆為耳飾。另喪葬器中的九竅玉，其中一項為塞耳的玉，即是充耳之用的「瑱」，在此我們並不深入探討之。

〔註56〕參見劉興隆：《新編甲骨文字典》（北京：國際文化，2005年），頁792。關於卜辭中史官簽名之問題，方稚松認為：「對所謂的『史官簽名』說，我們側重從記事刻辭內部出發論證了記事刻辭如同卜辭一樣，並非由詞後的『史官』刻寫，舊稱『史

說之後，李孝定便將其收於存疑卷中，並謂丁山隸定為「珥」，但無證據證明耳上之「◇」為「玉」，又謂：「丁說字形已覺無據，且音義更不足徵說，宜存疑字在卜辭為人名。」〔註57〕這個「◇」字是「◇」或「◇」的異體，作為人名的區別，或象玉充耳之形為瑱，或是象耳掛玉為珥、為玦，尚無法斷定。

六、結　語

古代的文字初發展時當以象形為先，凡鳥獸器物多為象形。商代玉器形制亦如此。於本文考查的「◇」字，在字形方面與「◇」形的差異在於是否有「＋」形，然據卜辭實際語境的辭例中，我們可以發現「◇」、「◇」的「＋」形不是作為字義的區分條件，可能只是作為異體的寫法。而字義方面，一是作為為貢品或禮器的「耳飾」，為本義；二是於辭例「紐雨」時，要釋為引申義「聯」。珥與耳「連」，又「8」為象形，但本為糸，即絲線意，可由此引申為「連」、「聯」，同時也排除了因時代差距造成字義演變的因素，只是我們仍未見實際的出土文物，以至於無法完全肯定的說「◇」就是「珥」。

「◇」、「◇」等字形需依辭例通讀，如：「◇雨」則讀作「聯雨」；作為禮器、貢品時則要將「◇」讀為「珥」。

何以在出土玉器中有許多文物與甲骨文對不上，其一是因為出土文獻材料的不足，使得在將器物與字形相互連結時只能以外觀來討論，不易找到相對應的文獻紀錄，使得無法直接的證明某字即指稱某物；其二乃是因為玉器的分類相當瑣碎，許多看似相同，但實際上卻有細微差異的品項，如：「環」、「璧」、「瑗」……等等，更可能因此造成有器而尚未有專名的現象，這便是姚孝遂於《甲詁》的按語所說：「《說文》玉部共有文一百廿六，其中半數以上為玉之專名。商代肯定無此區分細微之專名。」〔註58〕經本文之粗略考察，或能對商代玉器以至殷商文化有更進一步的了解。

官簽名』或『簽署者』等世不夠恰當的。」筆者亦以為於此不當為「簽收人」，較可能為貞人觀看刻辭後，刻手刻上貞人名表示已經貞人確認。參見方稚松：《殷墟甲骨文五種記事刻辭研究》（北京：線裝書局，2009 年）「記事刻辭中的『史官』問題探討·（一）『史官簽名』質疑」一節。

〔註57〕李孝定：《甲骨文字集釋》，頁 4455。

〔註58〕《甲骨文字詁林》，頁 3301。

第六章 結 論

　　本文以李孝定所編纂成書的《甲骨文字集釋》為研究核心，此部巨著自 1965 年出版至今逾四十年，仍是研究甲骨文字不可或缺的參考書目，而在近半世紀間，出土文獻、文物，以及諸多研究成果，日益倍增，據此新材料、新方法來審查《集釋》編纂之體例是否統一，按語是否正確，以窺見其學術體系，兼達正繆之務，並以電子檔案呈現，改善原本書寫印刷閱讀之不便，使檢索更加便利，強化本書的工具性。

一、《集釋》異體字偏旁通用之討論

　　在古文字考釋中，異體字之判分，向來都是一個重要的議題，而《集釋》處理異體字的分合時，在某些常用的部件互相通用時，會在按語中以「某某得通」、「某某每得通」、「某某亦得通」，以其義近、義同的字形作為偏旁時，可以互相通用，作為判分異體字之法則。據《集釋》所說的相通之則，查檢相關字例，以及形義相近的字形，是否能作為義近偏旁通用之例，而也有些部件是看似可以相通，但在個別字例中卻是不能相通，或者不是屬於相通例，而是因形近而誤用的混用例，如「偏旁從人、從身通用例」、「偏旁從人、從壬通用例」、「偏旁從女、從母通用例」、「偏旁從人、從尸混用例」、「偏旁從人、從匕混用例」、「偏旁從大、從卩不可通用例」、「偏旁從人、從卩不可通用例」；「偏旁從辵、從彳、從止與偏旁從行通用例」、「偏旁從止與從行、從彳不可

通例」、「偏旁從疋與從辵、從彳、從止、從行未見通用例」、「偏旁從止、從
夊有別例」；「偏旁從林、從秝通用例」、「偏旁從來、從禾不可通例」、「偏旁
從林、從森當通例」、「偏旁從木、從林與從森當通例」等。

　　除此了以義近偏旁通用作為判分異體字的標準外，《集釋》作為「集釋」
的編纂體例，兼收諸家學者之說，以及甲骨字形、卜辭辭例、金文字形、《說
文》古文等材料，作為佐證，但儘管李孝定治學嚴謹，仍難免有其疏漏之處，
或釋義有誤、或字形分組有誤，如：《集釋》謂「萌」字作「𤯌」、「𣎜」，此
字實當釋為「朝」；「𣎜」、「𣎜」、「𦥑」、「𦥑」、「困」、「困」等字形，李孝
定自己雖說前二字形當為一組，後四字形為一組，但皆將這些字形視為異體
關係，實前二字形當隸定作「𣦵」，為「死」字，後四字形應當釋作釋為「蘊」，
義為「埋」，再由「埋」引申為「人的死因」。

　　而由於《集釋》之字頭分類乃是依「說文分類法」所排序，旨在將中國文
字字殷商甲骨、周代金文乃至《說文》小篆，經由形、音、義的考察，觀其文
字的演變過程，因此如果文字用法或字形可與《說文》相對應，那麼便依《說
文》可見之字釋字，這種方式所隸定的字形多半都屬於寬式隸定，但如果此字
不見於《說文》，那麼則採嚴式隸定，但也因為《集釋》並未將「釋字」與「隸
定」作兩個部份處理，有時採通讀的寬式隸定，有時採嚴式隸定，使得異體字
之字形，如果相差較遠，那麼就容易造成混淆的現象。以「𣎜」字為例，應當
在字頭隸定作「𣦵」字，釋作「死」字，如此可以將字形與釋義分開，也使讀
者更清楚其文字考釋。

二、《集釋》同形字之討論

　　同形字的概念在甲骨文研究的初期，還尚未有明確的規範與理論，李孝定
在編纂《集釋》時，也沒有使用「同形字」一語，但「字體同形」的概念卻可
在《集釋》所謂「重文」可以見到，而根據後來李孝定〈戴君仁先生同形異字
說平議〉一文中，可以看出其對於同形字的規範與主張。「同形字」必須具有下
列幾項要點：

　　（一）當兩個形體相同的字，在同一時代、地域中出現，並且使用。

　　（二）同形異字，其是兩個意義完全不同的字，而非是具有不同字義的一
　　　　　個字。

（三）不為因書寫時減省偏旁，只保留聲符或義符的字。

（四）本無其字，依聲託事的假借字，是真正的同形異字，即《集釋》中
　　　所標示的「重文」。

而本節所揀選的字形，排除了李孝定所認為即是「同形字」的「假借字」、「重
文」等類型的字例，再由卜辭分期斷代、字形的演變、字的本義，以及在殷商
時代的語言、文化環境等各方面，來觀察本節所討論的同形字組，是否與李孝
定所認為的「同形字」概念相同。

　　本節所討論的第一組字為「月」、「夕」、「肉」。這三字都有作「夕」的字
形，而「月」、「夕」二字也都分別有「☽」、「☾」兩形。「月」、「夕」二字的字
形使用情況，大致是早期多以「☽」為月，以「☾」為夕；晚期多以「☾」為
月，以「☽」為夕，但有許多情況是不能單從字形去判斷此字當為月字抑或夕
字，但經由卜辭的通讀，我們便能判分出何者為月字，何者為夕字。而同一
字形「☾」，可讀為月，為月亮或月份之義；讀為夕，作夜晚之義。月乃夜見，
又夕即夜，《集釋》說：「用月字引申義作為夕的本義」，也因為此二字是引申
關係，是謂「同源字」，不能視作「同形字」。

　　本節所討論的第二組字為「示」、「工」、「壬」。這三字都有作「工」的字
形，但經過卜辭的考察，以及學者的研究成果來看，「工」字不當有作「工」，
以往所見的「工典」辭例，不當讀為「工（貢）典」，而當釋作「示冊」。因此
「工」字本形當為「𠂤」、「𠃌」，其本義大概也不是李孝定所說的「工具形」，
而當為許進雄所說的「樂器槌器」。而字形僅作「工」的「壬」字，與「示」
字異體「工」，此二字所使用的時代互相有所重疊，字義也有所不同，「壬」字
只用作干支與先公先王名，「示」字只用作「示冊」以及少數的「多示」兩辭，
在卜辭用法上是不相混的，而兩字聲韻俱殊，也排除是假借字的可能，故此
二字應當是符合李孝定所認為的「同形異字」定義。

三、《集釋》對甲骨文字與今文字「字際關係」之討論

　　在數個漢字（包含古文字與今文字）與漢字（包含古文字與今文字）之間
的關係，而文字之間的形、音、義或有相同、相近或者其他演變等，各種字與
字之間的關係，即可統稱為「字際關係」。本節便是以字際關係角度，考察幾組
《集釋》所考釋的甲骨文字的字際關係。

　　第一組作為字際討論的字形為「豸（𧰲）形與希（希）形」。甲骨字形「羿」、「𦏔」《集釋》隸定為豨字，然希字形作「希」、「希」、「希」、「希」、「希」等與从二希的豨所差甚遠，反倒是與隸定作豸的「𧰲」字形相近，何以希（希）與豨（羿）字形差異甚大，反倒是豸（𧰲）字字形與豨（羿）較近的原因，《集釋》在「豸」字的按語有其說明，「豸」、「希」獨立成字時二字有是有區別，不容混同的，但「羿」、「𦏔」二形在卜辭乃是作牲體並陳之義，並不限牛、羊、犬、豕等，因此字形可任作各類犧牲，而由於小篆將此字定為從二希的「豨」字，故此形釋為「豨」，古文實從二豸或從二希，皆同義也。而也因為小篆字形已定，因此《集釋》在隸定字形時又回過來將從「羿」、「𦏔」的字，都隸定為「豨」，如「𧰲𧰲」隸定作「豔」、「𧰲𧰲」隸定作「豵」；而「敘」字字形作「𧰲」、「𧰲」，有一形從「𦏔」，但又有作從「𧰲」，故隸定時兼採，作「敘」。

　　而隸定從「豸」旁的字也有若干歧見。如「𧰲」形釋為「霾」，雨下的這種動物為一種獸類是無疑的，但下半部的「𧰲」、「𧰲」這個字形，在《集釋》中是收在〈存疑卷〉，並收羅振玉、葉玉森釋「鼠」、郭沫若釋「貍」，又言：「字象獸形，為貍為鼠均無確證。」此字釋為「霾」，顯然是此字在卜辭作為一種天氣現象，來判斷與此至對應的楷字，其甲骨字形與楷書字形就未必完全相同。而《集釋》釋為「薶」的字也是相同的緣故，乃是以為「𧰲」、「𧰲」、「𧰲」、「𧰲」、「𧰲」等字，在卜辭釋為「薶」，用為「埋」義來釋字，不過這個說法後來裘錫圭釋為「坎」，並說「掘地為坎或是掘地而埋物其中都可以叫『坎』」，可以作為名詞，亦可作為動詞，這個說法當較李孝定之說可信。

　　第二組作為字際討論的字形為「羽（𦏔）形與彗（𦏔）形」。甲骨字形「𦏔」、「𦏔」二字早期常有誤釋，今由卜辭用法、上古聲韻，以及《說文》古文等方面來考察，「𦏔」當為「羽」字，「𦏔」當為「彗」字，只要將此二字字形與字義釐清，對於從「𦏔」或從「𦏔」的字，大抵都能正確考釋，唯《集釋》以為「雪」、「彗」同形，乃重文，可假「𦏔」作𩁹，但考察作「𦏔」形釋為「雪」的辭例，可以看出《集釋》以為「雪」字的幾條卜辭中，「𦏔」或作人名、地名、疾癒之義，並不見作「雨雪對貞」，或是明顯作為「雪」的用法，因此《集釋》雪字條下所收的「𦏔」、「𦏔」等形，不當為雪字，應當收作彗字條下，兩字亦非同形或重文，乃是誤釋字義。

　　「⿰日羽」字的演變較為複雜，李孝定以為其演變當是：

　　　　　　↗翊

　　羽 →昱→翌

　　　　　　↘昱

這個說法應當可信，但有其疑慮之處在於，「⿰日羽」與「⿰羽日」合文寫法完全相同，實難斷定此為「昱（翌）」一字，還是「羽（翌）日」二字合文，同樣的，李孝定認為作為一形二聲的「翌」字，其字形當如金文「⿰羽日」字，而《甲骨文編》作「⿰羽日」、「⿰羽日」的字形收為合文，李孝定於採收字形時，可能是同意孫海波釋為合文的說法，因此沒有收這些字形，但若「翌」字不作「⿰羽日」、「⿰羽日」等形，當也無他構形可以符合「一形二聲」的「翌」字，但這個字形也會產生如前述是「翌」字，還是「翌日」合文的問題，因此這個「翌」字，可能不是一形二聲的一個字，而可能如從日立聲的昱（⿰日羽）字，是單字的寫法與合文的寫法相同，在某些情況下又讀作「翌」可通，讀作「翌日」亦可通，同樣的「翌」（⿰羽日、⿰羽日、⿰羽日）也是在某些情況下又讀作「翌」可通，讀作「翌日」亦可通，只是「昱」字構形為「羽」（⿰日羽）＋「日」；「翌」字構形為「翊」（⿰羽日）＋「日」，差別只在於羽（⿰日羽）字是否有加聲符，除此之外，其音讀字義當相同。「翌」（⿰羽日、⿰羽日、⿰羽日）字的字形，可能是字形演變時後加聲符的過渡字形，也可能是殷人習慣用「翌日」合文的其中一個字形。

　　而甲骨文字的習字作「⿰日羽」、「⿰日羽」、「⿰日羽」、「⿰日羽」等形，其釋形為從日彗聲，但由於戰國文字「羽」、「彗」二字形體書寫相同，因此自戰國文字以後，有些原本從「彗」的字跟從「羽」的字就混而不分。其本義或未可確為「暴乾」，而在卜辭中作為重義，讀為「襲」，應當非「習」的本義。同樣的緣故，「⿰馬異」字，隸定為「騽」，應當是很合理，其本義當為馬的一種類型，但是否如唐蘭與裘錫圭所主張的黑馬，可能還有待更多證據來證明。

　　不過《集釋》收「⿰日羽」、「⿰日羽」等形釋為翣字，可能是有問題的，其釋字乃是依唐蘭之說所釋，然在卜辭中此字都作方國名或地名的專名用法，不見作為棺飾、棺車或大扇之義，應當隸定作「⿰月戉」，作為專名即可，無須牽附他義。而《集釋》收「⿱田羽」形釋為「翊」字，也是有問題的。甲骨文的羽字形體均為下窄上長或上下等寬，無一作如橢圓之形，亦無一有於羽形外作四點之形，故「⿱田羽」形當非羽，《集釋》之隸定是有誤的，應當保留甲骨原形以待考。

除此之外，在第二章探討異體字通用之例，討論不同大類部件的三個小節，都在文後討論「隸定不一」的現象，是討論甲骨字形與今楷隸定的差異，與兩者之間的關係。

四、《集釋》合文之討論

由於《集釋》的體例性質是作為「文字集釋」，自然與「文字編」有所不同，其只收錄單字之字形，此絕非李孝定的疏忽或不識合文，乃是因體例的關係而不採錄，但有一個特別的現象是，《集釋》所收錄的字形，如有學者以為此形當是合文，李孝定也會將其說附於該字條下，並在目次部份以小字標注，他家釋為「某某合文」之說，如《集釋》釋「三」此形為「气」字，葉玉森以為「上下」合文；《集釋》釋「🐾」此形為「徹」字，葉玉森以為「又（有）鬲」合文……等。由此我們可以分作兩個方面來探討，其一是「舊說以為合文」考辨，從《集釋》之按語所提出的證據或反駁，見其不將該字釋為合文的原由，並探其釋字之正確與否。其二乃從《集釋》所收錄的字形考察，該形是否不為單字，而為合文，如：「🌱」、「🌿」、「🌾」、「🌵」諸字與「🦔」、「🦔」諸字，應當為都視為一個字，而這個字是紀錄一個詞的語言，因此會有學者將其誤以為「合文」。而「🌿」、「🌿」諸字，應當為「地名合文」。另補充一些非合文的地名，如：「🐚」、「🌿」、「🌿」、「🐚」、「🌿」、「🐦」、「🌿」、「🐦」、「🌿」、「🐚」等字。《集釋》雖已作為「集釋」之體，但仍免有其不盡完善之處，是以本文盡可能正其誤，以其辨明甲骨文字。

五、《集釋》之增補要點與增補校訂之例

《集釋》一書出版至今逾四十年，此間出土材料與學術成果日益倍增，李孝定於 1985 年接任史語所甲骨文研究室主任後，就曾提出《甲骨文字集釋》的增訂計畫，然李孝定自中研院退休、兼任東海大學、台灣大學等教職，繁忙奔波，這個增訂之計畫也未能實現，至今本書仍未增修過。但要增補校釋此部大書，並非能成於一時之間，但或可從三個方面來著手。一為校釋，將原本《集釋》已經收錄，但其說解字形、字義有誤的字例，提出新的證據與新的研究成果作為重新校正，是為校釋。二為增補，將原本《集釋》僅有收錄字形，但無他家之說，或沒有釋義的字，通過卜辭辭例與其他學者的研究，

將該字的釋形、釋義補上，是為增補。三為補釋，將原本《集釋》已經收錄，且說解字形、字義為正確之例字，因新材料或新方法，而產生新的字義或字用，補入該字字形下，是為補釋。至於新增字形的部份，由於會牽涉到字頭的分類方式，尤其《集釋》所採用的為「說文分類法」，與現今大多數的文字編所採用的「自然分類法」，兩者有些差距，其不僅是單純增加字形，更是整部書的編纂體系與考釋系統，都會有大規模的更動，故本文暫不處理新出字形的增補部份。

校釋部份所討論之字例為「豊」字，因「豊」、「豐」二字自東漢許慎以降，便有許多不同說解考釋，而近代金、甲文字出土以後，文字學家對此二字眾說紛紜，因此除李孝定一家之說，再參酌其他具有代表性的說法，或可作出以下結論：豊從珏（玨），豐從拜（玨，二丰）是豊、豐二字最大的區別，且豐、豊二字上古聲韻皆遠，當無聲音的關係，不宜混同。但二字從字形及文義來看，兩字本義可能都與「大鼓」有關，而「豊」作為行禮之器，「豐」則由本義引申為盛大、豐滿之義。

增補部份所討論之字例為「戲」字，此字於《集釋》中僅收字形，其說解僅謂構形從戈從虎，無他說解，亦無引他家之說，而此字後來裘錫圭從古書及古文字材料來看，認為「戲」當是「虘戈」字的古體，而甲骨字形以戈頭對準虎頭，顯然是表示以戈搏虎的意思，應釋作虘戈無疑。而根據甲骨、金文裡「虘戈」字的字形，還可以糾正古人訓詁上的一個錯誤，即古籍多將「暴虎」解釋為空手搏虎，實際上應當是以兵器擊虎；而解釋做「徒搏」可能是指不乘田車，「徒步搏虎」，而非「徒手搏虎」。字在卜辭亦用作地名、侯國名。另外，「𤟭」字亦象雙手執杖或兵器擊虎之形，或為「虘戈」字異體，在卜辭中作為人名。

補釋部份所討論之字例為「紐」字，歷來學者對殷墟甲骨中的「𤔔」或作「𤔔」一般隸定為「紐」，然而對紐之釋義有不同說法。本文通過花園莊東地甲骨中的幾條新材料，輔以出土器物之照片、圖版，將文字的考釋配合考古的角度，綜合審查，發現「𤔔」字與「𤔔」字可能為異體關係，並經由新的出土材料，我們可以推論「𤔔」是屬於古代的玉類的器物，隸定為「紐」讀作「珥」。雖目前仍無法將文物與「珥」字相對應上，但「珥」為耳飾應無太大問題，又因耳飾配戴連於耳，又字形上與繩線相關，故引申為「連」、「聯」。

文末兼討論與耳飾品相關的「玦」之器形與可能的字形，作為未來可再探討的一個方向。

　　經由各方面的考察，我們或許能將《集釋》一書的幾個面向釐清，窺見其內在的編纂系統，並將《集釋》所釋有誤或不完之處補正，以期其他研究者在引用《集釋》之說時，不落舊說，後出轉精。

參考書目

一、古籍與近人校註

1. 〔漢〕司馬遷:《史記》(台北:藝文出版社,1980 年)。

2. 〔漢〕許慎,〔清〕段玉裁注:《說文解字注》(台北:洪葉文化,1998 年)。

3. 〔漢〕劉熙撰,〔清〕畢沅疏證,王先謙補:《釋名疏證補》(北京:中華書局,2008 年)。

4. 〔晉〕郭璞注,〔宋〕邢昺疏:《爾雅注疏》(上海:上海古籍出版社,2010 年)。

5. 《斷句十三經經文》(台北:開明書局,1991 年)。

二、文字編與工具類書

1. 于省吾主編、姚孝遂按語編撰:《甲骨文字詁林》(北京:中華書局,1996 年)。

2. 王國維:《戩壽堂所藏殷虛文字》(上海:倉聖明治大學,1917 年)。

3. 王襄:《簠室殷契徵文考釋》(天津:天津博物院石印本,1925 年)。

4. 方述鑫等編:《甲骨金文字典》。(成都市:巴蜀書社,1993 年)。

5. 中國科學院考古研究所編:《甲骨文編》(北京:中華書局,1965 年)。

6. 中國社會科學院考古研究所編著:《殷墟花園莊東地甲骨》(昆明:雲南人民出版社,2003 年)。

7. 中國社會科學院歷史研究所編著:《甲骨文合集補編》(北京:語文出版社,1997 年)。

8. 白于藍:《殷墟甲骨刻辭摹釋總集校訂》(福州:福建人民,2004 年)。

9. 李守奎：《楚文字編》（上海：華東師範大學出版社，2003 年）。

10. 李孝定：《甲骨文字集釋》（台北：中央研究院歷史語言研究所，1965 年）。

11. 李宗焜：《甲骨文字編》（北京：中華書局，2012 年）。

12. 徐中舒：《甲骨文字典》（成都：四川辭書出版社，1989 年）。

13. 容庚：《金文編》（北京：中華書局，1985 年）。

14. 宋鎮豪、段志洪主編：《甲骨文獻集成》（四川：四川大學，2001 年）。

15. 周寶宏：《西周青銅重器銘文集釋》（天京：天京古籍出版社，2007 年）。

16. 孫海波：《甲骨文錄》（台北：藝文印書館翻印本，1971 年）。

17. 董作賓：《殷曆譜》（台北：中央研究院歷史語言研究所，1992 年）。

18. 羅振玉：《增訂殷墟考釋》（台北：藝文印書館，1975 年）。

19. 胡厚宣主編：《甲骨文合集》（北京：中國社會科學出版社，1999 年）。

20. 姚孝遂、肖丁：《小屯南地甲骨考釋》（北京：中華書局，1985 年）。

21. 姚孝遂、肖丁：《殷墟甲骨刻辭摹釋總集》（北京：中華書局，1988 年）。

22. 姚孝遂、肖丁：《殷墟甲骨刻辭類纂》（北京：中華書局，1989 年）。

23. 荊門市博物館編：《郭店楚墓竹簡》（河北：文物出版社，1998 年）。

24. 郭沫若：《殷契萃編》（北京：科學出版社，1965 年）。

25. 郭錫良：《漢字古音手冊》（北京：北京大學，1986 年）。

26. 曹錦炎、沈建華編著：《新編甲骨文字形總表》（香港：中文大學，2001 年）。

27. 曹錦炎、沈建華編著：《甲骨文校釋總集》（上海：上海辭書，2006 年）。

28. 曹錦炎、沈建華編著：《甲骨文字形表》（上海：上海辭書，2006 年）。

29. 張秉權：《殷墟卜辭丙編》（台北：中央研究院歷史語言研究所，1957 年）。

30. 陳松長編著：《馬王堆簡帛文字編》（北京：文物出版社，2001 年）。

31. 楊郁彥：《甲骨文合集分組分類總表》（台北：藝文印書館，2005 年）。

32. 劉釗、洪颺、張新俊編纂：《新甲骨文編》（福州：福建人民出版社，2009 年）。

33. 劉興隆：《新編甲骨文字典》（北京：國際文化，2005 年）。

34. 嚴一萍：《甲骨綴合新編》（台北：藝文印書館，1975 年）。

三、近代專書

1. 丁山：《甲骨文所見氏族及其制度》（北京：科學出版社，1956 年）。

2. 于明編：《如玉人生：慶祝楊伯達先生八十華誕文集》（北京：科學出版社，2006 年）。

3. 于省吾：《甲骨文字釋林》（北京：中華書局，1979 年）。

4. 王力：《同源字典》（北京：商務印書館，1982 年）。

5. 王宇信、徐義華著，宋鎮豪主編：《商代國家與社會》（北京：中國社會科學出版

社，2010 年）。

6. 王國維：《觀堂集林》（石家莊：河北教育出版社，2002 年）。

7. 王蘊智：《字學論集》（鄭州：河南美術出版社，2004 年）。

8. 方稚松：《殷墟甲骨文五種記事刻辭研究》（北京：線裝書局，2009 年）。

9. 北京故宮博物院編，張廣文主編：《你應該知道的 200 件玉器》（台北：藝術家出版社，2008 年）。

10. 江伊莉、古方著，丁曉雷、古慈航譯：《玉器時代：美國博物館藏中國早期玉器》（北京：科學出版社 2009 年）。

11. 那志良：《中國古玉圖釋》（台北：南天書局，1991 年）。

12. 何琳儀：《戰國文字通論》（北京：中華書局，1989 年）。

13. 吳棠海著，震旦文教基金會編輯委員會主編：《紅山玉器》（台北：財團法人震旦文教基金會，2007 年）。

14. 林澐：《古文字研究簡論》（長春：吉林大學出版社，1986 年）。

15. 林澐：《古文字學簡論》（北京：中華書局，2012 年）。

16. 周南泉：《古玉博覽》（台北：藝術圖書，1994 年）。

17. 朱歧祥：《甲骨學論叢》（台北：臺灣學生書局，1992 年）。

18. 李孝定：《金文詁林讀後記》（台北：中央研究院歷史語言研究所，1982 年）。

19. 李孝定：《漢字的起源與演變論叢》，（台北：台灣聯經出版社，1986 年）。

20. 李孝定：《讀說文記》（台北：中央研究院歷史語言研究所，1988 年）。

21. 李孝定：《逝者如斯》（台北：東大圖書有限公司，1996 年）。

22. 李旼姈：《甲骨文例研究》（台北：台灣古籍出版有限公司，2003 年）。

23. 李家浩：《著名中年語言學家自選集·李家浩卷》（安徽：安徽教育出版社，2002 年）。

24. 沈兼士：《沈兼士學術論文集》（北京：中華書局，1986 年）。

25. 季旭昇：《說文新證》（福建：福建人民出版社，2010 年）。

26. 宋鎮豪：《夏商社會生活史》（北京：中國社會科學出版社，1994 年）。

27. 宋鎮豪：《商代社會生活與禮俗》（北京：中國社會科學出版社，2010 年）。

28. 徐中舒：《川大史學·徐中舒卷》（成都：四川大學出版社，2006 年）。

29. 董作賓：《甲骨學五十年》（台北：藝文印書館，1955 年）。

30. 董作賓：《董作賓先生全集》·甲編（台北：藝文印書館，1977 年）。

31. 董作賓：《董作賓先生全集》·乙編（台北：藝文印書館，1977 年）。

32. 竺家寧：《聲韻學》（台北：五南圖書出版股份有限公司，2008 年二版）。

33. 姚孝遂：《姚孝遂古文字論集》（北京：中華書局，2010 年）。

34. 姚萱：《殷墟花園莊東地甲骨卜辭的初步研究》（北京：線裝書局，2006 年）。

35. 馬如森：《殷墟甲骨文引論》（長春：東北師範大學，1993 年）。

36. 唐蘭：《古文字學導論》（台北：樂天出版社，1970 年）。

37. 唐蘭：《殷墟文字記》（北京：中華書局，1981 年）。

38. 唐蘭：《中國文字學》（上海：上海書店，1991 年）。

39. 孫亞冰、林歡著，宋鎮豪主編：《商代地理與方國》（北京：中國社會科學出版社）。

40. 郭沫若：《卜辭通纂》（日本：東京文求堂書店，1933 年 5 月影印本）。

41. 許進雄：《簡明中國文字學》（北京：中華書局，2009 年修訂版）。

42. 許進雄：《許進雄古文字論集》（北京：中華書局，2010 年）。

43. 許錟輝：《說文重文形體考》（台北：文津出版社，1973 年）。

44. 許錟輝教授七秩祝壽論文集編輯委員會編：《許錟輝教授七秩祝壽論文集》（台北：萬卷樓圖書股份有限公司，2004 年）。

45. 張光裕、黃德寬主編：《古文字學論稿》（安徽：安徽大學出版社，2008 年）。

46. 張桂光：《古文字論集》（北京：中華書局 2004 年）。

47. 張政烺：《甲骨金文與商周史研究》，（北京：中華書局，2012 年）。

48. 張庚：《中國古玉精華》（河北：河北美術，1995 年）。

49. 張廣文主編：《故宮藏玉》（北京：紫禁城出版社，1996 年）。

50. 陳昭容：〈李孝定先生與古文字學研究〉，東海大學中國文學系編《緬懷與傳承——東海中文系五十年學術傳承研討會論文集》（台北：文津出版社，2007）。

51. 陳夢家：《殷墟卜辭綜述》（北京：中華書局。1988 年）。

52. 陳煒湛：《甲骨文論集》（上海：上海古籍出版社，2003 年）。

53. 陳劍：《甲骨金文考釋論集》（北京：線裝書局，2007 年 4 月）。

54. 彭邦炯、謝濟、馬季凡編：《甲骨文合集補編》（北京：語文出版社，1999 年）。

55. 黃天樹：《殷墟王卜辭的分類與斷代》（台北：文津出版社，1991 年）。

56. 黃錫全：《古文字論叢》（台北：藝文印書館，1999 年）。

57. 黃德寬：《漢字理論叢稿》（北京：商務印書館，2006 年）。

58. 裘錫圭：《古文字論集》（北京：中華書局，1992 年）。

59. 裘錫圭：《文字學概要》（臺北：萬卷樓圖書股份有限公司，1993 年）。

60. 裘錫圭：《裘錫圭學術文集》（上海：復旦大學，2012 年）。

61. 魯實先講授，王永誠編輯：《甲骨文考釋》（台北：里仁書局，2009 年）。

62. 趙平安：《新出簡帛與古文字古文獻研究》（北京：商務印書館，2009 年），。

63. 趙朝洪主編：《中國古玉研究文獻指南》（北京：科學出版社，2003 年）。

64. 楊樹達：《積微居金文說‧新識字之由來》（台北：大通書局，1971 影印本）。

65. 劉釗：《古文字考釋叢稿》（湖南：岳麓書社，2005 年）。

66. 劉釗：《古文字構形學》（福建：福建人民出版社，2006 年）。

67. 劉翔、陳抗、陳初生、董琨：《商周古文字讀本》（北京：語文出版社，2002 年）。

68. 鄭張尚芳：《上古音系》（上海：上海教育，2003 年）。

69. 鄭振峰：《甲骨文字構形系統研究》（上海：上海教育出版社，2006 年）。

70. 鍾柏生：《殷商卜辭地理論叢》（台北：藝文印書館，1989 年）。

71. 韓耀隆：《中國文字義符通用釋例》（台北：文史哲出版社，1987 年）。

72. 戴君仁：《梅園論學集》（台北：台灣開明書店，1960 年）。

73. 薛貴笙：《中國玉器賞鑑》（香港：中華書局，1996 年）。

74. 魏慈德：《殷墟花園莊東地甲骨卜辭研究》（台北：台灣古籍，2006 年）。

75. 嚴一萍：《甲骨古文字研究》第一輯（台北：藝文印書館，1976 年）。

76. 嚴一萍：《甲骨學》（台北：藝文印書館，1978）。

77. 嚴一萍：《甲骨古文字研究》第二輯（台北：藝文印書館，1989 年）。

78. 嚴一萍：《戩壽堂所藏殷虛文字考釋》（台北：藝文印書館，1980 年）。

79. 饒宗頤：《饒宗頤二十世紀學術文集》（台北：新文豐，2003 年）。

四、期刊、論文集論文

1. 于省吾〈釋古文字中附劃因聲指事字的一例〉，《甲骨文字釋林》（北京：中華書局，1979 年）。

2. 于省吾：〈釋夕〉，《甲骨文字釋林》（北京：中華書局，1979 年）。

3. 于省吾：〈釋工〉，《甲骨文字釋林》（北京：中華書局，1979 年）。

4. 王玉哲：〈甲骨、金文中的「朝」與「明」字及其相關問題〉，《殷墟博物苑苑刊創刊號》（1989 年 8 月）。

5. 王磊：〈《現代漢語詞典》中「珥」的釋義和收詞問題商榷〉，《安徽文學》，第 3 期（2008 年）。

6. 王蘊智：〈釋「豸」、「希」及與其相關的幾個字〉，《字學論集》（鄭州：河南美術出版社，2004 年）。

7. 王蘊智、趙偉：〈《殷墟花園莊東地甲骨·摹本》勘誤〉，《鄭州大學學報》，第 40 卷，第 3 期（2007 年 5 月）。

8. 王慎行：〈古文字形近偏旁混用例〉，《古文字與殷周文明》（西安：陝西人民教育出版社，1992 年）。

9. 方述鑫：〈甲骨文口形偏旁釋例〉，四川大學學報編輯部、四川大學古文字研究室編：《古文字研究論文集》（《四川大學學報叢刊》第 10 輯）（1982 年）。

10. 中國社會科學院考古研究所安陽工作隊：〈1986～1987 年安陽花園莊南地發掘報告〉，《考古》第 1 期（1992 年）。

11. 中國社會科學院考古研究所安陽工作隊：〈1991 年安陽花園莊東地、南地發掘簡報〉，《考古》第 6 期（1993 年）。

12. 中國社會科學院考古研究所安陽工作隊：〈河南安陽市洹北花園莊遺址 1997 年發掘簡報〉，《考古》第 10 期（1998 年）。

13. 田倩君：〈釋朝〉，《中國文字》，第 7 冊（1962 年）。

14. 田倩君：〈釋莫〉，《中國文字》，第 7 冊（1962 年）。

15. 沈培：〈從西周金文「姚」字的寫法看楚文字「兆」字的來源〉，張光裕、黃德寬主編：《古文字學論稿》（安徽：安徽大學出版社，2008 年）。

16. 李孝定：〈從中國文字的結構和演變過程泛論漢字的整理〉，《漢字的起源與演變論叢》（台北：聯經出版社，1986 年）。

17. 李孝定：〈戴君仁先生同形異字說平議〉，《東海學報》第 30 期（1989 年 6 月）。

18. 李宗焜：〈卜辭所見一日內時稱考〉《中國文字》，新 18 期（1994 年）。

19. 李宗焜：〈論殷墟甲骨文的否定詞「妹」〉，《中央研究院歷史語言研究所集刊》，第 66 本，第 4 分（1995 年）。

20. 李裕民：〈古字新考〉，《古文字研究》，第 10 輯（1983 年）。

21. 李學勤：〈釋「郊」〉，《文史》，第 36 輯（1992 年）。

22. 李學勤：〈灃溪發現的乙卯尊及其意義〉，《文物》，第 7 期（1986 年）。

23. 李學勤：〈說郭店簡「道」字〉，《簡帛研究》，第 3 輯（1998 年）。

24. 李學勤：〈從兩條《花東》卜辭看殷禮〉，《吉林師範大學學報》，第 3 期（2004 年 6 月）。

25. 朱歧祥：〈甲骨文一字異形研究〉，《甲骨學論叢》（台北：學生書局，1992 年）。

26. 朱歧祥：〈釋示冊〉，《甲骨學論叢》（台北：臺灣學生書局，1992 年）。

27. 朱歧祥：〈《殷墟花園莊東地甲骨釋文》正補〉，許錟輝教授七秩祝壽論文集編輯委員會編：《許錟輝教授七秩祝壽論文集》（台北：萬卷樓圖書股份有限公司，2004 年）。

28. 朱歧祥：〈阿丁考——由語詞系聯論花東甲骨的丁即武丁〉，《殷都學刊》，第 2 期（2005 年）。

29. 那志良：〈玉耳飾——古玉介紹之十二〉，《故宮文物月刊》第 1 卷，第 12 期（1984 年）。

30. 沈兼士：〈希殺祭古語同源考〉，《輔仁學志》，第 8 卷，第 2 期（1939 年 12 月）。

31. 沈兼士：〈初期意符字之特性〉，《沈兼士學術論文集》（北京：中華書局，1986 年）。

32. 林澐：〈小屯南地發掘與殷墟甲骨斷代〉，《古文字研究》，第 9 輯，（1984 年）。

33. 林澐：〈考釋古文字的途徑〉，《古文字研究簡論》（長春：吉林大學出版社，1986 年）。

34. 林澐：〈豐豐辨〉，《古文字研究》，第 12 輯，（1992 年）。

35. 林澐：〈王、士同源及相關問題〉，《容庚先生百年誕辰紀念文集》（廣東：廣東人民出版社，1998 年）。

36. 徐中舒：〈怎樣考釋古文字〉，《出土文獻研究》，第 1 期，（1985 年）。

37. 徐中舒：〈怎樣研究中國古代文字〉，《川大史學·徐中舒卷》（成都：四川大學出版社，2006 年）。

38. 徐富昌：〈從甲骨文看漢字構形方式之演化〉，《臺灣大學文史哲學報》，第 64 期，

（2006 年 5 月）。

39. 姚孝遂：〈商代的俘虜〉，《姚孝遂古文字論集》（北京：中華書局，2010 年）。

40. 姚孝遂：〈牢窂考變〉，《姚孝遂古文字論集》（北京：中華書局，2010 年）。

41. 姚孝遂：〈再論古漢字的性質〉，《古文字研究》，第 17 輯（1989 年）。

42. 姚孝遂：〈甲骨文形體結構分析〉，《古文字研究》，第 20 輯（2000 年）。

43. 高明：〈古體漢字義近偏旁通用例〉，《中國古文字學通論》（北京：中華書局，1996 年）。

44. 郭政凱：〈山陝出土的商代金耳墜及其相關問題〉，《文博》，第 6 期（1988 年）。

45. 郭靜云：〈由商周文字論「道」的本義〉，宋鎮豪主編：《甲骨文與殷商史》，新 1 輯（北京：線裝書局，2009 年）。

46. 曹錦炎：〈甲骨文地名字構形試析〉，《殷都學刊》，第 3 期（1990 年）。

47. 許進雄：〈工字是何象形〉，《許進雄古文字論集》（北京：中華書局，2010 年）。

48. 許曉東：〈中國晚期金飾展・香港承訓堂藏中國古代耳飾賞析〉，《收藏家》，第 10 期（2006 年）。

49. 陳冠榮：〈論殷墟花園莊東地甲骨中「𤫊」字——兼談玉器「玦」〉，《東華中國文學研究》，第 11 期（2012 年）。

50. 陳啟賢、徐廣德、何毓靈：〈花園莊 54 號墓出土部分玉器略論〉，于明編：《如玉人生：慶祝楊伯達先生八十華誕文集》（北京：科學出版社，2006 年）。

51. 陳劍：〈殷墟卜辭的分期分類對甲骨文字考釋的重要性〉，《甲骨金文考釋論集》（北京：線裝書局，2007 年）。

52. 陳劍：〈說「安」字〉，《甲骨金文考釋論集》（北京：線裝書局，2007 年）。

53. 陳劍：〈釋造〉，《甲骨金文考釋論集》（北京：線裝書局，2007 年）。

54. 陳劍：〈說花園莊東地甲骨卜辭的「丁」——附：釋「速」〉，《甲骨金文考釋論集》（北京：線裝書局，2007 年）。

55. 陳煒湛：〈卜辭月夕辨〉，《甲骨文論集》（上海：上海古籍出版社，2003 年）。

56. 陳煒湛：〈甲骨文異字同形例〉，《甲骨文論集》（上海：上海古籍出版社，2003 年）。

57. 黃天樹：〈殷墟甲骨文「有聲字」的構造〉，《歷史語言研究所集刊》，第 76 本，第 2 分卷（2005 年）。

58. 黃錫全：〈甲骨文字叢釋〉，《古文字論叢》（台北：藝文印書館，1999 年）。

59. 趙平安：〈「達」字兩系說——兼釋甲骨文所謂「途」和齊金文中所謂「造」字〉，《新出簡帛與古文字古文獻研究》（北京：商務印書館，2009 年）。

60. 劉一曼、曹定雲：〈殷墟花園莊東地甲骨卜辭考釋數則〉，《考古學集刊》，第 16 期（2005 年）。

61. 劉洋：〈「穿耳」的演變與中國傳統女性地位的變遷〉，《南方論刊》，第 5 期，（2010 年）。

62. 劉釗：〈卜辭所見的軍事活動〉，《古文字研究》，第 16 輯（1989 年）。

63. 劉釗：〈甲骨文字考釋〉,《古文字研究》,第 19 輯（1992 年）。

64. 劉釗：〈釋「𤻮」「𤓰」諸字兼談甲骨文「降永」一辭〉,《古文字考釋叢稿》（湖南：岳麓書社,2005 年）。

65. 劉瓊：〈商湯都亳研究綜述〉,《南方文物》,第 4 期（2010 年）。

66. 楊向奎：〈釋「禽」〉,《甲骨文與殷商史》第 3 輯（上海：上海古籍出版社,1991 年）。

67. 楊美莉：〈中國古代玦的演變與發展〉,《故宮學術季刊》,第 11 卷 1 期（1993 年）。

68. 蔡哲茂：〈說𦥑〉,《第四屆中國文字學全國學術研討會論文集》（台北：大安出版社,1993 年）。

69. 張桂光：〈古文字考釋四則〉,《華南師院學報》（社會科學版）,第 4 期（1982 年）。

70. 張桂光：〈甲骨文「𠂤」字形義再釋〉,《中國文字》,新 25 期（1999 年）。

71. 張桂光：〈古文字義近形旁通用條件的探討〉,《古文字論集》（北京：中華書局,2004 年）。

72. 張政烺：〈釋甲骨文中「俄」、「隸」、「蘊」三字〉,《甲骨金文與商周史研究》,（北京：中華書局,2012 年）。

73. 張政烺：〈釋「因」「蘊」〉,《甲骨金文與商周史研究》（北京：中華書局,2012 年）。

74. 唐蘭：〈釋𦥑𩁹習羿〉,《殷墟文字記》（北京：中華書局,1981 年）。

75. 唐際齊：〈釋甲骨文「𠃜」〉,《中山大學研究生學刊（社會科學版）》,第 29 卷,第 2 期（2008 年）。

76. 裘錫圭：〈甲骨文字考釋（八篇）〉之六〈釋「坎」〉,《裘錫圭學術文集·甲骨文卷》（上海：復旦大學,2012 年）。

77. 裘錫圭：〈甲骨文中的幾種樂器名稱——釋「庸」、「豐」、「鞀」〉,《裘錫圭學術文集》（上海：復旦大學,2012 年）。

78. 裘錫圭：〈戰國璽印文字考釋三篇〉《古文字研究》,第 10 輯（北京：中華書局,1983 年）。

79. 裘錫圭：〈說「玄衣朱襮裣」——兼釋甲骨文「虣」字〉,《古文字學論集》（北京：中華書局,1992 年）。

80. 裘錫圭：〈論「歷組卜辭」的時代〉。《裘錫圭學術文集》（上海：復旦大學,2012 年）。

81. 裘錫圭：〈戰國璽印文字考釋三篇〉,《古文字研究》,第 10 輯（1983 年）。

82. 裘錫圭：〈從殷墟甲骨卜辭看殷人對白馬的重視〉,《裘錫圭學術文集》（上海：復旦大學,2012 年）。

83. 裘錫圭：〈釋「衍」「侃」〉,《裘錫圭學術文集》（上海：復旦大學,2012 年）。

84. 裘錫圭：〈殷墟甲骨文「彗」字補說〉《裘錫圭學術文集》（上海：復旦大學,2012 年）。

85. 裘錫圭：〈甲骨文中的見與視〉,《裘錫圭學術文集》（上海：復旦大學,2012 年）。

86. 裘錫圭:〈釋「求」〉,《裘錫圭學術文集》(上海:復旦大學,2012 年)。

87. 董作賓:〈甲骨文斷代文例〉,《慶祝蔡元培先生六十五歲論文集》(台北:中央研究院歷史語言研究所,1933 年)。

88. 董作賓:〈漢城大學所藏大胛骨刻辭考釋〉,《董作賓先生全集》‧甲編(台北:藝文印書館,1977 年)。

89. 戴君仁:〈同形異字〉,《臺灣大學文史哲學報》,第 12 期,(1963 年 11 月)。

90. 謝鶯興、張淑玲:〈李孝定先生著作目錄〉,《東海大學圖書館館訊》,新 45 期(2005 年 6 月 15 日)。

91. 饒宗頤:〈殷代西北西南地理研究的定點〉,《第三屆國際中國古文字學研討會論文集》(香港:香港中文大學中國文化研究所中國語言及文學系,1997 年)。

92. 嚴一萍:〈釋𣥏〉,《中國文字》,第 7 期(1962 年)。

93. 嚴一萍:〈再釋道〉,《甲骨古文字研究》第二輯(台北:藝文印書館,1989 年)。

94. 嚴一萍:〈說文牻𤛿牻牼四字辨源〉,《甲骨文字研究》第一輯(台北:藝文印書館,1976 年)。

95. 嚴一萍:〈釋𤔲〉,《甲骨古文字研究》第一輯(台北:藝文印書館,1976 年)。

96. 嚴一萍:〈卜辭的楚〉,《中國文字》,新 10 期(1985 年)。

97. 詹鄞鑫:〈釋甲骨文「兆」字〉,《古文字研究》,第 24 輯(2002 年)。

五、會議論文

1. 李宗焜:〈從豐豐同形談商代的新酒與陳釀〉,《第四屆國際漢學會議論文集—出土材料與新視野──甲骨 II》(台北:中央研究院語言學研究所,2012 年 6 月 20 日)。

2. 吳振武:〈古文字中的「注音形聲字」〉,《中央研究院第三屆國際漢學會議論文集文字學組──古文字與商周文明》(臺北:中央研究院歷史語言研究所,2002 年)。

六、學位論文

1. 許學仁:《戰國文字分域與斷代研究》(台北:臺灣師範大學國文研究所博士論文,1986 年)。

2. 林清源:《楚國文字構形演變研究》(台中:東海大學中文研究所博士論文,1997 年)。

3. 施順生:《甲骨文形體演變規律之研究》(台北:中國文化大學中國文學研究所博士論文,1998 年)。

4. 葉秋蘭:《李孝定先生的六書理論及其文字歸類研究‧李先生的生平與著作簡介》(台中:東海大學中國文學系碩士論文,2002 年 8 月)。

5. 陳柏全:《甲骨文氣象卜辭研究》(台北:國立政治大學中國文學系碩士論文,2004 年 6 月)。

6. 楊郁彥：《甲骨文同形字疏要》（台北：輔仁大學中國文學系博士論文，2004 年）。

7. 詹今慧：《先秦同形字研究舉要》（台北：國立政治大學中國文學系碩士論文，2004 年）。

8. 馬嘉賢：《古文字中的注音形聲字研究》（台中：國立中興大學中國文學系碩士論文，2006 年 6 月）。

9. 楊州：《甲骨金文中所見「玉」資料的初步研究》（北京：首都師範大學博士論文，2007 年 4 月）。

10. 邱豔：《殷墟花園莊東地甲骨新見文字現象研究》（上海：華東師範大學碩士論文，2008 年 5 月）。

11. 白明玉：《李孝定《甲骨文字集釋》研究》（台中：東海大學中國文學系碩士論文，2010 年 7 月）。

七、外國專書

1. 〔美〕Sturtevant, William C. "Handbook of North American Indians." Washington: Smithsonian Institution, 1990.

2. 〔英〕Pullum, Geoffrey K. "The Great Eskimo Vocabulary Hoax and other Irreverent Essays on the Study of Language" Chicago：University of Chicago Press, 1991.

3. 〔英〕劉明倩，張弛譯：《英國國立維多利亞阿伯特博物院中國古玉藏珍》（廣西：廣西美術出版社，2006 年）。

4. 〔日〕林巳奈夫，楊美莉譯：《中國古玉研究》（台北：藝術圖書，1997 年）。

5. 〔日〕島邦男著，濮毛左、顧偉良譯：《殷墟卜辭研究》（上海：上海古籍出版社，2006 年）。

八、外國論文

1. HE Jing "The Validity of Sapir-Whorf Hypothesis—Rethinking theRelationship Among Language, Thought and Culture" US-China Foreign Language Vol. 9, No. 9 （2011.9）

九、期刊網論文

1. 松丸道雄：《殷早期的王城》，2011 年 5 月 17 日於北京大學演講新聞稿 http://archaeology.pku.edu.cn/Third2.asp?id=391

2. 蔡哲茂：〈契生昭明辨〉，復旦大學出土文獻與古文字研究中心（2009 年 9 月 26 日，http://www.gwz.fudan.edu.cn/SrcShow.asp?Src_ID=923）

十、網路資源

1. 教育部異體字字典 http://140.111.1.40/main.htm